Taschenbibliothek der Weltliteratur

Aufbau-Verlag 1987

Das Glasperlenspiel

Versuch einer Lebensbeschreibung
des Magister Ludi Josef Knecht
samt Knechts hinterlassenen
Schriften   Band 2

Herausgegeben von Hermann Hesse

ISBN 3-351-00433-8

1. Auflage 1987
Aufbau-Verlag Berlin und Weimar
Lizenzausgabe für die Deutsche Demokratische Republik
mit freundlicher Genehmigung des Suhrkamp Verlages, Frankfurt am Main
Der Vertrieb in der Bundesrepublik Deutschland, Westberlin und im Ausland ist nicht gestattet
Copyright 1943 by Fretz & Wasmuth, Renewal Copyright 1971 by Heiner Hesse
Alle Rechte vorbehalten durch Suhrkamp Verlag, Frankfurt am Main
Reihenentwurf Heinz Hellmis
Einbandgestaltung Erich Rohde
Lichtsatz Karl-Marx-Werk Pößneck V 15/30
Druck und buchbinderische Weiterverarbeitung
III/9/1 Grafischer Großbetrieb Völkerfreundschaft Dresden
Printed in the German Democratic Republic
Lizenznummer 301. 120/93/87
Bestellnummer 613 4856
I/II 00700

Ein Gespräch

Wir sind in unserem Versuche an den Punkt gelangt,
wo unser Augenmerk ganz von jener Entwicklung gefesselt
wird, die des Meisters Leben in seinen letzten Jahren nahm
und die zu seinem Abschied von Amt und Provinz, seinem
Hinüberschreiten in einen andern Lebenskreis und seinem
Ende geführt hat. Obwohl er bis zum Augenblick dieses
Abschiedes sein Amt mit beispielhafter Treue verwaltet hat
und bis zum letzten Tage die Liebe und das Vertrauen seiner Schüler und Mitarbeiter genoß, verzichten wir auf eine
Fortführung unsrer Schilderung seiner Amtsführung nun,
da wir ihn im Innersten dieses Amtes müde geworden und
anderen Zielen zugewendet sehen. Er hatte den Kreis der
Möglichkeiten, welche dies Amt der Entfaltung seiner
Kräfte gab, durchschritten und war an die Stelle gelangt, an
welcher große Naturen den Weg der Tradition und gehorsamen Einordnung verlassen und im Vertrauen auf oberste,
nicht nennbare Mächte das Neue, noch nicht Vorgezeichnete
und Vorgelebte versuchen und verantworten müssen.
Als er sich dessen bewußt geworden war, prüfte er seine
Lage und die Möglichkeiten, diese Lage zu ändern, sorgfältig und nüchtern. Er war in ungewöhnlich frühem Alter auf
der Höhe dessen angelangt, was ein begabter und ehrgeiziger Kastalier sich als wünschens- und erstrebenswert vorzustellen vermag, und er war dahin gelangt nicht durch Ehrgeiz und Mühe, sondern ohne Streben und gewollte Anpas-
sung, beinahe wider seinen Willen, denn ein unbeachtetes,
selbständiges, keinen Amtspflichten unterworfenes Gelehr-
tenleben hätte seinen eigenen Wünschen mehr entsprochen. Von den edlen Gütern und Befugnissen, welche ihm
mit seiner Würde zugefallen waren, schätzte er nicht alle
gleich hoch, und einige dieser Auszeichnungen und Macht-

befugnisse schienen ihm schon nach kurzer Amtszeit beinahe entleidet zu sein. Namentlich hat er die politische und administratorische Mitarbeit in der obersten Behörde stets als eine Last empfunden, ohne sich ihr darum freilich mit geringerer Gewissenhaftigkeit zu widmen. Und auch die eigentlichste, charakteristische und singuläre Aufgabe seiner Stellung, das Heranziehen einer Auslese vollkommener Glasperlenspieler, soviel Freude sie ihm zuzeiten bereitete und sosehr diese Auslese auf ihren Meister stolz war, war ihm auf die Dauer vielleicht mehr Last als Vergnügen. Was ihm Freude und Befriedigung schuf, war das Lehren und Erziehen, und dabei hatte er die Erfahrung gemacht, daß Freude wie Erfolg desto größer, je jünger seine Schüler waren, so daß er es als Entbehrung und Opfer empfand, daß sein Amt ihm nicht schon Kinder und Knaben, sondern nur Jünglinge und Erwachsene zuführte. Es gab jedoch auch noch andere Erwägungen, Erfahrungen und Einsichten, welche im Lauf seiner Magistratsjahre dazu führten, ihn kritisch gegen seine eigene Tätigkeit und gegen manche Waldzeller Zustände zu stimmen oder doch sein Amt als eine große Behinderung in der Entfaltung seiner besten und fruchtbarsten Fähigkeiten zu empfinden. Manches davon ist jedem von uns bekannt, manches vermuten wir nur. Auch die Frage, ob Magister Knecht mit seinem Streben nach Befreiung von der Last seines Amtes, mit seinem Wunsch nach unscheinbarerer, aber intensiverer Arbeit, mit seiner Kritik am Zustande Kastaliens eigentlich recht gehabt habe, ob er als ein Förderer und kühner Kämpfer oder als eine Art von Rebell oder gar Fahnenflüchtiger zu betrachten sei, auch diese Frage wollen wir ruhen lassen, sie ist mehr als genug diskutiert worden; der Streit darüber hat eine Zeitlang Waldzell, ja die ganze Provinz in zwei Lager geteilt und ist noch immer nicht ganz verstummt. Obwohl wir uns als dankbare Verehrer des großen Magisters bekennen, wollen wir dazu nicht Stellung nehmen; die Synthese aus jenem Streit der Meinungen und Urteile über Josef Knechts Person und Leben ist ja längst in der Bildung begriffen. Wir möchten nicht urteilen oder bekehren, sondern möglichst wahrhaftig die Geschichte vom Ende unseres verehrten Meisters erzählen. Nur ist es eben nicht so ganz eigentlich eine Geschichte, wir möchten es eher eine Legende nennen, einen Bericht, gemischt aus echten Nachrichten und bloßen Gerüchten, wie sie eben, aus klaren und dunkeln Quellen zusammengeronnen, unter uns Jüngeren in der Provinz im Umlauf sind.

Zu einer Zeit, in welcher Josef Knechts Gedanken schon begonnen hatten, sich mit dem Suchen nach einem Weg ins Freie zu beschäftigen, sah er unerwartet eine einst vertraute, seither halbvergessene Gestalt aus seiner Jugendzeit wieder, Plinio Designori. Dieser einstige Gastschüler, Sohn einer alten, um die Provinz verdienten Familie, als Abgeordneter wie als politischer Schriftsteller ein Mann von Einfluß, tauchte unerwartet eines Tages in amtlicher Eigenschaft bei der obersten Behörde der Provinz auf. Es hatte nämlich, wie alle paar Jahre, eine Neuwahl der Regierungskommission zur Kontrolle des kastalischen Haushaltes stattgefunden, und Designori war eines der Mitglieder dieser Kommission geworden. Als er zum erstenmal in dieser Eigenschaft auftrat, es war bei einer Sitzung im Hause der Ordensleitung in Hirsland, war auch der Glasperlenspielmeister zugegen; die Begegnung hat ihm einen starken Eindruck gemacht und blieb nicht ohne Folgen, wir wissen manches darüber durch Tegularius und dann durch Designori selbst, der in dieser für uns nicht ganz erhellbaren Zeit seines Lebens bald wieder sein Freund, ja sein Vertrauter wurde. Bei jener ersten Wiederbegegnung nach Jahrzehnten des Vergessens stellte wie üblich der Sprecher die Herren der neu gebildeten Staatskommission den Magistern vor. Als unser Meister den Namen Designori hörte, war er überrascht, ja beschämt, denn er hatte den seit langen Jahren nicht mehr gesehenen Kameraden seiner Jugend nicht auf den ersten Blick wiedererkannt. Während er ihm nun, auf die offizielle Verbeugung und Grußformel verzichtend, freundlich die Hand entgegenstreckte, blickte er ihm aufmerksam ins Gesicht und versuchte zu ergründen, kraft welcher Veränderungen es sich dem Erkanntwerden durch einen alten Freund hatte entziehen können. Auch während der Sitzung ruhte sein Blick des öftern auf dem einst so vertrauten Gesicht. Übrigens hatte ihn Designori mit Ihr und dem Magistertitel angeredet, und er hatte ihn zweimal bitten müssen, ehe jener sich entschließen konnte, sich der alten Anrede zu bedienen und ihn wieder du zu nennen.

Knecht hatte Plinio als einen stürmischen und heiteren, mitteilsamen und glänzenden Jüngling gekannt, als einen guten Schüler und zugleich einen jungen Weltmann, der sich den weltfremden jungen Kastaliern überlegen fühlte und dem es oft Spaß machte, sie herauszufordern. Nicht frei von Eitelkeit war er vielleicht gewesen, aber offenen Wesens, ohne Kleinlichkeit und für die meisten Altersgenossen interessant, anziehend und liebenswürdig, ja für manche blendend durch seine hübsche Erscheinung, sein sicheres Auftreten und das Aroma von Fremdheit, das ihn als Hospitanten und Weltkind umgab. Jahre später, gegen Ende seiner Studentenzeit, hatte Knecht ihn wiedergesehen, da war er ihm verflacht, vergröbert und seines frühern Zaubers ganz beraubt erschienen und hatte ihn enttäuscht. Man war verlegen und kühl auseinandergegangen. Jetzt schien er wieder ein ganz anderer. Vor allem schien er seine Jugend und Munterkeit, seine Freude am Mitteilen, Streiten, Austauschen, sein aktives, werbendes, nach außen gekehrtes Wesen völlig abgelegt oder verloren zu haben. So, wie er bei der Begegnung den einstigen Freund nicht auf sich aufmerksam gemacht und nicht als erster begrüßt, so, wie er noch nach der Nennung ihrer Namen den Magister nicht mit du angeredet hatte und auf die herzliche Aufforderung dazu nur widerstrebend eingegangen war, so war auch in seiner Haltung, seinem Blick, seiner Sprechweise, seinen Gesichtszügen und Bewegungen an die Stelle der früheren Angriffslust, Offenheit und Beschwingtheit eine Verhaltenheit oder Gedrücktheit getreten, ein Sichsparen und Sichzurückhalten, eine Art Bann oder Krampf, oder auch vielleicht nur Müdigkeit. Darin war der Jugendzauber ertrunken und erloschen, aber nicht minder die Züge von Oberflächlichkeit und allzu derber Weltlichkeit, auch sie waren nicht mehr da. Der ganze Mann, vor allem aber sein Gesicht, schien jetzt gezeichnet, zum Teil zerstört, zum Teil geadelt, durch den Ausdruck des Leidens. Und während der Glasperlenspielmeister den Verhandlungen folgte, blieb ein Teil seiner Aufmerksamkeit stets bei dieser Erscheinung und zwang ihn, darüber zu sinnen, was für eine Art von Leiden es wohl sein möge, das diesen lebhaften, schönen und lebensfrohen Mann so beherrschte und so gezeichnet hatte. Es schien ein fremdes, ein ihm unbekanntes

Leiden zu sein, und je mehr sich Knecht diesem suchenden Sinn hingab, desto mehr fühlte er sich in Sympathie und Teilnahme zu diesem Leidenden hingezogen, ja es sprach bei diesem Mitleid und dieser Liebe leise ein Gefühl mit, als sei er diesem so traurig aussehenden Freund seiner Jugend etwas schuldig geblieben, als habe er etwas an ihm gutzumachen. Nachdem er über die Ursache von Plinios Traurigkeit manche Vermutung gefaßt und wieder aufgegeben hatte, kam ihm der Gedanke: das Leid in diesem Gesicht sei nicht gemeiner Herkunft, es sei ein edles, vielleicht tragisches Leid, und sein Ausdruck sei von einer in Kastalien unbekannten Art, er erinnerte sich, einen ähnlichen Ausdruck zuweilen auf nichtkastalischen, auf Weltmenschengesichtern gesehen zu haben, freilich niemals so stark und fesselnd. Auch auf Bildnissen von Menschen der Vergangenheit kannte er Ähnliches, auf Bildnissen von manchen Gelehrten oder Künstlern, von welchen eine rührende, halb krankhafte, halb schicksalhafte Trauer, Vereinsamung und Hilflosigkeit abzulesen war. Für den Magister, der ein so zartes Künstlergefühl für die Geheimnisse des Ausdrucks und ein so waches Erziehergefühl für Charaktere besaß, gab es schon längst gewisse physiognomische Kennzeichen, welchen er, ohne ein System daraus zu machen, instinktiv vertraute; so gab es für ihn zum Beispiel eine speziell kastalische und eine speziell weltliche Art von Lachen, Lächeln und Heiterkeit, und ebenso eine speziell weltliche Art von Leiden oder Traurigkeit. Diese Welttraurigkeit nun glaubte er auf Designoris Gesicht zu erkennen, und zwar so stark und rein ausgedrückt, als habe dies Gesicht die Bestimmung, Stellvertreter von vielen zu sein und das geheime Leiden und Kranksein vieler sichtbar zu machen. Er war von diesem Gesicht beunruhigt und ergriffen. Es schien ihm nicht nur bedeutungsvoll, daß die Welt seinen verlorengegangenen Freund nun hierher geschickt habe und daß Plinio und Josef, wie einst in ihren Schüler-Redekämpfen, so jetzt wirklich und gültig der eine die Welt, der andre den Orden vertrete; noch wichtiger und symbolhafter wollte es ihm erscheinen, daß in diesem einsamen und von Trauer beschatteten Angesicht die Welt nun einmal nicht ihr Lachen, ihre Lebenslust, ihre Machtfreude, ihre Derbheit nach Kastalien entsandt habe, sondern ihre

Not, ihr Leiden. Auch das gab ihm zu denken und mißfiel
ihm keineswegs, daß Designori ihn eher zu meiden als zu
suchen schien und sich nur langsam und unter großen Wi-
derständen ergab und erschloß. Übrigens, und das kam
Knecht natürlich zu Hilfe, war sein Schulkamerad, selber in
Kastalien erzogen, kein schwieriges, verdrossenes oder gar
geradezu übelwollendes Mitglied seiner für Kastalien so
wichtigen Kommission, wie man sie auch schon erlebt
hatte, sondern gehörte zu den Verehrern des Ordens und
Gönnern der Provinz, welcher er manchen Dienst erweisen
konnte. Auf das Glasperlenspiel allerdings hatte er seit langen Jahren verzichtet.
Wir könnten es nicht des genaueren berichten, auf welche
Weise der Magister allmählich das Vertrauen des Freundes
wiedergewann; jeder von uns, der des Meisters ruhige Heiterkeit und liebevolle Artigkeit kennt, mag es sich auf seine
Weise vorstellen. Knecht ließ nicht nach, um Plinio zu werben, und wer hätte auf die Dauer widerstanden, wenn es
ihm damit Ernst war?
Am Ende hatte, einige Monate nach jener ersten Wiederbegegnung, Designori seine wiederholt ergangene Einladung
zu einem Besuche in Waldzell angenommen, und die beiden fuhren an einem wolkig-windigen Herbstnachmittag
durch das beständig zwischen Licht und Schatten wech-
selnde Land den Stätten ihrer Schülerzeit und Freundschaft
entgegen, Knecht in gelassener Heiterkeit, sein Begleiter
und Gast still, aber unruhig, gleich den leeren Feldern zwischen Sonne und Schatten, zwischen Freuden des Wiedersehens und Trauer des Fremdgewordenseins zuckend.
Nahe der Siedlung stiegen sie aus und gingen zu Fuß die alten Wege, auf denen sie als Schüler miteinander gegangen
waren, erinnerten sich mancher Kameraden und Lehrer und
an manches ihrer damaligen Gespräche. Designori blieb für
einen Tag Knechts Gast, der ihm versprochen hatte, ihn
diesen Tag hindurch als Zuschauer allen seinen Amtshandlungen und Arbeiten beiwohnen zu lassen. Am Ende dieses
Tages – der Gast wollte am nächsten Morgen in aller Frühe
abreisen – saßen sie in Knechts Wohnzimmer allein beisammen, beinahe schon wieder in der alten Vertraulichkeit.
Der Tag, an dem er von Stunde zu Stunde des Magisters Arbeit hatte beobachten können, hatte dem Fremden großen

Eindruck gemacht. An diesem Abend fand zwischen den beiden ein Gespräch statt, das Designori gleich nach seiner Heimkehr aufgezeichnet hat. Wenn es auch zum Teil Unwichtiges enthält und unsre nüchterne Darstellung vielleicht in einer manchen Leser störenden Weise unterbricht, möchten wir es doch so mitteilen, wie jener es aufgeschrieben hat.

„So sehr vieles hatte ich im Sinn dir zu zeigen", sagte der Magister, „und nun bin ich doch nicht dazu gekommen. Zum Beispiel meinen hübschen Garten; erinnerst du dich noch des ,Magistergartens' und der Pflanzungen von Meister Thomas? – ja, und so vieles andre. Ich hoffe, es werde auch dafür Tag und Stunde noch kommen. Immerhin hast du seit gestern manche Erinnerung nachprüfen können und hast auch eine Vorstellung von der Art meiner Amtspflichten und meines Alltags bekommen."

„Ich bin dir dafür dankbar", sagte Plinio. „Was eure Provinz eigentlich ist, und was für merkwürdige und große Geheimnisse sie hat, begann ich erst heute wieder zu ahnen, obwohl ich auch in den Jahren meines Fernbleibens viel mehr an euch dachte, als du vermutet hättest. Du hast mir heute einen Einblick in dein Amt und in dein Leben gegeben, Josef, ich hoffe, es sei nicht das letztemal gewesen, und wir werden noch des öftern über das reden, was ich hier gesehen habe und worüber ich heut noch nicht sprechen kann. Dagegen fühle ich wohl, daß dein Vertrauen auch mich verpflichtet, und weiß, daß meine bisherige Verschlossenheit dich hat befremden müssen. Nun, auch du wirst mich einmal besuchen und sehen, wo ich zu Hause bin. Für heute kann ich dir nur ein wenig davon erzählen, so viel nur, daß du wieder über mich Bescheid weißt, und mir selbst wird die Aussprache, wenn sie auch zugleich beschämend und eine Strafe für mich ist, wohl auch etwas Erleichterung bringen.

Du weißt, ich stamme aus einer alten, um das Land verdienten und mit eurer Provinz befreundeten Familie, einer konservativen Familie von Gutsbesitzern und höhern Beamten. Aber sieh, schon diese einfache Mitteilung stellt mich vor die Kluft, die dich von mir trennt! Ich sage ,Familie' und glaube damit etwas Einfaches, Selbstverständliches und Eindeutiges zu sagen, aber ist es denn das? Ihr von der Pro-

11

vinz habet euren Orden und eure Hierarchie, aber Familie
habt ihr nicht, ihr wisset nicht, was Familie, Blut und Herkunft ist, und habet keine Ahnung von den geheimen und
gewaltigen Zaubern und Kräften dessen, was man Familie
nennt. Nun, und so ist es wohl im Grunde mit den meisten
Worten und Begriffen, in denen unser Leben sich ausdrük-
ken läßt: die meisten, die für uns wichtig sind, sind es für
euch nicht, sehr viele sind für euch einfach unverständlich,
und andre bedeuten bei euch etwas ganz anderes als bei
uns. Und da soll man miteinander reden! Sieh, wenn du mit
mir sprichst, so ist es, als rede mich ein Ausländer an, immerhin aber ein Ausländer, dessen Sprache ich in meiner
Jugend gelernt und selbst gesprochen habe, ich verstehe das
meiste. Aber umgekehrt ist es nicht ebenso: wenn ich zu dir
rede, so hörst du eine Sprache, deren Ausdrücke dir nur
halb und deren Nuancen und Schwingungen dir gar nicht
bekannt sind, du vernimmst Geschichten aus einem Menschenleben, einer Daseinsform, welche nicht die deine ist;
das meiste, selbst wenn es dich interessieren sollte, bleibt
dir fremd und höchstens halbverständlich. Du erinnerst
dich unsrer vielen Redekämpfe und Gespräche in unsrer
Schülerzeit; von meiner Seite waren sie nichts andres als
ein Versuch, einer von vielen, die Welt und Sprache eurer
Provinz mit der meinigen in Einklang zu bringen. Du bist
der aufgeschlossenste, willigste und redlichste von allen gewesen, mit denen ich jemals solche Versuche unternahm;
du standest tapfer für die Rechte Kastaliens ein, ohne doch
gegen meine andere Welt und deren Rechte gleichgültig zu
sein oder sie gar zu verachten. Wir kamen einander ja damals ziemlich nahe. Nun, darauf kommen wir später zurück."
Da er einen Augenblick nachdenklich schwieg, sagte
Knecht behutsam: "Es ist wohl nicht so schlimm mit dem
Nichtverstehenkönnen. Gewiß, zwei Völker und zwei Sprachen werden einander nie sich so verständlich und so intim
mitteilen können wie zwei einzelne, die derselben Nation
und Sprache angehören. Aber das ist kein Grund, auf Verständigung und Mitteilung zu verzichten. Auch zwischen
Volks- und Sprachgenossen stehen Schranken, die eine
volle Mitteilung und ein volles gegenseitiges Verstehen verhindern, Schranken der Bildung, der Erziehung, der Bega-

bung, der Individualität. Man kann behaupten, jeder Mensch auf Erden könne grundsätzlich mit jedem andern sich aussprechen, und man kann behaupten, es gebe überhaupt keine zwei Menschen in der Welt, zwischen denen eine echte, lückenlose, intime Mitteilung und Verständigung möglich sei – eins ist so wahr wie das andre. Es ist Yin und Yang, Tag und Nacht, beide haben recht, an beide muß man zuzeiten erinnert werden, und ich gebe dir insoweit recht, als auch ich natürlich nicht glaube, daß wir beide uns einander jemals ganz und gar und restlos werden verständlich machen können. Magst du ein Abendländer, ich ein Chinese sein, mögen wir verschiedene Sprachen reden, so werden wir dennoch, wenn wir guten Willens sind, einander sehr viel mitteilen und über das exakt Mitteilbare hinaus sehr viel voneinander erraten und ahnen können. Jedenfalls wollen wir es versuchen."

Designori nickte und fuhr fort: „Ich will vorerst das wenige erzählen, was du wissen mußt, um etwa eine Ahnung von meiner Situation zu bekommen. Also da ist zunächst die Familie, die oberste Macht im Leben eines jungen Menschen, er mag sie anerkennen oder nicht. Ich bin mit ihr gut ausgekommen, solange ich Hospitant eurer Eliteschulen war. Das Jahr hindurch war ich bei euch gut aufgehoben, in den Ferien wurde ich zu Hause gefeiert und verwöhnt, ich war der einzige Sohn. An meiner Mutter hing ich mit einer zärtlichen, ja leidenschaftlichen Liebe, die Trennung von ihr war der einzige Schmerz, den ich bei jeder Abreise empfand. Mit dem Vater stand ich in einem kühleren, aber freundlichen Verhältnis, wenigstens während all der Knaben- und Jünglingsjahre, die ich bei euch verbrachte; er war ein alter Kastalienverehrer und stolz darauf, mich in den Eliteschulen erzogen und in so sublime Dinge wie das Glasperlenspiel eingeweiht zu sehen. Diese heimatlichen Ferienaufenthalte waren oft wahrhaft hochgestimmt und festlich, die Familie und ich kannten einander gewissermaßen nur noch in Festkleidern. Manchmal, wenn ich so in die Ferien reiste, habe ich euch Zurückbleibende bedauert, die von solchem Glück nichts wußten. Ich brauche von damals nicht viel zu sagen, du hast mich ja gekannt, besser als irgendein anderer. Ich war beinah ein Kastalier, ein bißchen weltfroher, derber und oberflächlicher vielleicht, aber voll glücklichen

Übermuts, beschwingt und enthusiastisch. Es war die glücklichste Zeit meines Lebens, was ich damals freilich nicht ahnte, denn in jenen Waldzeller Jahren erwartete ich das Glück und die Höhe meines Lebens von der Zeit, da ich aus euren Schulen entlassen heimkehren und mir mit Hilfe meiner bei euch erworbenen Überlegenheit die dortige Welt erobern würde. Statt dessen begann nach meinem Abschied von dir für mich eine Auseinandersetzung, die bis heute dauert, und ein Kampf, in dem ich nicht Sieger geblieben bin. Denn die Heimat, in die ich zurückkam, bestand diesmal nicht mehr nur aus meinem Vaterhause und hatte keineswegs darauf gewartet, mich umarmen und meine Waldzeller Vornehmheit anerkennen zu dürfen, und auch im Vaterhause selbst gab es bald Enttäuschungen, Schwierigkeiten und Mißtöne. Es dauerte eine Weile, bis ich es merkte, ich war durch mein naives Vertrauen, meinen knabenhaften Glauben an mich und mein Glück geschützt und geschützt auch durch die von euch mitgebrachte Ordensmoral, durch die Gewohnheit der Meditation. Aber welche Enttäuschung und Ernüchterung brachte die Hochschule, an der ich die politischen Fächer studieren wollte! Der Umgangston unter den Studenten, das Niveau ihrer allgemeinen Bildung und ihrer Geselligkeit, die Persönlichkeiten mancher Lehrer, wie stachen sie ab von dem, woran ich mich bei euch gewöhnt hatte! Du erinnerst dich, wie ich einst unsere Welt gegen die eure verteidigt und dabei im Lob des ungebrochenen, naiven Lebens den Mund oft recht voll genommen habe. Wenn das eine Strafe verdiente, Freund, dann bin ich schwer dafür bestraft worden. Denn dieses naive, unschuldige Triebleben, diese Kindlichkeit und undressierte Genialität des Naiven, sie mochte wohl irgendwo vorhanden sein, bei den Bauern vielleicht oder den Handwerkern oder wo sonst, aber es gelang mir nicht, sie zu Gesicht zu bekommen oder gar an ihr teilzuhaben. Du erinnerst dich auch, nicht wahr, wie ich in meinen Reden die Überheblichkeit und Gespreiztheit der Kastalier kritisierte, dieser eingebildeten und verweichlichten Kaste mit ihrem Kastengeist und ihrem Elitehochmut. Nun, die Weltleute waren auf ihre schlechten Manieren, ihre geringe Bildung, ihren derben lauten Humor, ihre dummschlaue Beschränkung auf praktische, selbstsüchtige Ziele nicht we-

niger stolz, sie kamen sich nicht weniger kostbar, gottgefäl-
lig und auserwählt vor in ihrer engstirnigen Natürlichkeit,
als der affektierteste Waldzeller Musterschüler es jemals
tun konnte. Sie lachten mich aus oder klopften mir auf die
Schulter, manche aber reagierten auf das Fremde, Kastalische in mir mit dem offenen, blanken Haß, den das Gemeine gegen alles Vornehme hat und den ich wie eine Auszeichnung auf mich zu nehmen entschlossen war."
Designori machte eine kurze Pause und warf einen Blick
auf Knecht, ungewiß, ob er ihn nicht ermüde. Sein Blick begegnete dem des Freundes und fand in ihm einen Ausdruck
tiefer Aufmerksamkeit und Freundlichkeit, der ihm wohltat
und ihn beruhigte. Er sah, der andre war ganz seiner Eröff-
nung hingegeben, er hörte nicht zu, wie man einem Ge-
plauder zuhört oder auch einer interessanten Erzählung,
sondern mit der Ausschließlichkeit und Hingabe, mit der
man sich in einer Meditation konzentriert, und dabei mit
einem reinen, herzlichen Wohlwollen, dessen Ausdruck in
Knechts Blick ihn rührte, so herzlich und beinahe kindlich
schien er ihm, und es ergriff ihn eine Art von Staunen darüber, diesen Ausdruck im Gesicht desselben Mannes zu sehen, dessen vielfältiges Tagewerk, dessen amtliche Weisheit
und Autorität er diesen ganzen Tag hindurch bewundert
hatte. Erleichtert fuhr er fort:
„Ich weiß nicht, ob mein Leben nutzlos und bloß ein Miß-
verständnis war oder ob es einen Sinn hat. Sollte es einen
Sinn haben, so wäre es etwa der, daß ein einzelner, konkre-
ter Mensch unserer Zeit einmal auf das deutlichste und
schmerzlichste erkannt und erlebt hat, wie weit Kastalien
sich von seinem Mutterlande entfernt hat, oder meinetwegen auch umgekehrt: wie sehr unser Land seiner edelsten
Provinz und deren Geist fremd und untreu geworden ist,
wie weit in unsrem Lande Leib und Seele, Ideal und Wirklichkeit auseinanderklaffen, wie wenig sie voneinander wissen und wissen wollen. Wenn ich im Leben eine Aufgabe
und ein Ideal hatte, so war es das, aus meiner Person eine
Synthese der beiden Prinzipien zu machen, zwischen beiden zum Vermittler, Dolmetsch und Versöhner zu werden.
Ich habe es versucht und bin gescheitert. Und da ich dir ja
doch nicht mein ganzes Leben erzählen kann und du auch
nicht alles verstehen könntest, will ich dir nur eine von den

Situationen vorführen, die für mein Scheitern bezeichnend sind. Die Schwierigkeit damals nach dem Beginn meines Studiums an der Hochschule bestand nicht so sehr darin, mit den Hänseleien oder Anfeindungen fertig zu werden, die mir als einem Kastalier, einem Musterknaben zuteil wurden. Die paar unter meinen neuen Kameraden, welchen meine Herkunft aus den Eliteschulen eine Auszeichnung und Sensation bedeutete, machten mir sogar mehr zu schaffen und brachten mich in größere Verlegenheit. Nein, das Schwierige und vielleicht Unmögliche war, inmitten der Weltlichkeit ein Leben im kastalischen Sinn weiterzuführen. Anfangs merkte ich es kaum, ich hielt mich an die Regeln, wie ich sie bei euch gelernt hatte, und längere Zeit schienen sie sich auch hier zu bewähren, sie schienen mich zu stärken und zu schützen, schienen mir Munterkeit und innere Gesundheit zu erhalten und mich in meinem Vorsatz zu bestärken, in dem Vorsatz nämlich, allein und selbständig meine Studienjahre möglichst auf kastalische Art hinzubringen, einzig meinem Wissensdurst nachzugehen und mich nicht in einen Studiengang zwingen zu lassen, der nichts wollte, als den Studenten in möglichst kurzer Zeit möglichst gründlich für einen Brotberuf zu spezialisieren und jede Ahnung von Freiheit und Universalität in ihm abzutöten. Aber der Schutz, den Kastalien mir mitgegeben hatte, erwies sich als gefährlich und zweifelhaft, denn ich wollte ja nicht resignierend und eremitenhaft meinen Seelenfrieden und meine meditative Geistesruhe bewahren, ich wollte ja die Welt erobern, sie verstehen, sie zwingen, auch mich zu verstehen, ich wollte sie bejahen und womöglich erneuern und verbessern, ich wollte ja in meiner Person Kastalien und die Welt zusammenbringen und versöhnen. Wenn ich nach einer Enttäuschung, einem Streit, einer Aufregung mich in die Meditation zurückzog, so war dies anfangs jedesmal eine Wohltat, eine Entspannung, ein Tiefatmen, eine Rückkehr zu guten, freundlichen Mächten. Mit der Zeit aber merkte ich, daß es gerade die Versenkung, die Pflege und Übung der Seele sei, die mich dort isolierte, die mich den andern so unangenehm fremd erscheinen ließ und mich selbst unfähig machte, sie wirklich zu verstehen. Die andern, die Weltleute, wirklich verstehen, sah ich, konnte ich nur dann, wenn ich wieder wurde wie sie, wenn ich nichts vor ihnen voraushatte, auch nicht diese Zuflucht in die Versenkung. Natürlich ist es aber auch wohl möglich, daß ich den Vorgang beschönige, wenn ich ihn so darstelle. Vielleicht, oder wahrscheinlich, war es einfach so, daß ich ohne gleichgeschulte und gleichgestimmte Kameraden, ohne Kontrolle durch Lehrer, ohne die bewahrende und heilsame Atmosphäre Waldzells allmählich die Disziplin verlor, daß ich träg und unaufmerksam wurde und in Schlendrian verfiel und dies dann in Augenblicken des schlechten Gewissens damit entschuldigte, Schlendrian sei nun einmal eines der Attribute dieser Welt, und indem ich mich ihm überlasse, komme ich dem Verständnis meiner Umgebung näher. Es liegt mir dir gegenüber nichts am Beschönigen, aber ich möchte auch nicht leugnen und verhehlen, daß ich mir Mühe gegeben, gestrebt und gekämpft habe, auch dort, wo ich irrte. Es war mir Ernst. Aber ob nun mein Versuch, mich verstehend und sinnvoll einzuordnen, nur eine Einbildung von mir war oder nicht, jedenfalls geschah das Natürliche, die Welt war stärker als ich und hat mich langsam überwältigt und eingeschluckt; es war genau so, als sollte ich vom Leben beim Wort genommen und völlig der Welt angeglichen werden, deren Richtigkeit, Naivität, Stärke und ontische Überlegenheit ich in unseren Waldzeller Disputationen so sehr gepriesen und gegen deine Logik verteidigt hatte. Du erinnerst dich.

Und nun muß ich dich an etwas anderes erinnern, was du vermutlich längst vergessen hast, da es für dich keine Bedeutung hatte. Für mich aber hatte es sehr viel Bedeutung, für mich war es wichtig, wichtig und schrecklich. Meine Studentenjahre waren beendet, ich hatte mich angepaßt, war besiegt, aber keineswegs ganz, vielmehr hielt ich mich im Innern noch immer für euresgleichen und glaubte diese und jene Anpassungen und Abschleifungen mehr aus Lebensklugheit und freiwillig vollzogen als unterliegend erlitten zu haben. So hielt ich auch noch an manchen Gewohnheiten und Bedürfnissen der Jünglingsjahre fest, darunter am Glasperlenspiel, was vermutlich wenig Sinn hatte, denn ohne beständige Übung und beständigen Umgang mit gleichwertigen und namentlich mit überlegenen Spielgenossen kann man ja nichts lernen, das Alleinspielen kann das nur höchstens so ersetzen wie das Selbstgespräch ein wirkliches und echtes Gespräch. Ohne also so recht zu wissen, wie es um mich, um meine Spielkunst, meine Bildung, mein Eliteschülertum stehe, gab ich mir doch Mühe, diese Güter oder mindestens etwas von ihnen zu retten, und wenn ich einem meiner damaligen Freunde, die vom Glasperlenspiel zwar mitzureden versuchten, aber keine Ahnung von seinem Geist hatten, ein Spielschema vorentwarf oder einen Spielsatz analysierte, mochte es diesen völlig Unwissenden wohl wie Zauberei erscheinen. Im dritten oder vierten meiner Studentenjahre nahm ich an einem Spielkurs in Waldzell teil, das Wiedersehen der Gegend, des Städtchens, unsrer alten Schule, des Spielerdorfes war mir eine wehmütige Freude, du aber warest nicht da, du studiertest damals irgendwo in Monteport oder Keuperheim und galtest für einen strebsamen Eigenbrötler. Mein Spielkurs war ja nur ein Ferienkurs für uns arme Weltleute und Dilettanten, trotzdem machte er mir Mühe, und ich war stolz, als ich am Schluß den üblichen ‚Dreier‘ bekam, jenes ‚Genügend‘ im Spielzeugnis, das grade noch hinreicht, um seinem Inhaber den Wiederbesuch solcher Ferienkurse zu erlauben.

Und nun, wieder einige Jahre später, raffte ich mich nochmals auf, meldete mich zu einem Ferienkurs unter deinem Vorgänger an und hatte mein Bestes getan, um mich für Waldzell einigermaßen präsentabel zu machen. Ich hatte meine alten Übungshefte wieder durchgelesen, hatte auch Versuche gemacht, mich wieder ein wenig mit der Konzentrationsübung vertraut zu machen, kurz ich hatte mich, mit meinen bescheidenen Mitteln, in ähnlicher Weise auf den Ferienkurs hin geübt, gestimmt und gesammelt, wie es etwa ein echter Glasperlenspieler auf das große Jahresspiel hin tut. So rückte ich in Waldzell ein, wo ich mich, nach der Pause von wenigen Jahren, schon wieder um ein gutes Stück mehr entfremdet, zugleich aber auch bezaubert fühlte, als kehrte ich in eine verlorene schöne Heimat zurück, deren Sprache mir aber nicht mehr recht geläufig sei. Und dieses Mal wurde mir auch mein lebhafter Wunsch, dich wiederzusehen, erfüllt. Du kannst dich daran erinnern, Josef?“

Knecht blickte ihm ernst in die Augen, nickte und lächelte ein wenig, sagte aber kein Wort.

„Gut", fuhr Designori fort, „du erinnerst dich also. Aber was ist es, woran du dich erinnerst? Ein flüchtiges Wiedersehen mit einem Schulkameraden, eine kleine Begegnung und Enttäuschung; man geht weiter und denkt nicht mehr daran, außer wenn man etwa nach Jahrzehnten durch den andern unhöflich daran erinnert wird. Ist es nicht so? War es etwas anderes, war es mehr für dich?"

Er war, obwohl sichtlich sehr bemüht, sich zu beherrschen, in große Erregung geraten, es schien da etwas in vielen Jahren Angehäuftes, Unbewältigtes sich entladen zu wollen.

„Du greifst vor", sagte Knecht sehr behutsam. „Was es für mich war, davon werden wir sprechen, wenn ich an der Reihe sein und Rechenschaft ablegen werde. Jetzt hast du das Wort, Plinio. Ich sehe, daß jene Begegnung nicht angenehm für dich war. Sie war es damals auch für mich nicht. Und nun erzähle weiter, wie es damals war. Sprich rückhaltlos!"

„Ich will es versuchen", meinte Plinio. „Vorwürfe will ich dir ja nicht etwa machen. Ich muß dir auch zugestehen, daß du dich damals vollkommen korrekt gegen mich benommen hast, ja mehr als das. Als ich deiner jetzigen Einladung hierher nach Waldzell folgte, das ich seit jenem zweiten Ferienkurs nie mehr wiedergesehen hatte, ja schon als ich die Wahl zum Mitglied der Kommission für Kastalien annahm, war es meine Absicht, mich dir und dem damaligen Erlebnis zu stellen, einerlei ob es uns beiden angenehm sein möchte oder nicht. Und nun will ich fortfahren. Ich war zum Ferienkurs gekommen und im Gästehaus einquartiert worden. Die Teilnehmer am Kurs waren beinahe alle ungefähr in meinem Alter, einige sogar bedeutend älter; wir waren höchstens zwanzig Leute, größtenteils Kastalier, aber entweder schlechte, gleichgültige, verwahrloste Glasperlenspieler oder aber Anfänger, denen es erst so spät eingefallen war, sich auch ein wenig mit dem Spiel bekannt zu machen; es war mir eine Erleichterung, daß keiner von ihnen mit mir bekannt war. Obwohl unser Kursleiter, einer der Gehilfen des Archivs, sich brav Mühe gab und auch sehr freundlich gegen uns war, hatte die Sache doch beinah von Anfang an etwas vom Charakter einer zweitrangigen und nutzlosen Schule, eines Strafkurses etwa, dessen zufällig zusammengewürfelte Teilnehmer an einen wirklichen Sinn und Erfolg ebensowenig glauben wie der Lehrer, wenn auch keiner das zugibt. Man konnte sich verwundert fragen, warum denn diese Handvoll Leute sich da zusammengetan habe, um freiwillig etwas zu betreiben, wofür ihre Kraft nicht ausreichte, ihr Interesse nicht stark genug war, um sie zu Ausdauer und Opfern zu befähigen, und warum ein gelehrter Fachmann sich dazu hergab, ihnen einen Unterricht zu geben und sie mit Übungen zu beschäftigen, von welchen er sich selber kaum viel Erfolg versprechen konnte. Ich wußte es damals nicht, erfuhr es erst viel später durch Erfahrenere, daß ich mit diesem Kurs ausgesprochen Pech hatte, daß eine etwas andere Zusammensetzung der Teilnehmer ihn hätte anregend und fördernd, ja begeisternd machen können. Es genügen oft, so sagte man mir später, zwei Teilnehmer, die sich aneinander entzünden oder die sich schon vorher kannten und nahestanden, um einem solchen Kurs samt allen seinen Teilnehmern und seinem Lehrer einen Schwung nach oben zu geben. Du bist Glasperlenspielmeister, du mußt das ja kennen. Nun, ich hatte also Pech, es fehlte die kleine belebende Zelle in unsrer Zufallsgemeinschaft, es kam nicht zu einer Erwärmung, nicht zu einem Aufschwung, es war und blieb ein matter Repetierkurs für erwachsene Schulknaben. Die Tage gingen hin, die Enttäuschung wuchs mit jedem. Nun war aber außer dem Glasperlenspiel ja auch noch Waldzell da, für mich ein Ort heiliger und wohlgehüteter Erinnerungen, und wenn der Spielkurs versagte, so blieb mir doch die Feier einer Heimkehr, die Berührung mit Kameraden von einst, vielleicht auch ein Wiedersehen mit jenem Kameraden, an den ich die meisten und stärksten Erinnerungen bewahrte und der für mich mehr als irgendeine andere Gestalt unser Kastalien repräsentierte: mit dir, Josef. Wenn ich ein paar von meinen Jugend- und Schulgenossen wiedersah, wenn ich auf meinen Gängen durch die schöne, so sehr geliebte Gegend den guten Geistern meiner Jünglingsjahre wieder begegnete, wenn auch du etwa mir wieder nahekommen solltest und sich in Gesprächen wie einst eine Auseinandersetzung ergäbe, weniger zwischen dir und mir als zwischen meinem Kastalienproblem und mir selbst, dann war es um diese Ferien nicht schade, dann mochte der Kurs und alles andre dreingegeben werden.

Die zwei Kameraden aus meiner Schulzeit, die mir zuerst über den Weg liefen, waren harmlos, sie klopften mir erfreut auf die Schulter und stellten Kinderfragen nach meinem sagenhaften Weltleben. Die paar andern aber waren nicht so harmlos, sie gehörten zum Spielerdorf und zur jüngeren Elite, und sie stellten keine naiven Fragen, sondern grüßten mich, wenn man sich in einem der Räume deines Heiligtums begegnete und man mir nicht ausweichen konnte, mit einer spitzen, etwas überanstrengten Höflichkeit, vielmehr Leutseligkeit, und konnten ihr Beschäftigtsein mit Wichtigem und mir Unzugänglichem, ihren Mangel an Zeit, an Neugierde, an Teilnahme, an Willen zur Erneuerung der alten Bekanntschaft gar nicht genug betonen. Nun, ich habe mich ihnen nicht aufgedrängt, ich ließ sie in Ruhe, in ihrer olympischen, heiteren, spöttischen, kastalischen Ruhe. Ich blickte zu ihnen und ihrem geschäftig heiteren Tag hinüber wie ein Gefangener durchs Gitter, oder wie Arme, Hungernde und Unterdrückte zu den Aristokraten und Reichen hinüberblicken, den Heiteren, Hübschen, Gebildeten, Wohlerzogenen, Wohlausgeruhten mit den gepflegten Gesichtern und Händen.

Und nun erschienest du, Josef, und Freude und neue Hoffnung erhoben sich in mir, als ich dich sah. Du gingest über den Hof, ich erkannte dich von hinten am Gang und rief dich gleich mit Namen an. Endlich ein Mensch! dachte ich, endlich ein Freund, vielleicht auch ein Gegner, aber einer, mit dem man reden kann, ein Urkastalier zwar, aber einer, bei dem das Kastalische nicht zu Maske und Panzer erstarrt war, ein Mensch, ein Verstehender! Du mußtest es merken, wie froh ich war und wieviel ich von dir erwartete, und in der Tat bist du mir ja auch mit der größten Artigkeit entgegengekommen. Du kanntest mich noch, ich bedeutete dir noch etwas, es machte dir Freude, mein Gesicht wiederzusehen. Und so blieb es denn auch nicht bei der kurzen frohen Begrüßung auf dem Hof, sondern du hast mich eingeladen und hast mir einen Abend gewidmet, geopfert. Aber, lieber Knecht, was für ein Abend ist das gewesen! Wie haben wir uns darum geplagt, beide, recht aufgeräumt zu erscheinen, recht höflich und beinah kameradschaftlich miteinander zu sein, und wie schwer ist es uns geworden, das lahme Gespräch von einem Thema zum andern zu schleppen! Waren die andern gleichgültig gegen mich gewesen, dies mit dir war schlimmer, diese angestrengte und nutzlose Bemühung um eine einmal gewesene Freundschaft tat viel weher. Jener Abend machte endgültig meinen Illusionen ein Ende, es wurde mir unerbittlich klargemacht, daß ich kein Kamerad und Gleichstrebender, kein Kastalier, kein Mensch von Range sei, sondern ein lästiger, sich anbiedernder Tölpel, ein ungebildeter Ausländer, und daß es in so korrekter und schöner Form geschah und die Enttäuschung und Ungeduld so tadellos maskiert blieb, schien mir eigentlich noch das Schlimmste daran. Hättest du mich gescholten und mir Vorwürfe gemacht, hättest du mich angeklagt: ,Was ist aus dir geworden, Freund, wie konntest du so verkommen?', ich wäre glücklich und das Eis wäre gebrochen gewesen. Aber nichts von alledem. Ich sah, es war nichts mit meiner Zugehörigkeit zu Kastalien, nichts mit meiner Liebe zu euch und meinen Studien im Glasperlenspiel, nichts mit unserer Kameradschaft. Repetent Knecht hatte meinen lästigen Besuch in Waldzell entgegengenommen, er hatte sich einen Abend lang mit mir geplagt und gelangweilt und hatte mich nun in höchst einwandfreier Form wieder hinauskomplimentiert."

Designori, mit seiner Erregung kämpfend, brach ab und blickte mit gequältem Gesicht zum Magister hinüber. Der saß, ganz aufmerksamer Hörer, hingegeben, aber selbst nicht im mindesten erregt, und sah seinen alten Freund mit einem Lächeln an, das voll freundlicher Teilnahme war. Da der andre nicht weitersprach, ließ Knecht seinen Blick auf ihm ruhen, voll Wohlwollen und mit einem Ausdruck von Befriedigung, ja von Vergnügen, dem der Freund eine Minute oder länger finster standhielt.

„Du lachst?" rief Plinio dann heftig, doch nicht böse. „Du lachst? Du findest alles in Ordnung?"

„Ich muß sagen", lächelte Knecht, „du hast den Vorgang ausgezeichnet dargestellt, ganz ausgezeichnet, es war genau so, wie du es schilderst, und vielleicht war sogar der Rest von Beleidigtsein und Anklage in deiner Stimme nötig, um es so herauszubringen und mir die Szene so vollkommen wieder gegenwärtig zu machen. Auch hast du, obwohl du leider sichtlich die Sache noch immer etwas mit den Augen von damals ansiehst und etwas an ihr nicht verwunden hast, deine Geschichte objektiv richtig erzählt, die Geschichte von zwei jungen Menschen in einer etwas peinlichen Situation, die sich beide etwas verstellen müssen und von denen einer, nämlich du, den Fehler beging, sein wirkliches und ernstliches Leiden unter der Situation ebenfalls hinter flottem Auftreten zu verbergen, statt das Maskenspiel zu durchbrechen. Es scheint sogar ein wenig so, als rechnest du noch heute die Ergebnislosigkeit jener Begegnung mehr mir als dir zu, obwohl es ja durchaus an dir gewesen wäre, die Situation zu ändern. Hast du das wirklich nicht gesehen? Aber geschildert hast du es sehr gut, das muß ich sagen. Ich habe in der Tat die ganze Bedrücktheit und Verlegenheit jener wunderlichen Abendstunde wieder empfunden, ich habe wieder für Augenblicke um die Haltung kämpfen zu müssen geglaubt und mich für uns beide ein wenig geschämt. Nein, deine Erzählung stimmt genau. Es ist ein Vergnügen, so erzählen zu hören."

„Nun", begann Plinio etwas verwundert, und noch klang etwas Kränkung und Mißtrauen in seiner Stimme mit, „es ist ja erfreulich, wenn wenigstens einem von uns meine Erzählung Spaß gemacht hat. Mir, mußt du wissen, war es gar nicht um Spaß zu tun."

„Aber jetzt", sagte Knecht, „jetzt siehst du doch, wie heiter wir diese Geschichte, die ja für uns beide nicht eben ruhmvoll ist, betrachten können? Lachen können wir über sie."

„Lachen? Warum denn?"

„Weil diese Geschichte von dem Exkastalier Plinio, der sich um das Glasperlenspiel bemüht und um die Anerkennung der einstigen Kameraden, vergangen und gründlich abgetan ist, ebenso wie die von dem höflichen Repetenten Knecht, der trotz aller kastalischen Formen seine Verlegenheit vor dem hereingeschneiten Plinio so wenig zu verbergen wußte, daß sie ihm heut nach so vielen Jahren wie im Spiegel wieder vorgehalten werden konnte. Nochmals, Plinio, du hast ein gutes Gedächtnis, gut hast du erzählt, ich hätte es nicht so gekonnt. Ein Glück für uns, daß die Geschichte so ganz abgetan ist und wir über sie lachen können."

Designori war verwirrt. Wohl spürte er die gute Laune des Magisters als etwas Angenehmes und Herzliches, von allem Spotte weit entfernt, und spürte auch, daß hinter der Heiterkeit ein großer Ernst liege, doch hatte er beim Erzählen

allzu schmerzlich die Bitterkeit jenes Erlebnisses wieder gefühlt, und seine Erzählung hatte zu sehr den Charakter
einer Beichte gehabt, als daß er ohne weiteres die Tonart
hätte wechseln können.

„Du vergissest vielleicht doch", sagte er zögernd, wenn
auch schon halb umgestimmt, „daß das, was ich erzählte, für
mich nicht dasselbe war wie für dich. Für dich war es eine
Unannehmlichkeit, höchstens, für mich eine Niederlage
und ein Zusammenbruch, und übrigens auch der Beginn
wichtiger Änderungen in meinem Leben. Als ich damals,
kaum war der Kurs zu Ende, Waldzell verließ, beschloß ich,
nie hierher wiederzukehren, und war nahe daran, Kastalien
und euch alle zu hassen. Ich hatte meine Illusionen verloren und eingesehen, daß ich nicht mehr zu euch gehöre,
vielleicht auch früher schon nicht so ganz zu euch gehört
hatte, wie ich mir einbildete, und es fehlte gar nicht viel, so
wäre ich zu einem Renegaten und zu eurem ausgesprochenen Feind geworden."

Heiter und zugleich durchdringend blickte der Freund ihn
an.

„Gewiß", sagte er, „und dies alles wirst du mir ja, so hoffe
ich, nächstens auch noch erzählen. Aber für heute ist unsre
Lage, so scheint mir, doch diese: Wir waren in früher Jugend Freunde, wurden getrennt und gingen sehr verschiedene Wege; dann trafen wir uns wieder, das war damals bei
deinem unglücklichen Ferienkurs, du warst ein halber oder
ganzer Weltmensch geworden, ich ein etwas dünkelhafter
und auf kastalische Formen bedachter Waldzeller, und dieses enttäuschenden und beschämenden Wiedersehens haben wir heute uns erinnert. Wir sahen uns selber und unsere damalige Verlegenheit wieder, und wir konnten den
Anblick ertragen und können dazu lachen, denn es ist ja
heute alles völlig anders. Ich will auch nicht verhehlen, daß
der Eindruck, den du mir damals machtest, mich in der Tat
in große Verlegenheit brachte, es war ein durchaus unange-
nehmer, negativer Eindruck, ich wußte nichts mit dir anzufangen, du erschienest mir auf eine unerwartete, bestür-
zende und aufreizende Weise unfertig, grob, weltlich. Ich
war ein junger Kastalier, der die Welt nicht kannte und
eigentlich auch nicht kennen wollte, und du, nun du warst
ein junger Fremdling, von dem ich nicht recht begriff, wozu

er uns aufsuchte und warum er einen Spielkurs mitmachte, denn du schienest vom Eliteschüler kaum mehr etwas an dir zu haben. Du reiztest damals meine Nerven wie ich die deinen. Ich mußte dir natürlich als hochmütiger Waldzeller ohne Verdienste erscheinen, der zwischen sich und einem Nichtkastalier und Spieldilettanten die Distanz sorgfältig zu wahren suchte. Und du warest für mich eine Art Barbar oder Halbgebildeter, der lästige und unbegründete, sentimentale Ansprüche an mein Interesse und meine Freundschaft zu machen schien. Wir wehrten uns gegeneinander, wir waren nahe daran, einander zu hassen. Wir konnten nichts tun als auseinandergehen, weil keiner dem andern etwas zu geben hatte und keiner dem andern gerecht zu werden imstande war.

Heute aber, Plinio, durften wir die schamhaft begrabene Erinnerung daran wieder erneuern und dürfen über jene Szene und uns beide lachen, denn heut sind wir als andre und mit ganz andern Absichten und Möglichkeiten zueinander gekommen, ohne Rührseligkeiten, ohne unterdrückte Eifersuchts- und Haßgefühle, ohne Selbstdünkel, wir sind ja beide längst Männer geworden."

Designori lächelte befreit. Doch fragte er noch: „Sind wir aber dessen auch sicher? Guten Willen haben wir ja schließlich auch damals gehabt."

„Das will ich meinen", lachte Knecht. „Und haben uns mit unsrem guten Willen bis zum Unerträglichen gequält und überanstrengt. Wir haben einander damals nicht leiden können, instinktiv, jedem von uns war der andre unvertraut, störend, fremd und widerlich, und nur die Einbildung einer Verpflichtung, einer Zusammengehörigkeit hat uns gezwungen, einen Abend lang diese mühsame Komödie zu spielen. Das wurde mir damals schon bald nach deinem Besuche klar. Die gewesene Freundschaft sowohl wie die gewesene Gegnerschaft war von uns beiden noch nicht recht überwunden. Statt sie sterben zu lassen, glaubten wir sie ausgraben und irgendwie fortsetzen zu müssen. Wir fühlten uns ihr verschuldet und wußten nicht, womit die Schuld zu bezahlen sei. Ist es nicht so?"

„Ich glaube", sagte Plinio nachdenklich, „du bist auch heute noch etwas allzu höflich. Du sagst ‚wir beide', aber es waren ja nicht wir beide, die einander suchten und nicht finden konnten. Das Suchen, die Liebe war ganz auf meiner Seite, und so auch die Enttäuschung und das Leid. Was hat sich denn, ich frage dich, in deinem Leben geändert nach unsrer Begegnung? Nichts! Bei mir dagegen bedeutete sie einen tiefen und schmerzlichen Einschnitt, und ich kann darum nicht in das Lachen mit einstimmen, mit dem du sie abtust."

„Verzeih", begütigte Knecht freundlich, „ich bin wohl voreilig gewesen. Aber ich hoffe dich mit der Zeit doch dahin zu bringen, daß du in mein Lachen einstimmst. Du hast recht, du bist damals verwundet worden, nicht durch mich zwar, wie du meintest und auch noch immer zu meinen scheinst, wohl aber durch die zwischen euch und Kastalien liegende Kluft und Entfremdung, die wir beide während unsrer Schülerfreundschaft überwunden zu haben schienen und die nun plötzlich so schrecklich breit und tief vor uns klaffte. Soweit du mir persönlich Schuld gibst, bitte ich dich, deine Anklage freimütig auszusprechen."

„Ach, eine Anklage war es nie. Wohl aber eine Klage. Du hast sie damals nicht gehört, und willst sie auch heute, wie es scheint, nicht hören. Du hast sie damals mit Lächeln und guter Haltung beantwortet und tust es heute wieder."

Obwohl er Freundschaft und tiefes Wohlwollen im Blick des Meisters spürte, konnte er nicht aufhören, dies zu betonen; ihm war, dies lang und schmerzlich Getragene müsse nun einmal abgeworfen werden.

Knecht änderte den Ausdruck seiner Züge nicht. Er sann ein wenig, schließlich sagte er behutsam: „Ich beginne dich wohl erst jetzt zu verstehen, Freund. Vielleicht hast du recht, und es muß auch hierüber gesprochen werden. Ich möchte vorerst dich nur daran erinnern, daß du doch eigentlich nur dann das Recht hättest, ein Eingehen von mir auf das, was du deine Klage nennst, zu erwarten, wenn du diese Klage auch wirklich ausgesprochen hättest. Es war aber so, daß du bei jenem Abendgespräch im Gästehaus keineswegs Klagen äußertest, sondern du tratest, ganz wie auch ich, so forsch und tapfer wie möglich auf, du spieltest gleich mir den Tadellosen und den, der gar nichts zu klagen hat. Heimlich aber erwartetest du, wie ich jetzt höre, daß ich dennoch die heimliche Klage vernehme und hinter deiner Maske dein wahres Gesicht erkenne. Nun, etwas davon habe ich damals wohl bemerken können, wenn auch längst nicht alles. Aber wie sollte ich, ohne deinen Stolz zu verletzen, dir zu verstehen geben, daß ich Sorge um dich habe, daß ich dich bemitleide? Und was hätte es genützt, dir die Hand hinzustrecken, da doch meine Hand leer war und ich dir nichts zu geben hatte, keinen Rat, keinen Trost, keine Freundschaft, da doch unsre Wege so völlig getrennte waren? Ja, damals war mir das verborgene Unbehagen und Unglück, das du hinter flottem Auftreten verbargst, lästig und störend, es war mir, offen gestanden, widerlich, es enthielt einen Anspruch auf Teilnahme und Mitgefühl, dem dein Auftreten nicht entsprach, es hatte etwas sich Aufdrängendes und Kindisches, so schien mir, und half meine Gefühle nur erkälten. Du erhobest Anspruch auf meine Kameradschaft, du wolltest ein Kastalier, ein Glasperlenspieler sein, und schienest dabei so unbeherrscht, so wunderlich, so an egoistische Gefühle verloren! So etwa war damals mein Urteil; denn ich sah wohl, daß von Kastaliertum bei dir beinahe nichts übriggeblieben war, du hattest offenbar sogar die Grundregeln vergessen. Gut, das war nicht meine Sache. Aber warum kamest du nun nach Waldzell und wolltest uns als Kameraden begrüßen? Das war mir, wie gesagt, ärgerlich und widerlich, und du hast damals vollkommen recht gehabt, wenn du meine beflissene Höflichkeit als Ablehnung gedeutet hast. Ja, ich lehnte dich instinktiv ab, und nicht, weil du ein Weltkind warst, sondern weil du Anspruch darauf machtest, als Kastalier zu gelten. Als du dann nach so vielen Jahren neulich wieder auftauchtest, war nichts mehr davon an dir zu spüren, du sahest weltlich aus und sprachest wie einer von draußen, und besonders fremd berührte mich der Ausdruck von Trauer, Kummer oder Unglück in deinem Gesicht; aber alles, deine Haltung, deine Worte, sogar noch deine Traurigkeit, gefiel mir, war schön, paßte zu dir, war deiner würdig, nichts daran störte mich, ich konnte dich annehmen und bejahen ohne jeden inneren Widerspruch, es bedurfte dieses Mal keines Übermaßes an Höflichkeit und Haltung, und so bin ich dir denn sogleich als Freund entgegengekommen und habe mich bestrebt, dir meine Liebe und Teilnahme zu zeigen. Diesmal war es ja eher umgekehrt als einstmals, diesmal war es eher so, daß ich mich um dich bemühte und um dich warb, während du dich sehr zurückhieltest, nur nahm ich freilich stillschweigend dein Erscheinen in unsrer Provinz und dein Interesse für deren Geschicke als eine Art von Bekenntnis der Anhänglichkeit und Treue. Nun, und schließlich gingest du ja auch auf mein Werben ein, und wir sind so weit, daß wir uns einer dem andern eröffnen und, so hoffe ich, unsre alte Freundschaft erneuern können.

Du sagtest eben, jene Jugendbewegung sei für dich etwas Schmerzliches, für mich aber bedeutungslos gewesen. Wir wollen darüber nicht streiten, magst du recht haben. Unsre jetzige Begegnung aber, Amice, ist mir keineswegs bedeutungslos, sie bedeutet mir viel mehr, als ich dir heute sagen und als du irgend vermuten kannst. Sie bedeutet mir, um es kurz anzudeuten, nicht bloß die Wiederkehr eines verlorengewesenen Freundes und damit die Auferstehung einer vergangenen Zeit zu neuer Kraft und Wandlung. Vor allem bedeutet sie mir einen Anruf, ein Entgegenkommen, sie öffnet mir einen Weg zu eurer Welt, sie stellt mich von neuem vor das alte Problem einer Synthese zwischen euch und uns, und das geschieht, sage ich dir, zur rechten Stunde. Der Ruf findet mich diesmal nicht taub, er findet mich wacher, als ich es jemals war, denn er überrascht mich eigentlich nicht, er erscheint mir nicht als Fremdes und von außen Kommendes, dem man sich öffnen oder auch verschließen kann, sondern er kommt wie aus mir selber, er ist die Antwort auf ein sehr stark und drängend gewordenes Verlangen, auf eine Not und Sehnsucht in mir selbst. Aber davon ein andermal, es ist schon spät, wir brauchen beide Ruhe.

Du sprachst vorhin von meiner Heiterkeit und deiner Traurigkeit und meintest, so scheint mir, ich werde dem, was du deine ‚Klage‘ nennst, nicht gerecht, auch heute nicht, da ich diese Klage mit Lächeln beantworte. Hier ist etwas, was ich nicht recht verstehe. Warum soll eine Klage nicht mit Heiterkeit angehört, warum muß sie, statt mit Lächeln, wieder mit Traurigkeit beantwortet werden? Daß du, mit deinem Kummer und deiner Beladenheit, wieder nach Kastalien und zu mir gekommen bist, daraus glaube ich schließen zu dürfen, es sei dir vielleicht gerade an unsrer Heiterkeit etwas gelegen. Wenn ich nun aber deine Traurigkeit und Schwere nicht mitmachen und mich von ihr nicht anstecken lassen darf, so bedeutet das nicht, daß ich sie nicht gelten lasse und ernst nehme. Die Miene, die du trägst und die dein Leben und Schicksal in der Welt dir aufgedrückt hat, wird von mir vollkommen anerkannt, sie kommt dir zu und gehört zu dir und ist mir lieb und achtbar, obschon ich hoffe, sie sich noch ändern zu sehen. Woher sie kommt, kann ich nur ahnen, du wirst mir später davon soviel sagen oder verschweigen, als dir richtig erscheint. Sehen kann ich nur, daß du ein schweres Leben zu haben scheinst. Warum aber glaubst du, daß ich dir und deinem Schweren nicht gerecht werden wolle und könne?"

Designoris Gesicht war wieder düster geworden. „Manchmal", sagte er resigniert, „kommt es mir so vor, als hätten wir nicht nur zwei verschiedene Ausdrucksweisen und Sprachen, von welchen jede sich nur andeutungsweise in die andre übersetzen läßt, nein, als seien wir überhaupt und grundsätzlich verschiedene Wesen, die einander niemals verstehen können. Und wer von uns eigentlich der echte und vollwertige Mensch sei, ihr oder wir, oder ob überhaupt einer von uns es sei, scheint mir immer wieder zweifelhaft. Es gab Zeiten, da habe ich zu euch Ordensleuten und Glasperlenspielern emporgeblickt mit einer Verehrung, einem Minderwertigkeitsgefühl und einem Neid wie zu ewig heiteren, ewig spielenden und ihr eigenes Dasein genießenden, keinem Leide erreichbaren Göttern oder Übermenschen. Zu andern Zeiten seid ihr mir bald beneidenswert, bald bemitleidenswert, bald verächtlich erschienen, Kastrierte, künstlich in einer ewigen Kindheit Zurückgehaltene, kindlich und kindisch in eurer leidenschaftslosen, sauber umzäunten, wohlaufgeräumten Spiel- und Kindergartenwelt, wo sorgfältig jede Nase geputzt und jede unbekömmliche Gefühls- oder Gedankenregung beschwichtigt und unterdrückt wird, wo man lebenslänglich artige, ungefährliche, unblutige Spiele spielt und jede störende Lebensregung, jedes große Gefühl, jede echte Leidenschaft, jede Herzenswallung sofort durch meditative Therapie kontrolliert, abbiegt und neutralisiert. Ist es nicht eine künstliche, sterilisierte, schulmeisterlich beschnittene Welt, eine Halb- und Scheinwelt bloß, in der ihr da feige vegetiert, eine Welt ohne Laster, ohne Leidenschaften, ohne Hunger, ohne Saft und ohne Salz, eine Welt ohne Fa-

29

milie, ohne Mütter, ohne Kinder, ja beinahe ohne Frauen! Das Triebleben ist meditativ gebändigt, gefährliche, waghalsige und schwer zu verantwortende Dinge, wie Wirtschaft, Rechtspflege, Politik, hat man seit Generationen andern überlassen, feig und wohlgeschützt, ohne Nahrungssorgen und ohne viel lästige Pflichten führt man sein Drohnenleben und gibt sich, damit es nicht langweilig werde, eifrig mit allen diesen gelehrten Spezialitäten ab, zählt Silben und Buchstaben, musiziert und spielt das Glasperlenspiel, während draußen im Schmutz der Welt arme gehetzte Menschen das wirkliche Leben leben und die wirkliche Arbeit tun."

Mit unermüdeter, freundlicher Aufmerksamkeit hatte Knecht ihn angehört.

„Lieber Freund", sagte er bedächtig, „wie sehr haben deine Worte mich an unsre Schülerzeit und an deine damalige Kritik und Angriffslust erinnert! Nur daß ich heute nicht mehr dieselbe Rolle habe wie damals; meine Aufgabe ist heute nicht die Verteidigung des Ordens und der Provinz gegen deine Angriffe, und es ist mir recht lieb, daß diese schwierige Aufgabe, an der ich mich schon einmal überanstrengt habe, mich diesmal nichts angeht. Gerade auf solche prachtvolle Attacken, wie du eben wieder eine geritten hast, ist es nämlich etwas schwer zu antworten. Du redest da zum Beispiel von Leuten, welche da draußen im Lande ‚das wirkliche Leben leben und die wirkliche Arbeit tun'. Das klingt so absolut und schön und treuherzig, beinahe schon wie ein Axiom, und wenn jemand dagegen ankämpfen wollte, so müßte er geradezu unartig werden und den Redner daran erinnern, daß doch dessen eigene ‚wirkliche Arbeit' zum Teil darin bestehe, in einer Kommission zum Wohle und zur Erhaltung Kastaliens mitzuwirken. Aber lassen wir für einen Augenblick das Spaßen! Ich sehe aus deinen Worten und höre es aus ihrem Ton, daß du noch immer das Herz voll Haß gegen uns hast, und doch zugleich voll verzweifelter Liebe zu uns, voll Neid oder Sehnsucht. Wir sind für dich Feiglinge, Drohnen oder spielende Kinder in einem Kindergarten, aber zuzeiten hast du auch ewig heitere Götter in uns gesehen. Eines jedenfalls glaube ich aus deinen Worten schließen zu dürfen: an deiner Traurigkeit, deinem Unglück, oder wie wir es nennen mögen, ist doch wohl Kastalien nicht schuldig, es muß anderswoher kommen. Wären wir Kastalier schuld, so wären gewiß deine Vorwürfe und Einwände gegen uns nicht heute noch dieselben wie in den Diskussionen unsrer Knabenzeit. In späteren Unterhaltungen wirst du mir mehr erzählen, und ich zweifle nicht daran, daß wir einen Weg finden werden, dich glücklicher und heiterer, oder zumindest dein Verhältnis zu Kastalien freier und angenehmer zu machen. Soviel ich bis jetzt sehen kann, stehst du zu uns und Kastalien, und damit zu deiner eigenen Jugend und Schulzeit, in einem falschen, gebundenen, sentimentalen Verhältnis, du hast deine eigene Seele in kastalisch und weltlich aufgespalten und plagst dich übermäßig um Dinge, für die dich keine Verantwortung trifft. Möglicherweise aber nimmst du auch andere Dinge zu leicht, deren Verantwortung bei dir selber liegt. Ich vermute, daß du schon längere Zeit keine Meditationsübungen mehr gepflegt hast. Ist es nicht so?"

Designori lachte gequält auf. „Wie scharfsinnig du bist, Domine! Längere Zeit, meinst du? Es ist viele, viele Jahre her, seit ich auf den Meditationszauber verzichtet habe. Wie besorgt du plötzlich um mich bist! Damals, als ihr mir hier in Waldzell bei meinem Ferienkurs so viel Höflichkeit und Verachtung gezeigt und meine Werbung um Kameradschaft so vornehm abgewiesen habet, damals kam ich von hier zurück mit dem Entschluß, dem Kastaliertum in mir ein Ende für immer zu machen. Ich habe von damals an auf das Glasperlenspiel verzichtet, ich habe nicht mehr meditiert, sogar die Musik war mir für längere Zeit entleidet. Statt dessen fand ich neue Kameraden, die mir in den weltlichen Vergnügungen Unterricht gaben. Wir haben getrunken und gehurt, wir haben alle erreichbaren Betäubungsmittel durchprobiert, wir haben alles Wohlanständige, Ehrwürdige, Ideale bespien und verhöhnt. In solcher Kraßheit hat das natürlich nicht gar lange gedauert, aber lange genug, um mir den letzten kastalischen Firnis vollends wegzuätzen. Und als ich dann, um Jahre später, gelegentlich wohl einsah, daß ich allzu heftig ins Zeug gegangen war und einige Meditationstechnik sehr nötig gehabt hätte, da war ich zu stolz geworden, um damit wieder anzufangen."

„Zu stolz?" fragte Knecht leise.

„Ja, zu stolz. Ich war inzwischen in der Welt untergetaucht

und ein Weltmensch geworden. Ich wollte nichts andres sein als einer von ihnen, ich wollte kein andres Leben als das ihre haben, ihr leidenschaftliches, kindliches, grausames, unbeherrschtes und zwischen Glück und Angst flackerndes Leben; ich verschmähte es, mir mit Hilfe eurer Mittel eine gewisse Erleichterung und bevorzugte Stellung zu verschaffen."

Scharf blickte der Magister ihn an. „Und das hast du ausgehalten, viele Jahre lang? Hast du keine andern Mittel benützt, um damit fertig zu werden?"

„O ja", gestand Plinio, „das habe ich getan und tue es auch heute noch. Es gibt Zeiten, wo ich wieder trinke, und meistens brauche ich auch, um schlafen zu können, allerlei Betäubungsmittel."

Knecht schloß eine Sekunde lang, wie plötzlich ermüdet, die Augen, dann hielt er den Freund aufs neue mit seinem Blicke fest. Schweigend blickte er ihm ins Gesicht, prüfend erst und ernst, allmählich aber immer sanfter, freundlicher und heiterer. Designori zeichnet auf, er sei bis dahin noch niemals einem Blick aus Menschenaugen begegnet, der zugleich so forschend und so liebevoll, so unschuldig und so richtend, so strahlend freundlich und so allwissend war. Er bekennt, daß dieser Blick ihn zuerst verwirrt und gereizt, dann beruhigt und allmählich mit sanfter Gewalt bezwungen habe. Doch versuchte er sich noch zu wehren.

„Du sagtest", meinte er, „daß du Mittel wissest, um mich glücklicher und heiterer zu machen. Aber du fragst gar nicht, ob ich das eigentlich begehre."

„Nun", lachte Josef Knecht, „wenn wir einen Menschen glücklicher und heiterer machen können, so sollten wir es in jedem Falle tun, mag er uns darum bitten oder nicht. Und wie solltest du es denn nicht suchen und begehren? Darum bist du ja hier, darum sitzen wir ja hier wieder einander gegenüber, darum bist du ja zu uns zurückgekehrt. Du hassest Kastalien, du verachtest es, du bist viel zu stolz auf deine Weltlichkeit und deine Traurigkeit, als daß du sie durch etwas Vernunft und Meditation erleichtern möchtest – und doch hat eine heimliche und unzähmbare Sehnsucht nach uns und unsrer Heiterkeit dich alle die Jahre geführt und gezogen, bis du wiederkommen und es noch einmal mit uns probieren mußtest. Und ich sage dir, du bist dies-

32

mal zur rechten Zeit gekommen, zu einer Zeit, in der auch
ich mich sehr nach einem Ruf aus eurer Welt, nach einer
sich öffnenden Pforte gesehnt habe. Aber davon das nächste Mal! Du hast mir manches anvertraut, Freund, dafür
danke ich dir, und du wirst sehen, daß auch ich dir einiges
zu beichten haben werde. Es ist spät, du reisest morgen
früh, und auf mich wartet wieder ein Amtstag, wir müssen
bald schlafen gehen. Nur eine Viertelstunde schenke mir
noch, bitte."

Er erhob sich, ging zum Fenster und blickte nach oben, wo
zwischen wehenden Wolken überall Streifen eines tiefkla-
ren Nachthimmels zu sehen waren, voll von Sternen. Da er
nicht sofort zurückkehrte, stand auch der Gast auf und trat
zu ihm ans Fenster. Der Magister stand, nach oben blickend
und mit rhythmischen Atemzügen die dünnkühle Luft der
Herbstnacht genießend. Er wies mit der Hand zum Himmel.

„Sieh", sagte er, „diese Wolkenlandschaft mit ihren Him-
melsstreifen! Beim ersten Blick möchte man meinen, die
Tiefe sei dort, wo es am dunkelsten ist, aber gleich nimmt
man wahr, daß dieses Dunkle und Weiche nur die Wolken
sind und daß der Weltraum mit seiner Tiefe erst an den
Rändern und Fjorden dieser Wolkengebirge beginnt und
ins Unendliche sinkt, darin die Sterne stehen, feierlich und
für uns Menschen höchste Sinnbilder der Klarheit und Ordnung. Nicht dort ist die Tiefe der Welt und ihrer Geheimnisse, wo die Wolken und die Schwärze sind, die Tiefe ist
im Klaren und Heiteren. Wenn ich dich bitten darf: blicke
vor dem Schlafengehen noch eine Weile in diese Buchten
und Meerengen mit den vielen Sternen und weise die
Gedanken oder Träume nicht ab, die dir dabei etwa kommen."

Eine eigentümlich zuckende Empfindung, ungewiß, ob
Weh oder Glück, regte sich in Plinios Herzen. Mit ähnlichen Worten, so erinnerte er sich, war er einstmals, vor un-
ausdenklich langer Zeit, in der schönen heitern Frühe seines Waldzeller Schülerlebens zu den ersten Meditationsübungen ermahnt worden.

„Und erlaube mir noch ein Wort", fing der Glasperlenspielmeister wieder mit leiser Stimme an. „Ich möchte dir gerne
noch etwas über die Heiterkeit sagen, über die der Sterne

und die des Geistes, und auch über unsre kastalische Art
von Heiterkeit. Du hast eine Abneigung gegen die Heiterkeit, vermutlich weil du einen Weg der Traurigkeit hast gehen müssen, und nun scheint dir alle Helligkeit und gute
Laune, und namentlich unsre kastalische, seicht und kindlich, auch feige, eine Flucht vor den Schrecken und Ab-
gründen der Wirklichkeit in eine klare, wohlgeordnete Welt
bloßer Formen und Formeln, bloßer Abstraktionen und Ab-
geschliffenheiten. Aber, mein lieber Trauriger, mag es diese
Flucht auch geben, mag es an feigen, furchtsamen, mit bloßen Formeln spielenden Kastaliern nicht fehlen, ja sollten
sie bei uns sogar in der Mehrzahl sein – dies nimmt der
echten Heiterkeit, der des Himmels und der des Geistes,
nichts von ihrem Wert und Glanz. Den Leichtzufriedenen
und Scheinheiteren unter uns stehen andere gegenüber,
Menschen und Generationen von Menschen, deren Heiterkeit nicht Spiel und Oberfläche, sondern Ernst und Tiefe
ist. Einen habe ich gekannt, es war unser ehemaliger Musikmeister, den du einst in Waldzell auch je und je gesehen
hast; dieser Mann hat in seinen letzten Lebensjahren die
Tugend der Heiterkeit in solchem Maße besessen, daß sie
von ihm ausstrahlte wie das Licht von einer Sonne, daß sie
als Wohlwollen, als Lebenslust, als gute Laune, als Vertrauen und Zuversicht auf alle überging und in allen weiter-
strahlte, die ihren Glanz ernstlich aufgenommen und in
sich eingelassen hatten. Auch ich bin von seinem Licht beschienen worden, auch mir hat er von seiner Helligkeit und
seinem Herzensglanz ein wenig mitgeteilt, und ebenso unsrem Ferromonte, und noch manchem andern. Diese Heiterkeit zu erreichen, ist mir, und vielen mit mir, das höchste
und edelste aller Ziele. Auch bei einigen Vätern der Ordensleitung findest du sie. Diese Heiterkeit ist weder Tän-
delei noch Selbstgefälligkeit, sie ist höchste Erkenntnis und
Liebe, ist Bejahen aller Wirklichkeit, Wachsein am Rand aller Tiefen und Abgründe, sie ist eine Tugend der Heiligen
und der Ritter, sie ist unstörbar und nimmt mit dem Alter
und der Todesnähe nur immer zu. Sie ist das Geheimnis
des Schönen und die eigentliche Substanz jeder Kunst. Der
Dichter, der das Herrliche und Schreckliche des Lebens im
Tanzschritt seiner Verse preist, der Musiker, der es als
reine Gegenwart erklingen läßt, ist Lichtbringer, Mehrer

34

der Freude und Helligkeit auf Erden, auch wenn er uns erst durch Tränen und schmerzliche Spannung führt. Vielleicht ist der Dichter, dessen Verse uns entzücken, ein trauriger Einsamer und der Musiker ein schwermütiger Träumer gewesen, aber auch dann hat sein Werk teil an der Heiterkeit der Götter und der Sterne. Was er uns gibt, das ist nicht mehr sein Dunkel, sein Leiden oder Bangen, es ist ein Tropfen reinen Lichtes, ewiger Heiterkeit. Auch wenn ganze Völker und Sprachen die Tiefe der Welt zu ergründen suchen, in Mythen, Kosmogonien, Religionen, ist das Letzte und Höchste, was sie erreichen können, diese Heiterkeit. Du erinnerst dich der alten Inder, unser Waldzeller Lehrer hat einst schön von ihnen erzählt: ein Volk des Leidens, des Grübelns, des Büßens, der Askese; aber die letzten großen Funde seines Geistes waren licht und heiter, heiter das Lächeln der Weltüberwinder und Buddhas, heiter die Gestalten seiner abgründigen Mythologien. Die Welt, wie diese Mythen sie darstellen, beginnt in ihrem Anfange göttlich, selig, strahlend, frühlingsschön, als goldenes Zeitalter; sie erkrankt sodann und verkommt mehr und mehr, sie verroht und verelendet, und am Ende von vier immer tiefer sinkenden Weltzeitaltern ist sie reif dafür, vom lachenden und tanzenden Schiwa zertreten und vernichtet zu werden – aber es endet damit nicht, es beginnt neu mit dem Lächeln des träumenden Vischnu, der mit spielenden Händen eine neue, junge, schöne, strahlende Welt erschafft. Es ist wunderbar: dieses Volk, einsichtig und leidensfähig wie kaum ein anderes, hat mit Grauen und Scham dem grausamen Spiel der Weltgeschichte zugesehen, dem ewig sich drehenden Rad von Gier und Leiden, es hat die Hinfälligkeit des Geschaffenen gesehen und verstanden, die Gier und Teufelei des Menschen und zugleich seine tiefe Sehnsucht nach Reinheit und Harmonie, und hat für die ganze Schönheit und Tragik der Schöpfung diese herrlichen Gleichnisse gefunden, von den Weltaltern und dem Zerfall der Schöpfung, vom gewaltigen Schiwa, der die verkommene Welt in Trümmer tanzt, und vom lächelnden Vischnu, der schlummernd liegt und aus goldenen Götterträumen spielend eine neue Welt werden läßt.

Was nun unsre eigene, kastalische Heiterkeit betrifft, so mag sie nur eine späte und kleine Abart dieser großen sein, aber sie ist eine durchaus legitime. Die Gelehrsamkeit ist nicht immer und überall heiter gewesen, obwohl sie es sein sollte. Bei uns ist sie, der Kult der Wahrheit, eng mit dem Kult des Schönen verknüpft und außerdem mit der meditativen Seelenpflege, kann also nie die Heiterkeit ganz verlieren. Unser Glasperlenspiel aber vereinigt in sich alle drei Prinzipien: Wissenschaft, Verehrung des Schönen und Meditation, und so sollte ein rechter Glasperlenspieler von Heiterkeit durchtränkt sein wie eine reife Frucht von ihrem süßen Saft, er sollte vor allem die Heiterkeit der Musik in sich haben, die ja nichts anderes ist als Tapferkeit, als ein heiteres, lächelndes Schreiten und Tanzen mitten durch die Schrecken und Flammen der Welt, festliches Darbringen eines Opfers. Um diese Art der Heiterkeit war es mir zu tun, seit ich sie als Schüler und Student ahnend zu verstehen begann, und ich werde sie nicht mehr preisgeben, auch nicht im Unglück und Leid.

Wir gehen jetzt schlafen, und morgen früh reisest du. Komm bald wieder, erzähle mir mehr von dir, und auch ich werde dir erzählen, du wirst erfahren, daß es auch in Waldzell und im Leben eines Magisters Fragwürdigkeiten, Enttäuschungen, ja Verzweiflungen und Dämonien gibt. Jetzt aber sollst du in den Schlaf noch ein Ohr voll Musik mitnehmen. Der Blick in den Sternenhimmel und ein Ohr voll Musik vor dem Zubettgehen, das ist besser als alle deine Schlafmittel." Er setzte sich und spielte behutsam, ganz leise, einen Satz aus jener Sonate von Purcell, einem Lieblingsstück des Paters Jakobus. Wie Tropfen goldenen Lichtes fielen die Töne in die Stille, so leise, daß man dazwischen noch den Gesang des alten laufenden Brunnens im Hofe hören konnte. Sanft und streng, sparsam und süß begegneten und verschränkten sich die Stimmen der holden Musik, tapfer und heiter schritten sie ihren innigen Reigen durch das Nichts der Zeit und Vergänglichkeit, machten den Raum und die Nachtstunde für die kleine Weile ihrer Dauer weit und weltgroß, und als Josef Knecht seinen Gast verabschiedete, hatte dieser ein verändertes und erhelltes Gesicht, und zugleich Tränen in den Augen.

Vorbereitungen

Es war Knecht gelungen, das Eis zu brechen, ein lebendiger und für beide erfrischender Verkehr und Austausch begann zwischen ihm und Designori. Dieser Mann,
der seit langen Jahren in resignierender Melancholie gelebt
hatte, mußte seinem Freunde recht geben: es war in der Tat
die Sehnsucht nach Heilung, nach Helligkeit, nach kastalischer Heiterkeit gewesen, was ihn nach der pädagogischen
Provinz zurückgezogen hatte. Er kam nun des öfteren auch
ohne Kommission und Amtsgeschäfte, von Tegularius mit
eifersüchtigem Mißtrauen beobachtet, und bald wußte Magister Knecht über ihn und sein Leben alles, was er
brauchte. Designoris Leben war nicht so außerordentlich
und war nicht so kompliziert gewesen, wie Knecht nach
dessen ersten Enthüllungen vermutet hatte. Plinio hatte in
der Jugend die uns schon bekannte Enttäuschung und Demütigung seines enthusiastischen und tatendurstigen Wesens erlitten, er war zwischen Welt und Kastalien nicht zum
Mittler und Versöhner, sondern zum vereinsamten und ver-
grämten Außenseiter geworden und hatte eine Synthese aus
den weltlichen und den kastalischen Bestandteilen seiner
Herkunft und seines Charakters nicht zustande gebracht.
Und doch war er nicht einfach ein Gescheiterter, sondern
hatte im Unterliegen und Verzichten trotz allem ein eigenes Gesicht und ein besonderes Schicksal erworben. Die
Erziehung in Kastalien schien sich an ihm durchaus nicht
zu bewähren, wenigstens brachte sie ihm vorerst nichts als
Konflikte und Enttäuschungen und eine tiefe, seiner Natur
schwer erträgliche Vereinzelung und Vereinsamung. Und
es schien, als müsse er, nun einmal auf diesen dornenvollen
Weg der Vereinzelten und Nichtangepaßten geraten, auch
selber noch allerlei tun, um sich abzusondern und seine
Schwierigkeiten zu vergrößern. Namentlich brachte er sich
schon als Student in unversöhnlichen Gegensatz zu seiner
Familie, seinem Vater vor allem. Dieser war, wenn auch in
der Politik nicht zu den eigentlichen Führern zählend, doch
gleich allen Designoris sein Leben lang eine Stütze der konservativen, regierungstreuen Politik und Partei gewesen,
ein Feind aller Neuerungen, ein Gegner aller Ansprüche
der Benachteiligten auf Rechte und Anteile, mißtrauisch ge-

37

gen Menschen ohne Namen und Rang, treu und opferbereit
für die alte Ordnung, für alles, was ihm legitim und geheiligt erschien. So war er, ohne doch religiöse Bedürfnisse zu
haben, ein Freund der Kirche und sperrte sich, obwohl es
ihm an Gerechtigkeitssinn, an Wohlwollen und Bereitwilligkeit zum Wohltun und Helfen durchaus nicht fehlte,
hartnäckig und grundsätzlich gegen die Bestrebungen der
Landpächter zur Verbesserung ihrer Lage. Er rechtfertigte
diese Härte scheinlogisch mit den Programm- und Schlagworten seiner Partei, in Wirklichkeit leitete ihn freilich
nicht Überzeugung und Einsicht, sondern blinde Gefolgstreue seinen Standesgenossen und den Traditionen seines
Hauses gegenüber, wie denn eine gewisse Ritterlichkeit
und Ritterehre und eine betonte Geringschätzung dessen,
was sich als modern, fortschrittlich und zeitgemäß gab, für
seinen Charakter bezeichnend waren.
Diesen Mann nun enttäuschte, reizte und erbitterte sein
Sohn Plinio dadurch, daß er als Student sich einer ausgesprochen oppositionellen und modernistischen Partei näherte und anschloß. Es hatte sich damals ein linker, jugendlicher Flügel einer alten bürgerlich-liberalen Partei gebildet,
geführt von Veraguth, einem Publizisten, Abgeordneten
und Volksredner von großer, blendender Wirkung, einem
temperamentvollen, gelegentlich ein wenig von sich selbst
entzückten und gerührten Volksfreund und Freiheitshelden, dessen Werben um die akademische Jugend durch öffentliche Vorträge in den Hochschulstädten nicht erfolglos
blieb und ihm unter andern begeisterten Hörern und Anhängern auch den jungen Designori zuführte. Der Jüngling,
von der Hochschule enttäuscht und auf der Suche nach
einem Halt, einem Ersatz für die ihm wesenlos gewordene
Moral Kastaliens, nach irgendeinem neuen Idealismus und
Programm, war von den Vorträgen Veraguths hingerissen,
bewunderte dessen Pathos und Angriffsmut, seinen Witz,
sein anklägerisches Auftreten, seine schöne Erscheinung
und Sprache und schloß sich einer Gruppe von Studenten
an, die aus Veraguths Zuhörern hervorgegangen war und
für dessen Partei und Ziele warb. Als Plinios Vater es erfuhr, reiste er alsbald zu seinem Sohne, donnerte ihn zum
ersten Male im Leben im höchsten Zorne an, warf ihm Verschwörertum, Verrat an Vater, Familie und Tradition des

Hauses vor, und gab ihm bündig den Befehl, sofort seine Fehler wiedergutzumachen und seine Verbindung mit Veraguth und dessen Partei zu lösen. Dies war nun nicht die richtige Art, Einfluß auf den Jüngling zu nehmen, dem jetzt aus seiner Haltung sogar eine Art von Martyrium zu erwachsen schien. Plinio hielt dem Donner stand und erklärte seinem Vater, er habe nicht darum zehn Jahre die Eliteschulen und einige Jahre die Universität besucht, um auf eigene Einsicht und eigenes Urteil zu verzichten und seine Auffassung von Staat, Wirtschaft und Gerechtigkeit sich von einem Klüngel eigensüchtiger Landbarone vorschreiben zu lassen. Es kam ihm dabei die Schule Veraguths zugute, der nach dem Vorbild großer Tribunen niemals von eigenen oder Standesinteressen wußte und nichts anderes in der Welt erstrebte als die reine, absolute Gerechtigkeit und Menschlichkeit. Der alte Designori brach in ein bitteres Gelächter aus und lud seinen Sohn ein, wenigstens erst sein Studium zu beenden, ehe er sich in Männerdinge einmische und sich einbilde, vom Menschenleben und der Gerechtigkeit mehr zu verstehen als ehrwürdige Generationenreihen edler Geschlechter, deren verkommener Sproß er sei und denen er mit seinem Verrat nun in den Rücken falle. Die beiden zerstritten, erbitterten und beleidigten sich mit jedem Worte mehr, bis der Alte plötzlich, als habe er sein eigenes zornverzerrtes Gesicht im Spiegel erblickt, in kalter Beschämung verstummte und schweigend davonging. Von da an kehrte das alte harmlos vertrauliche Verhältnis zum Vaterhaus für Plinio nie mehr wieder, denn nicht nur blieb er seiner Gruppe und ihrem Neuliberalismus treu, er wurde sogar noch vor dem Abschluß seiner Studien Veraguths unmittelbarer Schüler, Gehilfe und Mitarbeiter und wenige Jahre später sein Schwiegersohn. War nun schon durch die Erziehung in den Eliteschulen oder doch durch die Schwierigkeiten der Rückgewöhnung an Welt und IIcimat das Gleichgewicht in Designoris Seele zerstört und sein Leben mit einer zehrenden Problematik durchsetzt worden, so brachten diese neuen Verhältnisse ihn vollends in eine exponierte, schwierige und heikle Lage. Er gewann etwas ohne Zweifel Wertvolles, eine Art von Glauben nämlich, eine politische Überzeugung und Parteizugehörigkeit, die seinem jugendlichen Bedürfnis nach Gerechtigkeit und Fortschrittlichkeit entgegenkam, und in der Person Veraguths einen Lehrer, Führer und ältern Freund, den er vorerst kritiklos bewunderte und liebte, der ihn überdies zu brauchen und zu schätzen schien, er gewann eine Richtung und Zielsetzung, eine Arbeit und Lebensaufgabe. Dies war nicht wenig, aber es mußte teuer bezahlt werden. Hatte sich der junge Mensch mit dem Verlust seiner natürlichen und ererbten Stellung im Vaterhaus und unter seinen Standesgenossen abgefunden, hatte er das Ausgestoßensein aus einer bevorzugten Kaste und deren Gegnerschaft mit einer gewissen fanatischen Märtyrerfreude zu ertragen gewußt, so blieb doch manches, was er nie ganz verwinden konnte, am wenigsten das nagende Gefühl, seiner sehr geliebten Mutter Schmerz zugefügt, sie zwischen dem Vater und sich in eine höchst unbequeme und heikle Lage gebracht und wahrscheinlich dadurch ihr Leben verkürzt zu haben. Sie starb bald nach seiner Verheiratung; nach ihrem Tode wurde Plinio im Haus seines Vaters kaum mehr gesehen und hat dies Haus, einen alten Familiensitz, nach des Vaters Tode verkauft.

Es gibt Naturen, welche es zustande bringen, eine mit Opfern bezahlte Stellung im Leben, ein Amt, eine Ehe, einen Beruf, gerade um dieser Opfer willen so zu lieben und sich zu eigen zu machen, daß sie ihr Glück wird und sie befriedigt. Bei Designori war es anders. Er blieb zwar seiner Partei und deren Führer, seiner politischen Richtung und Tätigkeit, seiner Ehe, seinem Idealismus treu, allein mit der Zeit wurden sie alle ihm doch ebenso problematisch, wie sein ganzes Wesen es nun einmal geworden war. Der politische und weltanschauliche Enthusiasmus der Jugend beruhigte sich, das Kämpfen um des Rechthabens willen war auf die Dauer so wenig beglückend wie das Leiden und Opfern um des Trotzes willen, hinzu kamen Erfahrung und Ernüchterung im beruflichen Leben; schließlich wurde es ihm zweifelhaft, ob wirklich allein der Sinn für Wahrheit und Recht es gewesen sei, der ihn zum Anhänger Veraguths gemacht hatte, ob nicht dessen Redner- und Volkstribunentum, sein Reiz und seine Geschicklichkeit beim öffentlichen Auftreten, ob nicht der sonore Klang seiner Stimme, sein männlich prächtiges Lachen, die Klugheit und Schönheit seiner Tochter daran mindestens zur Hälfte mitgewirkt

40

hätten. Zweifelhaft wurde mehr und mehr, ob der alte Designori mit seiner Standestreue und seiner Härte gegen die
Pächter wirklich den unedleren Standpunkt innegehabt
habe, zweifelhaft wurde auch, ob es ein Gut und Schlecht,
ein Recht und Unrecht überhaupt gebe, ob nicht die Sprache des eigenen Gewissens am Ende der einzige gültige
Richter sei, und wenn es so war, dann war er, Plinio, im Unrecht, denn er lebte ja nicht im Glück, in der Ruhe und Be-
jahung, im Vertrauen und der Sicherheit, sondern im Un-
sichern, im Zweifel, im schlechten Gewissen. Seine Ehe
war zwar nicht im groben Sinne unglücklich und verfehlt,
aber doch voll Spannungen, Komplikationen und Wider-
ständen, sie war vielleicht das Beste, was er hatte, aber jene
Ruhe, jenes Glück, jene Unschuld, jenes gute Gewissen, die
er so sehr entbehrte, gab sie ihm nicht, sie verlangte viel
Umsicht und Haltung, kostete viel Anstrengung, und auch
der hübsche und schön veranlagte kleine Sohn Tito wurde
schon früh ein Anlaß zu Kampf und Diplomatie, zu Werbung und Eifersucht, bis der von beiden Eltern allzusehr
Geliebte und Verwöhnte mehr und mehr der Mutter zufiel
und ihr Parteigänger wurde. Dies war der letzte und, wie es
schien, der am bittersten empfundene Schmerz und Verlust
in Designoris Leben. Es hatte ihn nicht gebrochen, er hatte
es bewältigt und seine Art von Haltung gefunden und bewahrt, es war eine würdige Haltung, aber eine ernste,
schwere, melancholische.
Während Knecht dies alles von seinem Freunde allmählich
erfuhr, in manchen Besuchen und Begegnungen, hatte er
ihm im Austausch auch von seinen eigenen Erfahrungen
und Problemen vieles mitgeteilt, er ließ den andern nie in
die Lage dessen kommen, der gebeichtet hat und mit dem
Wechsel der Stunde und Stimmung dies wieder bereut und
zurückzunehmen wünscht, sondern erhielt und stärkte das
Vertrauen Plinios durch seine eigene Offenheit und Hingabe. Allmählich tat sich sein Leben vor dem Freunde auf,
ein anscheinend einfaches, gradliniges, musterhaftes, gere-
geltes Leben innerhalb einer klar aufgebauten hierarchi-
schen Ordnung, eine Laufbahn voll Erfolg und Anerkennung, und dennoch eher ein hartes, opferreiches und recht
einsames Leben, und wenn vieles in ihm für den Mann von
draußen nicht ganz verständlich war, so waren es doch die

Hauptströmungen und Grundstimmungen, und nichts vermochte er besser zu verstehen und mitzufühlen als Knechts Verlangen nach Jugend, nach jungen unverbildeten Schülern, nach einer bescheidenen Tätigkeit ohne Glanz und ohne den ewigen Zwang zur Repräsentation, nach der Tätigkeit etwa eines Latein- oder Musiklehrers an einer niederen Schule. Und es war ganz im Stil von Knechts heilkünstlerischer und erzieherischer Methode, daß er diesen Patienten nicht nur durch seine große Offenheit gewann, sondern ihm auch die Suggestion gab, ihm helfen und dienen zu können, und damit den Antrieb, es wirklich zu tun. Auch konnte in der Tat Designori dem Magister von manchem Nutzen sein, weniger in der Hauptfrage, desto mehr aber bei der Befriedigung von dessen Neugierde und Wissensdurst nach hundert Einzelheiten des Weltlebens.

Warum Knecht die nicht leichte Aufgabe auf sich nahm, seinen melancholischen Jugendfreund wieder lächeln und lachen zu lehren, und ob dabei die Erwägung, daß jener ihm durch Gegendienste nützlich werden könne, überhaupt eine Rolle spielte, wissen wir nicht. Designori, also derjenige, der es am ehesten wissen mußte, hat nicht daran geglaubt. Er hat später erzählt: „Wenn ich mir darüber klarzuwerden versuche, wie es Freund Knecht angefangen hat, auf einen so resignierten und in sich verschlossenen Menschen wie mich zu wirken, so sehe ich immer deutlicher, daß es zum größten Teil auf Zauberei beruhte, und ich muß sagen, auch auf Schelmerei. Er war ein viel größerer Schelm, als seine Leute ahnten, voll Spiel, voll Witz, voll Durchtriebenheit, voll Spaß am Zaubern, am Sichverstellen, am überraschenden Verschwinden und Auftauchen. Ich glaube, schon im Augenblick meines ersten Erscheinens bei der kastalischen Behörde hat er beschlossen, mich zu fangen und auf seine Art zu beeinflussen, das heißt aufzuwecken und in bessere Form zu bringen. Wenigstens gab er sich gleich von der ersten Stunde an Mühe, mich zu gewinnen. Warum er es tat, warum er sich mit mir belud, das kann ich nicht sagen. Ich glaube, Menschen von seiner Art tun das meiste unbewußt, wie reflektorisch, sie fühlen sich vor eine Aufgabe gestellt, hören sich von einer Not angerufen und geben sich dem Anruf ohne weiteres hin. Er fand mich mißtrauisch und scheu, keineswegs bereit, ihm in die

Arme zu sinken oder gar ihn um Hilfe zu bitten; er fand mich, den einst so offenen und mitteilsamen Freund, enttäuscht und zugeschlossen, und dieses Hindernis, diese nicht geringe Schwierigkeit schien es nun gerade zu sein, was ihn reizte. Er ließ nicht nach, so spröde ich auch war, und er hat denn ja auch erreicht, was er wollte. Dabei bediente er sich unter andrem des Kunstgriffs, unser Verhältnis zueinander als ein gegenseitiges erscheinen zu lassen, so als entspräche seiner Kraft die meine, seinem Wert der meine, als entspräche meiner Hilfsbedürftigkeit eine ebensolche bei ihm. Schon beim ersten längeren Gespräch deutete er mir an, daß er auf so etwas wie mein Erscheinen gewartet, ja sich danach gesehnt habe, und allmählich weihte er mich dann in seinen Plan ein, das Amt niederzulegen und die Provinz zu verlassen, und ließ stets merken, wie sehr er dabei auf meinen Rat, meinen Beistand, meine Verschwiegenheit rechne, da er außer mir in der Welt draußen keine Freunde und keinerlei Erfahrung besitze. Ich gestehe, daß ich das gerne hörte und daß es nicht wenig dazu beigetragen hat, ihm mein volles Vertrauen zu gewinnen und mich gewissermaßen ihm auszuliefern; ich glaubte ihm vollkommen. Aber später, im Laufe der Zeit, ist es mir dennoch wieder vollkommen zweifelhaft und unwahrscheinlich geworden, und ich hätte durchaus nicht sagen können, ob und wieweit er wirklich etwas von mir erwartete, und auch nicht, ob seine Art und Weise, mich einzufangen, unschuldig oder diplomatisch, naiv oder hintergründig, aufrichtig oder künstlich und spielerisch war. Er war mir zu weit überlegen, und er hat mir zu viel Gutes erwiesen, als daß ich solche Untersuchungen überhaupt gewagt hätte. Auf jeden Fall halte ich heute die Fiktion, seine Lage sei der meinen ähnlich und er auf meine Sympathie und Dienstbereitschaft ebenso angewiesen wie ich auf die seine, für nichts als eine Artigkeit, für eine gewinnende und angenehme Suggestion, in die er mich einspann; nur wüßte ich nicht zu sagen, wieweit sein Spiel mit mir bewußt, erdacht und gewollt und wieweit es trotz allem naiv und Natur war. Denn Magister Josef ist ja ein großer Künstler gewesen; einerseits konnte er dem Drang zum Erziehen, zum Beeinflussen, Heilen, Helfen, Entfalten so wenig widerstehen, daß ihm die Mittel nahezu gleichgültig wurden, andrerseits war es ihm ja un-

43

möglich, auch das Kleinste ohne volle Hingabe zu tun. Gewiß aber ist das eine, daß er sich damals meiner wie ein Freund und wie ein großer Arzt und Führer angenommen, daß er mich nicht mehr losgelassen und schließlich soweit geweckt und geheilt hat, als dies überhaupt möglich war. Und es war merkwürdig und paßte ganz zu ihm: während er tat, als nähme er meine Hilfe zu seinem Entkommen aus dem Amt in Anspruch, und während er meine oft derben und naiven Kritiken, ja Anzweiflungen und Beschimpfungen gegen Kastalien gelassen und oft sogar mit Beifall anhörte, während er selbst darum kämpfte, sich von Kastalien frei zu machen, hat er mich doch in Tat und Wahrheit dorthin zurückgelockt und geführt, er hat mich wieder zur Meditation gebracht, er hat mich durch kastalische Musik und Versenkung, kastalische Heiterkeit, kastalische Tapferkeit erzogen und umgeformt, er hat mich, der ich trotz meiner Sehnsucht nach euch so ganz un- und antikastalisch war, wieder zu euresgleichen, er hat aus meiner unglücklichen Liebe zu euch eine glückliche gemacht."

So hat Designori sich geäußert, und er hatte wohl Grund für seine bewundernde Dankbarkeit. Mag es bei Knaben und Jünglingen nicht allzu schwer sein, sie mit Hilfe unsrer altbewährten Methoden zum Lebensstil des Ordens zu erziehen, bei einem Manne, der schon gegen fünfzigjährig war, war es gewiß eine schwere Aufgabe, auch wenn dieser Mann viel guten Willen mitbrachte. Nicht daß Designori ein Voll- oder gar ein Musterkastalier geworden wäre. Aber was Knecht sich vorgesetzt hatte, ist ihm voll gelungen: den Trotz und die bittere Schwere seiner Traurigkeit aufzulösen, die überempfindlich und scheu gewordene Seele der Harmonie und Heiterkeit wieder näherzubringen, eine Anzahl seiner schlechten Gewohnheiten durch gute zu ersetzen. Natürlich konnte der Glasperlenspielmeister die Menge von Kleinarbeit, deren es dabei bedurfte, nicht alle selber leisten; er nahm den Apparat und die Kräfte Waldzells und des Ordens für den Ehrengast in Anspruch, für eine gewisse Zeit gab er ihm sogar einen Meditationsmeister aus Hirsland, dem Sitz der Ordensleitung, zur ständigen Kontrolle seiner Übungen mit nach Hause. Plan und Leitung aber blieben in seiner Hand.

Es war im achten Jahre seines Magisteramtes, daß er zum

erstenmal den so oft wiederholten Einladungen seines
Freundes folgte und ihn in seinem Hause in der Hauptstadt
besuchte. Mit Erlaubnis der Ordensleitung, deren Vorsteher Alexander seinem Herzen nahestand, benutzte er einen
Feiertag für diesen Besuch, von dem er sich viel versprach
und den er doch seit einem Jahre immer wieder hinausge-
zögert hatte, teils weil er seines Freundes erst sicher sein
wollte, teils wohl auch aus einer natürlichen Bangigkeit, es
war ja sein erster Schritt in jene Welt hinüber, aus welcher
sein Kamerad Plinio diese starre Traurigkeit mitgebracht
und die für ihn so viele wichtige Geheimnisse hatte. Er
fand das moderne Haus, das sein Freund gegen das alte
Stadthaus der Designori eingetauscht hatte, von einer statt-
lichen, sehr klugen, zurückhaltenden Dame regiert, die
Dame aber von ihrem hübschen, vorlauten und eher unarti-
gen Söhnchen beherrscht, um dessen Person sich hier alles
zu drehen schien und das von seiner Mutter die rechthabe-
risch präpotente, etwas demütigende Haltung gegen den
Vater gelernt zu haben schien. Übrigens war man hier kühl
und mißtrauisch gegen alles Kastalische, doch widerstanden
Mutter und Sohn der Persönlichkeit des Magisters, dessen
Amt für sie außerdem etwas von Geheimnis, Weihe und
Legendenhaftigkeit hatte, nicht sehr lange. Immerhin ging
es beim ersten Besuche äußerst steif und gezwungen zu.
Knecht verhielt sich beobachtend, abwartend und schweigsam, die Dame empfing ihn mit kühler formeller Höflichkeit und innerer Ablehnung, so etwa wie einen feindlichen
hohen Offizier in Einquartierung, der Sohn Tito war der
am wenigsten Befangene, er mochte schon oft genug beob-
achtender, vielleicht amüsierter Zeuge und Nutznießer
ähnlicher Situationen gewesen sein. Sein Vater schien den
Herrn im Hause mehr zu spielen, als er es war. Zwischen
ihm und der Frau herrschte ein Ton sanfter, behutsamer, etwas ängstlicher, wie auf Zehenspitzen gehender Höflichkeit, von der Frau weit leichter und natürlicher innegehal-
ten als von ihrem Mann. Seinem Sohn gegenüber zeigte dieser eine Bemühung um Kameradschaftlichkeit, welche der
Junge bald auszunützen, bald patzig zurückzuweisen gewohnt schien. Kurz, es war ein mühevolles, unschuldloses,
von unterdrückten Trieben schwül geheiztes Beisammen-
sein, voll von Furcht vor Störungen und Ausbrüchen, voll

von Spannungen, und der Stil von Benehmen und Rede war, wie der Stil des ganzen Hauses, ein wenig allzu gepflegt und gewollt, als könne man den Schutzwall gegen etwaige Einbrüche und Überfälle gar nicht fest, nicht dicht und sicher genug aufbauen. Und noch eine Beobachtung Knechts, die er sich merkte: ein großer Teil der wiedergewonnenen Heiterkeit war aus Plinios Gesicht wieder geschwunden; er, der in Waldzell oder im Haus der Ordensleitung in Hirsland seine Schwere und Traurigkeit schon beinahe ganz verloren zu haben schien, stand hier in seinem eigenen Hause wieder ganz im Schatten und forderte Kritik sowohl wie Mitleid heraus. Das Haus war schön und zeugte von Reichtum und Verwöhntheit, jeder Raum war seinen Dimensionen gemäß eingerichtet, jeder zu einem angenehmen Zwei- oder Dreiklang von Farben gestimmt, da und dort ein Kunstwerk von Wert, mit Vergnügen ließ Knecht seine Blicke wandern; doch wollte alle diese Augenweide ihn am Ende um einen Grad allzu schön erscheinen, allzu vollkommen und wohlbedacht, ohne Werden, ohne Geschehen, ohne Erneuerung, und er spürte, daß auch diese Schönheit der Räume und Gegenstände den Sinn einer Beschwörung, einer schutzsuchenden Gebärde habe und daß diese Zimmer, Bilder, Vasen und Blumen ein Leben umschlossen und begleiteten, das sich nach Harmonie und Schönheit sehnte, ohne sie anders erreichen zu können als eben in der Pflege solch abgestimmter Umgebung.

In der Zeit nach diesem Besuche mit seinen zum Teil unerquicklichen Eindrücken war es, daß Knecht seinem Freunde einen Meditationslehrer mit nach Hause gab. Seit er einen Tag in der so merkwürdig gepreßten und geladenen Atmosphäre dieses Hauses zugebracht hatte, war ihm manches Wissen zugekommen, dessen er gar nicht begehrt, aber auch manches, das ihm gefehlt und nach dem er des Freundes wegen gesucht hatte. Und es blieb nicht bei diesem ersten Besuch, er wurde mehrmals wiederholt und führte zu Gesprächen über Erziehung und über den jungen Tito, an welchen auch dessen Mutter lebhaften Anteil nahm. Der Magister gewann allmählich Vertrauen und Sympathie dieser klugen und mißtrauischen Frau. Als er einst, halb im Scherze, sagte, es sei doch schade, daß ihr Söhnchen nicht rechtzeitig zur Erziehung nach Kastalien ge-

schickt worden sei, nahm sie die Bemerkung ernst wie
einen Vorwurf und verteidigte sich: es wäre doch höchst
zweifelhaft gewesen, ob Tito wirklich dort hätte Aufnahme
finden können, er sei ja zwar begabt genug, aber schwierig
zu behandeln, und gegen den eigenen Willen des Knaben
so in sein Leben einzugreifen, würde sie sich niemals erlaubt haben, sei doch ebendieser selbe Versuch einst bei
seinem Vater keineswegs geglückt. Auch hätten sie und ihr
Mann nicht daran gedacht, ein Vorrecht der alten Familie
Designori für ihren Sohn in Anspruch zu nehmen, da sie
doch mit dem Vater Plinios und der ganzen Tradition des
alten Hauses gebrochen hätten. Und ganz zuletzt fügte sie,
schmerzlich lächelnd, hinzu, überdies hätte sie auch unter
ganz anderen Umständen sich nicht von ihrem Kinde tren-
nen können, denn außer ihm habe sie ja nichts, was ihr das
Leben lebenswert mache. Über diese mehr unwillkürliche
als überlegte Bemerkung mußte Knecht viel nachdenken.
Also ihr schönes Haus, in dem alles so vornehm, prächtig
und wohlabgestimmt war, und ihr Mann und ihre Politik
und Partei, das Erbe ihres einst von ihr angebeteten Vaters,
waren alle nicht genügend, ihrem Leben Sinn und Wert zu
geben, das vermochte nur ihr Kind. Und lieber ließ sie dies
Kind unter so schlechten und schädigenden Bedingungen
aufwachsen, wie sie hier im Hause und in ihrer Ehe bestanden, als daß sie sich zu seinem Heil von ihm getrennt hätte.
Für eine so kluge, anscheinend so kühle, so intellektuelle
Frau war dies ein erstaunliches Bekenntnis. Knecht konnte
ihr nicht in so unmittelbarer Weise helfen wie ihrem
Manne, dachte auch gar nicht daran, es zu versuchen. Aber
durch seine seltenen Besuche und dadurch, daß Plinio unter seinem Einfluß stand, kam doch ein Maß und eine Mahnung in die verbogenen und verschrobenen Familienzu-
stände. Für den Magister aber, während er von Mal zu Mal
im Hause Designori an Einfluß und Autorität gewann,
wurde das Leben dieser Weltleute immer reicher an Rätseln, je besser er es kennenlernte. Doch wissen wir über
seine Besuche in der Hauptstadt und das, was er dort sah
und erlebte, recht wenig und begnügen uns mit dem hier
Angedeuteten.
Dem Vorsteher der Ordensleitung in Hirsland war Knecht
bisher nicht nähergetreten, als die amtlichen Funktionen es

erforderten. Er sah ihn wohl nur bei denjenigen Vollsitzungen der Erziehungsbehörde, die in Hirsland stattfanden, und auch da nahm der Vorsteher meistens nur die mehr formelhaften und dekorativen Amtshandlungen vor, den Empfang und die Verabschiedung der Kollegen, während die Hauptarbeit der Sitzungsleitung dem Sprecher zufiel. Der bisherige Vorsteher, zur Zeit von Knechts Amtsantritt schon ein Mann in ehrwürdigem Alter, wurde vom Magister Ludi zwar sehr verehrt, gab ihm aber niemals Anlaß, die Distanz zu verringern, er war für ihn schon nahezu kein Mensch, keine Person mehr, sondern schwebte, ein Hoherpriester, ein Symbol der Würde und Sammlung, als schweigsame Spitze und Bekrönung über dem Bau der Behörde und der ganzen Hierarchie. Dieser ehrwürdige Mann war gestorben, und an seine Stelle hatte der Orden den neuen Vorsteher Alexander gewählt. Alexander war ebenjener Meditationsmeister, den die Ordensleitung vor Jahren unserem Josef Knecht für die erste Zeit seiner Amtsführung beigegeben hatte, und seit damals hatte der Magister diesen vorbildlichen Ordensmann bewundert und dankbar geliebt, aber auch dieser hatte den Glasperlenspielmeister während jener Zeit, da dieser täglich Gegenstand seiner Sorge und gewissermaßen sein Beichtkind gewesen war, nahe genug in seinem persönlichen Wesen und Gehaben beobachten und kennenlernen können, um ihn zu lieben. Die bis dahin latent gebliebene Freundschaft wurde beiden bewußt und fand ihre Gestalt von dem Augenblicke an, da Alexander Knechts Kollege und Präsident der Behörde wurde, denn nun sahen sie sich des öftern wieder und hatten gemeinsame Arbeit zu tun. Freilich fehlte es dieser Freundschaft an Alltag, wie es ihr auch an gemeinsamen Jugenderlebnissen fehlte, es war eine kollegiale Sympathie unter Hochgestellten, und ihre Äußerungen beschränkten sich auf ein kleines Mehr an Wärme bei Begrüßung und Abschied, ein lückenloseres und rascheres gegenseitiges Verstehen, etwa noch auf ein minutenlanges Plaudern in Sitzungspausen.

War auch verfassungsmäßig der Vorsteher der Ordensleitung, auch Ordensmeister genannt, seinen Kollegen, den Magistern, nicht übergeordnet, so war er es doch durch die Tradition, nach welcher der Ordensmeister den Sitzungen der obersten Behörde präsidierte, und je meditativer und mönchischer der Orden in den letzten Jahrzehnten geworden war, desto mehr war seine Autorität gewachsen, freilich nur innerhalb der Hierarchie und Provinz, nicht außerhalb. Es waren in der Erziehungsbehörde mehr und mehr der Ordensvorsteher und der Glasperlenspielmeister die beiden eigentlichen Exponenten und Repräsentanten des kastalischen Geistes geworden; gegenüber den uralten, aus vorkastalischen Epochen überkommenen Disziplinen, wie Grammatik, Astronomie, Mathematik oder Musik, waren meditative Geisteszucht und Glasperlenspiel ja auch die für Kastalien eigentlich charakteristischen Güter. So war es nicht ohne Bedeutung, wenn ihre beiden derzeitigen Vertreter und Leiter in einem freundschaftlichen Verhältnis zueinander standen, es war für beide eine Bestätigung und Erhöhung ihrer Würde, eine Zugabe an Wärme und Zufriedenheit im Leben, ein Ansporn mehr zur Erfüllung ihrer Aufgabe: in ihren Personen die beiden innersten, die sakralen Güter und Kräfte der kastalischen Welt darzustellen und vorzuleben. Für Knecht also bedeutete das eine Bindung mehr, ein Gegengewicht mehr gegen die in ihm großgewordene Tendenz zum Verzicht auf dies alles und zum Durchbruch in eine andre, neue Lebenssphäre. Dennoch entwickelte diese Tendenz sich unaufhaltsam weiter. Seit sie ihm selbst völlig bewußt geworden war, dies mag etwa im sechsten oder siebenten Jahr seines Magistrates gewesen sein, hatte sie sich erkräftigt und war von ihm, dem Mann des „Erwachens", ohne Scheu in sein bewußtes Leben und Denken aufgenommen worden. Seit jener Zeit etwa, glauben wir sagen zu dürfen, war der Gedanke an den kommenden Abschied von seinem Amte und von der Provinz ihm vertraut – manchmal in der Art, wie einem Gefangenen der Glaube an Befreiung es ist, manchmal auch so, wie einem Schwerkranken das Wissen um den Tod es sein mag. In jener ersten Aussprache mit dem wiedergekehrten Jugendkameraden Plinio hatte er ihm zum erstenmal Ausdruck in Worten gegeben, möglicherweise nur, um den schweigsam und verschlossen gewordenen Freund zu gewinnen und aufzuschließen, vielleicht aber auch, um mit dieser ersten Mitteilung an einen andern seinem neuen Erwachen, seiner neuen Lebensstimmung einen Mitwisser, eine erste Wendung nach außen, einen ersten Anstoß zur

49

Verwirklichung zu geben. In den weiteren Gesprächen mit Designori nahm Knechts Wunsch, irgendeinmal seine jetzige Lebensform abzulegen und den Sprung in eine neue zu wagen, schon den Rang eines Entschlusses ein. Inzwischen baute er die Freundschaft mit Plinio, der nun nicht mehr nur durch Bewunderung, sondern ebensosehr durch die Dankbarkeit des Genesenden und Geheilten an ihn gebunden war, sorgfältig aus und besaß in ihr eine Brücke zur Außenwelt und ihrem mit Rätseln beladenen Leben.

Daß der Magister seinem Freunde Tegularius erst sehr spät Einblick in sein Geheimnis und seinen Plan eines Ausbruches gegönnt hat, darf uns nicht wundern. So wohlwollend und fördernd er jede seiner Freundschaften gestaltet hat, so selbständig und diplomatisch hat er sie doch zu überblicken und zu leiten gewußt. Nun war mit dem Wiedereintritt von Plinio in sein Leben für Fritz ein Nebenbuhler auf den Plan getreten, ein neualter Freund mit Ansprüchen an Knechts Interesse und Herz, und dieser konnte wohl kaum darüber erstaunt sein, daß Tegularius darauf zunächst mit heftiger Eifersucht reagierte; ja für eine Weile, bis er nämlich Designori vollends gewonnen und richtig eingeordnet hatte, mag dem Magister die schmollende Zurückhaltung des andern eher willkommen gewesen sein. Auf die Dauer freilich war eine andere Erwägung wichtiger. Wie war sein Wunsch, sich Waldzell und der Magisterwürde sachte zu entziehen, einer Natur wie Tegularius mundgerecht und verdaulich zu machen? Wenn Knecht einmal Waldzell verließ, so ging er diesem Freunde für immer verloren; ihn auf den schmalen und gefährlichen Weg, der vor ihm lag, mitzunehmen, daran war nicht zu denken, selbst wenn jener wider alles Erwarten die Lust und den Wagemut dazu aufbringen sollte. Knecht wartete, überlegte und zögerte sehr lange, ehe er ihn zum Mitwisser seiner Absichten machte. Schließlich tat er es doch, als sein Entschluß zum Aufbruch längst fest geworden war. Es wäre ihm allzusehr gegen die Natur gewesen, den Freund bis zuletzt blind zu lassen und gewissermaßen hinter seinem Rücken Pläne zu betreiben und Schritte vorzubereiten, deren Folgen ja auch jener würde mitzutragen haben. Womöglich wollte er ihn, ebenso wie Plinio, nicht nur zum Mitwisser, sondern zum wirklichen oder doch eingebildeten Mithelfer und Mittäter machen, da Aktivität jede Lage leichter nehmen hilft.

Knechts Gedanken über einen drohenden Niedergang des kastalischen Wesens waren seinem Freunde natürlich längst bekannt, soweit eben er sie mitzuteilen gewillt und jener sie aufzunehmen bereit war. An sie knüpfte der Magister an, als er entschlossen war, sich dem andern zu eröffnen. Wider sein Erwarten und zu seiner großen Erleichterung nahm Fritz das ihm vertraulich Mitgeteilte nicht tragisch, vielmehr schien ihn die Vorstellung, daß ein Magister seine Würde der Behörde wieder hinwerfe, den Staub Kastaliens von den Füßen schüttle und sich ein Leben nach seinem eigenen Geschmacke wähle, angenehm anzuregen, ja zu belustigen. Als Einzelgänger und Feind aller Normierung war Tegularius stets auf seiten des einzelnen gegen die Behörde gewesen; die offizielle Macht auf geistreiche Art zu bekämpfen, zu necken, zu überlisten, dazu war er stets zu haben. Damit war Knecht der Weg gewiesen, und aufatmend, mit einem innern Lachen, ging er alsbald auf des Freundes Reaktion ein. Er ließ ihn bei der Auffassung, es handle sich um eine Art von Handstreich gegen die Behörde und den Beamtenzopf, und wies ihm bei diesem Streich die Rolle eines Mitwissers, Mitarbeiters und Mitverschworenen zu. Es sollte ein Gesuch des Magisters an die Behörde ausgearbeitet werden, eine Aufstellung und Erläuterung all der Gründe, welche ihm den Rücktritt von seinem Amte nahelegten, und die Vorbereitung und Ausarbeitung dieses Gesuches sollte hauptsächlich Tegularius' Aufgabe sein. Vor allem sollte er sich Knechts geschichtliche Auffassung vom Entstehen, Großwerden und jetzigen Stand Kastaliens zu eigen machen, sodann historisches Material sammeln und Knechts Wünsche und Vorschläge daraus belegen. Daß er damit auf ein bisher von ihm abgelehntes und verachtetes Gebiet eingehen mußte, auf die Beschäftigung mit der Historie, schien ihn nicht zu stören, und Knecht beeilte sich, ihm dazu die nötigen Anweisungen zu geben. Und so vertiefte sich denn Tegularius mit dem Eifer und der Zähigkeit, die er für abseitige und einsame Unternehmungen aufzubringen vermochte, in seine neue Aufgabe. Ihm, dem hartnäckigen Individualisten, erwuchs ein merkwürdig grimmiges Vergnügen aus diesen Studien, die ihn in den

Stand setzen sollten, den Bonzen und der Hierarchie ihre Mängel und Fragwürdigkeiten nachzuweisen oder doch sie zu reizen.

An diesem Vergnügen hatte Josef Knecht ebensowenig teil, wie er an einen Erfolg der Bemühungen seines Freundes glaubte. Er war entschlossen, sich aus den Fesseln seiner jetzigen Lage zu lösen und für Aufgaben, die er auf sich warten fühlte, frei zu machen, aber es war ihm klar, daß er weder die Behörde durch Vernunftgründe überwinden noch einen Teil des hier zu Leistenden auf Tegularius abladen könne. Diesen beschäftigt und abgelenkt zu wissen für die Zeit, da er noch in seiner Nähe leben würde, war ihm jedoch sehr willkommen. Nachdem er beim nächsten Zusammenkommen Plinio Designori davon erzählt hatte, fügte er hinzu: „Freund Tegularius ist nun beschäftigt und für das entschädigt, was er durch deine Wiederkehr meint verloren zu haben. Seine Eifersucht ist schon beinahe geheilt, und die Arbeit an seiner Aktion für mich und gegen meine Kollegen bekommt ihm gut, er ist nahezu glücklich. Aber glaube nicht, Plinio, daß ich mir von seiner Aktion irgend etwas verspreche, außer ebendem Guten, das sie für ihn selber hat. Daß unsre oberste Behörde dem geplanten Gesuch Folge geben wird, ist völlig unwahrscheinlich, ja unmöglich, höchstens wird sie mir mit einer sanft rügenden Vermahnung antworten. Was zwischen meinen Absichten und deren Verwirklichung steht, ist das Grundgesetz unsrer Hierarchie selbst, und eine Behörde, die ihren Glasperlenspielmeister auf ein noch so überzeugend begründetes Gesuch hin entläßt und ihm eine Tätigkeit außerhalb Kastaliens zuweist, würde mir auch gar nicht gefallen. Außerdem ist Meister Alexander von der Ordensleitung da, ein Mann, der durch nichts zu beugen ist. Nein, diesen Kampf werde ich schon allein ausfechten müssen. Aber lassen wir also erst Tegularius seinen Scharfsinn üben! Wir verlieren dadurch nichts als ein wenig Zeit, und die brauche ich ohnehin, um hier alles so geordnet zurückzulassen, daß mein Abgang ohne Schaden für Waldzell erfolgen kann. Du aber mußt mir inzwischen drüben bei euch eine Unterkunft und Arbeitsmöglichkeit schaffen, sei es noch so bescheiden, im Notfall bin ich mit einer Stelle etwa als Musiklehrer zufrieden, es braucht nur ein Anfang, ein Sprungbrett zu sein."

52

Designori meinte, das werde sich schon finden, und wenn der Augenblick gekommen sei, stehe sein Haus dem Freunde für beliebige Zeit offen. Aber damit war Knecht nicht zufrieden.

„Nein", sagte er, „als Gast bin ich nicht zu gebrauchen, ich muß Arbeit haben. Auch würde ein Aufenthalt in deinem Hause, so schön es ist, wenn er länger als Tage dauerte, die Spannungen und Schwierigkeiten dort nur vermehren. Ich habe viel Vertrauen zu dir, und auch deine Frau hat sich ja an meine Besuche freundlich gewöhnt, aber dies alles hätte sofort ein anderes Gesicht, wenn ich nicht mehr Besucher und Magister Ludi, sondern ein Flüchtling und Dauergast wäre."

„Du nimmst das doch wohl allzu genau", meinte Plinio. „Daß du, wenn du dich erst hier frei gemacht und deinen Wohnsitz in der Hauptstadt hast, sehr bald eine deiner würdige Berufung bekommen wirst, mindestens als Professor an einer Hochschule – damit kannst du mit Gewißheit rechnen. Doch brauchen solche Dinge Zeit, das weißt du ja, und ich kann natürlich erst dann etwas für dich unternehmen, wenn deine Loslösung von hier vollzogen ist."

„Gewiß", sagte der Meister, „bis dahin muß mein Entschluß Geheimnis bleiben. Ich kann mich nicht euren Behörden zur Verfügung stellen, ehe meine eigene Behörde unterrichtet ist und entschieden hat; das ist selbstverständlich. Aber ich suche ja auch vorerst gar nicht eine öffentliche Anstellung. Meine Bedürfnisse sind klein, kleiner als du dir vermutlich vorzustellen vermagst. Ich brauche ein Zimmerchen und das tägliche Brot, vor allem aber eine Arbeit und Aufgabe als Lehrer und Erzieher, ich brauche einen oder einige Schüler und Zöglinge, mit denen ich lebe und auf die ich wirken kann; an eine Hochschule denke ich dabei am allerwenigsten, ich würde ebenso gerne, nein weit lieber, Hauslehrer bei einem Knaben oder dergleichen. Was ich suche und brauche, ist eine einfache, natürliche Aufgabe, ein Mensch, der mich braucht. Die Berufung an eine Hochschule würde mich von Anfang an wieder in einen traditionellen, geheiligten und mechanisierten Amtsapparat einordnen, und was ich begehre, ist das Gegenteil davon."

Zögernd rückte nun Designori mit einem Anliegen heraus, das er schon eine Weile mit sich herumgetragen hatte.

„Ich hätte einen Vorschlag zu machen", sagte er, „und bitte dich, ihn wenigstens anzuhören und wohlwollend zu prüfen. Vielleicht kannst du ihn annehmen, dann tätest du auch mir einen Dienst. Du hast mir seit jenem ersten Tag, an dem ich hier dein Gast war, in vielem weitergeholfen. Du hast auch mein Leben und mein Haus kennengelernt und weißt, wie es dort steht. Es steht nicht gut, aber es steht besser als seit Jahren. Das schwierigste ist das Verhältnis zwischen mir und meinem Sohn. Er ist verwöhnt und vorlaut, er hat sich eine bevorzugte und geschonte Stellung in unsrem Haus geschaffen, das wurde ihm ja nahegelegt und leicht gemacht in den Jahren, in denen er, noch ein Kind, von seiner Mutter ebenso wie von mir umworben wurde. Er hat sich dann entschieden zur Partei der Mutter geschlagen, und mir sind allmählich alle wirksamen Erziehungsmittel aus den Händen gespielt worden. Ich hatte mich damit abgefunden, so wie mit meinem etwas mißglückten Leben überhaupt. Ich hatte resigniert. Aber jetzt, wo ich mit deiner Hilfe wieder einigermaßen genesen bin, habe ich doch wieder Hoffnung geschöpft. Du siehst, worauf ich hinaus will; ich würde mir sehr viel davon versprechen, wenn Tito, der ohnehin in seiner Schule Schwierigkeiten hat, eine Weile einen Lehrer und Erzieher bekäme, der sich seiner annimmt. Es ist ein egoistisches Anliegen, ich weiß es, und ob die Aufgabe dich anziehen könnte, weiß ich nicht. Aber du hast mir Mut gemacht, den Vorschlag zur Sprache zu bringen."

Knecht lächelte und reichte ihm die Hand.

„Ich danke dir, Plinio. Kein Vorschlag könnte mir willkommener sein. Nur fehlt noch das Einverständnis deiner Frau. Und weiter müßtet ihr euch beide dazu entschließen, mir euren Sohn fürs erste ganz zu überlassen. Damit ich ihn in die Hand bekomme, muß der tägliche Einfluß des Elternhauses ausgeschaltet werden. Du mußt mit deiner Frau darüber sprechen und sie dahin bringen, diese Bedingung anzunehmen. Fasse es behutsam an, laßt euch Zeit!"

„Und du glaubst", fragte Designori, „daß du mit Tito etwas erreichen könntest?"

„O ja, warum denn nicht? Er hat gute Rasse und gute Gaben von beiden Eltern her, es fehlt nur die Harmonie dieser Kräfte. Das Verlangen nach dieser Harmonie in ihm zu wecken, vielmehr zu stärken und schließlich bewußt zu machen, wird meine Aufgabe sein, die ich gern übernehme."

So wußte nun Josef Knecht seine beiden Freunde, jeden in ganz anderer Weise, mit seiner Angelegenheit beschäftigt. Während Designori in der Hauptstadt seiner Frau die neuen Pläne vorlegte und sie ihr annehmbar zu machen suchte, saß in Waldzell Tegularius in einer Arbeitszelle der Bibliothek und stellte nach Knechts Hinweisen Material für das beabsichtigte Schriftstück zusammen. Der Magister hatte ihn mit der Lektüre, die er ihm vorlegen ließ, gut geködert; Fritz Tegularius, der große Verächter der Historie, verbiß und verliebte sich in die Geschichte der kriegerischen Epoche. Im Spielen stets ein großer Arbeiter, sammelte er mit wachsendem Appetit symptomatische Anekdoten aus jener Epoche, der düstern Vorzeit des Ordens, und häufte ihrer so viele an, daß sein Freund, als er nach Monaten die Arbeit vorgelegt bekam, kaum den zehnten Teil stehenlassen konnte.

In dieser Zeit wiederholte Knecht seinen Besuch in der Hauptstadt mehrmals. Frau Designori gewann immer mehr Vertrauen zu ihm, wie ja ein gesunder und harmonischer Mensch bei den Schwierigen und Belasteten oft so leichten Eingang findet, und bald war sie für den Plan ihres Mannes gewonnen. Von Tito wissen wir, daß er bei einem dieser Besuche den Magister etwas patzig wissen ließ, daß er von ihm nicht mit du angeredet zu werden wünsche, da ihn jedermann, auch die Lehrer seiner Schule, mit Sie anspräche. Knecht dankte ihm mit großer Höflichkeit und entschuldigte sich, er erzählte ihm, daß in seiner Provinz die Lehrer zu allen Schülern und Studenten, auch zu längst erwachsenen, du sagten. Und nach Tische bat er den Knaben, ein wenig mit ihm auszugehen und ihm etwas von der Stadt zu zeigen. Auf diesem Spaziergang führte ihn Tito auch durch eine stattliche Gasse der Altstadt, wo in beinahe lückenloser Reihe die jahrhundertalten Häuser der vornehmen, begüterten patrizischen Familien standen. Vor einem dieser festen, schmalen und hohen Häuser blieb Tito stehen, deutete auf ein Schild über dem Portal und fragte: „Kennen Sie das?" Und als Knecht verneinte, sagte er: „Dies hier ist das Wappen der Designori, und es ist unser altes Stammhaus, dreihundert Jahre hat es der Familie gehört. Wir aber sitzen in unsrem gleichgültigen Allerweltshause, bloß weil mein Vater nach des Großvaters Tode die Laune gehabt hat, dies schöne ehrwürdige Stammhaus zu verkaufen und sich ein Modehaus zu bauen, das übrigens schon jetzt nicht mehr so recht modern ist. Können Sie so etwas begreifen?"

„Es tut Ihnen sehr leid um das alte Haus?" fragte Knecht freundlich, und als Tito leidenschaftlich bejahte und seine Frage wiederholte: „Können Sie so etwas begreifen?", sagte er: „Man kann alles begreifen, wenn man es ins Licht rückt. Ein altes Haus ist eine schöne Sache, und wenn das neue daneben gestanden wäre und er die Wahl gehabt hätte, so hätte er doch wohl das alte behalten. Ja, alte Häuser sind schön und ehrwürdig, zumal ein so schönes wie dieses hier. Aber ein Haus selber zu bauen, ist ebenfalls etwas Schönes, und wenn ein strebsamer und ehrgeiziger junger Mann die Wahl hat, ob er sich bequem und ergeben in ein fertiges Nest setzen oder sich ein ganz neues bauen wolle, dann kann man ganz wohl verstehen, daß seine Wahl auch auf das Bauen fallen kann. So wie ich Ihren Vater kenne, und ich habe ihn gekannt, als er noch in Ihrem Alter und ein leidenschaftlicher Draufgänger war, hat übrigens der Verkauf und Verlust des Hauses keinem so weh getan wie ihm selber. Er hatte einen schweren Konflikt mit seinem Vater und seiner Familie, und wie es scheint, war seine Erziehung bei uns in Kastalien nicht ganz die richtige für ihn, wenigstens konnte sie ihn nicht vor einigen leidenschaftlichen Voreiligkeiten behüten. Eine von ihnen ist wohl der Verkauf des Hauses gewesen. Er hat damit der Tradition der Familie, dem Vater, der ganzen Vergangenheit und Abhängigkeit ins Gesicht schlagen und Krieg ansagen wollen, wenigstens schiene mir das ganz begreiflich. Aber der Mensch ist wunderlich, und so würde mir auch ein andrer Gedanke gar nicht ganz unwahrscheinlich vorkommen, der Gedanke, daß der Verkäufer des alten Hauses mit diesem Verkaufe gar nicht nur der Familie, sondern vor allem sich selber weh tun wollte. Die Familie hatte ihn enttäuscht, sie hatte ihn in unsre Eliteschulen geschickt, ihn dort auf unsre Art erziehen lassen und ihn dann bei seiner Rückkehr mit Aufgaben, Forderungen und Ansprüchen empfangen, denen er nicht gewachsen sein konnte. Aber weiter möchte ich mit der psychologischen Deutung nicht gehen. Jedenfalls zeigt die

Geschichte mit diesem Hausverkauf, eine wie starke Macht der Konflikt zwischen Vätern und Söhnen ist, dieser Haß, diese in Haß umgeschlagene Liebe. Bei lebhaften und begabten Naturen bleibt dieser Konflikt selten aus, die Weltgeschichte ist voll von Beispielen. Übrigens könnte ich mir ganz wohl einen späteren jungen Designori denken, der es sich zur Lebensaufgabe setzen würde, das Haus um jeden Preis zurück in den Besitz der Familie zu bringen."

„Nun", rief Tito, „und würden Sie ihm nicht recht geben, wenn er das täte?"

„Ich möchte mich nicht zu seinem Richter machen, junger Herr. Wenn ein späterer Designori sich der Größe seines Geschlechts und der Verpflichtung besinnt, die ihm damit ins Leben mitgegeben ist, wenn er der Stadt, dem Staat, dem Volk, dem Recht, der Wohlfahrt mit seinen Kräften dient und daran so stark wird, daß er nebenher auch die Rückerwerbung des Hauses fertigbringt, dann ist er ein respektabler Mann, und wir wollen den Hut vor ihm abnehmen. Wenn er aber kein anderes Ziel im Leben kennt als diese Hausgeschichte, dann ist er eben nichts als ein Besessener und Verliebter, ein Mann der Leidenschaft, höchstwahrscheinlich einer, der solche jugendlichen Vaterkonflikte nie in ihrem Sinn erkannt und sie zeitlebens, auch noch als Mann, mit sich herumgeschleppt hat. Wir können ihn verstehen, auch bedauern, aber den Ruhm seines Hauses wird er nicht vermehren. Es ist schön, wenn eine alte Familie an ihrem Hause mit Liebe hängt, aber Verjüngung und neue Größe kommen ihr immer nur davon, daß ihre Söhne größeren Zielen als denen der Familie dienen."

Wenn bei diesem Spaziergange Tito dem Gast seines Vaters aufmerksam und ziemlich willig zuhörte, so zeigte er ihm bei anderen Anlässen doch wieder Ablehnung und Trotz, er witterte in dem Mann, auf den seine beiden sonst so uneinigen Eltern so viel zu halten schienen, eine Macht, die seiner eigenen verwöhnten Ungebundenheit gefährlich werden könnte, und zeigte sich gelegentlich ausgesprochen unartig; freilich folgte darauf jedesmal ein Bedauern und Gutmachenwollen, denn es kränkte sein Selbstgefühl, sich vor der heitern Höflichkeit, die den Magister wie ein blanker Panzer umgab, eine Blöße gegeben zu haben. Und insgeheim spürte er auch in seinem unerfahrenen und ein wenig verwilderten Herzen, daß dies ein Mann sei, den man vielleicht sehr lieben und verehren könnte.

Er spürte dies besonders in einer halben Stunde, da er Knecht allein und auf den von Geschäften festgehaltenen Vater wartend angetroffen hatte. Bei seinem Eintritt in das Zimmer sah Tito den Gast mit halbgeschlossenen Augen regungslos in einer statuenhaften Haltung sitzen, Stille und Ruhe ausstrahlend in seiner Versenkung, so daß der Knabe unwillkürlich seine Schritte leise machte und auf Zehenspitzen wieder hinausschleichen wollte. Aber da schlug der Sitzende die Augen auf, grüßte ihn freundlich, erhob sich, deutete auf ein Klavier, das im Zimmer stand, und fragte ihn, ob er Freude an der Musik habe.

Ja, sagte Tito, er habe zwar schon längere Zeit keine Musikstunden mehr und auch nie mehr geübt, denn er stehe in der Schule nicht glänzend und werde dort von den Paukern genügend geplagt, aber Musik zu hören sei ihm immer ein Vergnügen gewesen. Knecht öffnete das Klavier, setzte sich davor, stellte fest, daß es gestimmt sei, und spielte einen Andantesatz von Scarlatti, den er dieser Tage einer Glasperlenspielübung zugrunde gelegt hatte. Dann hielt er inne, und da er den Knaben aufmerksam und hingegeben fand, begann er ihm in kurzen Worten zu erklären, was in einer solchen Glasperlenspielübung ungefähr vor sich gehe, zerlegte die Musik in ihre Glieder, zeigte einige der Arten von Analyse auf, die man auf sie anwenden könne, und deutete die Wege zur Übersetzung der Musik in die Spiel-Hieroglyphen an. Zum erstenmal sah Tito den Meister nicht als Gast, nicht als eine gelehrte Berühmtheit, die er ablehnte, weil sie sein Selbstgefühl drückte, sondern sah ihn bei seiner Arbeit, einen Mann, der eine sehr subtile und genaue Kunst gelernt hat und als Meister ausübt, eine Kunst, deren Sinn Tito zwar nur ahnen konnte, die aber einen ganzen Mann und seine Hingabe zu fordern schien. Auch tat es seiner Selbstachtung wohl, daß man ihn für erwachsen und gescheit genug nahm, um ihn für diese verwickelten Dinge zu interessieren. Er wurde still und begann in dieser halben Stunde zu ahnen, aus welchen Quellen die Heiterkeit und sichere Ruhe dieses merkwürdigen Mannes komme.

Knechts amtliche Tätigkeit war in dieser letzten Zeit beinahe so intensiv wie einst in der schwierigen Zeit seiner

Amtsübernahme. Ihm lag daran, alle Ressorts seiner Verpflichtungen in einem musterhaften Zustande zu hinterlassen. Dies Ziel hat er auch erreicht, wennschon er das mitgemeinte Ziel verfehlte, seine Person als entbehrlich oder doch leicht ersetzbar erscheinen zu lassen. Es ist ja bei unseren höchsten Ämtern beinahe immer so: der Magister schwebt, beinahe nur wie ein oberstes Schmuckstück, eine blanke Insignie, über dem komplizierten Vielerlei seines Amtsbereiches; er kommt und geht rasch, leicht wie ein freundlicher Geist, sagt zwei Worte, nickt ein Ja, deutet einen Auftrag durch eine Gebärde an und ist schon fort, schon beim Nächsten, er spielt auf seinem Amtsapparat wie ein Musikant auf seinem Instrument, scheint keine Kraft und kaum ein Nachdenken zu brauchen, und alles läuft, wie es laufen soll. Aber jeder Beamte in diesem Apparat weiß, was es heißen will, wenn der Magister verreist oder krank ist, was es heißt, auch nur für Stunden oder für einen Tag ihn zu ersetzen! Während Knecht noch einmal den ganzen Kleinstaat des Vicus Lusorum prüfend durchlief und namentlich alle Sorgfalt darauf verwandte, seinen „Schatten" unauffällig der Aufgabe entgegenzuführen, ihn nächstens allen Ernstes zu vertreten, konnte er zugleich feststellen, wie sein Innerstes sich schon von alledem gelöst und entfernt hatte, wie die ganze Kostbarkeit dieser wohldurchdachten kleinen Welt ihn nicht mehr beglückte und fesselte. Er sah Waldzell und sein Magisteramt schon beinahe wie etwas hinter ihm Liegendes an, einen Bezirk, den er durchschritten, der ihm vieles gegeben und ihn vieles gelehrt hatte, der aber nun keine neuen Kräfte und Taten mehr aus ihm locken konnte. Mehr und mehr auch wurde ihm in der Zeit dieses langsamen Sichlösens und Abschiednehmens klar, daß der eigentliche Grund seines Fremdwerdens und Fortwollens wohl nicht das Wissen um die für Kastalien bestehenden Gefahren und die Sorge um dessen Zukunft sei, sondern daß es einfach ein leer und unbeschäftigt gebliebenes Stück seiner selbst, seines Herzens, seiner Seele sei, das nun sein Recht begehrte und sich erfüllen wollte.

Er studierte damals auch die Verfassung und Statuten des Ordens noch einmal gründlich und sah, daß sein Entkommen aus der Provinz im Grunde nicht so schwer, nicht so beinahe unmöglich zu erreichen sei, wie er es sich anfangs vorgestellt hatte. Sein Amt aus Gewissensgründen niederzulegen, stand ihm frei, den Orden zu verlassen ebenfalls, das Ordensgelübde war keines auf Lebenszeit, wennschon nur selten ein Mitglied, und niemals ein Glied der höchsten Behörde, von dieser Freiheit Gebrauch gemacht hatte. Nein, was ihm den Schritt so schwer erscheinen ließ, war nicht die Strenge des Gesetzes, es war der hierarchische Geist selbst, die Loyalität und Bundestreue in seinem eigenen Herzen. Gewiß, er wollte ja nicht heimlich entlaufen, er bereitete ein umständliches Gesuch zur Erlangung seiner Freiheit vor, das Kind Tegularius schrieb sich daran die Finger schwarz. Aber er glaubte an den Erfolg dieses Gesuches nicht. Man würde ihn begütigen, ihn ermahnen, ihm vielleicht einen Erholungsurlaub anbieten, nach Mariafels, wo Pater Jakobus vor kurzem gestorben war, oder vielleicht nach Rom. Aber loslassen würde man ihn nicht, das glaubte er immer sicherer zu wissen. Ihn loszulassen würde aller Tradition des Ordens widersprechen. Täte es die Behörde, so würde sie damit zugeben, daß sein Verlangen berechtigt sei, sie würde zugeben, daß das Leben in Kastalien, und gar auf so hohem Posten, unter Umständen einem Menschen nicht genügen, ihm Verzicht und Gefangenschaft bedeuten könne.

Das Rundschreiben

Wir nähern uns dem Ende unsrer Erzählung. Wie schon angedeutet, ist unser Wissen um dieses Ende lückenhaft und trägt beinahe mehr den Charakter einer Sage als den eines historischen Berichtes. Wir müssen uns damit begnügen. Desto angenehmer aber ist es uns, dieses vorletzte Kapitel von Knechts Lebenslauf mit einem authentischen Dokumente ausfüllen zu können, mit jenem umfangreichen Schreiben nämlich, in welchem der Glasperlenspielmeister selbst der Behörde die Gründe für seinen Entschluß darlegt und sie um Entlassung aus seinem Amte bittet.
Nur muß freilich gesagt werden, daß Josef Knecht nicht nur, wie wir längst wissen, an einen Erfolg dieses so umständlich vorbereiteten Schreibens nicht mehr glaubte, sondern daß er, als es damit wirklich soweit war, sein „Gesuch"

lieber gar nicht mehr geschrieben und eingereicht hätte. Es
ging ihm wie allen Menschen, welche eine natürliche und
anfänglich unbewußte Macht über andre Menschen aus-
üben: diese Macht wird nicht ohne Folgen für deren Träger
geübt, und wenn der Magister froh darüber gewesen war,
seinen Freund Tegularius dadurch für seine Absichten zu
gewinnen, daß er ihn zu deren Förderer und Mitarbeiter
werden ließ, so war das Geschehene nun stärker als seine
eigenen Gedanken und Wünsche. Er hatte Fritz zu einer
Arbeit geworben oder verführt, an deren Wert er, der Urhe-
ber, nicht mehr glaubte; aber er konnte diese Arbeit, als der
Freund sie ihm endlich vorlegte, nicht wieder rückgängig
machen, noch konnte er sie weglegen und unbenutzt lassen, ohne den Freund, dem er ja durch sie die Trennung
hatte erträglich machen wollen, erst recht zu verletzen und
zu enttäuschen. Wie wir zu wissen glauben, hätte es um
jene Zeit Knechts Absichten weit eher entsprochen, wenn
er ohne weiteres sein Amt niedergelegt und seinen Austritt
aus dem Orden erklärt hätte, statt erst den vor seinen
Augen nun beinahe zur Komödie gewordenen Umweg mit
dem „Gesuch" zu wählen. Aber die Rücksicht auf den
Freund bewog ihn, seine Ungeduld nochmals für eine
Weile zu beherrschen.

Es wäre wahrscheinlich interessant, das Manuskript des flei-
ßigen Tegularius kennenzulernen. Es bestand in der Hauptsache aus geschichtlichem Material, das er zu Beweis- oder
doch Illustrierungszwecken gesammelt hatte, doch gehen
wir schwerlich fehl, wenn wir annehmen, daß es auch manches spitz und geistreich formulierte Wort der Kritik an der
Hierarchie sowohl wie an der Welt und Weltgeschichte enthalten habe. Allein selbst wenn dies in Monaten einer ungewöhnlich zähen Arbeitsamkeit gefertigte Manuskript, was
sehr wohl möglich ist, noch existieren sollte und wenn es
uns zur Verfügung stünde, müßten wir auf seine Mitteilung
doch verzichten, da unser Buch nicht der richtige Ort für
seine Publikation wäre.

Für uns ist einzig das von Wichtigkeit, welchen Gebrauch
der Magister Ludi von seines Freundes Arbeit gemacht hat.
Er nahm sie, als dieser sie ihm mit Feierlichkeit über-
reichte, mit herzlichen Worten des Dankes und der Anerkennung entgegen, und weil er wußte, daß er ihm damit

eine Freude mache, bat er ihn, ihm die Arbeit vorzulesen. An mehreren Tagen saß nun Tegularius beim Magister eine halbe Stunde in dessen Garten, denn es war Sommerszeit, und las ihm mit Genugtuung die vielen Blätter vor, aus denen sein Manuskript bestand, und nicht selten wurde die Vorlesung durch lautes Gelächter der beiden unterbrochen. Es waren gute Tage für Tegularius. Nachher aber zog sich Knecht zurück und verfaßte, unter Benützung mancher Teile von seines Freundes Manuskript, sein Schreiben an die Behörde, das wir im Wortlaut mitteilen und zu welchem kein Kommentar mehr nötig ist.

Das Schreiben des Magister Ludi
an die Erziehungsbehörde

Verschiedene Erwägungen haben mich, den Magister Ludi, dazu bestimmt, ein Anliegen besonderer Art, statt es mit in meinen solennen Rechenschaftsbericht aufzunehmen, in diesem gesonderten und gewissermaßen privateren Schreiben vor die Behörde zu bringen. Ich füge zwar dies Schreiben dem fälligen offiziellen Berichte bei und erwarte seine offizielle Erledigung, betrachte es aber doch eher als eine Art kollegialen Rundschreibens an meine Mitmagister.

Es gehört zu den Pflichten des Magisters, die Behörde darauf aufmerksam zu machen, wenn seiner regelgetreuen Amtsführung Hindernisse entgegentreten oder Gefahren drohen. Meine Amtsführung nun ist (oder scheint mir), obwohl ich beflissen bin, dem Amt mit allen meinen Kräften zu dienen, durch eine Gefahr bedroht, welche in meiner eigenen Person ihren Sitz, wohl aber nicht ihren einzigen Ursprung hat. Wenigstens halte ich die moralische Gefahr einer Schwächung meiner persönlichen Eignung zum Glasperlenspielmeister zugleich für eine objektiv und außerhalb meiner Person bestehende Gefahr. Um es ganz kurz auszudrücken: ich habe begonnen, an meiner Fähigkeit zur vollwertigen Führung meines Amtes zu zweifeln, weil ich mein Amt selbst, weil ich das von mir zu pflegende Glasperlenspiel selbst für bedroht halten muß. Die Absicht dieses Schreibens ist es, der Behörde vor Augen zu führen, daß die angedeutete Gefahr bestehe und daß eben diese Gefahr, nachdem ich sie einmal erkannt habe, mich dringlich an einen anderen Ort ruft als den, an welchem ich stehe. Es sei mir erlaubt, die Situation durch ein Gleichnis zu verdeutlichen: Es sitzt einer in der Dachstube über einer subtilen Gelehrtenarbeit, da merkt er, daß unten im Hause Feuer ausgebrochen sein muß. Er wird nicht erwägen, ob es seines Amtes sei oder ob er nicht besser seine Tabellen ins reine zu bringen habe, sondern er wird hinunterlaufen und das Haus zu retten suchen. So sitze ich, in einem der obersten Stockwerke unsres kastalischen Baues, mit dem Glasperlenspiel beschäftigt, mit lauter zarten, empfindlichen Instrumenten arbeitend, und werde vom Instinkt her, von der Nase her darauf aufmerksam, daß es irgendwo unten brennt, daß unser ganzer Bau bedroht und gefährdet ist und daß ich jetzt nicht Musik zu analysieren oder Spielregeln zu differenzieren, sondern dorthin zu eilen habe, wo es raucht.

Die Institution Kastalien, unser Orden, unser Wissenschafts- und Schulbetrieb samt Glasperlenspiel und allem scheint den meisten von uns Ordensbrüdern so selbstverständlich wie jedem Menschen die Luft, die er atmet, und der Boden, auf dem er steht. Kaum einer denkt jemals daran, daß diese Luft und dieser Boden etwa auch nicht dasein, daß die Luft uns eines Tages mangeln, der Boden unter uns hinschwinden könnte. Wir haben das Glück, wohlbehütet in einer kleinen, sauberen und heiteren Welt zu leben, und die große Mehrzahl von uns lebt, so wunderlich es scheinen möge, in der Fiktion, diese Welt sei immer gewesen, und wir seien in sie hineingeboren. Ich selbst habe meine jüngeren Jahre in diesem höchst angenehmen Wahn gelebt, während doch die Wirklichkeit mir ganz wohl bekannt war, nämlich, daß ich in Kastalien nicht geboren, sondern durch die Behörden hierher geschickt und erzogen worden sei und daß Kastalien, der Orden, die Behörde, die Lehrhäuser, die Archive und das Glasperlenspiel keineswegs immer dagewesen und ein Werk der Natur seien, sondern eine späte, edle und gleich allem Gemachten vergängliche Schöpfung des Menschenwillens. Dies alles wußte ich, aber es hatte für mich keine Wirklichkeit, ich dachte einfach nicht daran, ich sah daran vorbei, und ich weiß, daß mehr als drei Viertel von uns in dieser wunderlichen und angenehmen Täuschung leben und sterben werden.

Aber so, wie es Jahrhunderte und Jahrtausende ohne Orden und ohne Kastalien gegeben hat, wird es auch künftig wieder solche Zeiten geben. Und wenn ich heute meine Kollegen und die verehrliche Behörde an diese Tatsache, an diese Binsenwahrheit erinnere und sie auffordere, einmal den Blick auf die Gefahren zu lenken, die uns bedrohen, wenn ich also die eher unbeliebte und allzu leicht Spott erregende Rolle eines Propheten, Mahners und Bußpredigers für einen Augenblick übernehme, so bin ich bereit, etwaigen Spott hinzunehmen, aber es ist dennoch meine Hoffnung, daß die Mehrzahl von Euch mein Schreiben bis zu Ende lesen und daß einige von Euch mir sogar in einzelnen Punkten zustimmen werden. Das wäre schon viel.

Eine Einrichtung wie unser Kastalien, ein kleiner Staat des Geistes, ist inneren und äußeren Gefahren ausgesetzt. Die inneren Gefahren, oder doch manche von ihnen, sind uns bekannt und werden von uns beobachtet und bekämpft. Wir schicken immer wieder einzelne Schüler aus den Eliteschulen zurück, weil wir unausrottbare Eigenschaften und Triebe an ihnen entdecken, welche sie für unsere Gemeinschaft untauglich und gefährlich machen. Die meisten von ihnen, so hoffen wir, sind darum noch nicht Menschen minderen Wertes, sondern nur für das kastalische Leben ungeeignet und können nach der Rückkehr in die Welt ihnen gemäßere Lebensbedingungen finden und tüchtige Männer werden. Unsre Praxis hat sich in dieser Hinsicht bewährt, und im großen ganzen kann man von unserer Gemeinschaft sagen, daß sie auf ihre Würde und Selbstzucht hält und ihrer Aufgabe genügt, eine Oberschicht, einen Adelsstand des Geistes darzustellen und immer neu heranzubilden. Wir haben vermutlich nicht mehr an Unwürdigen und Lässigen unter uns leben, als natürlich und erträglich ist. Schon weniger einwandfrei steht es bei uns mit dem Ordensdünkel, dem Standeshochmut, zu welchem jeder Adel, jede privilegierte Stellung verführt und welche denn auch jedem Adel, bald mit, bald ohne Berechtigung, vorgeworfen zu werden pflegt. In der Gesellschaftsgeschichte geht es stets um den Versuch der Adelsbildung, sie ist deren Spitze und Krone, und irgendeine Art von Aristokratie, von Herrschaft der Besten, scheint das eigentliche, wenn auch nicht immer zugegebene Ziel und Ideal aller Versuche der Gesellschaftsbildung zu sein. Stets hat die Macht, sei es eine monarchische oder eine anonyme, sich bereit finden lassen, einen entstehenden Adel durch Protektion und Privilegien zu fördern, sei es nun ein politischer oder ein anderer Adel, einer der Geburt oder einer der Auslese und Erziehung. Stets ist der begünstigte Adel unter dieser Sonne erstarkt, stets ist ihm das Stehen in der Sonne und das Privilegiertsein aber von einer gewissen Entwicklungsstufe an zur Versuchung geworden und hat zu seiner Korruption geführt. Wenn wir unseren Orden nun als Adel betrachten und uns daraufhin zu prüfen versuchen, wieweit unser Verhalten zum Ganzen des Volkes und der Welt unsere Sonderstellung rechtfertige, wieweit etwa die charakteristische Adelskrankheit, die Hybris, der Dünkel, der Standeshochmut, die Besserwisserei, das undankbare Nutznießertum, uns schon ergriffen habe und beherrsche, dann können uns manche Bedenken kommen. Es mag dem heutigen Kastalier an Gehorsam gegen die Ordensgesetze, an Fleiß, an kultivierter Geistigkeit nicht fehlen; aber fehlt es ihm nicht oft recht sehr an Einsicht in seine Einordnung in das Volksgefüge, in die Welt, in die Weltgeschichte? Hat er ein Bewußtsein vom Fundament seiner Existenz, weiß er sich als Blatt, als Blüte, Zweig oder Wurzel einem lebenden Organismus angehören, ahnt er etwas von den Opfern, die das Volk ihm bringt, indem es ihn ernährt und kleidet und ihm seine Schulung und seine mannigfachen Studien ermöglicht? Und kümmert er sich viel um den Sinn unsrer Existenz und Sonderstellung, hat er eine wirkliche Vorstellung vom Zweck unseres Ordens und Lebens? Ausnahmen zugegeben, viele und rühmliche Ausnahmen – ich neige dazu, auf alle diese Fragen nein zu antworten. Der Durchschnittskastalier betrachtet den Weltmann und Ungelehrten vielleicht ohne Verachtung, ohne Neid, ohne Gehässigkeit, aber er betrachtet ihn nicht als Bruder, er sieht in ihm nicht seinen Brotgeber, noch fühlt er sich im geringsten mitverantwortlich für das, was da draußen in der Welt geschieht. Zweck seines Lebens scheint ihm die Pflege der Wissenschaften um ihrer selbst willen oder auch nur das genußvolle Spazierengehen im Garten einer Bildung, die sich gern als eine universale gebärdet, ohne es doch so ganz zu sein. Kurz, diese kastalische Bildung, eine hohe und edle Bildung, gewiß, der ich tief dankbar bin, ist in den meisten ihrer Besitzer und Vertreter nicht Organ und Instrument, nicht aktiv und auf Ziele gerichtet, nicht bewußt einem Größeren oder Tieferen dienstbar, sondern neigt ein wenig zum Selbstgenuß und Selbstlob, zur Ausbildung und Hochzüchtung geistiger Spezialitäten. Ich weiß, daß es eine große Anzahl integrer und höchst wertvoller Kastalier gibt, welche wirklich nichts als dienen wollen, es sind die bei uns erzogenen Lehrer, namentlich jene, welche draußen im Lande, fern von dem angenehmen Klima und den geistigen Verwöhnungen unsrer Provinz, an den weltlichen Schulen einen entsagungsreichen, aber unschätzbar wichtigen Dienst tun. Diese braven Lehrer dort draußen sind, ganz streng genommen, eigentlich die einzigen von uns, welche den Zweck Kastaliens wirklich erfüllen und durch deren Arbeit wir dem Lande und Volk das viele Gute heimzahlen, das es an uns tut. Daß unsre oberste und heiligste Aufgabe darin besteht, dem Lande und der Welt ihr geistiges Fundament zu erhalten, das sich auch als ein moralisches Element von höchster Wirksamkeit bewährt hat: nämlich den Sinn für die Wahrheit, auf dem unter andrem auch das Recht beruht – dies weiß zwar jeder von uns Ordensbrüdern sehr wohl, aber bei einiger Selbstprüfung müßten die meisten von uns sich gestehen, daß ihnen das Wohl der Welt, die Erhaltung der geistigen Redlichkeit und Reinlichkeit auch außerhalb unsrer so schön sauber gehaltenen Provinz durchaus nicht das Wichtigste, ja überhaupt nicht wichtig ist und daß wir jenen tapferen Lehrern dort draußen es ganz gern überlassen, durch ihre hingebende Arbeit unsre Schuld an die Welt abzutragen und uns Glasperlenspielern, Astronomen, Musikanten und Mathematikern den Genuß unsrer Privilegien gewissermaßen zu rechtfertigen. Mit dem schon besprochenen Hochmut und Kastengeist hängt es zusammen, daß wir uns nicht eben stark darum sorgen, ob wir unsre Privilegien auch durch Leistung verdienen, ja daß nicht wenige von uns sogar auf die ordensmäßige Enthaltsamkeit unserer materiellen Lebensführung sich etwas einbilden, als sei sie eine Tugend und werde rein um ihrer selbst willen geübt, während sie doch das Minimum an Gegenleistung dafür ist, daß das Land uns unser kastalisches Dasein ermöglicht. Ich begnüge mich mit dem Hinweis auf diese inneren Schäden und Gefahren, sie sind nicht unbedenklich, obwohl sie bei ruhigen Zeiten unsre Existenz noch lange nicht gefährden würden. Nun sind wir Kastalier aber nicht nur von unsrer Moral und Vernunft abhängig, sondern ganz wesentlich auch vom Zustand des Landes und dem Willen des Volkes. Wir essen unser Brot, benutzen unsre Bibliotheken, bauen unsre Schulen und Archive aus – aber wenn das Volk keine Lust mehr hat, uns dies zu ermöglichen, oder wenn das Land durch Verarmung, Krieg usw. dazu unfähig wird, dann ist es im selben Augenblick mit unsrem Leben und Studieren zu Ende. Daß unser Land sein Kastalien und unsre Kultur eines Tages als einen Luxus werde betrachten, den es sich nicht mehr erlauben könne, ja sogar daß es uns, statt wie bisher gutmütig stolz auf uns zu sein, eines Tages als Schmarotzer und Schädlinge, ja als Irrlehrer und Feinde empfinden werde – das sind die Gefahren, die uns von außen drohen.

Wenn ich versuchen wollte, einem Durchschnittskastalier diese Gefahren vor Augen zu stellen, müßte ich es wohl vor allem durch Beispiele aus der Geschichte tun, und ich würde dabei auf einen gewissen passiven Widerstand, auf eine gewisse fast kindlich zu nennende Unwissenheit und Teilnahmslosigkeit stoßen. Das Interesse für Weltgeschichte ist bei uns Kastaliern, Ihr wisset es, äußerst schwach, ja es fehlt den meisten von uns nicht nur am Interesse, sondern sogar, möchte ich sagen, an Gerechtigkeit gegen die Historie, an Achtung vor ihr. Diese aus Gleichgültigkeit und Überhebung gemischte Abneigung gegen die Beschäftigung mit der Weltgeschichte hat mich des öfteren zur Untersuchung gereizt, und ich habe gefunden, daß sie zwei Ursachen hat. Erstens scheinen uns die Inhalte der Historie – ich spreche natürlich nicht von der Geistes- und Kulturgeschichte, die wir ja sehr pflegen – etwas minderwertig; die Weltgeschichte besteht, soweit wir eine Ahnung von ihr haben, aus brutalen Kämpfen um Macht, um Güter, um Länder, um Rohstoffe, um Geld, kurz um Materielles und Quantitatives, um Dinge, die wir als ungeistig und eher verächtlich ansehen. Für uns ist das siebzehnte Jahrhundert die Epoche von Descartes, Pascal, Froberger, Schütz, nicht die von Cromwell oder Ludwig XIV. Der zweite Grund unserer Scheu vor der Welthistorie besteht in unsrem ererbten

67

und großenteils, wie ich meine, berechtigten Mißtrauen gegen eine gewisse Art der Geschichtsbetrachtung und Geschichtsschreibung, welche im Verfallszeitalter vor der Gründung unseres Ordens sehr beliebt war und zu der wir von vornherein nicht das mindeste Zutrauen haben: der sogenannten Geschichtsphilosophie, deren geistvollste Blüte und zugleich gefährlichste Wirkung wir bei Hegel finden, die aber in dem auf ihn folgenden Jahrhundert bis zu der widerlichsten Geschichtsverfälschung und Demoralisierung des Wahrheitssinnes führte. Die Vorliebe für die sogenannte Geschichtsphilosophie gehört für uns zu den Hauptkennzeichen jener Epoche geistigen Tiefstandes und politischer Machtkämpfe größten Umfangs, die wir zuweilen das „kriegerische Jahrhundert", meistens aber die „feuilletonistische Epoche" nennen. Auf den Trümmern jener Epoche, aus der Bekämpfung und Überwindung ihres Geistes – oder Ungeistes – entstand unsre jetzige Kultur, entstanden der Orden und Kastalien. Nun hängt es mit unsrem geistigen Hochmut zusammen, daß wir der Weltgeschichte, namentlich der neueren, beinahe so gegenüberstehen, wie etwa der Asket und Eremit des älteren Christentums dem Welttheater gegenüberstand. Die Geschichte scheint uns ein Tummelplatz der Triebe und der Moden, der Begehrlichkeit, der Habgier und Machtgier, der Mordlust, der Gewalt, der Zerstörungen und Kriege, der ehrgeizigen Minister, der gekauften Generäle, der zusammengeschossenen Städte, und wir vergessen allzu leicht, daß dies nur einer ihrer vielen Aspekte ist. Und wir vergessen vor allem, daß wir selber ein Stück Geschichte sind, etwas Gewordenes, und etwas, das zum Absterben verurteilt ist, wenn es die Fähigkeit zu weiterem Werden und Sichwandeln verliert. Wir sind selbst Geschichte und sind an der Weltgeschichte und unserer Stellung in ihr mitverantwortlich. Am Bewußtsein dieser Verantwortung fehlt es bei uns sehr.

Werfen wir einen Blick auf unsre eigene Geschichte, auf die Zeiten der Entstehung der heutigen pädagogischen Provinzen, in unserem Lande wie in so manchem anderen, auf die Entstehung der verschiedenen Orden und Hierarchien, deren eine unser Orden ist, so sehen wir alsbald, daß unsre Hierarchie und Heimat, unser liebes Kastalien, keineswegs von Leuten gegründet wurde, welche sich zur Weltgeschichte so resigniert und so hochmütig verhielten wie wir. Unsre Vorgänger und Stifter begannen ihr Werk am Ende des kriegerischen Zeitalters in einer zerstörten Welt. Wir sind gewohnt, die Weltzustände jener Zeit, welche etwa mit dem ersten sogenannten Weltkriege begann, einseitig daraus zu erklären, daß eben damals der Geist nichts gegolten habe und für die gewaltigen Machthaber nur ein gelegentlich benütztes, untergeordnetes Kampfmittel gewesen sei, worin wir eine Folge der „feuilletonistischen" Korruption sehen. Nun, es ist leicht, die Ungeistigkeit und Brutalität festzustellen, mit welcher jene Machtkämpfe geführt wurden. Wenn ich sie ungeistig nenne, so tue ich es nicht, weil ich ihre gewaltigen Leistungen an Intelligenz und Methodik nicht sähe, sondern weil wir gewohnt sind und darauf halten, den Geist in erster Linie als Willen zur Wahrheit zu betrachten, und was an Geist in jenen Kämpfen verbraucht wurde, scheint allerdings mit dem Willen zur Wahrheit nichts gemein zu haben. Es war das Unglück jener Zeit, daß einer aus der ungeheuer raschen Vermehrung der Menschenzahl entstandenen Unruhe und Dynamik keine einigermaßen feste moralische Ordnung entgegenstand; was an Resten einer solchen übrig war, wurde durch die aktuellen Schlagworte verdrängt, und wir stoßen im Verlauf jener Kämpfe auf wunderliche und schreckliche Tatsachen. Ganz ähnlich wie bei der Kirchenspaltung durch Luther, vier Jahrhunderte früher, war plötzlich die ganze Welt von ungeheurer Unruhe erfüllt, überall bildeten sich Kampffronten, überall war plötzlich bittere Todfeindschaft zwischen jung und alt, zwischen Vaterland und Menschheit, zwischen Rot und Weiß, und wir Heutigen vermögen die Macht und innere Dynamik jenes „Rot" und „Weiß", vermögen die eigentlichen Inhalte und Bedeutungen all jener Devisen und Kampfrufe überhaupt nicht mehr zu rekonstruieren, geschweige denn zu begreifen und mitzufühlen; ähnlich wie in Luthers Zeit sehen wir in ganz Europa, ja der halben Erde Gläubige und Ketzer, Junge und Alte, Verfechter des Gestrigen und Verfechter des Morgigen begeistert oder verzweifelt aufeinander loshauen, oft liefen die Fronten quer durch die Landkarten, Völker und Familien, und wir dürfen nicht daran zweifeln, daß für die Mehrzahl der Kämpfenden selbst, oder doch ihrer Führer, dies alles höchst sinnvoll war, so wie wir auch vielen der Anführer und Wortführer in jenen Kämpfen eine gewisse robuste Gutgläubigkeit, einen gewissen Idealismus, wie man es damals nannte, nicht absprechen dürfen. Es wurde überall gekämpft, getötet und zerstört, und überall auf beiden Seiten mit dem Glauben, man kämpfe für Gott gegen den Teufel.

Bei uns ist jene wilde Zeit hoher Begeisterungen, wilden Hasses und ganz unsäglicher Leiden in eine Art von Vergessenheit gesunken, die man kaum begreift, weil sie doch so eng mit der Entstehung all unsrer Einrichtungen zusammenhängt und deren Voraussetzung und Ursache ist. Ein Satiriker könnte diese Vergessenheit vergleichen mit jener Vergeßlichkeit, welche geadelte und arrivierte Abenteurer für ihre Geburt und ihre Eltern haben. Wir wollen jene kriegerische Epoche noch ein wenig im Auge behalten. Ich habe manche ihrer Dokumente gelesen und mich dabei weniger für die unterworfenen Völker und zerstörten Städte interessiert als für das Verhalten der Geistigen in jener Zeit. Sie hatten es schwer, und die meisten haben nicht standgehalten. Es gab Märtyrer, sowohl unter den Gelehrten wie unter den Religiösen, und es ist ihr Martyrium und Vorbild selbst in jener an Greuel gewöhnten Zeit nicht ohne Wirkung geblieben. Immerhin – die meisten Vertreter des Geistes ertrugen den Druck jener Gewaltepoche nicht. Die einen ergaben sich und stellten ihre Gaben, Kenntnisse und Methoden den Machthabern zur Verfügung; bekannt ist der Ausspruch eines damaligen Hochschulprofessors in der Republik der Massageten: „Was zweimal zwei ist, hat nicht die Fakultät zu bestimmen, sondern unser Herr General." Andre wieder machten Opposition, solange sie dies auf einem halbwegs geschützten Raume tun konnten, und erließen Proteste. Ein weltberühmter Autor soll damals – wir lesen es bei Ziegenhalß – in einem einzigen Jahre über zweihundert solche Proteste, Mahnungen, Appelle an die Vernunft usw. unterzeichnet haben, mehr vielleicht, als er wirklich gelesen hatte. Die meisten aber lernten das Schweigen, sie lernten auch das Hungern und Frieren, auch das Betteln und das Sichverbergen vor der Polizei, sie starben vorzeitig, und wer gestorben war, wurde von den Überlebenden darum beneidet. Unzählige haben Hand an sich gelegt. Es war wirklich kein Vergnügen und keine Ehre mehr, ein Gelehrter oder Literat zu sein: wer sich in den Dienst der Machthaber und der Schlagworte stellte, der hatte zwar Amt und Brot, aber auch die Verachtung der Besten unter seinen Kollegen und doch wohl meistens ein recht schlechtes Gewissen; wer diesen Dienst verweigerte, mußte hungern, mußte vogelfrei leben und im Elend oder Exil sterben. Es wurde da eine grausame, eine unerhört harte Auslese veranstaltet. Nicht nur die Forschung, soweit sie nicht Macht- und Kriegszwecken dienstbar war, kam rasch in Verfall, sondern auch der Schulbetrieb. Vor allem die Weltgeschichte, von jeder der jeweils führenden Nationen ausschließlich auf sich selbst bezogen, wurde unendlich vereinfacht und umgedichtet, Geschichtsphilosophie und Feuilleton herrschten bis in die Schulen hinein.

Genug der Einzelheiten. Es waren heftige und wilde Zeiten, chaotische und babylonische Zeiten, in welchen Völker und Parteien, alt und jung, Rot und Weiß einander nicht mehr verstanden. Das Ende davon war, nach genügender Ausblutung und Verelendung, die immer mächtigere Sehnsucht aller nach Besinnung, nach Wiederfindung einer gemeinsamen Sprache, nach Ordnung, nach Sitte, nach gültigen Maßen, nach einem Alphabet und Einmaleins, das nicht mehr von Machtinteressen diktiert und jeden Augenblick abgeändert würde. Es entstand ein ungeheures Bedürfnis nach Wahrheit und Recht, nach Vernunft, nach Überwindung des Chaos. Dieses Vakuum am Ende einer gewalttätigen und ganz nach außen gerichteten Epoche, diese unsäglich dringend und flehentlich gewordene Sehnsucht aller nach einem Neubeginn und einer Ordnung ist es gewesen, der wir unser Kastalien und unser Dasein verdanken. Die winzig kleine, tapfere, halbverhungerte, aber unbeugsam gebliebene Schar der wahrhaft Geistigen begann sich ihrer Möglichkeiten bewußt zu werden, begann in asketisch-heroischer Selbstzucht sich eine Ordnung und Konstitution zu geben, begann überall in kleinen und kleinsten Gruppen wieder zu arbeiten, aufzuräumen mit den Schlagworten, und ganz von unten auf wieder eine Geistigkeit, einen Unterricht, eine Forschung, eine Bildung aufzubauen. Der Bau ist gelungen, er ist aus seinen ärmlich-heldischen Anfängen langsam zu einem Prachtbau gewachsen, hat in einer Reihe von Generationen den Orden, die Erziehungsbehörde, die Eliteschulen, die Archive und Sammlungen, die Fachschulen und Seminare, das Glasperlenspiel geschaffen, und wir sind es, die heute als Erben und Nutznießer in dem beinahe allzu prachtvollen Gebäude wohnen. Und, es sei nochmals gesagt, wir wohnen darin als ziemlich ahnungslose und ziemlich bequem gewordene Gäste, wir wollen nichts mehr wissen von den ungeheuren Menschenopfern, über welchen unsre Grundmauern errichtet sind, nichts von den leidvollen Erfahrungen, deren Erben wir sind, und nichts von der Weltgeschichte, welche unseren Bau errichtet oder geduldet hat, welche uns trägt und duldet und vielleicht noch manche Kastalier und Magister nach uns Heutigen, welche aber einmal unsern Bau wieder stürzen und verschlingen wird, wie sie alles wieder stürzt und verschlingt, was sie hat wachsen lassen.

Ich kehre aus der Historie zurück, und das Ergebnis, die Anwendung auf heute und auf uns ist diese: Unser System und Orden hat den Höhepunkt der Blüte und des Glückes, welche das rätselhafte Spiel des Weltgeschehens zuweilen dem Schönen und Wünschenswerten gestattet, schon überschritten. Wir sind im Niedergang, der sich vielleicht noch sehr lange hinziehen kann, aber in jedem Falle kann uns nichts Höheres, Schöneres und Wünschenswerteres mehr zufallen, als was wir schon besessen haben, der Weg führt abwärts; wir sind geschichtlich, glaube ich, reif zum Abbau, und er wird unzweifelhaft erfolgen, nicht heut und morgen, aber übermorgen. Ich schließe dies nicht etwa nur aus einer allzu moralischen Beurteilung unserer Leistungen und Fähigkeiten, ich schließe es noch weit mehr aus den Bewegungen, die ich in der Außenwelt sich vorbereiten sehe. Es nähern sich kritische Zeiten, überall spürt man die Vorzeichen, die Welt will wieder einmal ihren Schwerpunkt verlegen. Machtverschiebungen bereiten sich vor, sie werden nicht ohne Krieg und Gewalt sich vollziehen, eine Bedrohung des Friedens nicht nur, sondern auch des Lebens und der Freiheit droht vom fernen Osten her. Mag unser Land und seine Politik sich neutral halten, mag unser ganzes Volk einstimmig (was es jedoch nicht tut) beim Bisherigen verharren und uns und den kastalischen Idealen treu bleiben wollen, es wird vergeblich sein. Schon jetzt spre-

72

chen manche unsrer Parlamentarier gelegentlich recht deutlich davon, daß Kastalien ein etwas teurer Luxus für unser Land sei. Sobald es zu ernstlichen kriegerischen Rüstungen, Rüstungen zur Abwehr nur, genötigt sein wird, und das kann bald geschehen, wird es zu großen Sparmaßnahmen kommen, und trotz aller Wohlgesinntheit der Regierung für uns wird ein großer Teil davon uns treffen. Wir sind stolz darauf, daß unser Orden und die Stetigkeit der geistigen Kultur, die er gewährleistet, vom Lande verhältnismäßig bescheidene Opfer verlangen. Im Vergleich mit andern Zeitaltern, namentlich der feuilletonistischen Frühzeit mit ihren üppig dotierten Hochschulen, ihren zahllosen Geheimräten und luxuriösen Instituten sind diese Opfer in der Tat nicht groß, und verschwindend klein sind sie verglichen mit denen, welche im kriegerischen Jahrhundert der Krieg und die Rüstung verschlang. Aber ebendiese Rüstung wird vielleicht in Bälde wieder oberstes Gebot sein, im Parlament werden die Generäle wieder dominieren, und wenn das Volk vor die Wahl gestellt wird, Kastalien zu opfern oder sich der Gefahr von Krieg und Untergang auszusetzen, so wissen wir, wie es stimmen wird. Es wird alsdann auch ohne Zweifel sofort eine kriegerische Ideologie in Schwung kommen und namentlich die Jugend ergreifen, eine Schlagwort-Weltanschauung, nach welcher Gelehrte und Gelehrtentum, Latein und Mathematik, Bildung und Geistespflege nur soweit als lebensberechtigt gelten, als sie kriegerischen Zwecken zu dienen vermögen.

Die Woge ist schon unterwegs, einmal wird sie uns wegspülen. Vielleicht wird das gut und notwendig sein. Vorerst aber steht uns, sehr zu verehrende Kollegen, nach dem Maß unserer Einsicht in das Geschehen, nach dem Maß unseres Erwachtseins und unsrer Tapferkeit jene beschränkte Freiheit des Entschließens und Handelns zu, welche dem Menschen gegönnt ist und welche die Weltgeschichte zur Menschengeschichte macht. Wir können, wenn wir wollen, die Augen schließen, denn die Gefahr ist noch einigermaßen fern; vermutlich werden wir, die wir heute Magister sind, alle noch in Ruhe zu Ende amten und uns in Ruhe zum Sterben legen können, ehe die Gefahr nahe kommt und allen sichtbar wird. Für mich jedoch, und wohl nicht für mich allein, würde diese Ruhe nicht die des guten Gewissens sein. Ich möchte nicht in Ruhe weiter mein Amt verwalten und Glasperlenspiele spielen, zufrieden damit, daß das Kommende ja wohl mich nicht mehr am Leben treffen werde. Nein, sondern mir scheint es notwendig, mich zu erinnern, daß auch wir Unpolitischen der Weltgeschichte angehören und sie machen helfen. Darum sagte ich am Eingang meines Schreibens, daß meine Amtstüchtigkeit geschmälert oder doch bedroht sei, denn ich kann nicht hindern, daß ein großer Teil meiner Gedanken und Sorgen durch die zukünftige Gefahr in Anspruch genommen ist. Ich versage es zwar meiner Phantasie, mit den Formen zu spielen, welche das Unheil für uns und mich etwa annehmen könnte. Aber ich kann mich der Frage nicht verschließen: Was haben wir und was habe ich zu tun, um der Gefahr zu begegnen? Darüber sei mir noch ein Wort erlaubt.

Den Anspruch Platons, daß der Gelehrte, vielmehr der Weise, im Staate zu herrschen habe, möchte ich nicht vertreten. Die Welt war damals jünger. Und Platon, obwohl der Stifter einer Art von Kastalien, ist keineswegs ein Kastalier gewesen, sondern ein geborener Aristokrat, von königlicher Herkunft. Auch wir sind zwar Aristokraten und bilden einen Adel, doch ist es einer des Geistes, nicht des Blutes. Ich glaube nicht daran, daß es den Menschen jemals gelingen werde, einen Blutadel zugleich mit dem geistigen Adel zu züchten, er wäre die ideale Aristokratie, sie bleibt aber ein Traum. Wir Kastalier sind, obwohl gesittete und ganz kluge Leute, zum Herrschen nicht geeignet; wir würden, wenn wir regieren müßten, es nicht mit der Kraft und Naivität tun, deren der echte Regent bedarf, auch würde dabei unser eigentliches Feld und unsre eigenste Sorge, die Pflege eines vorbildlichen geistigen Lebens, schnell vernachlässigt werden. Zum Herrschen braucht man keineswegs dumm und brutal zu sein, wie eitle Intellektuelle zuweilen meinten, wohl aber bedarf es zum Herrschen einer ungebrochenen Freude an einer nach außen gewendeten Aktivität, einer Leidenschaft des sich Identifizierens mit Zielen und Zwecken, und gewiß auch einer gewissen Raschheit und Unbedenklichkeit in der Wahl der Wege zum Erfolg. Lauter Eigenschaften also, welche ein Gelehrter – denn Weise wollen wir uns nicht nennen – nicht haben darf und nicht hat, denn für uns ist Betrachtung wichtiger als Tat, und in der Wahl der Mittel und Methoden, um zu unsern Zielen zu gelangen, haben wir ja gelernt, so skrupulös und mißtrauisch wie nur möglich zu sein. Also wir haben nicht zu regieren und haben nicht Politik zu machen. Wir sind Fachleute des Untersuchens, Zerlegens und Messens, wir sind die Erhalter und beständigen Nachprüfer aller Alphabete, Einmaleinse und Methoden, wir sind die Eichmeister der geistigen Maße und Gewichte. Gewiß sind wir auch noch vieles andre, können unter Umständen auch Neuerer, Entdecker, Abenteurer, Eroberer und Umdeuter sein, unsre erste und wichtigste Funktion aber, derentwegen das Volk unser bedarf und uns erhält, ist jene der Sauberhaltung aller Wissensquellen. Es kann im Handel, in der Politik und wo immer vielleicht gelegentlich eine Leistung und Genialität bedeuten, aus einem U ein X zu machen, bei uns aber niemals.

In früheren Epochen verlangte man bei aufgeregten, sogenannten „großen" Zeiten, bei Krieg und Umsturz, gelegentlich von den Intellektuellen, sie sollten sich politisieren. Namentlich im spätfeuilletonistischen Zeitalter war dies der Fall. Zu seinen Forderungen gehörte auch die nach der Politisierung oder Militarisierung des Geistes. So wie die Kirchenglocken zum Guß von Kanonenrohren, wie die noch unreife Schuljugend zum Nachfüllen der dezimierten Truppen, so sollte der Geist als Kriegsmittel beschlagnahmt und verbraucht werden.

Natürlich können wir diese Forderung nicht anerkennen. Daß ein Gelehrter im Notfall vom Katheder oder Studiertisch weggeholt und zum Soldaten gemacht werde, auch daß er unter Umständen sich freiwillig dazu melde, daß ferner in einem vom Krieg ausgesogenen Lande der Gelehrte sich in allem Materiellen bis zum Äußersten und bis zum Hunger zu bescheiden habe, darüber ist kein Wort zu verlieren. Je höher die Bildung eines Menschen, je größer die Privilegien, die er genoß, desto größer sollen im Fall der Not die Opfer sein, die er bringt; wir hoffen, dies werde einst jedem Kastalier selbstverständlich sein. Wenn wir aber bereit sind, unser Wohlsein, unsre Bequemlichkeit, unser Leben dem Volk zu opfern, wenn es in Gefahr ist, so schließt das nicht mit ein, daß wir den Geist selbst, die Tradition und Moral unsrer Geistigkeit, den Interessen

des Tages, des Volkes oder der Generäle zu opfern bereit
wären. Ein Feigling, wer sich den Leistungen, Opfern und
Gefahren entzieht, die sein Volk zu bestehen hat. Aber
ein Feigling und Verräter nicht minder, wer die Prinzipien
des geistigen Lebens an materielle Interessen verrät, wer
also z. B. die Entscheidung darüber, was zweimal zwei sei,
den Machthabern zu überlassen bereit ist! Den Sinn für
die Wahrheit, die intellektuelle Redlichkeit, die Treue gegen die Gesetze und Methoden des Geistes irgendeinem
andern Interesse opfern, auch dem des Vaterlands, ist Verrat. Wenn im Kampf der Interessen und Schlagworte die
Wahrheit in Gefahr kommt, ebenso entwertet, entstellt
und vergewaltigt zu werden wie der Einzelmensch, wie
die Sprache, wie die Künste, wie alles Organische und
kunstvoll Hochgezüchtete, dann ist es unsre einzige
Pflicht, zu widerstreben und die Wahrheit, das heißt das
Streben nach Wahrheit, als unsern obersten Glaubenssatz
zu retten. Der Gelehrte, der als Redner, als Autor, als Lehrer wissentlich das Falsche sagt, wissentlich Lügen und
Fälschungen unterstützt, handelt nicht nur gegen organische Grundgesetze, er tut außerdem, jedem aktuellen Anschein zum Trotz, seinem Volke keinen Nutzen, sondern
schweren Schaden, er verdirbt ihm Luft und Erde, Speise
und Trank, er vergiftet das Denken und das Recht und
hilft allem Bösen und Feindlichen, das dem Volke Vernichtung droht.
Der Kastalier soll also nicht Politiker werden; er soll zwar
im Notfall seine Person, niemals aber die Treue gegen den
Geist opfern. Geist ist wohltätig und edel nur im Gehorsam
gegen die Wahrheit; sobald er sie verrät, sobald er die Ehrfurcht ablegt, käuflich und beliebig biegsam wird, ist er das
Teuflische in Potenz, ist sehr viel schlimmer als die animali-
sche, triebhafte Bestialität, welche immer noch etwas von
der Unschuld der Natur behält.
Ich überlasse es jedem von Ihnen, verehrte Kollegen, sich
seine Gedanken darüber zu machen, worin die Pflichten
des Ordens bestehen, wenn das Land und der Orden selbst
gefährdet sind. Es wird da verschiedene Auffassungen geben. Auch ich habe die meinige, und im vielen Erwägen aller hier angeregten Fragen bin ich für meine Person zu
einer klaren Vorstellung dessen gekommen, was für mich

Pflicht und erstrebenswert sei. Dies nun führt mich zu einem persönlichen Gesuch an die verehrliche Behörde, mit welchem mein Memorandum schließen soll.

Von den Magistern, aus welchen unsre Behörde besteht, stehe ich als Magister Ludi wohl meinem Amte nach der Außenwelt am fernsten. Der Mathematiker, der Philologe, der Physiker, der Pädagoge und alle anderen Magister arbeiten auf Gebieten, welche sie mit der profanen Welt gemein haben; auch in den nichtkastalischen, den gewöhnlichen Schulen unsres und jedes Landes bilden Mathematik und Sprachlehre die Grundlagen des Unterrichts, auch an den weltlichen Hochschulen wird Astronomie, Physik, auch von völlig Ungelehrten wird Musik getrieben; alle diese Disziplinen sind uralt, viel älter als unser Orden, sie waren lange vor ihm da und werden ihn überleben. Einzig das Glasperlenspiel ist unsre eigene Erfindung, unsre Spezialität, unser Liebling, unser Spielzeug, es ist der letzte, differenzierteste Ausdruck unsrer speziell kastalischen Art von Geistigkeit. Es ist zugleich das kostbarste und das unnützeste, das geliebteste und zugleich das zerbrechlichste Kleinod in unserem Schatz. Es ist das erste, das zugrunde gehen wird, wenn der Fortbestand von Kastalien in Frage gestellt wird; nicht nur, weil es in sich das gebrechlichste unserer Besitztümer ist, sondern auch schon, weil es für die Laien ohne Zweifel das entbehrlichste Stück von Kastalien ist. Wenn es sich darum handeln wird, jede entbehrliche Ausgabe dem Lande zu ersparen, so wird man die Eliteschulen einschränken, die Fonds zur Erhaltung und Vermehrung der Bibliotheken und Sammlungen kürzen und schließlich streichen, unsre Mahlzeiten reduzieren, unsre Kleidung nicht mehr erneuern, aber man wird sämtliche Hauptdisziplinen unsrer Universitas Litterarum fortbestehen lassen, nur nicht das Glasperlenspiel. Mathematik braucht man auch, um neue Schußwaffen zu erfinden, aber daß aus der Schließung des Vicus Lusorum und der Abschaffung unsres Spieles dem Land und Volke der geringste Schaden erwachsen könne, wird niemand glauben, am wenigsten die Militärs. Das Glasperlenspiel ist der extremste und gefährdetste Teil unsres Gebäudes. Vielleicht hängt es damit zusammen, daß es gerade der Magister Ludi, der Vorsteher unsrer weltfremdesten Disziplin ist, der die kommenden Erdbeben als erster vorausfühlt oder dies Gefühl doch als erster vor der Behörde ausspricht.

Also ich betrachte für den Fall politischer und namentlich kriegerischer Umwälzungen das Glasperlenspiel als verloren. Es wird rasch verkommen, auch wenn noch so viele einzelne ihm die Anhänglichkeit bewahren, und es wird nicht wiederhergestellt werden. Die Atmosphäre, die einer neuen Kriegsepoche folgen wird, wird es nicht dulden. Es wird ebenso verschwinden wie gewisse höchstkultivierte Gepflogenheiten in der Geschichte der Musik, etwa die Chöre von Berufssängern um 1600 oder die sonntäglichen Figuralmusiken in den Kirchen um 1700. Damals sind von Menschenohren Klänge gehört worden, die keine Wissenschaft und kein Zauber in ihrer engelhaft strahlenden Reinheit zurückbeschwören können. Und so wird auch das Glasperlenspiel nicht vergessen werden, aber unwiederbringlich sein, und die, welche alsdann seine Geschichte, sein Entstehen, seine Blüte und sein Ende studieren, werden seufzen und uns darum beneiden, daß wir in einer so friedlichen, so gepflegten, so reingestimmten geistigen Welt haben leben dürfen.

Obwohl ich nun Magister Ludi bin, halte ich es keineswegs für meine (oder unsre) Aufgabe, das Ende unsres Spieles zu verhindern oder hinauszuschieben. Auch das Schöne und Schönste ist vergänglich, sobald es Geschichte und Erscheinung auf Erden geworden ist. Wir wissen es und können darüber Wehmut empfinden, aber nicht im Ernst es zu ändern versuchen; denn es ist unabänderlich. Wenn das Glasperlenspiel zu Fall kommt, wird Kastalien und wird die Welt einen Verlust erleiden, aber sie wird ihn im Augenblick kaum empfinden, so sehr wird sie in der großen Krise damit beschäftigt sein, das zu retten, was noch zu retten ist. Es ist ein Kastalien ohne Glasperlenspiel denkbar, aber nicht ein Kastalien ohne Ehrfurcht vor der Wahrheit, ohne Treue gegen den Geist. Eine Erziehungsbehörde kann ohne Magister Ludi auskommen. Aber dieses „Magister Ludi" bedeutet ja, was wir beinah vergessen haben, ursprünglich und wesentlich nicht die Spezialität, die wir mit dem Wort bezeichnen. Magister Ludi bedeutet ursprünglich ganz einfach Schulmeister. Und der Schulmeister, der guten und tapferen Schulmeister, wird unser Land desto mehr bedürfen, je gefährdeter Kastalien ist und je mehr von seinen Kostbarkeiten überständig werden und abbrökkeln. Lehrer brauchen wir nötiger als alles andre, Männer, die der Jugend die Fähigkeit des Messens und Urteilens beibringen und ihr Vorbilder sind in der Ehrfurcht vor der Wahrheit, im Gehorsam gegen den Geist, im Dienst am Wort. Und das gilt nicht allein und nicht zuerst für unsre Eliteschulen, deren Existenz ja auch einmal ein Ende haben wird, sondern es gilt für die weltlichen Schulen draußen, wo die Bürger und Bauern, die Handwerker und Soldaten, die Politiker, Offiziere und Herrscher erzogen und gebildet werden, solange sie noch Kinder und bildsam sind. Dort ist die Basis des geistigen Lebens im Lande, nicht in den Seminaren oder im Glasperlenspiel. Wir haben stets das Land mit Lehrern und Erziehern versorgt, ich sagte es schon: sie sind die besten von uns. Wir müssen aber weit mehr tun, als bisher geschehen ist. Wir dürfen uns nicht mehr darauf verlassen, daß aus den Schulen draußen uns ja immer wieder die Elite der Begabten zuströmt und unser Kastalien erhalten hilft. Wir müssen den demütigen, an Verantwortung schweren Dienst an den Schulen, den weltlichen Schulen, immer mehr als den wichtigsten und ehrenvollsten Teil unserer Aufgabe erkennen und ausbauen.

Damit bin ich nun auch bei dem persönlichen Gesuch angelangt, das ich an die verehrliche Behörde richten möchte. Ich bitte hiermit die Behörde, mich meines Amtes als Magister Ludi zu entheben und mir draußen im Lande eine gewöhnliche Schule anzuvertrauen, eine große oder kleine, und mir zu erlauben, an diese Schule allmählich einen Stab von jungen Ordensbrüdern als Lehrer mir nachzuziehen, Leute, zu welchen ich das Vertrauen habe, daß sie mir treulich helfen werden, unsre Grundsätze in jungen Weltmenschen zu Fleisch und Blut werden zu lassen.

Es möge der verehrlichen Behörde belieben, mein Gesuch und dessen Begründung mit Wohlwollen zu prüfen und mir alsdann ihre Befehle zuzustellen.

Der Glasperlenspielmeister

Nachschrift:

Man erlaube mir, ein Wort des verehrten Pater Jakobus anzuführen, das ich mir bei einem seiner unvergeßlichen Privatissima notiert habe:

„Es können Zeiten des Schreckens und tiefsten Elends kommen. Wenn aber beim Elend noch ein Glück sein soll, so kann es nur ein geistiges sein, rückwärts gewandt zur Rettung der Bildung früherer Zeit, vorwärts gewandt zur heitern und unverdrossenen Vertretung des Geistes in einer Zeit, die sonst gänzlich dem Stoff anheimfallen könnte."

Tegularius wußte nicht, wie wenig in diesem Schriftstück von seiner Arbeit übriggeblieben war; er hat es in dieser seiner letzten Fassung nicht zu sehen bekommen. Wohl aber hat ihm Knecht zwei frühere, viel ausführlichere Fassungen zu lesen gegeben. Er sandte das Schreiben ab und wartete auf die Antwort der Behörde mit weit geringerer Ungeduld als sein Freund. Er war zum Entschluß gekommen, diesen nicht fernerhin zum Mitwisser seiner Schritte zu machen; so verwies er ihm ein weiteres Bereden der Angelegenheit und deutete nur an, daß ohne Zweifel bis zum Eintreffen einer Antwort eine lange Zeit vergehen werde.
Und als sodann in kürzerer Frist, als er selbst gedacht hätte, diese Antwort einlief, erfuhr Tegularius nichts davon. Das Schreiben aus Hirsland lautete:

S. Ehrw. dem Magister Ludi in Waldzell

Hochgeschätzter Kollege!
Mit nicht gewöhnlichem Interesse hat sowohl die Ordensleitung wie das Magisterkollegium von Eurem so warmherzigen wie geistvollen Rundschreiben Kenntnis genommen. Die historischen Rückblicke in diesem Schreiben nicht weniger als dessen sorgenvolle Blicke in die Zukunft haben unsre Aufmerksamkeit gefesselt, und gewiß wird mancher von uns diesen aufregenden und gewiß zum Teil nicht unberechtigten Erwägungen noch weiterhin Raum in seinen Gedanken gewähren, um Nutzen aus ihnen zu ziehen. Mit Freude und Anerkennung haben wir alle die Gesinnung erkannt, welche Euch beseelt, die Gesinnung eines echten und selbstlosen Kastaliertums, einer innigen und zur zweiten Natur gewordenen Liebe zu unsrer Provinz und deren Leben und Sitten, einer besorgten und zur Zeit etwas beängstigten Liebe. Mit Freude und Anerkennung nicht minder lernten wir die persönliche und momentane Note

und Stimmung dieser Liebe kennen, ihre Opferbereitschaft, ihren Tätigkeitsdrang, ihren Ernst und Eifer und ihren Zug zum Heldischen. In allen diesen Zügen erkennen wir den Charakter unsres Glasperlenspielmeisters wieder, seine Tatkraft, sein Feuer, seinen Wagemut. Wie sehr paßt es doch zu ihm, dem Schüler des berühmten Benediktiners, daß er die Historie nicht zu rein gelehrtem Endzweck und gewissermaßen in ästhetischem Spiel als affektloser Betrachter studieren mag, sondern daß seine Geschichtskenntnis unmittelbar zur Anwendung auf den Augenblick, zur Tat, zur Hilfsbereitschaft drängt! Und wie sehr auch, verehrter Kollege, entspricht es diesem Eurem Charakter, daß das Ziel Eurer persönlichen Wünsche ein so bescheidenes ist, daß Ihr Euch nicht zu politischen Aufgaben und Missionen, zu einflußreichen und ehrenvollen Posten hingezogen fühlet, sondern nichts andres zu sein begehret als ein Ludi Magister, ein Schulmeister!

Dies sind einige der Eindrücke und Gedanken, welche schon beim ersten Lesen Eures Rundschreibens sich ungesucht einstellten. Sie sind bei den meisten Kollegen dieselben oder doch ähnliche gewesen. In der weiteren Beurteilung Eurer Mitteilungen, Mahnungen und Bitten hingegen vermochte die Behörde zu einer so einmütigen Stellungnahme nicht zu gelangen. In der darüber abgehaltenen Sitzung wurde namentlich die Frage, wieweit Eure Ansicht von der Bedrohtheit unsrer Existenz annehmbar sei, sowie die Frage nach der Art, dem Umfang und der etwaigen zeitlichen Nähe der Gefahren lebhaft besprochen, und der größere Teil der Mitglieder hat diese Fragen sichtlich ernst genommen und sich für sie erwärmt. Doch hat sich, wie wir Euch mitteilen müssen, in keiner dieser Fragen eine Mehrheit der Stimmen zugunsten Eurer Auffassung ergeben. Anerkannt wurden lediglich die Vorstellungskraft und der Weitblick Eurer historisch-politischen Betrachtungen, im einzelnen aber wurde keine Eurer Vermutungen, oder sollen wir sagen Prophezeiungen, in ihrem vollen Umfang gebilligt und als überzeugend angenommen. Auch in der Frage, wieweit der Orden und die kastalische Ordnung an der Erhaltung der ungewöhnlich langen Friedensperiode mitbeteiligt seien, ja wieweit sie überhaupt und grundsätzlich als Faktoren der politischen Geschichte und Zustände gelten könnten, wurde Euch nur von wenigen, und auch da mit Vorbehalten, zugestimmt. Es sei, so etwa lautete die Meinung der Majorität, die nach Ablauf der kriegerischen Epochen in unsrem Erdteil eingetretene Ruhe zum Teil der allgemeinen Erschöpfung und Ausblutung als Folge der vorangegangenen furchtbaren Kriege zuzuschreiben, weit mehr aber noch dem Umstande, daß damals das Abendland aufgehört habe, Brennpunkt der Weltgeschichte und Kampfplatz der Hegemonieansprüche zu sein. Ohne die Verdienste des Ordens im mindesten in Zweifel zu ziehen, könne man dem kastalischen Gedanken, dem Gedanken einer hohen Geistesbildung unter dem Zeichen kontemplativer Seelenzucht, eine eigentlich geschichtsbildende Kraft, das heißt, einen lebendigen Einfluß auf die politischen Weltzustände nicht zuerkennen, wie denn ein Antrieb und Ehrgeiz dieser Art dem ganzen Charakter des kastalischen Geistes denkbar fernliege. Es sei, so wurde in einigen sehr ernsten Ausführungen zum Thema betont, weder der Wille, noch sei es die Bestimmung Kastaliens, politisch zu wirken und auf Frieden und Krieg Einfluß zu nehmen, und es könne von solcher Bestimmung schon darum nicht die Rede sein, weil alles Kastalische sich auf die Vernunft beziehe und sich innerhalb des Vernünftigen abspiele, was doch wohl von der Weltgeschichte nicht gesagt werden könne, es sei denn, man falle in die theologisch-dichterischen Schwärmereien der romantischen Geschichtsphilosophie zurück und erkläre den ganzen Mord- und Vernichtungsapparat der Mächte, welche die Geschichte machen, als Methoden der Weltvernunft. Auch sei es ja schon bei flüchtigstem Überblick über die Geistesgeschichte einleuchtend, daß die hohen Blütezeiten des Geistes sich im Grunde niemals aus den politischen Zuständen erklären ließen, vielmehr die Kultur, oder der Geist, oder die Seele ihre eigene Geschichte habe, welche neben der sogenannten Weltgeschichte, das heißt den nie ruhenden Kämpfen um die materielle Macht, wie eine zweite, heimliche, unblutige und heilige Geschichte einherlaufe. Einzig mit dieser heiligen und heimlichen, nicht mit der „wirklichen" brutalen Weltgeschichte habe unser Orden es zu tun, und niemals könne es seine Aufgabe sein, die politische Geschichte zu bewachen oder gar sie machen zu helfen.

Es möge nun also die weltpolitische Konstellation wirklich so sein, wie Euer Rundschreiben sie andeutet, oder nicht, in jedem Falle stehe es dem Orden nicht zu, anders als abwartend und duldend dazu Stellung zu nehmen. Und so wurde, gegen einige Stimmen, Eure Meinung, wir sollten diese Konstellation als einen Aufruf zu aktiver Stellungnahme betrachten, von der Majorität entschieden abgelehnt. Was Eure Auffassung der heutigen Weltlage und Eure Andeutungen über die nächste Zukunft betrifft, so haben sie zwar sichtlich auf die Mehrzahl der Kollegen einen gewissen Eindruck gemacht, auf einige der Herren sogar wie eine Sensation gewirkt, doch konnte auch in diesem Punkte, so sehr die meisten Redner ihren Respekt vor Euren Kenntnissen und Eurem Scharfsinn bezeugten, eine Übereinstimmung der Mehrheit mit Euch nicht festgestellt werden, im Gegenteil. Es herrschte vielmehr die Neigung vor, Eure Äußerungen hierüber zwar bemerkenswert und in hohem Maße interessant, jedoch als übertrieben pessimistisch zu beurteilen. Es meldete sich auch eine Stimme, welche fragte, ob es denn nicht gefährlich, ja frevelhaft, zumindest aber als leichtsinnig zu bezeichnen sei, wenn ein Magister es unternimmt, seine Behörde durch so düstere Bilder angeblich nahender Gefahren und Prüfungen zu erschrecken. Gewiß sei eine gelegentliche Mahnung an die Vergänglichkeit aller Dinge erlaubt, und müsse jedermann, und gar jeder auf hohem und verantwortlichem Posten Stehende, sich je und je das Memento mori zurufen; so verallgemeinernd jedoch und nihilistisch dem gesamten Stande der Magister, dem gesamten Orden, der gesamten Hierarchie ein angeblich nahe bevorstehendes Ende zu verkündigen, sei nicht nur eine unwürdige Attacke auf die Seelenruhe und Phantasie der Kollegen, es sei auch eine Gefährdung der Behörde selbst und ihrer Leistungsfähigkeit. Unmöglich könne die Tätigkeit eines Magisters dadurch gewinnen, daß er jeden Morgen an seine Arbeit gehe mit dem Gedanken, daß sein Amt, seine Arbeit, seine Schüler, seine Verantwortlichkeit vor dem Orden, sein Leben für und in Kastalien – daß dies alles morgen oder übermorgen dahin und nichtig sein werde. Wenn auch diese Stimme nicht von der Mehrheit bekräftigt wurde, so fand sie doch einigen Beifall.

Wir halten unsre Mitteilung kurz, stehen aber für mündliche Aussprache zur Verfügung. Aus unsrer knappen Wiedergabe sehet Ihr ja schon, Verehrenswerter, daß Euer Rundschreiben nicht jene Wirkung getan hat, welche Ihr Euch von ihm möget versprochen haben. Zum größern Teil beruht der Mißerfolg wohl auf sachlichen Gründen, auf tatsächlichen Differenzen zwischen Euren derzeitigen Ansichten und Wünschen und denen der Mehrheit. Doch sprechen auch formale Gründe mit. Wenigstens will uns scheinen, es wäre eine direkte mündliche Auseinandersetzung zwischen Euch und den Kollegen wesentlich harmonischer und positiver verlaufen. Und nicht nur diese Form einer schriftlichen Rundfrage ist, so glauben wir, Eurem Anliegen hinderlich gewesen; noch viel mehr war es die in unsrem Verkehr sonst nicht übliche Verbindung einer kollegialen Mitteilung mit einem persönlichen Anliegen, einem Gesuch. Die meisten sehen in dieser Verquickung einen unglücklichen Neuerungsversuch, einige bezeichneten sie direkt als unstatthaft.

Damit kommen wir zum heikelsten Punkt Eurer Angelegenheit, zu Eurem Gesuch um Amtsentlassung und um Verwendung Eurer Person im weltlichen Schuldienst. Daß die Behörde auf ein so abrupt gestelltes und so eigenartig begründetes Gesuch nicht eingehen, daß sie es unmöglich gutheißen und annehmen kann, hätte der Gesuchsteller von vornherein wissen müssen. Selbstverständlich beantwortet die Behörde es mit nein.

Was würde aus unsrer Hierarchie, wenn es nicht mehr der Orden und der Auftrag der Behörde wäre, der jeden an seinen Platz stellt! Was würde aus Kastalien, wenn jeder seine Person, seine Gaben und Eignungen selber einschätzen und sich seinen Posten danach aussuchen wollte! Wir empfehlen dem Glasperlenspielmeister, hierüber einige Augenblicke nachzudenken, und tragen ihm auf, das ehrenvolle Amt weiter zu verwalten, mit dessen Führung wir ihn betraut haben.

Damit wäre Eure Bitte um Antwort auf Euer Schreiben erfüllt. Wir konnten nicht die Antwort geben, die Ihr möget erhofft haben. Doch möchten wir auch unsre Anerkennung für den anregenden und mahnenden Wert Eures Dokumentes nicht verschweigen. Wir rechnen darauf, uns über dessen Inhalt noch mündlich mit Euch zu unterhalten, und zwar bald, denn wenn auch die Ordensleitung sich auf Euch verlassen zu können glaubt, ist ihr dennoch jener Punkt Eures Schriftstückes, an dem Ihr von einer Verminderung oder Gefährdung Eurer Eignung zur ferneren Amtsführung sprechet, ein Grund zur Besorgnis.

Knecht las das Schreiben ohne besondere Erwartungen, aber mit größter Aufmerksamkeit. Daß man bei der Behörde „Grund zur Besorgnis" habe, hatte er sich wohl denken können, und außerdem glaubte er es aus einem bestimmten Anzeichen schließen zu müssen. Es war neulich im Spielerdorf ein Gast aus Hirsland erschienen mit regulärem Ausweis und einer Empfehlung von der Ordensleitung, er hatte um Gastrecht für einige Tage gebeten, angeblich zu Arbeiten in Archiv und Bibliothek, hatte auch darum ersucht, gastweise einige Vorlesungen Knechts mithören zu dürfen, war still und aufmerksam, ein schon älterer Mann, in fast allen Abteilungen und Räumen der Siedlung aufgetaucht, hatte sich nach Tegularius erkundigt und mehrmals den in der Nähe wohnenden Direktor der Waldzeller Eliteschule aufgesucht; es konnte kaum ein Zweifel herrschen, der Mann war ein Beobachter, abgesandt, um festzustellen, wie es im Spielerdorf stehe, ob Vernachlässigung zu spüren sei, ob der Magister gesund und auf dem Posten, die Beamtenschaft fleißig, die Schülerschaft nicht etwa beunruhigt sei. Eine volle Woche war er dageblieben, von Knechts Vorlesungen hatte er keine versäumt, sein Beobachten und seine stille Allgegenwärtigkeit war zweien der Beamten aufgefallen. Den Bericht dieses Spähers hatte also die Ordensleitung noch abgewartet, ehe sie ihre Antwort an den Magister gesandt hatte.

Was war nun von dem Antwortschreiben zu halten, und wer mochte sein Verfasser sein? Der Stil verriet ihn nicht, es war der gangbare, unpersönliche Behördenstil, wie der Anlaß ihn forderte. Bei zarterem Abtasten ergab jedoch das Schreiben mehr an Eigenart und Persönlichkeit, als man beim ersten Lesen vermutet hätte. Die Grundlage des ganzen Dokumentes war hierarchischer Ordensgeist, Gerechtigkeit und Ordnungsliebe. Man konnte deutlich sehen, wie unwillkommen, unbequem, ja lästig und ärgernisweckend Knechts Gesuch gewirkt hatte, seine Ablehnung war sicher vom Verfasser dieser Antwort schon bei der ersten Kenntnisnahme und unbeeinflußt von den Urteilen anderer beschlossen worden. Dagegen stand dem Unwillen und der Abwehr doch eine andre Bewegung und Stimmung entgegen, eine spürbare Sympathie, ein Betonen aller milden und freundschaftlichen Urteile und Äußerungen, die in der Sitzung über Knechts Gesuch gefallen waren. Knecht zweifelte nicht daran, daß Alexander, der Vorstand der Ordensleitung, der Verfasser der Antwort sei.

Wir haben hier das Ende unseres Weges erreicht und hoffen, alles Wesentliche von Josef Knechts Lebenslauf berichtet zu haben. Über das Ende dieses Lebenslaufes wird ein späterer Biograph ohne Zweifel noch manche Einzelheit feststellen und mitteilen können.

Wir verzichten darauf, eine eigene Darstellung von des Magisters letzten Tagen zu geben, wir wissen über sie nicht mehr als jeder Waldzeller Student und könnten es auch nicht besser machen als die „Legende vom Glasperlenspielmeister", welche bei uns in vielen Abschriften zirkuliert und vermutlich ein paar bevorzugte Schüler des Dahingegangenen zu Verfassern hat. Diese Legende möge unser Buch beschließen.

Die Legende

Wenn wir die Unterhaltungen der Kameraden über das Verschwinden unseres Meisters, über dessen Ursachen, über Recht und Unrecht seiner Entschlüsse und Schritte, über Sinn und Widersinn seines Schicksals anhören, so muten sie uns an wie die Erörterungen des Diodorus Siculus über die mutmaßlichen Ursachen der Überschwemmungen des Nils, und es schiene uns nicht nur unnütz, sondern unrecht, diese Erörterungen noch um neue zu vermehren. Statt dessen wollen wir in unserem Herzen das Andenken des Meisters pflegen, der so bald nach seinem geheimnisvollen Aufbruche in die Welt in ein noch fremderes und geheimnisvolleres Jenseits hinübergegangen ist. Seinem uns

teuren Andenken zu dienen, wollen wir aufzeichnen, was
uns über diese Ereignisse zu Ohren gekommen ist.

Nachdem der Meister den Brief gelesen hatte, in welchem
die Behörde sein Gesuch abschlägig beschied, spürte er
ein leises Schaudern, ein Morgengefühl von Kühle und
Nüchternheit, das ihm anzeigte, die Stunde sei gekommen,
und es gebe nun kein Zögern und Verweilen mehr. Dies
eigene Gefühl, das er „Erwachen" nannte, war ihm von
den entscheidenden Augenblicken seines Lebens her bekannt, es war ein belebendes und zugleich schmerzliches,
eine Mischung von Abschied und Aufbruch, tief im Un-
bewußten rüttelnd wie Frühlingssturm. Er sah nach der
Uhr, in einer Stunde hatte er eine Kurslektion zu halten.
Er beschloß, diese Stunde der Einkehr zu widmen, und
begab sich in den stillen Magistergarten. Auf dem Wege
dahin begleitete ihn eine Verszeile, die ihm plötzlich eingefallen war:

Denn jedem Anfang ist ein Zauber eigen . . .

die sagte er vor sich hin, nicht wissend, bei welchem Dichter er sie einst gelesen habe, aber der Vers sprach ihn an
und gefiel ihm und schien dem Erlebnis der Stunde ganz zu
entsprechen. Im Garten setzte er sich auf eine mit ersten
welken Blättern bestreute Bank, regelte die Atmung und
kämpfte um die innere Stille, bis er geklärten Herzens in
Betrachtung versank, in der die Konstellation dieser Le-
bensstunde sich in allgemeinen, überpersönlichen Bildern
ordnete. Auf dem Rückwege zum kleinen Hörsaal aber meldete sich schon wieder jener Vers, er mußte ihm wieder
nachsinnen und fand, er müsse etwas anders lauten. Bis
plötzlich sein Gedächtnis sich erhellte und ihm zu Hilfe
kam. Leise sprach er vor sich hin:

„Und jedem Anfang wohnt ein Zauber inne,
    Der uns beschützt und der uns hilft, zu leben."

Aber erst gegen Abend, als längst die Kursstunde gehalten
und allerlei andere Tagesarbeit getan war, entdeckte er die
Herkunft jener Verse. Sie standen nicht bei irgendeinem alten Dichter, sie standen in einem seiner eigenen Gedichte,

die er einst als Schüler und Student geschrieben hatte, und
das Gedicht endete mit der Zeile:

Wohlan denn, Herz, nimm Abschied und gesunde!

Noch an diesem Abend beschied er seinen Stellvertreter zu
sich und eröffnete ihm, daß er morgen für unbestimmte
Zeit verreisen müsse. Er übergab ihm alles Laufende mit
kurzen Anweisungen und verabschiedete sich freundlich
und sachlich wie sonst vor einer kurzen Amtsreise.
Daß er den Freund Tegularius verlassen müsse, ohne ihn
einzuweihen und ihn mit einem Abschiednehmen zu bela-
sten, war ihm schon früher klargeworden. Er mußte so handeln, nicht nur um den so empfindlichen Freund zu scho-
nen, sondern auch um seinen ganzen Plan nicht zu gefährden. Mit einer vollzogenen Handlung und Tatsache würde
sich der andre vermutlich schon abfinden, während eine
überraschende Aussprache und Abschiedsszene ihn zu un-
liebsamen Unbeherrschtheiten hinreißen konnte. Knecht
hatte eine Weile sogar daran gedacht, abzureisen, ohne ihn
überhaupt noch einmal zu sehen. Nun er dies überlegte,
fand er aber doch, daß es einer Flucht vor dem Schwierigen
allzu ähnlich sein würde. So klug und richtig es sein
mochte, dem Freunde eine Szene und Aufregung und eine
Gelegenheit zu Torheiten zu ersparen, so wenig durfte er
sich selbst eine solche Schonung gönnen. Es war noch eine
halbe Stunde bis zur Zeit der Nachtruhe, er konnte Tegularius noch aufsuchen, ohne ihn oder sonst jemanden zu stören. Es war schon Nacht auf dem weiten Innenhofe, den er
überschritt. Er klopfte an seines Freundes Zelle, mit dem
eigentümlichen Gefühl: zum letztenmal, und fand ihn allein. Erfreut begrüßte ihn der beim Lesen Überraschte,
legte sein Buch beiseite und hieß den Besucher sitzen.
„Ein altes Gedicht ist mir heute eingefallen", fing Knecht
zu plaudern an, „oder doch einige Verse daraus. Vielleicht
weißt du, wo das Ganze zu finden ist?"
Und er zitierte: „Denn jedem Anfang wohnt ein Zauber
inne . . ."
Der Repetent brauchte sich nicht lange zu bemühen. Er erkannte das Gedicht nach kurzem Nachdenken wieder,
stand auf und holte aus einem Pultfach das Manuskript von

88

Knechts Gedichten, die Urhandschrift, welche dieser ihm einst geschenkt hatte. Er suchte darin und zog zwei Blätter heraus, welche die erste Niederschrift des Gedichtes trugen. Er reichte sie dem Magister hin.

„Hier", sagte er lächelnd, „der Ehrwürdige möge sich bedienen. Es ist das erstemal seit vielen Jahren, daß Ihr Euch dieser Dichtungen zu erinnern geruhet."

Josef Knecht betrachtete die Blätter aufmerksam und nicht ohne Bewegung. Als Student, während seines Aufenthaltes im ostasiatischen Studienhaus, hatte er diese beiden Blätter einst mit Verszeilen beschrieben, eine ferne Vergangenheit blickte ihn aus ihnen an, alles sprach von einem beinahe vergessenen, nun mahnend und schmerzlich wieder erwachenden Ehemals, das schon leicht angegilbte Papier, die jugendliche Handschrift, die Streichungen und Korrekturen im Texte. Er meinte sich nicht nur des Jahres und der Jahreszeit zu erinnern, in welchen diese Verse entstanden waren, sondern auch des Tages und der Stunde, und zugleich jener Stimmung, jenes starken und stolzen Gefühls, das ihn damals erfüllt und beglückt hatte und dem die Verse Ausdruck gaben. Er hatte sie an einem jener besonderen Tage geschrieben, an welchen das seelische Erlebnis ihm zuteil geworden war, das er Erwachen nannte.

Sichtlich war die Überschrift des Gedichtes, noch vor dem Gedicht selbst, als dessen erste Zeile entstanden. Mit großen Buchstaben in stürmischer Handschrift war sie hingesetzt und lautete: „Transzendieren!"

Später erst, zu einer anderen Zeit, in anderer Stimmung und Lebenslage, war diese Überschrift samt dem Ausrufezeichen gestrichen und war in kleineren, dünneren, bescheideneren Schriftzeichen dafür eine andere hingeschrieben worden. Sie hieß: „Stufen."

Knecht erinnerte sich jetzt wieder, wie er damals, vom Gedanken seines Gedichtes beschwingt, das Wort „Transzendieren!" hingeschrieben hatte, als einen Zuruf und Befehl, eine Mahnung an sich selbst, als einen neu formulierten und bekräftigten Vorsatz, sein Tun und Leben unter dies Zeichen zu stellen und es zu einem Transzendieren, einem entschlossen-heitern Durchschreiten, Erfüllen und Hintersichlassen jedes Raumes, jeder Wegstrecke zu machen. Halblaut las er einige Strophen vor sich hin:

89

„Wir sollen heiter Raum um Raum durchschreiten,
An keinem wie an einer Heimat hängen,
Der Weltgeist will nicht fesseln uns und engen,
Er will uns Stuf um Stufe heben, weiten.

Ich hatte die Verse viele Jahre vergessen", sagte er, „und als
einer von ihnen mir heute zufällig einfiel, wußte ich nicht
mehr, woher ich ihn kenne und daß er von mir sei. Wie
kommen sie dir heute vor? Sagen sie dir noch etwas?"
Tegularius besann sich.
„Mir ist es gerade mit diesem Gedicht immer eigentümlich
gegangen", sagte er dann. „Das Gedicht gehört zu den wenigen von Euch, die ich eigentlich nicht mochte, an denen
irgend etwas mich abstieß oder störte. Was es sei, wußte ich
damals nicht. Heute glaube ich es zu sehen. Euer Gedicht,
Verehrter, das Ihr mit dem Marschbefehl ‚Transzendieren!'
geschrieben und dessen Titel Ihr später, Gott sei Dank,
durch einen sehr viel besseren ersetzt habet, hat mir nie so
recht gefallen, weil es etwas Befehlendes, etwas Moralisie-
rendes oder Schulmeisterliches hat. Könnte man ihm dieses
Element nehmen oder vielmehr diese Tünche abwaschen,
so wäre es eines Eurer schönsten Gedichte, das habe ich
soeben wieder bemerkt. Sein eigentlicher Inhalt ist mit dem
Titel ‚Stufen' nicht schlecht angedeutet; Ihr hättet aber
ebensogut und noch besser ‚Musik' oder ‚Wesen der Musik'
darüberschreiben können. Denn nach Abzug jener morali-
sierenden oder predigenden Haltung ist es recht eigentlich
eine Betrachtung über das Wesen der Musik, oder meinetwegen ein Lobgesang auf die Musik, auf ihre stete Gegenwärtigkeit, auf ihre Heiterkeit und Entschlossenheit, auf
ihre Beweglichkeit und rastlose Entschlossenheit und Bereitschaft zum Weitereilen, zum Verlassen des eben erst be-
tretenen Raumes oder Raumabschnittes. Wäre es bei dieser
Betrachtung oder diesem Lobgesang über den Geist der
Musik geblieben, hättet Ihr nicht, offenbar schon damals
von einem Erzieherehrgeiz beherrscht, eine Mahnung und
Predigt daraus gemacht, so könnte das Gedicht ein vollkom-
menes Kleinod sein. So wie es vorliegt, scheint es mir nicht
nur zu lehrhaft, zu lehrerhaft, sondern es scheint mir auch
an einem Denkfehler zu kranken. Es setzt, lediglich der
moralischen Wirkung wegen, Musik und Leben einander

gleich, was mindestens sehr fragwürdig und bestreitbar ist, es macht aus dem natürlichen und moralfreien Motor, der die Triebfeder der Musik ist, ein ,Leben', das uns durch Zurufe, Befehle und gute Lehren erziehen und entwickeln will. Kurz, es wird in diesem Gedicht eine Vision, etwas Einmaliges, Schönes und Großartiges zu Lehrzwecken verfälscht und ausgenutzt, und dies ist es, was mich schon immer dagegen eingenommen hat."

Mit Vergnügen hatte der Magister zugehört und den Freund sich in eine gewisse zornige Wärme hineinreden sehen, die er an ihm gern hatte.

„Möchtest du recht haben!" sagte er halb scherzhaft. „Du hast es jedenfalls mit dem, was du über die Beziehung des Gedichtes zur Musik sagst. Das ,Durchschreiten der Räume' und der Grundgedanke meiner Verse kommt, ohne daß ich es wußte oder beachtete, in der Tat von der Musik her. Ob ich den Gedanken verdorben und die Vision verfälscht habe, weiß ich nicht; vielleicht hast du recht. Als ich die Verse machte, handelten sie ja schon nicht mehr von der Musik, sondern von einem Erlebnis, dem Erlebnis nämlich, daß das schöne musikalische Gleichnis mir seine moralische Seite gezeigt hatte und zur Weckung und Mahnung, zum Lebensruf in mir geworden war. Die imperative Form des Gedichtes, die dir besonders mißfällt, ist nicht Ausdruck eines Befehlen- und Belehrenwollens, denn der Befehl, die Mahnung ist nur an mich selbst gerichtet. Das hättest du, auch wenn du es nicht ohnehin recht wohl wüßtest, aus der letzten Verszeile sehen können, mein Bester. Also ich habe eine Einsicht, eine Erkenntnis, ein inneres Gesicht erlebt und möchte den Gehalt und die Moral dieser Einsicht mir selber zurufen und einhämmern. Darum ist das Gedicht mir auch, obwohl ich es nicht wußte, im Gedächtnis geblieben. Mögen diese Verse nun gut oder schlecht sein, ihren Zweck haben sie also erreicht, die Mahnung hat in mir fortgelebt und ist nicht vergessen worden. Heute klingt sie mir wieder wie neu; das ist ein schönes kleines Erlebnis, dein Spott kann es mir nicht verderben. Aber es ist Zeit aufzubrechen. Wie schön waren jene Zeiten, Kamerad, wo wir, beide Studenten, es uns des öftern erlauben durften, die Hausordnung zu umgehen und bis tief in die Nacht hinein im Gespräch

beisammenzubleiben. Als Magister darf man das nicht
mehr, schade!"

„Ach", meinte Tegularius, „man dürfte schon, man hat nur
die Courage nicht."

Knecht legte ihm lachend die Hand auf die Schulter.

„Was die Courage betrifft, mein Lieber, da wäre ich noch zu
ganz anderen Streichen fähig. Gute Nacht, alter Nörg-
ler!"

Fröhlich verließ er die Zelle, unterwegs jedoch in den
nächtlich leeren Gängen und Höfen der Siedlung kam der
Ernst ihm wieder, der Ernst des Abschieds. Abschiednehmen weckt stets Erinnerungsbilder, und ihn suchte auf diesem Gange die Erinnerung an jenes erste Mal heim, da er,
noch ein Knabe, als neu eingerückter Waldzeller Schüler
seinen ersten ahnungs- und hoffnungsvollen Gang durch
Waldzell und den Vicus Lusorum getan hatte, und nun erst,
inmitten der nachtkühlen schweigenden Bäume und Gebäude, spürte er durchdringend und schmerzlich, daß er
dies alles nun zum letztenmal vor Augen habe, zum letztenmal dem Stillwerden und Einschlummern der tagsüber so
belebten Siedlung lausche, zum letztenmal das kleine Licht
überm Pförtnerhaus sich im Brunnenbecken spiegeln, zum
letztenmal das Nachtgewölk über die Bäume seines Magi-
stergartens ziehen sehe. Er schritt langsam alle Wege und
Winkel des Spielerdorfes ab, fühlte ein Verlangen, noch
einmal die Pforte zu seinem Garten zu öffnen und einzutreten, doch hatte er den Schlüssel nicht bei sich, das half ihm
rasch zur Ernüchterung und Rückbesinnung. Er kehrte in
seine Wohnung zurück, schrieb noch einige Briefe, darunter eine Ankündigung seines Eintreffens an Designori in
die Hauptstadt, dann befreite er sich in sorgfältiger Meditation von den Seelenwallungen dieser Stunde, um morgen
stark zu sein für seine letzte Arbeit in Kastalien, die Aussprache mit dem Ordensleiter.

Zur gewohnten Stunde erhob sich der Magister andern
Morgens, bestellte den Wagen und fuhr davon, nur wenige
bemerkten seine Abreise, niemand dachte sich etwas dabei.
Durch den von ersten Frühherbstnebeln getränkten Morgen fuhr er nach Hirsland, kam gegen Mittag an und ließ
sich bei Magister Alexander, dem Vorstande der Ordensleitung, melden. Bei sich trug er, in ein Tuch geschlagen, ein

92

schönes metallenes Kästchen, das er aus einem Geheimfach seiner Kanzlei mitgenommen hatte und das die Insignien seiner Würde, die Siegel und Schlüssel, enthielt.

In der „großen" Amtsstube der Ordensleitung empfing man ihn etwas überrascht, es war kaum jemals vorgekommen, daß ein Magister hier unangemeldet oder uneingeladen erschien. Im Auftrag des Ordensleiters wurde er bewirtet, dann öffnete man ihm eine Ruhezelle im alten Kreuzgang und teilte ihm mit, der Ehrwürdige hoffe in zwei oder drei Stunden sich für ihn freimachen zu können. Er ließ sich ein Exemplar der Ordensregeln geben und ließ sich nieder, durchlas das ganze Heft und vergewisserte sich ein letztes Mal der Einfachheit und Legalität seines Vorhabens, dessen Sinn und innere Berechtigung mit Worten aufzuzeigen ihm dennoch auch in dieser Stunde noch eigentlich unmöglich schien. Er erinnerte sich eines Satzes in den Regeln, über welchen man ihn einst, in den letzten Tagen seiner Jugendfreiheit und Studienzeit, hatte meditieren lassen, es war im Augenblick vor seiner Aufnahme in den Orden gewesen. Er las den Satz nach, gab sich der Betrachtung hin und spürte dabei, ein wie ganz andrer er zur Stunde sei als der etwas ängstliche junge Repetent, der er damals gewesen war. „Beruft dich die hohe Behörde", so hieß es an jener Stelle der Regel, „in ein Amt, so wisse: jeder Aufstieg in der Stufe der Ämter ist nicht ein Schritt in die Freiheit, sondern in die Bindung. Je größer die Amtsgewalt, desto strenger der Dienst. Je stärker die Persönlichkeit, desto verpönter die Willkür." Wie hatte dies alles einst so endgültig und so eindeutig geklungen, und wie sehr hatte doch die Bedeutung mancher Worte, zumal so verfänglicher Worte wie „Bindung", „Persönlichkeit", „Willkür" sich seit damals für ihn gewandelt, ja umgekehrt! Und wie waren sie doch schön, klar, festgefügt und bewundernswert suggestiv, diese Sätze, wie konnten sie einem jungen Geiste absolut, zeitlos und durch und durch wahr erscheinen! Oh, und sie wären dies ja auch gewesen, wäre nur Kastalien die Welt, die ganze, mannigfaltige und doch unteilbare, statt daß es eben nur ein Weltchen in der Welt oder ein kühner und gewaltsamer Ausschnitt aus ihr war! Wäre die Erde eine Eliteschule, wäre der Orden die Gemeinschaft aller Menschen und der Ordensvorstand Gott, wie vollkommen wären dann jene

Sätze und die ganze Regel! Ach, wäre es doch so gewesen, wie hold, wie blühend und unschuldig schön wäre das Leben! Und einst war es ja auch wirklich so gewesen, einst hatte er es so sehen und erleben können: den Orden und den kastalischen Geist als das Göttliche und Absolute, die Provinz als Welt, die Kastalier als Menschheit und den nichtkastalischen Teil des Ganzen als eine Art Kinderwelt, eine Vorstufe der Provinz, ein der letzten Kultur und Erlösung noch wartender Urboden, der zu Kastalien mit Ehrfurcht emporblickte und ihm je und je so liebenswürdige Besuche zusandte wie den jungen Plinio.

Wie eigentümlich stand es doch auch um ihn selbst, um Josef Knecht und seinen eigenen Geist! Hatte er nicht jene ihm eigene Art von Einsicht und Erkenntnis, jenes Erleben der Wirklichkeit, das er als Erwachen bezeichnete, in früheren Zeiten, ja gestern noch, als ein schrittweises Vordringen ins Herz der Welt, ins Zentrum der Wahrheit betrachtet, als etwas gewissermaßen Absolutes, als einen Weg oder ein Fortschreiten, das man zwar nur schrittweise vollziehen konnte, das aber in der Idee kontinuierlich und gradlinig war? War es ihm einst, in der Jugend, nicht als Erwachen, als Fortschritt, als unbedingt wertvoll und richtig erschienen, die Außenwelt zwar in der Gestalt Plinios anzuerkennen, sich aber bewußt und genau als Kastalier von ihr zu distanzieren? Und wieder war es ein Fortschritt und war Wahrhaftigkeit gewesen, als er nach jahrelangen Zweifeln sich für das Glasperlenspiel und das Waldzeller Leben entschied. Und wieder, als er sich von Meister Thomas in den Dienst einreihen und durch den Musikmeister in den Orden aufnehmen und als er später sich zum Magister ernennen ließ. Es waren lauter kleine oder große Schritte auf einem scheinbar geradlinigen Wege gewesen – und doch stand er jetzt, am Ende dieses Weges, keineswegs im Herzen der Welt und im Innersten der Wahrheit, sondern auch das jetzige Erwachen war nur ein Augenaufschlagen und ein Sichwiederfinden in neuer Lage, ein Sicheinfügen in neue Konstellationen gewesen. Derselbe strenge, klare, eindeutige, gradlinige Pfad, der ihn nach Waldzell, nach Mariafels, in den Orden, in das Magisteramt geführt hatte, der führte ihn nun wieder hinaus. Was eine Folge von Akten des Erwachens gewesen, war zugleich eine Folge von Abschieden. Kastalien, das Glasperlenspiel, die Meisterwürde waren jedes ein Thema gewesen, welches abzuwandeln und zu erledigen, ein Raum, der zu durchschreiten, zu transzendieren gewesen war. Schon lagen sie hinter ihm. Und offenbar hatte er einstmals, als er das Gegenteil von dem dachte und tat, was er heute dachte und tat, doch schon etwas von dem fragwürdigen Sachverhalt gewußt oder doch geahnt; hatte er nicht über jenes Gedicht, das er als Student geschrieben und das von den Stufen und den Abschieden handelte, den Ausruf „Transzendieren!" gesetzt?

So war sein Weg denn im Kreise gegangen, oder in einer Ellipse oder Spirale, oder wie immer, nur nicht geradeaus, denn das Geradlinige gehörte offenbar nur der Geometrie, nicht der Natur und dem Leben an. Der Selbstermahnung und Selbstermutigung seines Gedichtes aber hatte er, auch nachdem er das Gedicht und sein damaliges Erwachen längst vergessen hatte, treulich Folge geleistet, nicht vollkommen zwar, nicht ohne Zögerungen, Zweifel, Anwandlungen und Kämpfe, aber durchschritten hatte er Stufe um Stufe, Raum nach Raum tapfer, gesammelt und leidlich heiter, nicht so strahlend wie der alte Musikmeister, doch ohne Müdigkeit und Trübung, ohne Abfall und Untreue. Und wenn er jetzt für kastalische Begriffe Abfall und Untreue beging, wenn er aller Ordensmoral entgegen, scheinbar im Dienst der eigenen Persönlichkeit, also in Willkür handelte, so würde auch dies im Geiste der Tapferkeit und der Musik geschehen, taktfest also und heiter, gehe es im übrigen, wie es möge. Hätte er doch, was ihm selber so klar schien, auch den andern klarmachen und beweisen können: daß nämlich die „Willkür" seines jetzigen Handelns in Wahrheit Dienst und Gehorsam war, daß er nicht einer Freiheit, sondern neuen, unbekannten und unheimlichen Bindungen entgegenging, nicht ein Flüchtling, sondern ein Gerufener, nicht eigenwillig, sondern gehorchend, nicht Herr, sondern Opfer! Und wie stand es dann mit den Tugenden, mit der Heiterkeit, dem Takthalten, der Tapferkeit? Sie wurden klein, aber sie blieben bestehen. Wenn es schon kein Gehen, sondern nur ein Geführtwerden, wenn es schon kein eigenmächtiges Transzendieren gab, sondern nur ein Sichdrehen des Raumes um den in seiner Mitte Stehenden, so bestanden die Tugenden dennoch und behielten ihren Wert und ihren Zauber, sie bestanden im Jasagen, statt Verneinen, im Gehorchen, statt Ausweichen und vielleicht ein wenig auch darin, daß man so handelte und dachte, als sei man Herr und aktiv, daß man das Leben und die Selbsttäuschung, diese Spiegelung mit dem Anschein von Selbstbestimmung und Verantwortung ungeprüft hinnahm, daß man aus unbekannten Ursachen eben doch im Grunde mehr zum Tun als zum Erkennen, mehr triebhaft als geistig geschaffen war. Oh, hierüber ein Gespräch mit Pater Jakobus haben zu können!

Gedanken oder Träumereien ähnlicher Art waren der Nachklang seiner Meditation. Es ging, so schien es, beim „Erwachen" nicht um die Wahrheit und die Erkenntnis, sondern um die Wirklichkeit und deren Erleben und Bestehen. Im Erwachen drang man nicht näher an den Kern der Dinge, an die Wahrheit heran, man erfaßte, vollzog oder erlitt dabei nur die Einstellung des eigenen Ich zur augenblicklichen Lage der Dinge. Man fand nicht Gesetze dabei, sondern Entschlüsse, man geriet nicht in den Mittelpunkt der Welt, aber in den Mittelpunkt der eigenen Person. Darum war auch das, was man dabei erlebte, so wenig mitteilbar, so merkwürdig dem Sagen und Formulieren entrückt; Mitteilungen aus diesem Bereich des Lebens schienen nicht zu den Zwecken der Sprache zu zählen. Wurde man ausnahmsweise dabei einmal ein Stück weit verstanden, dann war der Verstehende ein Mann in ähnlicher Lage, ein Mitleidender oder Miterwachender. Ein Stückchen weit hatte Fritz Tegularius ihn gelegentlich verstanden, noch weiter hatte Plinios Verständnis gereicht. Wen konnte er sonst noch nennen? Niemand.

Es fing schon an zu dämmern, und er war in seinem Gedankenspiel völlig entrückt und eingesponnen, als man an die Türe pochte. Da er nicht gleich wach war und antwortete, wartete der Draußenstehende ein wenig und versuchte es dann abermals mit leisem Klopfen. Jetzt gab Knecht Antwort, erhob sich und ging mit dem Boten, der ihn ins Kanzleigebäude und ohne weitere Anmeldung in das Arbeitszimmer des Vorstands führte. Meister Alexander kam ihm entgegen.

„Schade", sagte er, „daß Ihr unangemeldet kommt; so habet Ihr warten müssen. Ich bin voll Erwartung, zu erfahren, was

Euch so plötzlich hergeführt hat. Es ist doch nichts Schlimmes?"

Knecht lachte. „Nein, nichts Schlimmes. Aber komme ich wirklich so ganz unerwartet, und könnet Ihr Euch gar nicht denken, was es sei, das mich hertreibt?"

Alexander blickte ihm ernst und mit Besorgnis in die Augen. „Nun ja", sagte er, „denken kann ich mir dies und jenes. Ich dachte mir zum Beispiel schon dieser Tage, daß die Angelegenheit Eures Rundschreibens gewiß für Euch noch nicht erledigt sei. Die Behörde mußte es etwas knapp beantworten und in einem für Euch, Domine, vielleicht enttäuschenden Sinn und Ton."

„Nein", meinte Josef Knecht, „im Grunde hatte ich kaum etwas anderes erwartet, als was die Antwort der Behörde dem Sinn nach enthält. Und was den Ton betrifft, gerade der Ton tat mir wohl. Ich merkte dem Schreiben an, daß es seinem Verfasser Mühe gemacht, ja beinahe Kummer gemacht und daß er das Bedürfnis gefühlt habe, der für mich unangenehmen und etwas beschämenden Antwort einige Tropfen Honig beizumischen, und das ist ihm ja vortrefflich gelungen, ich bin ihm dafür dankbar."

„Und den Inhalt des Schreibens habet Ihr also, Verehrter, angenommen?"

„Zur Kenntnis genommen, ja, und im Grunde auch verstanden und gebilligt. Die Antwort konnte wohl nichts andres bringen als eine Abweisung meines Gesuches, verbunden mit einer sanften Vermahnung. Mein Rundschreiben war etwas Ungewohntes und für die Behörde recht Unbequemes, darüber war ich nie im Zweifel. Es war aber außerdem, insofern es ein persönliches Gesuch enthielt, vermutlich nicht sehr zweckmäßig abgefaßt. Ich konnte kaum eine andre als eine abschlägige Antwort erwarten."

„Es ist uns lieb", sagte der Vorstand der Ordensleitung mit einem Hauch von Schärfe, „daß Ihr es so ansehet und daß unser Schreiben Euch also nicht etwa in einem schmerzlichen Sinn hat überraschen können. Sehr lieb ist uns das. Aber noch verstehe ich eines nicht. Wenn Ihr beim Abfassen und Absenden Eures Schreibens – ich verstehe Euch doch richtig? – schon an einen Erfolg und eine bejahende Antwort nicht geglaubt habet, ja im voraus vom Mißerfolg überzeugt waret, warum habt Ihr dann Euer Rundschreiben, das doch immerhin auch eine große Arbeit bedeutete, zu Ende und ins reine geschrieben und abgesandt?"

Knecht sah ihn freundlich an, als er Antwort gab: „Herr Vorstand, mein Schreiben hatte zwei Inhalte, zwei Absichten, und ich glaube nicht, daß sie alle beide so völlig ergebnis- und erfolglos geblieben sind. Es enthielt eine persönliche Bitte, um Amtsenthebung und Verwendung meiner Person an anderem Orte; diese persönliche Bitte durfte ich als etwas verhältnismäßig Nebensächliches betrachten, jeder Magister soll ja seine persönlichen Angelegenheiten möglichst zurückstellen. Die Bitte wurde abgeschlagen, damit hatte ich mich abzufinden. Aber mein Rundschreiben enthielt ja noch sehr viel anderes als jene Bitte, es enthielt eine Menge von Tatsachen, teils Gedanken, die ich zur Kenntnis der Behörde zu bringen und ihrer Beachtung zu empfehlen für meine Pflicht hielt. Es haben alle Magister, oder es hat doch die Mehrzahl der Magister meine Darlegungen, um nicht zu sagen Mahnungen, gelesen, und wenn auch gewiß die meisten von ihnen diese Speise nur ungern zu sich nahmen und eher unwillig reagierten, so haben sie eben doch gelesen und in sich eingelassen, was ich ihnen glaubte sagen zu müssen. Daß sie das Schreiben nicht mit Beifall aufnahmen, ist in meinen Augen kein Mißerfolg, ich suchte ja nicht Beifall und Zustimmung, ich bezweckte vielmehr Beunruhigung und Aufrüttelung. Ich würde es sehr bereuen, wenn ich aus den von Euch genannten Gründen auf die Absendung meiner Arbeit verzichtet hätte. Ob sie nun viel oder wenig wirkte, ein Weckruf, eine Anrufung ist sie doch gewesen."

„Gewiß", sagte zögernd der Vorstand, „doch wird mir dadurch das Rätsel nicht gelöst. Wenn Ihr Mahnungen, Weckrufe, Warnungen an die Behörde gelangen lassen wolltet, warum habt Ihr Eure goldenen Worte in ihrer Wirkung dadurch abgeschwächt oder doch gefährdet, daß Ihr sie mit einer privaten Bitte verbandet, einer Bitte zudem, an deren Erfüllung und Erfüllbarkeit Ihr selbst nicht recht geglaubt habt? Ich verstehe das einstweilen noch nicht. Aber es wird sich ja wohl klären, wenn wir das Ganze durchsprechen. Jedenfalls liegt dort der schwache Punkt Eures Rundschreibens, in der Verbindung des Weckrufs mit dem Gesuch, des Mahnens mit dem Bitten. Ihr waret doch, sollte man meinen, nicht darauf angewiesen, das Gesuch als Vehikel für die Mahnrede zu benützen. Ihr konntet mündlich oder schriftlich Eure Kollegen leicht genug erreichen, wenn Ihr sie eines Aufrüttelns für bedürftig hieltet. Und das Gesuch wäre seinen eigenen Amtsweg gegangen."

Freundschaftlich blickte Knecht ihn an. „Ja", sagte er leichthin, „es mag sein, daß Ihr recht habet. Obgleich – seht Euch die verzwickte Sache doch noch einmal an! Es handelt sich weder bei der Mahnrede noch bei dem Gesuch um etwas Alltägliches, Gewohntes und Normales, sondern beide gehörten schon dadurch zusammen, daß sie ungewöhnlich und aus Not entstanden waren und sich außerhalb der Konvention stellten. Es ist weder üblich und normal, daß ohne dringenden äußern Anlaß ein Mensch seine Kollegen plötzlich beschwört, sich ihrer Sterblichkeit und der Fragwürdigkeit ihrer ganzen Existenz zu erinnern, noch auch ist es üblich und alltäglich, daß ein kastalischer Magister sich um einen Schullehrerposten außerhalb der Provinz bewirbt. Insofern passen die beiden Inhalte meines Schreibens recht wohl zusammen. Für einen Leser, der das ganze Schreiben wirklich ernst genommen hätte, hätte sich nach meiner Meinung als Resultat der Lektüre ergeben müssen: daß hier nicht nur ein etwas schrulliger Mann seine Ahnungen verkündigt und seine Kollegen anzupredigen unternimmt, sondern daß es diesem Manne mit seinen Gedanken und seiner Not bitterer Ernst ist, daß er bereit ist, sein Amt, seine Würde, seine Vergangenheit wegzuwerfen und an bescheidenster Stelle von vorn anzufangen, daß er der Würde, des Friedens, der Ehre und Autorität satt ist und sie loszuwerden und wegzuwerfen begehrt. Aus diesem Ergebnis – ich versuche noch immer mich in die Leser meines Schriftstückes hineinzudenken – wären dann, scheint mir, zwei Schlüsse möglich gewesen: der Schreiber dieser Moralpredigt sei leider etwas verrückt, komme also als Magister ohnehin nicht mehr in Betracht – oder aber: da der Schreiber dieser lästigen Predigt sichtlich nicht verrückt, sondern normal und gesund sei, müsse hinter seinen Predigten und Pessimismen mehr stecken als Laune und Schrulle, nämlich eine Wirklichkeit, eine Wahrheit. So etwa hatte ich mir den Vorgang in den Köpfen der Leser gedacht und muß zugeben, daß ich mich dabei verrechnet habe.

Statt daß mein Gesuch und mein Weckruf einander gestützt und verstärkt haben, sind alle beide nicht ernst genommen und beiseite gelegt worden. Ich bin über diese Ablehnung weder sehr betrübt noch eigentlich überrascht, denn im Grunde, das muß ich wiederholen, hatte ich sie trotz allem erwartet, und im Grunde, es sei zugegeben, hatte ich die Ablehnung auch verdient. Mein Gesuch nämlich, an dessen Erfolg ich nicht glaubte, war eine Art Finte, war eine Gebärde, eine Formel."

Meister Alexanders Gesicht war noch ernster und beinahe finster geworden. Doch unterbrach er den Magister nicht.

„Es stand mit mir nicht so", fuhr dieser fort, „daß ich beim Absenden meines Gesuches eine günstige Antwort ernstlich erhofft und mich auf sie gefreut hätte, aber auch nicht so, daß ich bereit gewesen wäre, eine ablehnende Antwort als höhere Entscheidung gehorsam hinzunehmen."

„– nicht bereit, die Antwort Eurer Behörde als höhere Entscheidung hinzunehmen – habe ich recht gehört, Magister?" unterbrach ihn der Vorstand, jedes Wort scharf betonend. Offenbar hatte er jetzt den vollen Ernst der Lage erkannt.

Knecht verneigte sich leicht. „Gewiß, Ihr habet recht gehört. Es war so, daß ich an eine Aussicht auf Erfolg meines Gesuches kaum glauben konnte, das Gesuch aber doch vortragen zu müssen meinte, um der Ordnung und Form zu genügen. Ich gab damit der verehrten Behörde gewissermaßen eine Möglichkeit in die Hand, die Sache glimpflich abzutun. Sollte sie zu dieser Lösung nicht neigen, nun, so war ich allerdings schon damals entschlossen, mich nicht hinhalten und beruhigen zu lassen, sondern zu handeln."

„Und wie zu handeln?" fragte Alexander mit leiser Stimme.

„So, wie es mir Herz und Vernunft vorschreiben. Ich war entschlossen, mein Amt niederzulegen und eine Tätigkeit außerhalb Kastaliens auch ohne Auftrag oder Urlaub von der Behörde anzutreten."

Der Ordensleiter schloß die Augen und schien nicht mehr zuzuhören, Knecht erkannte, daß er jene Notübung vollziehe, mit deren Hilfe die Ordensleute in Fällen von plötzlicher Gefahr und Bedrohung sich der Selbstbeherrschung und inneren Ruhe zu versichern suchen und die mit zweimaligem sehr langem Anhalten des Atems bei leerer Lunge verbunden ist. Er sah das Gesicht des Mannes, an dessen widerwärtiger Lage er sich schuldig wußte, ein wenig erbleichen, dann im langsamen, mit den Bauchmuskeln beginnenden Einatmen wieder seine Farbe gewinnen, sah die sich wieder öffnenden Augen des von ihm so hochgeschätzten, ja geliebten Mannes einen Moment starr und verloren blicken, alsbald aber erwachen und sich erkräftigen; mit einem leisen Schrecken sah er diese klaren, beherrschten, stets in Zucht gehaltenen Augen eines Mannes, der gleich groß im Gehorchen wie im Befehlen war, sich nun auf ihn richten und ihn mit gefaßter Kühle betrachten, ihn mustern, ihn richten. Lange mußte er diesen Blick schweigend ertragen.

„Ich glaube Euch nun verstanden zu haben", sagte Alexander endlich mit ruhiger Stimme. „Ihr waret schon seit längerer Zeit amtsmüde oder kastalienmüde oder von Verlangen nach dem Weltleben geplagt. Ihr habet Euch entschlossen, dieser Stimmung mehr zu gehorchen als den Gesetzen und Euren Pflichten, Ihr habet auch nicht das Bedürfnis empfunden, Euch uns anzuvertrauen und beim Orden Rat und Beistand zu suchen. Um einer Form zu genügen und Euer Gewissen zu entlasten, habt Ihr dann also jenes Gesuch an uns gerichtet, ein Gesuch, von dem Ihr wußtet, daß es für uns unannehmbar sei, auf das Ihr Euch aber, wenn die Sache zur Aussprache käme, berufen könntet. Nehmen wir an, Ihr habet für Euer so ungewöhnliches Verhalten Gründe gehabt und Eure Absichten seien ehrliche und achtenswerte gewesen, wie ich es mir gar nicht anders vorstellen kann. Aber wie war es möglich, daß Ihr mit solchen Gedanken, Begierden und Entschlüssen im Herzen, innerlich schon ein Fahnenflüchtiger, so lange Zeit schweigend in Eurem Amt verbleiben und es anscheinend fehlerlos weiterführen konntet?"

„Ich bin hier", sagte der Glasperlenspielmeister mit unveränderter Freundlichkeit, „um mit Euch dies alles durchzusprechen, Euch jede Frage zu beantworten, und ich habe mir, da ich nun einmal einen Weg des Eigensinns beschritten habe, vorgenommen, Hirsland und Euer Haus nicht eher zu verlassen, als bis ich mich, meine Lage und mein Tun von Euch einigermaßen verstanden weiß."

101

Meister Alexander besann sich. „Soll das bedeuten, daß Ihr
erwartet, ich werde Euer Verhalten und Eure Pläne jemals
billigen?" fragte er dann zögernd.

„Ach, an Billigen will ich gar nicht denken. Ich hoffe und
erwarte, von Euch verstanden zu sein und einen Rest Eurer
Achtung zu behalten, wenn ich hier fortgehe. Es ist der einzige Abschied in unsrer Provinz, den ich noch zu nehmen
habe. Waldzell und das Spielerdorf habe ich heut für immer
verlassen."

Wieder schloß Alexander für einige Sekunden die Augen.
Die Mitteilungen dieses Unbegreiflichen kamen gar so be-
stürzend.

„Für immer?" sagte er. „Ihr denket also gar nicht mehr auf
Euren Posten zurückzukehren? Ich muß sagen, Ihr versteht
Euch auf das Überraschen. Eine Frage, wenn es erlaubt ist:
Betrachtet Ihr Euch nun eigentlich noch als Glasperlen-
spielmeister oder nicht?"

Josef Knecht griff nach dem Kästchen, das er mitgebracht
hatte.

„Ich war es bis gestern", sagte er, „und denke heute davon
befreit zu sein, indem ich Euch zu Händen der Behörde die
Siegel und Schlüssel zurückgebe. Sie sind intakt, und auch
im Spielerdorf werdet Ihr Ordnung vorfinden, wenn Ihr
dort nachsehen gehet."

Langsam erhob sich nun der Ordensvorstand vom Stuhl, er
sah ermüdet und wie plötzlich gealtert aus.

„Wir wollen Euer Kästchen für heute hier stehenlassen",
sagte er trocken. „Wenn das Entgegennehmen der Siegel
zugleich den Vollzug Eurer Amtsentlassung bedeuten soll,
so bin ich ohnehin nicht kompetent, es müßte mindestens
ein Drittel der Gesamtbehörde dabei zugegen sein. Ihr hattet früher soviel Sinn für die alten Gebräuche und Formen,
ich kann mich in diese neue Art nicht so schnell finden.
Vielleicht habt Ihr die Freundlichkeit, mir bis morgen Zeit
zu lassen, ehe wir weiterreden?"

„Ich stehe vollkommen zu Eurer Verfügung, Verehrter. Ihr
kennet mich und meinen Respekt vor Euch nun schon manche Jahre; glaubet mir, daß sich daran nichts geändert hat.
Ihr seid die einzige Person, von der ich Abschied nehme,
ehe ich die Provinz verlasse, und dies gilt nicht nur Eurem
Amt als Vorstand der Ordensleitung. Wie ich die Siegel

und Schlüssel in Eure Hände zurückgelegt habe, so hoffe ich von Euch, Domine, wenn wir uns erst vollends ausgesprochen haben, auch meines Gelübdes als Mitglied des Ordens entbunden zu werden."

Traurig und forschend blickte Alexander ihm in die Augen und unterdrückte einen Seufzer. „Lasset mich jetzt allein, Hochgeschätzter, Ihr habt mir für einen Tag Sorgen genug und Stoff genug zum Nachdenken gebracht. Es mag für heute genug sein. Morgen sprechen wir weiter, kommet etwa eine Stunde vor Mittag wieder hierher."

Er verabschiedete den Magister mit einer höflichen Gebärde, und diese Gebärde voll Resignation und voll einer gewollten, nicht mehr einem Kollegen, sondern schon einem ganz Fremden geltenden Höflichkeit tat dem Glasperlenspielmeister weher als alle seine Worte.

Der Famulus, der eine Weile später Knecht zur Abendmahlzeit abholte, führte ihn an einen Gästetisch und meldete, Meister Alexander habe sich zu einer längeren Übung zurückgezogen und nehme an, daß auch der Herr Magister heute keine Geselligkeit wünsche, ein Gastzimmer stehe für ihn bereit.

Alexander war durch den Besuch und die Mitteilung des Glasperlenspielmeisters vollkommen überrascht worden. Wohl hatte er, seit er die Antwort der Behörde auf dessen Schreiben redigiert hatte, mit seinem gelegentlichen Erscheinen gerechnet und hatte an die bevorstehende Aussprache mit einer leisen Beunruhigung gedacht. Daß aber der Magister Knecht mit seinem vorbildlichen Gehorsam, seinen guten gepflegten Formen, seiner Bescheidenheit und seinem Herzenstakt eines Tages unangemeldet bei ihm vorsprechen, sein Amt eigenmächtig und ohne vorherige Beratung mit der Behörde niederlegen und in dieser bestürzenden Weise allem Brauch und Herkommen ins Gesicht schlagen könnte, das hätte er für vollkommen unmöglich gehalten. Zwar, das war zuzugeben, waren Knechts Auftreten, Ton und Ausdrücke seiner Rede, seine unaufdringliche Höflichkeit dieselben wie immer, aber wie schrecklich und krankend, wie neu und überraschend, oh, und wie vollkommen unkastalisch waren Inhalt und Geist seiner Mitteilungen gewesen! Niemand hätte den Magister Ludi, wenn er ihn sah und hörte, im Verdacht haben können, er sei etwa

krank, überarbeitet, gereizt und nicht völlig Herr seiner
selbst; es hatten ja auch die genauen Beobachtungen, welche die Behörde noch jüngst in Waldzell hatte anstellen lassen, nicht das mindeste Zeichen von Störung, Unordnung
oder Schlendrian im Leben und Arbeiten des Spielerdorfes
ergeben. Und dennoch stand nun hier dieser schreckliche
Mann, bis gestern ihm unter seinen Kollegen der liebste,
stellte den Kasten mit seinen Amtsinsignien ab wie eine
Reisetasche, erklärte, er habe aufgehört, Magister, habe aufgehört, Mitglied der Behörde, aufgehört, Ordensbruder und
Kastalier zu sein und sei nur eben noch schnell gekommen,
um Abschied zu nehmen. Es war die erschreckendste,
schwierigste und häßlichste Lage, in welche sein Amt als
Vorstand der Ordensleitung ihn jemals gebracht hatte; er
hatte große Mühe gehabt, dabei die Fassung zu bewahren.
Und was nun? Sollte er zu Gewaltmitteln greifen, etwa den
Magister Ludi in Ehrenhaft setzen lassen und sofort, gleich
jetzt noch am Abend, Eilbotschaft an alle Mitglieder der Behörde senden und sie zusammenberufen? Sprach etwas dagegen, war es nicht das Nächstliegende und Richtigste?
Und doch sprach in ihm etwas dagegen. Und was eigentlich
war denn mit solchen Maßregeln zu erreichen? Für den Magister Knecht nichts als Demütigung, für Kastalien nichts,
nur höchstens für ihn selbst, den Vorstand, eine gewisse
Entlastung und Gewissenserleichterung, indem er dem Wi-
derlichen und Schwierigen nicht mehr als allein Verant-
wortlicher gegenüberstand. War in der fatalen Sache überhaupt noch etwas gutzumachen, war etwa noch ein Appell
an Knechts Ehrgefühl möglich und eine Sinnesänderung
bei ihm vielleicht denkbar, so konnte das nur unter vier
Augen erreicht werden. Sie beide, Knecht und Alexander,
hatten diesen bitteren Kampf auszufechten, niemand sonst.
Und indem er dies dachte, mußte er Knecht zugestehen,
daß er im Grunde richtig und edel handle, indem er sich
der Behörde, die er nicht mehr anerkannte, entzog, sich
aber ihm, dem Vorstand, zum Endkampf und Abschied
stellte. Dieser Josef Knecht, auch wenn er das Verbotene
und Verhaßte tat, war doch auch dann noch seiner Haltung
und seines Taktes sicher.
Meister Alexander beschloß, dieser Erwägung zu vertrauen
und den ganzen Amtsapparat aus dem Spiele zu lassen.

Jetzt erst, da dieser Entschluß gefunden war, begann er der Sache im einzelnen nachzudenken und sich vor allem zu fragen, wie es nun eigentlich mit Recht oder Unrecht im Handeln des Magisters stehe, welcher ja durchaus den Eindruck machte, von seiner Integrität und der Berechtigung seines unerhörten Schrittes überzeugt zu sein. Indem er nun das gewagte Vorhaben des Glasperlenspielmeisters auf eine Formel zu bringen und an den Gesetzen des Ordens nachzuprüfen begann, welche niemand intimer kannte als er, kam er zu dem ihn überraschenden Schluß, daß in der Tat Josef Knecht die Regeln dem Wortlaut nach nicht gebrochen oder zu brechen im Sinn habe, da es nach dem, freilich auf seine Haltbarkeit seit Jahrzehnten nicht nachgeprüften Wortlaut jedem Ordensangehörigen zu jeder Zeit freistand, seinen Austritt zu nehmen, wofern er gleichzeitig auf die Rechte und die Lebensgemeinschaft Kastaliens verzichtete. Wenn Knecht seine Siegel zurückgab, dem Orden seinen Austritt meldete und sich in die Welt hinüber begab, so beging er damit zwar etwas seit Menschengedenken nicht Erhörtes, etwas Ungewohntes, Erschreckendes und vielleicht sehr Ungehöriges, nicht aber einen Verstoß gegen den Wortlaut der Ordensregeln. Daß er diesen unbegreiflichen, aber formal keineswegs gesetzwidrigen Schritt nicht hinter dem Rücken des Vorstandes der Ordensleitung, sondern Aug in Auge mit ihm tun wollte, war mehr, als wozu er dem Buchstaben nach verpflichtet war. – Aber wie war der verehrte Mann, eine der Säulen der Hierarchie, dahin gekommen? Wie konnte er für sein Vorhaben, das trotz allem Fahnenflucht war, die geschriebene Regel in Anspruch nehmen, da doch hundert ungeschriebene, doch nicht minder heilige und selbstverständliche Bindungen es ihm verbieten mußten?

Er hörte eine Uhr schlagen, riß sich aus den nutzlosen Gedanken, ging baden, gab sich zehn Minuten lang sorgfältigen Atemübungen hin und suchte seine Meditationsklause auf, um vor dem Schlafen noch eine Stunde Kraft und Ruhe in sich zu speichern und dann bis morgen an diese Angelegenheit nicht mehr zu denken.

Andern Tages führte ein junger Famulus vom Gastehaus der Ordensleitung den Magister Knecht zum Vorstand und war Zeuge, wie die beiden sich begrüßten. Ihm, der doch an

105

den Anblick von Meistern der Meditation und Selbstzucht und an das Leben unter ihnen gewohnt war, fiel dennoch im Aussehen, im Gehaben und in der Begrüßung der beiden Ehrwürdigen etwas Besonderes, ihm Neues auf, ein ungewohnter, höchster Grad von Sammlung und Geklärtheit. Es war, so erzählte er uns, nicht ganz die übliche Begrüßung zwischen zwei höchsten Würdenträgern, welche je nachdem ein heiter und leichthin abgespieltes Zeremoniell oder ein feierlich-freudiger Festakt, gelegentlich auch ein gewisser Wettstreit an Höflichkeit, Unterordnung und betonter Demut sein konnte. Es war etwa so, als werde hier ein Fremder, ein von weit her zugereister großer Yogameister empfangen, der gekommen wäre, dem Ordensvorstand Ehrerbietung zu erweisen und sich mit ihm zu messen. Worte und Gebärden seien sehr bescheiden und sparsam gewesen, Blicke und Gesichter der beiden Würdenträger aber seien von einer Stille, Gefaßtheit und Sammlung, dabei von einer heimlichen Gespanntheit erfüllt gewesen, als wären sie beide wie durchleuchtet oder mit einem elektrischen Strome geladen. Mehr bekam unser Gewährsmann von der Zusammenkunft nicht zu sehen und zu hören. Die beiden verschwanden ins Innere der Räume, vermutlich in Meister Alexanders Privatkabinett, und blieben dort mehrere Stunden beisammen, ohne daß jemand sie stören durfte. Was von ihren Gesprächen überliefert ist, stammt aus gelegentlichen Erzählungen des Herrn Delegierten Designori, welchem Josef Knecht dies und jenes davon berichtet hat.

„Ihr habt mich gestern überrascht", fing der Vorstand an, „und beinahe aus der Fassung gebracht. Inzwischen habe ich etwas darüber nachdenken können. Mein Standpunkt hat sich natürlich nicht geändert, ich bin Mitglied der Behörde und der Ordensleitung. Das Recht, Euren Austritt anzumelden und Euer Amt niederzulegen, steht Euch nach dem Buchstaben der Regel zu. Ihr seid dahin gelangt, Euer Amt als lästig und einen Versuch mit dem Leben außerhalb des Ordens als notwendig zu empfinden. Wenn ich Euch nun vorschlüge, diesen Versuch zwar zu wagen, nicht zwar im Sinn Eurer heftigen Entschlüsse, aber etwa in Form eines längeren oder sogar unbefristeten Urlaubs? Ähnliches bezweckte ja eigentlich Euer Gesuch."

106

„Nicht ganz", sagte Knecht. „Wäre mein Gesuch bewilligt
worden, so wäre ich zwar im Orden geblieben, nicht aber
im Amt. Was Ihr so freundlich vorschlaget, wäre ein Ausweichen. Übrigens wäre auch Waldzell und dem Glasperlenspiel wenig durch einen Magister gedient, der auf lange,
auf unbestimmte Zeit im Urlaub abwesend ist und von dem
man nicht weiß, ob er zurückkommen wird oder nicht. Und
käme er sogar nach einem Jahr, nach zwei Jahren zurück, so
hätte er, was sein Amt und seine Disziplin, das Glasperlenspiel, betrifft, ja nur verlernt und nichts hinzugelernt."
Alexander: „Vielleicht hätte er doch allerlei gelernt. Vielleicht hätte er erfahren, daß die Welt draußen anders ist, als
er sie sich dachte, und er ihrer sowenig bedarf wie sie seiner, er käme beruhigt zurück und wäre froh, wieder im Alten und Bewährten zu weilen."
„Eure Güte geht sehr weit. Ich bin ihr dankbar und kann sie
doch nicht annehmen. Was ich suche, ist nicht so sehr Stil-
lung einer Neugierde oder einer Lüsternheit auf das Weltleben als vielmehr Unbedingtheit. Ich wünsche nicht in die
Welt hinauszugehen mit einer Rückversicherung für den
Fall einer Enttäuschung in der Tasche, ein vorsichtiger Rei-
sender, der sich ein wenig in der Welt umsieht. Ich begehre
im Gegenteil Wagnis, Erschwerung und Gefahr, ich bin
hungrig nach Wirklichkeit, nach Aufgaben und Taten, auch
nach Entbehrungen und Leiden. Darf ich Euch bitten, nicht
auf Eurem gütigen Vorschlag zu beharren, und überhaupt
nicht auf dem Versuch, mich wankend zu machen und zu-
rückzulocken? Es würde zu nichts führen. Mein Besuch bei
Euch würde für mich seinen Wert und seine Weihe verlieren, wenn er mir die nachträgliche, jetzt von mir nicht mehr
begehrte Bewilligung meines Gesuches einbrächte. Ich bin
seit jenem Gesuch nicht stehengeblieben; der Weg, den ich
angetreten habe, ist jetzt mein ein und alles, mein Gesetz,
meine Heimat, mein Dienst."
Seufzend nickte Alexander Gewährung. „Nehmen wir also
einmal an", sagte er geduldig, „Ihr seiet in der Tat nicht zu
erweichen und umzustimmen, Ihr seiet, allem äußern Anschein zum Trotz, ein tauber, keiner Autorität, keiner Vernunft, keiner Güte Gehör schenkender Amokläufer oder
Berserker, dem man nicht in den Weg treten darf. Ich will
denn vorläufig darauf verzichten, Euch umzustimmen und

107

beeinflussen zu wollen. Aber dann saget mir jetzt das, was zu sagen Ihr hierhergekommen seid, erzählet mir die Geschichte Eures Abfalls, erkläret mir die Taten und Entschlüsse, mit denen Ihr uns erschrecket! Sei es Beichte, sei es Rechtfertigung, sei es Anklage, ich will es anhören."

Knecht nickte. „Der Amokläufer bedankt und freut sich. Ich habe keine Anklage vorzutragen. Was ich sagen möchte – wenn es nur nicht so schwer, so unglaublich schwer in Worte zu bringen wäre –, hat für mich den Sinn einer Rechtfertigung, für Euch mag es den einer Beichte haben."

Er lehnte sich im Sessel zurück und blickte nach oben, wo an der Wölbung der Decke noch blasse Reste ehemaliger Bemalung geisterten, aus Hirslands Klosterzeiten her, traumhaft dünne Schemen von Linien und Farbtönen, von Blumen und Ornamenten.

„Der Gedanke, daß man ein Magisteramt auch satt haben und niederlegen könne, kam mir zum ersten Male schon wenige Monate nach meiner Ernennung zum Glasperlenspielmeister. Da saß ich eines Tages und las in einem Büchlein meines einst berühmten Vorfahren Ludwig Wassermaler, worin er, das Amtsjahr von Monat zu Monat durchlaufend, seinen Nachfolgern Hinweise und Ratschläge gibt. Ich las da seine Mahnung, beizeiten an das öffentliche Glasperlenspiel des kommenden Jahres zu denken und, falls man sich dazu unlustig fühle und es einem an Einfällen mangle, sich durch Konzentration dazu zu stimmen. Als ich, in meinem kräftigen Gefühl als jüngster Magister, diese Mahnung las, lächelte ich zwar ein wenig jugendklug über die Sorgen des alten Mannes, der sie niedergeschrieben hatte, es klang mir aber doch auch etwas von Ernst und Gefahr, etwas Bedrohendes und Beklemmendes daraus nach. Das Nachdenken darüber führte mich zu dem Entschluß: Sollte jemals der Tag kommen, an dem der Gedanke an das nächste Festspiel mir statt Freude Sorge und statt Stolz Angst einflößen würde, so würde ich, statt mir mühsam ein neues Festspiel abzuquälen, meinen Rücktritt nehmen und der Behörde die Insignien zurückgeben. Dies war das erste Mal, daß solch ein Gedanke mich beschäftigte, und allerdings glaubte ich damals, als ich eben die großen Strapazen des Einarbeitens in mein Amt überstanden und die Segel voll Wind hatte, zuinnerst nicht so recht an die Möglichkeit, daß auch ich einmal ein alter Mann und der Arbeit und des Lebens müde sein, daß ich einmal verdrossen und verlegen vor der Aufgabe stehen könnte, Ideen für neue Glasperlenspiele aus dem Ärmel zu schütteln. Immerhin, der Entschluß kam damals in mir zustande. Ihr habet mich ja zu jener Zeit recht gut gekannt, Ehrwürdiger, besser vielleicht, als ich mich selber kannte, Ihr waret mein Berater und Beichtvater in der schweren ersten Amtszeit gewesen und hattet Waldzell erst vor kurzem wieder verlassen."

Alexander blickte ihn prüfend an. „Ich habe kaum je einen schöneren Auftrag gehabt", sagte er, „und war damals mit Euch und mit mir selber zufrieden, wie man es selten ist. Wenn es richtig ist, daß man alles Angenehme im Leben bezahlen muß, nun, so muß ich jetzt für mein damaliges Hochgefühl büßen. Ich war damals richtig stolz auf Euch. Das kann ich heute nicht sein. Wenn der Orden durch Euch eine Enttäuschung und Kastalien eine Erschütterung erlebt, so weiß ich mich dafür mitverantwortlich. Vielleicht hätte ich damals, als ich Euer Begleiter und Ratgeber war, einige Wochen länger in Eurer Spielersiedlung bleiben oder Euch noch etwas härter anfassen, noch genauer kontrollieren sollen."

Knecht erwiderte seinen Blick heiter. „Ihr solltet Euch solche Skrupel nicht machen, Domine, ich müßte Euch sonst an manche Ermahnungen erinnern, die Ihr mir damals geben mußtet, wenn ich als jüngster Magister mein Amt mit seinen Verpflichtungen und Verantwortungen allzu schwer nahm. Ihr sagtet mir, eben fällt es mir wieder ein, in einer solchen Stunde einmal: Wenn ich, der Magister Ludi, ein Bösewicht oder Unfähiger wäre, und wenn ich alles täte, was ein Magister nicht tun darf, ja, wenn ich es absichtlich darauf anlegte, in meiner hohen Stellung möglichst viel Schaden anzurichten, so würde dies alles unser liebes Kastalien nicht mehr stören und tiefer anrühren können als ein Steinchen, das man in einen See wirft. Ein paar Wellchen und Kreise, und es ist vorüber. So fest, so sicher sei unsre kastalische Ordnung, so unantastbar ihr Geist. Erinnert Ihr Euch? Nein, an meinen Versuchen, ein möglichst schlechter Kastalier zu sein und den Orden möglichst zu schädigen, seid Ihr gewiß unschuldig. Und Ihr wisset ja auch, daß

109

es mir gar nicht gelingen wird und kann, Euren Frieden ernstlich zu stören. Aber ich will weitererzählen. – Daß ich schon im Beginn meines Magistrats jenen Entschluß fassen konnte und daß ich diesen Entschluß nicht vergaß, sondern jetzt daran bin, ihn zu verwirklichen, das hängt mit einer Art von seelischem Erlebnis zusammen, das mir von Zeit zu Zeit begegnet und das ich Erwachen nenne. Aber davon wisset Ihr schon, ich habe Euch damals einmal davon gesprochen, als Ihr mein Mentor und Guru waret, und zwar klagte ich Euch damals, daß seit dem Antritt des Amtes jenes Erlebnis mich gemieden habe und mir immer mehr in die Ferne entschwinde."

„Ich erinnere mich", bestätigte der Vorstand, „ich war damals etwas betroffen über Eure Fähigkeit zu dieser Art von Erlebnis, sie ist bei uns sonst wenig zu finden, und draußen in der Welt tritt sie in so sehr verschiedenen Formen auf: etwa beim Genie, namentlich bei Staatsmännern und Heerführern, dann aber auch bei schwachen, halb pathologischen, im ganzen eher unterbegabten Menschen wie Hellsehern, Telepathen, Medien. Mit diesen beiden Menschenarten, den Kriegshelden wie den Hellsehern und Rutengängern, schienet Ihr mir so gar nichts zu tun zu haben. Vielmehr schienet Ihr mir damals und bis gestern ein guter Ordensmann zu sein: besonnen, klar, gehorsam. Das Heimgesuchtwerden und Beherrschtwerden von geheimnisvollen Stimmen, göttlichen oder dämonischen oder auch Stimmen des eigenen Innern, schien mir ganz und gar nicht zu Euch zu passen. Darum deutete ich mir die Zustände von ‚Erwachen', wie Ihr sie mir beschriebet, einfach als ein gelegentliches Bewußtwerden des persönlichen Wachstums. Daraus ergab sich auch als natürlich, daß diese seelischen Erlebnisse damals längere Zeit ausblieben: Ihr waret ja eben erst in ein Amt getreten und hattet eine Aufgabe übernommen, die Euch noch wie ein zu weiter Mantel umhing, in die Ihr erst hineinwachsen mußtet. Aber saget: habet Ihr jemals geglaubt, diese Erweckungen seien so etwas wie Offenbarungen höherer Mächte, Mitteilungen oder Anrufe aus Bezirken einer objektiven, ewigen oder göttlichen Wahrheit?"

„Damit", sagte Knecht, „sind wir bei meiner augenblicklichen Aufgabe und Schwierigkeit, nämlich in Worten auszudrücken, was sich doch den Worten stets entzieht; rational

110

machen, was offenbar außer-rational ist. Nein, an Manifestationen eines Gottes oder Dämons oder einer absoluten Wahrheit habe ich bei jenen Erweckungen nie gedacht. Was diesen Erlebnissen ihre Wucht und Überzeugungskraft gibt, ist nicht ihr Gehalt an Wahrheit, ihre hohe Herkunft, ihre Göttlichkeit oder dergleichen, sondern ihre Wirklichkeit. Sie sind ungeheuer wirklich, so wie etwa ein heftiger körperlicher Schmerz oder ein überraschendes Naturereignis, Sturm oder Erdbeben, uns ganz anders mit Wirklichkeit, Gegenwärtigkeit, Unentrinnbarkeit geladen zu sein scheint als die gewöhnlichen Zeiten und Zustände. Der Windstoß, der einem ausbrechenden Gewitter vorangeht, der uns eilig nach Hause treibt und uns noch die Haustür aus der Hand zu reißen versucht – oder ein starkes Zahnweh, das alle Spannungen, Leiden und Konflikte der Welt in unsern Kiefer zu konzentrieren scheint –, das sind Dinge, an deren Realität oder Bedeutung wir meinetwegen später einmal zu rütteln anfangen mögen, falls wir zu solchen Späßen neigen, aber in der Stunde des Erlebens dulden sie keinerlei Zweifel und sind bis zum Bersten voll Realität. Eine ähnliche Art von gesteigerter Wirklichkeit nun hat mein ‚Erwachen‘ für mich, daher hat es ja seinen Namen; es ist mir in solchen Stunden wirklich, als habe ich lange Zeit im Schlaf oder Halbschlaf gelegen, jetzt aber sei ich wach und hell und empfänglich wie sonst niemals. Die Augenblicke großer Schmerzen oder Erschütterungen, auch in der Weltgeschichte, haben ihre überzeugende Notwendigkeit, sie entflammen ein Gefühl von beklemmender Aktualität und Spannung. Es mag sodann, als Folge der Erschütterung, das Schöne und Lichte geschehen oder das Tolle und Finstere; in jedem Falle wird das, was geschieht, den Anschein der Größe, der Notwendigkeit und Wichtigkeit tragen und sich von dem, was alle Tage geschieht, unterscheiden und abheben.

Aber lasset mich versuchen", fuhr er nach einer Atempause fort, „diese Sache noch von einer andern Seite her anzufassen. Könnet Ihr Euch an die Legende vom heiligen Christophorus erinnern? Ja? Also dieser Christophorus war ein Mann von großer Kraft und Tapferkeit, er wollte aber nicht Herr werden und regieren, sondern dienen, das Dienen war seine Stärke und Kunst, darauf verstand er sich. Doch war es ihm nicht einerlei, wem er diene. Es mußte der größte, der mächtigste Herr sein. Und wenn er von einem Herrn hörte, der noch mächtiger war als sein bisheriger, so bot er diesem seine Dienste an. Dieser große Diener hat mir immer gefallen, und ein wenig muß ich ihm ähnlich sein. Wenigstens habe ich in der einzigen Zeit meines Lebens, in der ich über mich selbst zu verfügen hatte, in den Studentenjahren, lange gesucht und geschwankt, welchem Herrn ich dienen solle. Ich habe gegen das Glasperlenspiel, das ich doch längst als die kostbarste und eigenste Frucht unsrer Provinz erkannt hatte, jahrelang mich gewehrt und mißtrauisch verhalten. Ich hatte den Köder gekostet und wußte, daß es Reizvolleres und Differenzierteres auf Erden nicht gab, als sich dem Spiel zu ergeben, hatte auch schon ziemlich früh gemerkt, daß dies entzückende Spiel nicht naive Feierabendspieler verlange, sondern den, der es sich einmal ein Stück weit zu eigen gemacht hatte, ganz und gar verlangte und in seinen Dienst zog. Und mich nun mit allen meinen Kräften und Interessen für immer diesem Zauber zu verschreiben, dagegen wehrte sich in mir ein Instinkt, ein naives Gefühl für das Einfache, für das Ganze und Gesunde, das mich vor dem Geist des Waldzeller Vicus Lusorum warnte als vor einem Spezialisten- und Virtuosengeist, einem hochkultivierten, äußerst reich durchgearbeiteten Geist zwar, der aber doch vom Ganzen des Lebens und Menschentums abgetrennt war und sich in eine hochmütige Einsamkeit verstiegen hatte. Jahre habe ich gezweifelt und geprüft, bis der Entschluß reif war und ich mich trotz allem für das Spiel entschied. Ich tat es, weil ebenjener Drang in mir war, das Höchste an Erfüllung zu suchen und nur dem größten Herrn zu dienen."

„Ich verstehe", sagte Meister Alexander. „Aber wie ich es auch betrachte und wie Ihr es auch darstellen möget, ich stoße stets auf denselben Grund für alle Eure Eigenartigkeiten. Ihr habet ein Zuviel an Gefühl für Eure eigene Person, oder an Abhängigkeit von ihr, was keineswegs dasselbe ist wie eine große Persönlichkeit sein. Einer kann ein Stern erster Ordnung sein an Begabung, Willenskraft, Ausdauer, aber so gut zentriert, daß er in dem System, dem er angehört, ohne jede Reibung und Energievergeudung mitschwingt. Ein andrer hat dieselben hohen Gaben, noch schönere vielleicht, aber die Achse geht nicht genau durchs Zentrum, und er verschwendet die Hälfte seiner Kraft in exzentrischen Bewegungen, die ihn selber schwächen und seine Umwelt stören. Zu dieser Art müsset Ihr gehören. Nur muß ich freilich gestehen, Ihr habet das vortrefflich zu verbergen verstanden. Desto heftiger scheint das Übel jetzt sich zu entladen. Ihr erzählet mir vom heiligen Christophorus, und ich muß sagen: wenn diese Gestalt auch etwas Großartiges und Rührendes hat, ein Vorbild für einen Diener unserer Hierarchie ist sie nicht. Wer dienen will, soll dem Herrn dienen, dem er geschworen hat, auf Gedeih und Verderb, und nicht mit dem heimlichen Vorbehalt, den Herrn zu wechseln, sobald er einen prächtigeren findet. Der Diener macht sich damit zum Richter seiner Herren, und genau dasselbe tut ja Ihr auch. Ihr wollet nur immer dem höchsten Herrn dienen und seid so treuherzig, über den Rang der Herren, zwischen denen Ihr wählet, selber zu entscheiden."

Aufmerksam hatte Knecht zugehört, nicht ohne daß ein Schatten von Traurigkeit über sein Gesicht ging. Er fuhr fort: „Euer Urteil in Ehren, ich habe es nicht anders erwarten können. Aber laßt mich weitererzählen, noch ein wenig. Ich bin also Glasperlenspieler geworden und hatte nun in der Tat für eine gute Weile die Überzeugung, dem höchsten aller Herren zu dienen. Wenigstens hat mein Freund Designori, unser Gönner beim Bundesrat, mir einmal äußerst anschaulich geschildert, was für ein arroganter, hochnäsiger, blasierter Spielvirtuos und Elitehirsch ich einst gewesen bin. Aber ich muß Euch noch sagen, welche Bedeutung seit den Studentenjahren und dem ‚Erwachen‘ für mich das Wort Transzendieren gehabt hat. Es war mir, glaube ich, beim Lesen eines aufklärerischen Philosophen und unter dem Einfluß des Meisters Thomas von der Trave zugeflogen und war mir seither, gleich dem ‚Erwachen‘, ein rechtes Zauberwort, fordernd und treibend, tröstend und versprechend. Mein Leben, so etwa nahm ich mir vor, sollte ein Transzendieren sein, ein Fortschreiten von Stufe zu Stufe, es sollte ein Raum um den andern durchschritten und zurückgelassen werden, so wie eine Musik Thema um Thema, Tempo um Tempo erledigt, abspielt, vollendet und hinter sich läßt, nie müde, nie schlafend, stets wach, stets

113

vollkommen gegenwärtig. Im Zusammenhang mit den Erlebnissen des Erwachens hatte ich gemerkt, daß es solche Stufen und Räume gibt und daß jeweils die letzte Zeit eines Lebensabschnittes eine Tönung von Welke und Sterbenwollen in sich trägt, welche dann zum Hinüberwechseln in einen neuen Raum, zum Erwachen, zu neuem Anfang führt. Auch dieses Bild, das vom Transzendieren, teile ich Euch mit, als ein Mittel, das vielleicht mein Leben deuten hilft. Die Entscheidung für das Glasperlenspiel war eine wichtige Stufe, nicht weniger die erste spürbare Einordnung in die Hierarchie. Auch in meinem Amt als Magister noch habe ich solche Stufengänge erlebt. Das Beste, was das Amt mir brachte, war die Entdeckung, daß nicht nur Musizieren und Glasperlenspielen beglückende Tätigkeiten sind, sondern auch Lehren und Erziehen. Und allmählich entdeckte ich noch weiter, daß das Erziehen mir desto mehr Freude machte, je jünger und unverbildeter die Zöglinge waren. Auch dies führte, wie manches andre, mit den Jahren dahin, daß ich mir junge und immer jüngere Schüler wünschte, daß ich am liebsten Lehrer an einer Anfängerschule geworden wäre, kurz, daß meine Phantasie sich zuweilen mit Dingen beschäftigte, welche schon außerhalb meines Amtes lagen."

Er machte eine Ruhepause. Der Vorstand bemerkte: „Ihr setzet mich immer mehr in Erstaunen, Magister. Da sprechet Ihr von Eurem Leben, und es ist kaum von etwas andrem die Rede als von privaten, subjektiven Erlebnissen, persönlichen Wünschen, persönlichen Entwicklungen und Entschlüssen! Ich wußte wirklich nicht, daß ein Kastalier Eures Ranges sich und sein Leben so sehen könne."

Seine Stimme hatte einen Klang zwischen Vorwurf und Trauer, der Knecht weh tat; doch faßte er sich und rief munter: „Aber Hochverehrter, wir sprechen zur Stunde ja nicht von Kastalien, von der Behörde und der Hierarchie, sondern einzig von mir, von der Psychologie eines Mannes, der Euch leider große Ungelegenheiten hat bereiten müssen. Von meiner Amtsführung, meiner Pflichterfüllung, meinem Wert oder Unwert als Kastalier und als Magister zu sprechen steht mir nicht zu. Meine Amtsführung liegt, wie die ganze Außenseite meines Lebens, offen und nachprüfbar vor Euch, viel werdet Ihr nicht zu strafen finden.

Worum es hier geht, ist ja etwas ganz anderes, nämlich Euch den Weg sichtbar zu machen, den ich als einzelner gegangen bin und der mich jetzt aus Waldzell hinausgeführt hat und morgen zu Kastalien hinausführen wird. Höret mir noch eine kleine Weile zu, seid so gütig!

Daß ich vom Vorhandensein einer Welt außerhalb unsrer kleinen Provinz wußte, verdanke ich nicht meinen Studien, in welchen diese Welt nur als ferne Vergangenheit vorkam, sondern zuerst meinem Mitschüler Designori, der ein Gast von draußen war, und später meinem Aufenthalt bei den Benediktinervätern und dem Pater Jakobus. Es war sehr wenig, was ich mit eigenen Augen von der Welt gesehen habe, aber durch jenen Mann bekam ich eine Ahnung von dem, was man Geschichte nennt, und es mag sein, daß ich schon damit den Grund zu der Isolierung legte, in die ich nach meiner Rückkehr geriet. Meine Rückkehr aus dem Kloster geschah in ein nahezu geschichtsloses Land, in eine Provinz von Gelehrten und Glasperlenspielern, eine höchst vornehme und auch höchst angenehme Gesellschaft, in welcher ich aber mit meiner Ahnung von der Welt, meiner Neugierde auf sie, meiner Teilnahme für sie ganz allein zu stehen schien. Es war genug da, um mich dafür zu entschädigen; es gab da einige Männer, die ich hoch verehrte und deren Kollege zu werden mir eine beschämende und beglückende Ehre war, und eine Menge von gut erzogenen und hochgebildeten Leuten, es gab auch Arbeit genug und recht viele begabte und liebenswerte Schüler. Nur hatte ich während meiner Lehrzeit bei Pater Jakobus die Entdeckung gemacht, daß ich nicht nur ein Kastalier, sondern auch ein Mensch sei, daß die Welt, die ganze Welt mich angehe und Anspruch auf mein Mitleben in ihr habe. Aus dieser Entdeckung folgten Bedürfnisse, Wünsche, Forderungen, Verpflichtungen, denen ich in keiner Weise nachleben durfte. Das Leben der Welt, wie es der Kastalier ansieht, war etwas Zurückgebliebenes und Minderwertiges, ein Leben der Unordnung und Roheit, der Leidenschaften und der Zerstreutheit, es war nichts Schönes und Begehrenswertes. Aber die Welt und ihr Leben war ja unendlich viel größer und reicher als die Vorstellungen, die sich ein Kastalier von ihr machen konnte, sie war voll Werden, voll Geschichte, voll Versuch und ewig neuem Anfang, sie war vielleicht chao-

tisch, aber sie war die Heimat und der Mutterboden aller
Schicksale, aller Erhebungen, aller Künste, alles Menschentums, sie hatte die Sprachen, die Völker, die Staaten, die
Kulturen, sie hatte auch uns und unser Kastalien hervorgebracht und würde sie alle wieder sterben sehen und überdauern. Zu dieser Welt hatte mein Lehrer Jakobus eine
Liebe in mir erweckt, welche beständig wuchs und Nahrung suchte, und in Kastalien war nichts, was ihr Nahrung
gab, hier war man außerhalb der Welt, war selbst eine
kleine, vollkommene und nicht mehr werdende, nicht mehr
wachsende Welt."

Er atmete tief und schwieg eine Weile. Da der Vorstand
nichts entgegnete und ihn nur erwartend ansah, nickte er
ihm sinnend zu und fuhr fort: „Ich hatte nun zwei Bürden
zu tragen, manche Jahre. Ich hatte ein großes Amt zu verwalten und seine Verantwortung zu tragen, und ich hatte
mit meiner Liebe fertig zu werden. Das Amt, soviel war mir
von Anfang an klar, durfte unter dieser Liebe nicht leiden.
Im Gegenteil, es sollte, wie ich dachte, Gewinn von ihr haben. Sollte ich, was ich aber nicht hoffte, meine Arbeit um
etwas weniger vollkommen und tadellos tun, als man von
einem Magister erwarten kann, so wußte ich doch, daß ich
im Herzen wacher und lebendiger war als mancher makel-
lose Kollege und daß ich meinen Schülern und Mitarbeitern
dies und jenes zu geben hatte. Meine Aufgabe sah ich
darin, das kastalische Leben und Denken ohne Bruch mit
der Überlieferung langsam und sanft zu erweitern und zu
erwärmen, ihm von der Welt und Geschichte her neues
Blut zuzuführen, und eine hübsche Fügung hat es gewollt,
daß zur selben Zeit draußen im Lande ein Weltmensch genau ebenso empfand und dachte und von einer Befreun-
dung und Durchdringung von Kastalien und Welt geträumt
hat: es war Plinio Designori."

Meister Alexander verzog den Mund ein wenig, als er sagte:
„Nun ja, vom Einfluß dieses Mannes auf Euch habe ich nie
viel Erfreuliches erwartet, sowenig wie von Eurem unge-
ratenen Schützling Tegularius. Und Designori ist es also,
der Euch vollends zum Bruch mit der Ordnung gebracht
hat?"

„Nein, Domine, aber er hat mir, zum Teil ohne es zu wissen, dabei geholfen. Er brachte etwas Luft in meine Stille,

ich kam durch ihn wieder in Berührung mit der Außenwelt, und so erst wurde es mir möglich, einzusehen und mir selber einzugestehen, daß ich am Ende meiner hiesigen Laufbahn sei, daß mir die eigentliche Freude an meiner Arbeit verlorengegangen und daß es Zeit sei, der Plage ein Ende zu machen. Es war wieder eine Stufe zurückgelegt, ich hatte einen Raum durchschritten, und der Raum war diesmal Kastalien."

„Wie Ihr das ausdrücket!" bemerkte Alexander mit Kopfschütteln. „Als ob der Raum Kastalien nicht groß genug wäre, um viele ihr Leben lang würdig zu beschäftigen! Glaubet Ihr im Ernst, diesen Raum durchmessen und überwunden zu haben?"

„O nein", rief der andre lebhaft, „nie habe ich so etwas geglaubt. Wenn ich sage, ich sei an die Grenze dieses Raumes gelangt, so meine ich nur: was ich als einzelner und auf meinem Posten hier leisten konnte, ist getan. Ich bin seit einer Weile an der Grenze, wo meine Arbeit als Glasperlenspielmeister zur ewigen Wiederholung, zur leeren Übung und Formel wird, wo ich sie ohne Freude, ohne Begeisterung tue, manchmal sogar ohne Glauben. Es war Zeit, damit aufzuhören."

Alexander seufzte. „Das ist Eure Auffassung, doch nicht die des Ordens und seiner Regeln. Daß ein Ordensbruder Stimmungen hat, daß er seiner Arbeit zuzeiten müde wird, ist nichts Neues und Merkwürdiges. Die Regeln zeigen ihm alsdann den Weg, um die Harmonie zurückzugewinnen und sich wieder zu zentrieren. Hattet Ihr das vergessen?"

„Ich glaube nicht, Verehrter. Es steht Euch ja der Einblick in meine Amtsführung frei; und eben noch, neulich, als Ihr mein Rundschreiben erhalten hattet, habt Ihr das Spielerdorf und mich kontrollieren lassen. Ihr konntet feststellen, daß die Arbeit getan wird, Kanzlei und Archiv in Ordnung sind, der Magister Ludi weder Krankheit noch Launen zeigt. Ich verdanke es ebenjenen Regeln, in die Ihr mich einst so meisterhaft eingeführt habet, daß ich durchgehalten und weder die Kraft noch die Gelassenheit verloren habe. Aber es hat mich große Mühe gekostet. Und nun kostet es mich leider kaum weniger Mühe, Euch davon zu überzeugen, daß es nicht Stimmungen sind, nicht Launen

oder Gelüste, von denen ich mich treiben lasse. Aber ob
mir das nun gelingt oder nicht, zumindest bestehe ich darauf, daß Ihr anerkennet, meine Person und Leistung sei bis
zu dem Augenblick, da Ihr sie zum letztenmal kontrolliert
habet, integer und brauchbar gewesen. Sollte ich damit
schon zuviel von Euch erwarten?"
Meister Alexanders Augen blinzelten ein wenig wie spöttisch.
„Herr Kollege", sagte er, „Ihr sprechet mit mir, als seien wir
zwei Privatpersonen, die sich unverbindlich unterhalten.
Das trifft aber nur auf Euch zu, Ihr seid ja jetzt in der Tat
eine Privatperson. Ich aber bin es nicht, und was ich denke
und sage, sage nicht ich, sondern es sagt es der Vorstand
der Ordensleitung, und er ist für jedes Wort seiner Behörde
verantwortlich. Was Ihr heute hier saget, das wird ohne Folgen sein; es mag Euch damit noch so ernst sein, aber es
bleibt die Rede eines Privatmanns, der im eigenen Interesse
spricht. Für mich aber bestehen Amt und Verantwortung
fort, und es kann Folgen haben, was ich heut sage oder tue.
Ich vertrete Euch und Eurer Affäre gegenüber die Behörde.
Ob nun die Behörde Eure Darstellung der Vorgänge hin-
nehmen, vielleicht sogar anerkennen will, ist nicht gleichgültig. – Ihr stellet es mir also so dar, als wäret Ihr, wenn
auch mit allerlei aparten Gedanken im Kopf, bis gestern ein
einwandfreier, tadelloser Kastalier und Magister gewesen,
hättet zwar Anfechtungen und Anfälle von Amtsmüdigkeit
erlebt, sie aber regelmäßig bekämpft und bezwungen. Angenommen, ich ließe das gelten, wie aber verstehe ich dann
das Ungeheuerliche, daß der einwandfreie, integre Magister, der gestern noch jede Regel erfüllt hat, heute plötzlich
desertiert? Da fällt es mir doch leichter, mich in einen Magister hineinzudenken, der schon lange Zeit im Gemüt verändert und erkrankt war und der, während er sich noch immer
für einen ganz guten Kastalier hielt, es in Wirklichkeit
schon lange nicht mehr war. Auch frage ich mich, warum
eigentlich Ihr soviel Wert auf die Feststellung leget, daß Ihr
bis in die letzte Zeit ein pflichttreuer Magister waret. Da
Ihr nun einmal den Schritt getan, den Gehorsam gebrochen
und Desertion begangen habet, kann Euch doch an solchen
Feststellungen nichts mehr gelegen sein."
Knecht wehrte sich. „Mit Verlaub, Hochverehrter, warum

118

soll mir daran nicht gelegen sein? Es handelt sich um meinen Ruf und Namen, um das Andenken, das ich hier zurücklasse. Es handelt sich damit auch um die Möglichkeit für mich, draußen für Kastalien zu wirken. Ich stehe nicht hier, um etwas für mich zu retten oder gar um die Billigung meines Schrittes durch die Behörde zu erreichen. Ich rechnete damit und ergebe mich darein, von meinen Kollegen künftig bezweifelt und als problematische Erscheinung angesehen zu werden. Als Verräter oder als Verrückter aber will ich nicht angesehen sein, es ist ein Urteil, das ich nicht annehmen kann. Ich habe etwas getan, was Ihr mißbilligen müsset, aber ich habe es getan, weil ich mußte, weil es mir aufgetragen ist, weil es meine Bestimmung ist, an die ich glaube und die ich mit gutem Willen auf mich nehme. Wenn Ihr mir auch dies nicht zugestehen könnet, dann bin ich unterlegen und habe umsonst zu Euch gesprochen."

„Es geht immer um ein und dasselbe", antwortete Alexander. „Ich soll zugestehen, daß unter Umständen der Wille eines einzelnen das Recht haben soll, die Gesetze zu brechen, an die ich glaube und die ich zu vertreten habe. Ich kann aber nicht an unsre Ordnung und zugleich auch noch an Euer privates Recht zur Durchbrechung dieser Ordnung glauben. – Unterbrecht mich nicht, bitte. Ich kann Euch zugestehen, daß Ihr allem Anschein nach von Eurem Recht und dem Sinn Eures fatalen Schrittes überzeugt seid und an eine Berufung zu Eurem Vorhaben glaubet. Daß ich den Schritt selbst billige, erwartet Ihr ja gar nicht. Dagegen habt Ihr allerdings erreicht, daß ich auf meinen anfänglichen Gedanken, Euch zurückzugewinnen und Euren Entschluß zu ändern, verzichtet habe. Ich nehme Euren Austritt aus dem Orden an und übergebe der Behörde die Meldung von Eurem freiwilligen Ausscheiden aus dem Amt. Weiter kann ich Euch nicht entgegenkommen, Josef Knecht."

Der Glasperlenspielmeister machte eine Gebärde der Ergebenheit. Dann sagte er still: „Ich danke Euch, Herr Vorstand. Das Kästchen habe ich Euch schon anvertraut. Ich übergebe Euch zu Händen der Behörde nun auch meine paar Aufzeichnungen über den Stand der Dinge in Waldzell, vor allem über die Repetentenschaft und jene paar Personen, von welchen ich glaube, daß sie als Nachfolger in meinem Amt vor allem in Betracht kommen."

Er zog ein paar gefaltete Blätter aus der Tasche und legte sie auf den Tisch. Dann stand er auf, auch der Vorstand erhob sich. Knecht trat auf ihn zu, blickte ihm lang mit trauriger Freundlichkeit in die Augen, verneigte sich und sagte: „Ich hatte Euch bitten wollen, mir zum Abschied die Hand zu geben, darauf muß ich nun wohl verzichten. Ihr seid mir immer besonders teuer gewesen, auch der heutige Tag hat daran nichts geändert. Lebet wohl, mein Lieber und Verehrter."

Alexander stand still, etwas bleich; einen Augenblick sah es aus, als wolle er die Hand erheben und sie dem Scheidenden reichen. Er fühlte, daß ihm die Augen feucht wurden; da neigte er den Kopf, erwiderte Knechts Verbeugung und ließ ihn gehen.

Als der Fortgehende die Tür hinter sich geschlossen hatte, blieb der Vorstand unbeweglich stehen und horchte auf die sich entfernenden Schritte, und als der letzte verklungen und nichts mehr zu hören war, ging er eine Weile quer durchs Zimmer auf und ab, bis draußen wieder Schritte tönten und leise an die Tür gepocht wurde. Der junge Diener trat ein und meldete einen Besucher, der ihn zu sprechen verlange.

„Sage ihm, daß ich ihn in einer Stunde empfangen kann und daß ich ihn bitte, sich kurz zu fassen, es liegt Dringliches vor. – Nein, warte noch! Geh auch in die Kanzlei und melde dem ersten Sekretär, er möge sofort und eilig die Gesamtbehörde auf übermorgen zu einer Sitzung einberufen, mit dem Vermerk, daß Vollzähligkeit notwendig sei und nur schwere Erkrankung als Entschuldigung für ein Ausbleiben gelte. Dann geh zum Hausmeister und sage ihm, morgen früh müsse ich nach Waldzell fahren, der Wagen habe um sieben bereit zu sein . . ."

„Mit Erlaubnis", sagte der Jüngling, „es wäre der Wagen des Herrn Magister Ludi zur Verfügung."

„Wie denn?"

„Der Ehrwürdige ist gestern zu Wagen angekommen. Soeben hat er das Haus verlassen mit dem Bescheid, er gehe zu Fuß weiter und lasse den Wagen hier zur Verfügung der Behörde."

„Es ist gut. So nehme ich morgen den Waldzeller Wagen. Wiederholen, bitte."

Der Diener wiederholte: „Der Besucher wird in einer Stunde empfangen, er soll sich kurz fassen. Der erste Sekretär hat die Behörde auf übermorgen einzuberufen, Vollzähligkeit notwendig, nur schweres Kranksein entschuldigt. Morgen früh um sieben Abreise nach Waldzell mit dem Wagen des Herrn Magister Ludi."

Meister Alexander atmete auf, als der junge Mensch wieder gegangen war. Er trat zu dem Tisch, an dem er mit Knecht gesessen war, und noch klangen die Schritte dieses Unbegreiflichen in ihm nach, den er vor allen andern geliebt und der ihm so großen Schmerz angetan hatte. Immer hatte er seit den Tagen, da er ihm Dienste geleistet, diesen Mann geliebt, und unter manchen andern Eigenschaften war es gerade auch Knechts Gang gewesen, den er gern gehabt hatte, ein bestimmter und taktfester, aber leichter, ja beinah schwebender Schritt, zwischen würdig und kindlich, zwischen priesterlich und tänzerisch, ein eigenartiger liebenswürdiger und vornehmer Schritt, der ausgezeichnet zu Knechts Gesicht und Stimme paßte. Er paßte nicht minder zu seiner so besonderen Art von Kastalier- und Magistertum, seiner Art von Herrentum und von Heiterkeit, welche manchmal ein wenig an die aristokratisch gemessene seines Vorgängers, des Meisters Thomas, manchmal auch an die einfache und herzgewinnende des Alt-Musikmeisters erinnerte. Nun war er also schon abgereist, der Eilige, zu Fuß, wer weiß, wohin, und vermutlich würde er ihn niemals wiedersehen, nie mehr sein Lachen hören und seine schöne langfingrige Hand die Hieroglyphen eines Glasperlenspielsatzes hinmalen sehen. Er griff nach den Blättern, die auf dem Tische liegengeblieben waren, und begann sie zu lesen. Es war ein kurzes Vermächtnis, sehr knapp und sachlich, oft nur Stichworte statt Sätze, und sollte dazu dienen, der Behörde die Arbeit bei der bevorstehenden Kontrolle des Spielerdorfes und der Neuwahl eines Magisters zu erleichtern. In kleinen hübschen Buchstaben standen die klugen Bemerkungen da, Worte und Handschrift ebenso vom einmaligen und unverwechselbaren Wesen dieses Josef Knecht geprägt wie sein Gesicht, seine Stimme, sein Gang. Schwerlich würde die Behörde einen Mann seines Ranges finden, um ihn zu seinem Nachfolger zu machen; die wirklichen Herren und wirklichen Persönlichkeiten waren eben

121

doch selten, und jede solche Gestalt ein Glücksfall und Geschenk, auch hier in Kastalien, der Elite-Provinz.

Das Gehen machte Josef Knecht Freude, er war seit Jahren
nicht mehr zu Fuß gereist. Ja, wenn er sich genauer zu be-
sinnen suchte, wollte ihm scheinen, seine letzte richtige
Fußwanderung sei jene gewesen, die ihn einst vom Stift
Mariafels zurück nach Kastalien und zu jenem Jahresspiel
nach Waldzell geführt hatte, das durch den Tod der „Exzel-
lenz", des Magisters Thomas von der Trave, so sehr belastet
worden war und ihn selbst zu dessen Nachfolger hatte werden lassen. Sonst, wenn er an jene Zeiten und gar an die
Studentenjahre und das Bambusgehölz zurückdachte, war
es stets gewesen, als blicke er aus einer nüchtern kühlen
Kammer in weite, fröhlich besonnte Gegenden hinaus, ins
Unwiederbringliche, zum Erinnerungsparadies Gewordene;
immer war solches Gedenken, auch wenn es ohne Wehmut
geschah, eine Schau des sehr Fernen, anderen, vom Heute
und Alltag geheimnisvoll-festlich Verschiedenen gewesen.
Jetzt aber, an diesem heitern lichten Septembernachmittag
mit den kräftigen Farben der Nähe und den sanft behauch-
ten, traumzarten, vom Blau ins Violett spielenden Tönen
der Ferne, beim behaglichen Wandern und müßigen
Schauen blickte jene vor so langer Zeit erlebte Fußreise
nicht wie eine Ferne und ein Paradies in ein resigniertes
Heute herein, sondern es war die heutige Reise der damaligen, der heutige Josef Knecht dem von damals brüderlich
ähnlich, es war alles wieder neu, geheimnisvoll, vielverspre-
chend, es konnte alles Gewesene wiederkehren und noch
viel Neues dazu. So hatte der Tag und die Welt ihn lange
nicht mehr angeblickt, so unbeschwert, schön und unschuldig. Das Glück der Freiheit und Selbstbestimmung durch-
flutete ihn wie ein starker Trank; wie lange hatte er diese
Empfindung, diese holde und entzückende Illusion nicht
mehr verspürt! Er sann nach und erinnerte sich der Stunde,
in welcher einst dies köstliche Gefühl ihm angetastet und in
Fesseln gelegt worden war, es war in einem Gespräch mit
dem Magister Thomas, unter dessen freundlich-ironischem
Blick, und wohl erinnerte er sich der unheimlichen Empfindung jener Stunde, in welcher er seine Freiheit verlor; sie
war nicht eigentlich ein Schmerz, ein brennendes Leiden

122

gewesen, sondern mehr eine Bangigkeit, ein leiser Schauder im Nacken, ein warnendes Organgefühl überm Zwerchfell, eine Änderung in der Temperatur und namentlich im Tempo des Lebensgefühls. Die so bange, zusammenziehende, von fern her mit Ersticken drohende Empfindung jener Schicksalsstunde wurde heute kompensiert, oder geheilt.

Knecht hatte gestern auf seiner Fahrt nach Hirsland beschlossen: was immer dort geschehen möge, es unter keinen Umständen zu bereuen. Für heute nun verbot er sich, an die Einzelheiten seiner Gespräche mit Alexander zu denken, an seinen Kampf mit ihm, seinen Kampf um ihn. Er stand ganz dem Gefühl von Entspannung und Freiheit offen, das ihn erfüllte wie einen Bauer nach getanem Tagewerk das Feierabendgefühl, er wußte sich geborgen und zu nichts verpflichtet, wußte sich für einen Augenblick vollkommen entbehrlich und ausgeschaltet, zu keiner Arbeit, keinem Denken verpflichtet, und der lichte farbige Tag umgab ihn sanft strahlend, ganz Bild, ganz Gegenwart, ohne Forderung, ohne Gestern und Morgen. Zuweilen summte der Zufriedene im Gehen eines der Marschlieder vor sich hin, die sie einst als kleine Eliteschüler in Eschholz auf Ausflügen drei- und vierstimmig gesungen hatten, und es kamen ihm aus der heitern Morgenfrühe seines Lebens kleine helle Erinnerungen und Klänge herübergeflogen wie Vogelgezwitscher.

Unter einem Kirschbaume mit schon ins Purpurne spielendem Laube machte er halt und setzte sich ins Gras. Er griff in die Brusttasche seines Rockes und zog ein Ding hervor, das Meister Alexander nicht bei ihm vermutet hätte, eine kleine hölzerne Flöte nämlich, die er mit einer gewissen Zärtlichkeit betrachtete. Er besaß dieses naiv und kindlich aussehende Instrument noch nicht sehr lange, ein halbes Jahr etwa, und erinnerte sich mit Vergnügen des Tages, an dem es in seinen Besitz gelangt war. Er war damals nach Monteport gefahren, um mit Carlo Ferromonte einige musiktheoretische Fragen durchzusprechen; es war dabei die Rede auch auf die Holzblasinstrumente gewisser Zeitalter gekommen, und er hatte seinen Freund gebeten, ihm die Monteporter Instrumentensammlung zu zeigen. Nach dem genußreichen Gang durch einige Säle voll alter Orgeltische,

123

Harfen, Lauten, Klaviere waren sie in ein Magazin gekommen, wo Instrumente für die Schulen aufbewahrt wurden. Dort hatte Knecht eine ganze Lade voll solcher kleiner Flötchen liegen sehen, hatte eines betrachtet und probiert und den Freund gefragt, ob er wohl eine dieser Flöten mitnehmen dürfe. Lachend hatte Carlo ihn gebeten, sich eine auszusuchen, hatte ihn lachend eine Quittung darüber unterschreiben lassen, ihm dann aber äußerst genau den Bau des Instrumentes, seine Handhabung und die Technik des Spieles auf ihm erklärt. Knecht hatte das hübsche Spielzeugchen mitgenommen und hatte, da er seit der Blockflöte seiner Eschholzer Knabenzeit nie mehr ein Blasinstrument gespielt und sich mehrmals schon vorgenommen hatte, wieder eines zu lernen, je und je darauf geübt. Nächst den Tonleitern hatte er dazu ein Heft mit alten Melodien benützt, das Ferromonte für Anfänger herausgegeben hatte, und je und je war aus dem Magistergarten oder aus seinem Schlafzimmer der sanfte süße Klang des Flötchens gedrungen. Längst war er noch kein Meister, aber eine Anzahl jener Choräle und Lieder hatte er spielen gelernt, er wußte sie auswendig, und von manchen auch die Texte. Eines dieser Lieder, zur Stunde wohl passend, kam ihm in den Sinn. Er sagte ein paar Verszeilen vor sich hin:

Mein Haupt und Glieder,
Die lagen darnieder,
Aber nun steh ich,
Bin munter und fröhlich,
Schaue den Himmel mit meinem Gesicht.

Dann setzte er das Instrument an die Lippen und blies die Melodie, schaute in die sanft glänzende Weite gegen das ferne Hochgebirge hin, hörte das heiter fromme Lied im süßen Flötenton dahinklingen und fühlte sich mit Himmel, Bergen, Lied und Tag einig und zufrieden. Mit Vergnügen fühlte er das glatte runde Holz zwischen seinen Fingern und dachte daran, daß außer dem Kleid auf seinem Leibe dies Flötchen das einzige Stück Eigentum war, das er sich erlaubt hatte, von Waldzell mitzunehmen. Es hatte sich in den Jahren manches um ihn angesammelt, was mehr oder weniger die Eigenschaft persönlichen Besitztums trug, vor allem an Aufzeichnungen, Exzerptheften und dergleichen; das alles hatte er zurückgelassen, es mochte vom Spielerdorf beliebig verwendet werden. Das Flötchen aber hatte er mitgenommen und war froh darüber, es bei sich zu haben; es war ein bescheidener und liebenswürdiger Reisekamerad.

Andern Tages traf der Wanderer in der Hauptstadt ein und sprach im Hause Designori vor. Plinio kam ihm die Treppe herab entgegen und umarmte ihn bewegt.

„Wir haben dich sehnlich und mit Sorgen erwartet", rief er. „Du hast einen großen Schritt getan, Freund, möge er uns allen Gutes bringen. Aber daß sie dich fortgelassen haben! Ich hätte es nie geglaubt."

Knecht lachte. „Du siehst, ich bin da. Aber davon werde ich dir gelegentlich erzählen. Jetzt möchte ich vor allem meinen Schüler begrüßen und natürlich auch deine Frau und alles mit euch besprechen, wie wir es mit meinem neuen Amt halten wollen. Ich bin begierig darauf, es anzutreten."

Plinio rief eine Magd herbei und gab ihr den Auftrag, sofort seinen Sohn zu holen.

„Den jungen Herrn?" fragte sie, anscheinend verwundert, lief dann aber rasch davon, während der Hausherr seinen Freund in dessen Gastzimmer führte und ihm eifrig zu berichten begann, wie er alles für Knechts Ankunft und sein Zusammenleben mit dem jungen Tito vorbedacht und vorbereitet habe. Alles habe sich nach Knechts Wünschen einrichten lassen, auch Titos Mutter habe diese Wünsche nach einigem Widerstreben begriffen und sich ihnen gefügt. Sie besäßen ein Ferienhäuschen im Gebirge, Belpunt geheißen, hübsch an einem See gelegen, dort sollte Knecht mit seinem Zögling vorerst leben, eine alte Magd werde sie bedienen, sie sei schon dieser Tage hingereist, um alles einzurichten. Freilich sei dies nur ein Aufenthalt für kürzere Zeit, bis zum Eintritt des Winters höchstens, aber gerade für diese erste Zeit sei gewiß eine solche Abgeschiedenheit nur förderlich. Auch sei es ihm lieb, daß Tito ein großer Freund der Berge und jenes Hauses Belpunt sei, so daß er sich auf den Aufenthalt dort oben freue und ohne Widerstreben hingehe. Es fiel Designori ein, daß er eine Mappe mit Lichtbildern von Haus und Gegend besitze; er zog Knecht mit sich in sein Arbeitszimmer, suchte eifrig nach der Mappe und begann, als er sie gefunden und geöffnet hatte, seinem Gaste das Haus zu zeigen und zu schildern, die Bauernstube, den Kachelofen, die Lauben, den Badeplatz am See, den Wasserfall.

„Gefällt es dir?" fragte er angelegentlich. „Wirst du dich dort wohl fühlen können?"

„Warum nicht?" sagte Knecht gelassen. „Aber wo bleibt wohl Tito? Es ist schon eine gute Weile her, seit du nach ihm geschickt hast."

Sie sprachen noch ein wenig hin und her, dann hörte man Schritte draußen, die Tür ging auf, und es kam jemand herein, doch war es weder Tito noch die nach ihm ausgesandte Magd. Es war Titos Mutter, Frau Designori. Knecht erhob sich zur Begrüßung, sie streckte ihm die Hand entgegen und lächelte ihn mit einer etwas mühsamen Freundlichkeit an, während er sah, daß unter diesem höflichen Lächeln ein Ausdruck von Sorge oder Ärger lag. Sie hatte kaum ein paar Worte des Willkommens hervorgebracht, als sie sich ihrem Mann zuwandte und sich ungestüm der Mitteilung entledigte, welche ihr auf der Seele lag.

„Es ist wirklich peinlich", rief sie, „denke dir, der Junge ist verschwunden und nirgends zu finden."

„Nun, er wird ausgegangen sein", beruhigte Plinio. „Er wird schon kommen."

„Leider ist das nicht wahrscheinlich", sagte die Mutter, „er ist nämlich schon seit heut morgen fort. Ich habe es schon in der Frühe bemerkt."

„Und warum erfahre ich es erst jetzt?"

„Weil ich natürlich mit jeder Stunde seine Rückkehr erwartete, und weil ich dich nicht unnütz aufregen wollte. Anfangs dachte ich ja auch gar nicht an etwas Schlimmes, ich dachte, er sei spazierengegangen. Erst als er mittags ausblieb, begann ich mir Sorge zu machen. Du warst heut zu Tische nicht da, sonst hättest du es mittags erfahren. Auch da noch wollte ich mir einreden, es sei nur eine Nachlässigkeit von ihm, mich so lang warten zu lassen. Aber das war es also nicht."

„Erlauben Sie mir eine Frage", sagte Knecht. „Der junge Mann hat doch von meiner baldigen Ankunft und von Ihren Absichten mit ihm und mir gewußt?"

„Selbstverständlich, Herr Magister, und er schien mit diesen

126

Absichten sogar nahezu zufrieden, zumindest war es ihm lieber, Sie zum Lehrer zu bekommen, als nochmals auf irgendeine Schule geschickt zu werden."

„Nun", meinte Knecht, „dann ist ja alles gut. Ihr Sohn, Signora, ist an sehr viel Freiheit gewöhnt, besonders in letzter Zeit, da ist ihm die Aussicht auf einen Erzieher und Zuchtmeister begreiflicherweise eher fatal. Und so hat er sich im Augenblick, ehe er dem neuen Lehrer übergeben werden sollte, davongemacht, vielleicht weniger in der Hoffnung, seinem Schicksal wirklich zu entlaufen, als in der Meinung, bei einem Aufschub könne er nichts verlieren. Und außerdem wollte er vermutlich seinen Eltern und dem von ihnen bestellten Schulmeister einen Puff geben und seinen Trotz gegen die ganze Welt der Erwachsenen und Lehrer zum Ausdruck bringen."

Designori war es lieb, daß Knecht den Vorfall so wenig tragisch nahm. Er selbst aber war voll Sorge und Beunruhigung, seinem liebenden Herzen schien jede Gefährdung des Sohnes möglich. Vielleicht, dachte er, war er allen Ernstes entflohen, vielleicht dachte er sogar daran, sich ein Leid anzutun? Ach, alles, was in der Erziehung dieses Knaben versäumt und falsch gemacht worden war, schien sich jetzt rächen zu sollen, grade im Augenblick, wo man es gutzumachen hoffte.

Gegen Knechts Rat bestand er darauf, daß etwas geschehe, etwas getan werde; er fühlte sich unfähig, den Schlag leidend und untätig hinzunehmen, und steigerte sich in eine Ungeduld und nervöse Aufgeregtheit hinein, die seinem Freunde höchlich mißfiel. So beschloß man denn, Botschaften in einige Häuser zu senden, in welchen Tito zuweilen bei Altersgenossen verkehrte. Knecht war froh, als Frau Designori gegangen war, um dies anzuordnen, und er den Freund für sich allein hatte.

„Plinio", sagte er, „du machst ein Gesicht, als hätte man dir deinen Sohn tot ins Haus getragen. Er ist kein kleines Kind mehr und wird weder unter einen Wagen geraten sein noch Tollkirschen gegessen haben. Also fasse dich, Lieber. Da das Söhnchen nicht da ist, erlaube mir, für einen Augenblick an seiner Stelle dich in die Schule zu nehmen. Ich habe dich ein wenig beobachtet und finde, daß du nicht eben gut in Form bist. In dem Augenblick, in dem ein Ath-

127

let einen unerwarteten Schlag oder Druck erleidet, macht seine Muskulatur wie von selbst die nötigen Bewegungen, dehnt oder duckt sich, und hilft ihm, der Lage Herr zu werden. So hättest du, Schüler Plinio, im Augenblick, als du den Schlag empfingst – oder was dir übertriebenerweise wie ein Schlag vorkam –, das erste Abwehrmittel bei seelischen Angriffen anwenden und auf langsame, sorgfältig beherrschte Atmung bedacht sein müssen. Statt dessen hast du geatmet wie ein Schauspieler, der Erschüttertsein darstellen muß. Du bist nicht gut genug gerüstet, ihr Weltleute scheinet dem Leiden und den Sorgen auf eine ganz besondere Art offenzustehen. Es hat etwas Hilfloses und Rührendes und manchmal, nämlich wenn es sich um echte Leiden handelt und das Martyrium Sinn hat, auch etwas Großartiges. Aber für den Alltag ist dieser Verzicht auf Abwehr keine Waffe; ich werde dafür sorgen, daß dein Sohn einmal besser gerüstet sein wird, wenn er es nötig hat. Und jetzt, Plinio, sei so gut und mache ein paar Übungen mit mir, damit ich sehe, ob du wirklich alles schon wieder verlernt hast."

Mit den Atemübungen, zu denen er streng rhythmische Kommandos gab, lenkte er den Freund heilsam von seiner Selbstquälerei ab, und danach fand er ihn auch willig, auf Vernunftgründe zu hören und den Schreckens- und Sorgenaufwand wieder abzubauen. Sie gingen in Titos Zimmer hinauf; mit Vergnügen betrachtete Knecht das Durcheinander knabenhafter Besitztümer, er griff nach einem auf dem Tischchen beim Bett liegenden Buch, sah ein darein gestecktes Stück Papier hervorragen, und siehe, es war ein Zettel mit einer Botschaft des Verschwundenen. Er reichte das Blatt Designori hin und lachte, und auch dessen Gesicht ward nun wieder hell. Auf dem Zettel teilte Tito seinen Eltern mit, er sei heute in aller Frühe aufgebrochen und reise allein ins Gebirge, wo er in Belpunt auf den neuen Lehrer warte. Man möge ihm, ehe seine Freiheit wieder so lästig beschränkt werde, dieses kleine Vergnügen gönnen, er habe einen unüberwindlichen Widerwillen dagegen, diese schöne kleine Reise in Begleitung des Lehrers, schon als Beaufsichtigter und Gefangener, zu machen.

„Sehr verständlich", meinte Knecht. „Ich werde ihm also morgen nachreisen und ihn wohl schon in deinem Land-

haus finden. Jetzt aber geh vor allem zu deiner Frau und
bringe ihr die Nachricht."

Für den Rest dieses Tages war die Stimmung im Hause heiter und entspannt. An jenem Abend hat Knecht auf Plinios
Drängen dem Freund in Kürze die Vorgänge der letzten
Tage und namentlich seine beiden Gespräche mit Meister
Alexander erzählt. An jenem Abend hat er auch einen wunderlichen Vers auf ein Zettelchen geschrieben, das heute
im Besitz Tito Designoris ist. Damit hat es folgende Be-
wandtnis:

Der Hausherr hatte ihn vor der Abendmahlzeit für eine
Stunde allein gelassen. Knecht sah einen Schrank voll alter
Bücher stehen, der seine Neugierde weckte. Auch dies war
ein Vergnügen, das er in vielen Jahren Enthaltsamkeit verlernt und beinah vergessen hatte und das ihn jetzt innig an
seine Studentenjahre erinnerte: vor unbekannten Büchern
stehen, aufs Geratewohl hineingreifen und sich da und dort
einen Band herausfischen, dessen Vergoldung oder Autor-
name, dessen Format oder Lederfarbe einen ansprach. Mit
Behagen überflog er vorerst die Titel auf den Bücherrücken
und stellte fest, daß es lauter schöne Literatur des neun-
zehnten und zwanzigsten Jahrhunderts sei, was er da vor
sich habe. Schließlich zog er einen abgebleichten Leinen-
band heraus, dessen Titel „Weisheit des Brahmanen" ihn
lockte. Stehend erst, dann sitzend blätterte er in dem Buch,
das viele Hunderte von Lehrgedichten enthielt, ein kurio-
ses Nebeneinander von lehrhafter Gesprächigkeit und wirk-
licher Weisheit, von Philistrosität und echtem Dichtergeist.
Es fehlte diesem sonderbaren und rührenden Buch, so
wollte es ihm scheinen, keineswegs an Esoterik, aber sie
stak in derben hausbackenen Schalen, und nicht jene Gedichte darin waren die hübschesten, in welchen wirklich
eine Lehre und Weisheit nach Gestalt strebte, sondern jene,
in welchen des Dichters Gemüt, sein Liebesvermögen,
seine Redlichkeit und Menschenliebe, sein bürgerlich ge-
diegener Charakter Ausdruck fand. Indem er mit einer eigenen Mischung von Respekt und Belustigung in das Buch
einzudringen versuchte, fiel ein Vers ihm in die Augen,
den er mit Befriedigung und Zustimmung in sich einließ
und dem er lächelnd zunickte, als sei er ihm eigens für diesen Tag entgegengeschickt. Er hieß:

Die Tage sehen wir, die teuren, gerne schwinden,
Um etwas Teureres herangereift zu finden:
Ein seltenes Gewächs, das wir im Garten treiben,
Ein Kind, das wir erziehn, ein Büchlein, das wir
    schreiben.

Er zog die Schublade des Schreibtisches, suchte und fand
ein Blättchen Papier und schrieb sich die Verse darauf ab.
Später zeigte er sie Plinio und sagte dazu: „Die Verse haben
mir gefallen, sie haben etwas Besonderes: so trocken und
zugleich so innig! Und sie passen so gut auf mich und
meine augenblickliche Lage und Stimmung. Wenn ich auch
kein Gärtner bin und meine Tage nicht der Pflege einer seltenen Pflanze widmen will, so bin ich doch ein Lehrer und
Erzieher und bin auf dem Wege zu meiner Aufgabe, zu
dem Kind, das ich erziehen will. Wie sehr freue ich mich
darauf! Was nun den Verfasser dieser Verse betrifft, den
Dichter Rückert, so hat er vermutlich diese drei edlen Pas-
sionen alle gehabt, die des Gärtners, die des Erziehers und
die des Autors, und grade diese wird wohl bei ihm den ersten Platz eingenommen haben, er nennt sie an letzter und
bedeutsamster Stelle, und er ist in den Gegenstand seiner
Passion so sehr verliebt, daß er zärtlich wird und ihn nicht
Buch, sondern ‚Büchlein‘ nennt. Wie rührend ist das.“
Plinio lachte. „Wer weiß“, meinte er, „ob das hübsche Dimi-
nutiv nicht bloß ein Kniff des Reimschmiedes ist, der an
dieser Stelle ein zweisilbiges Wort statt des einsilbigen
brauchte.“
„Wir wollen ihn doch nicht unterschätzen“, verteidigte sich
Knecht. „Ein Mann, der Zehntausende von Verszeilen in
seinem Leben geschrieben hat, läßt sich nicht von einer
schäbigen metrischen Notdurft in die Enge treiben. Nein,
höre doch nur hin, wie zärtlich und auch ein wenig verschämt das klingt: ein Büchlein, das wir schreiben! Vielleicht ist es auch nicht bloß Verliebtheit, was aus dem
‚Buch‘ ein ‚Büchlein‘ gemacht hat. Vielleicht ist es auch be-
schönigend und versöhnend gemeint. Vielleicht, ja wahrscheinlich war dieser Dichter ein so an sein Tun hingege-
ner Autor, daß er selber je und je seinen Hang zum Bücher-
machen als eine Art Leidenschaft und Laster empfand.
Dann hätte das Wort ‚Büchlein‘ nicht nur den verliebten

Sinn und Klang, sondern auch den beschönigenden, ableitenden, entschuldigenden, den der Spieler meint, wenn er nicht zu einem Spiel, sondern zu einem ‚Spielchen‘ einlädt, und der Trinker, wenn er noch ein ‚Gläschen‘ oder ‚Schöppchen‘ verlangt. Nun, das sind Vermutungen. Auf jeden Fall hat der Sänger zu dem Kind, das er erziehen, und dem Büchlein, das er schreiben will, meine volle Zustimmung und mein Mitgefühl. Denn nicht bloß die Leidenschaft des Erziehenwollens ist mir bekannt, nein, auch das Büchleinschreiben ist eine Passion, die mir nicht gar zu ferne liegt. Und jetzt, da ich mich vom Amt befreit habe, hat der Gedanke wieder etwas köstlich Lockendes für mich: einmal in Muße und bei guter Laune ein Buch zu schreiben, nein: ein Büchlein, eine kleine Schrift für Freunde und Gesinnungskameraden.“

„Und worüber?“ fragte Designori neugierig.

„Ach, einerlei, es käme auf den Gegenstand nicht an. Er würde mir nur ein Anlaß sein, mich einzuspinnen und das Glück zu genießen, viel freie Zeit zu haben. Worauf es mir dabei ankäme, das wäre der Ton, eine schickliche Mitte zwischen Ehrfurcht und Vertraulichkeit, zwischen Ernst und Spielerei, ein Ton nicht der Belehrung, sondern der freundschaftlichen Mitteilung und Aussprache über dies und jenes, was ich erfahren und gelernt zu haben glaube. Die Art, wie dieser Friedrich Rückert das Belehren und das Denken, das Mitteilen und Plaudern in seinen Versen mischt, wäre wohl nicht die meine, und doch spricht etwas in dieser Art mich liebenswürdig an, sie ist persönlich und doch nicht willkürlich, sie ist spielerisch und bindet sich doch an feste Formregeln, das gefällt mir. Nun, vorläufig werde ich zu den Freuden und Problemen des Büchleinschreibens nicht kommen, ich habe mich jetzt für anderes zusammenzuhalten. Aber später einmal, denke ich mir, könnte mir wohl noch das Glück einer Autorschaft blühen, wie sie mir vorschwebt, ein behagliches, aber sorgfältiges Anfassen der Dinge, nicht zum einsamen Vergnügen nur, sondern stets im Gedanken an einige wenige gute Freunde und Leser.“

Am nächsten Morgen trat Knecht seine Reise nach Belpunt an. Designori hatte ihm gestern erklärt, er wolle ihn dorthin begleiten, dies hatte er entschieden abgelehnt und, als jener doch noch ein Wort der Überredung wagte, ihn beinahe angefahren. „Der Junge", sagte er kurz, „wird genug zu tun haben, um dem fatalen neuen Lehrer zu begegnen und ihn zu verdauen, wir dürfen ihm nicht dazu auch noch den Anblick seines Vaters zumuten, der ihn grade jetzt schwerlich beglücken würde."

Während er in dem von Plinio für ihn gemieteten Reisewagen durch den frischen Septembermorgen fuhr, kehrte ihm die gute Reiselaune von gestern zurück. Er unterhielt sich des öftern mit dem Wagenführer, ließ zuweilen halten oder langsam fahren, wenn die Landschaft ihn anzog, spielte auch mehrmals die kleine Flöte. Es war eine schöne und spannende Fahrt, aus der Hauptstadt und Niederung den Vorbergen und weiter dem Hochgebirg entgegen, und zugleich führte sie aus dem zu Ende gehenden Sommer mehr und mehr in den Herbst hinein. Um Mittag etwa begann der letzte große Anstieg in großen Kurven durch schon spärlich werdenden Nadelwald, an schäumenden, zwischen Felsen brausenden Bergbächen hin, über Brücken und an einsam stehenden, schwer gemauerten, kleinfenstrigen Gehöften vorbei in die steinerne, immer strenger und rauher werdende Gebirgswelt hinein, in deren Härte und Ernst die vielen kleinen Blumenparadiese doppelt lieblich blühten.

Das kleine Landhaus, das man endlich erreichte, lag an einem Bergsee in den grauen Felsen versteckt, von denen es sich kaum abhob. Bei seinem Anblick empfand der Reisende die Strenge, ja Finsterkeit dieser dem rauhen Hochgebirge angepaßten Bauart; gleich darauf aber erhellte ein heiteres Lächeln sein Gesicht, denn in der offenstehenden Haustüre sah er eine Gestalt stehen, einen Jüngling in farbiger Jacke und kurzer Hose, es konnte nur sein Schüler Tito sein, und obwohl er dieses Flüchtlings wegen nicht eigentlich und ernstlich besorgt gewesen war, atmete er doch befreit und dankbar auf. Wenn Tito hier war und den Lehrer auf der Schwelle des Hauses begrüßte, so war alles gut, und es fiel manche Verwicklung dahin, deren Möglichkeit er unterwegs immerhin in Betracht gezogen hatte.

Der Knabe kam ihm entgegen, lächelnd und freundlich und ein klein wenig verlegen, er half ihm aussteigen und sagte dabei: „Es war nicht böse gemeint, daß ich Sie die Reise allein machen ließ." Und noch ehe Knecht hatte antworten können, fügte er zutraulich hinzu: „Ich glaube, Sie haben verstanden, wie es gemeint war. Sonst hätten Sie gewiß meinen Vater mitgebracht. Daß ich gut angekommen bin, habe ich ihm schon gemeldet."

Knecht drückte ihm lachend die Hand und ließ sich von ihm ins Haus führen, wo auch die Magd ihn begrüßte und ihm ein baldiges Abendessen verhieß. Als er nun, einem ungewohnten Bedürfnis nachgehend, sich vor Tisch ein wenig auf das Ruhebett legte, wurde ihm erst bewußt, daß er von der schönen Wagenfahrt merkwürdig ermüdet, ja erschöpft war, und während er den Abend mit seinem Schüler verplauderte und sich dessen Sammlungen von Bergblumen und Schmetterlingen zeigen ließ, nahm diese Müdigkeit noch zu, er fühlte sogar etwas wie Schwindel, eine noch nie empfundene Leere im Kopf und eine lästige Schwäche und Ungleichmäßigkeit des Herzschlags. Doch blieb er bis zur vereinbarten Schlafenszeit mit Tito sitzen und gab sich Mühe, nichts von seinem Unwohlsein merken zu lassen. Der Schüler wunderte sich ein wenig darüber, daß der Magister kein Wort von Schulbeginn, Stundenplan, letzten Zeugnissen und dergleichen Dingen sagte, ja, als Tito einen Versuch wagte, diese gute Stimmung auszunützen, und für morgen früh einen größeren Spaziergang vorschlug, um den Lehrer mit der neuen Umgebung bekannt zu machen, wurde der Vorschlag freundlich angenommen.

„Ich freue mich auf diesen Gang", fügte Knecht hinzu, „und will Sie auch gleich um einen Gefallen bitten. Ich habe beim Betrachten Ihrer Pflanzensammlung sehen können, daß Sie von den Bergpflanzen weit mehr wissen als ich. Es ist ja unter andrem der Zweck unsres Zusammenlebens, daß wir unsere Kenntnisse austauschen und einander angleichen; beginnen wir damit, daß Sie mein geringes botanisches Wissen überprüfen und mir auf diesem Gebiet etwas vorwärtshelfen."

Als sie einander gute Nacht gewünscht hatten, war Tito sehr zufrieden und faßte gute Vorsätze. Wieder hatte dieser Magister Knecht ihm sehr gefallen. Ohne daß er hohe Worte brauchte und von Wissenschaft, Tugend, Geistesadel und dergleichen sprach, wie es die Schulprofessoren gern taten, hatte dieser heitere, freundliche Mann etwas in seinem Wesen und in seiner Rede, was verpflichtete und die

133

edlen, guten, ritterlichen, die höheren Strebungen und
Kräfte anrief. Es konnte ein Vergnügen, ja ein Verdienst
sein, einen beliebigen Schulmeister zu hintergehen und zu
überlisten, aber vor diesem Manne konnte man auf solche
Gedanken gar nicht kommen. Er war – ja, was und wie war
er denn? Tito sann darüber nach, was es denn sei, das ihm
an dem Fremden so gefalle und zugleich imponiere, und
fand, daß es dessen Adel, seine Vornehmheit, sein Herrentum sei. Dies war es, was ihn vor allem anzog. Dieser Herr
Knecht war vornehm, er war ein Herr, ein Edelmann, obwohl niemand seine Familie kannte und sein Vater möglicherweise ein Schuster gewesen war. Er war edler und vornehmer als die meisten Männer, welche Tito kannte, vornehmer auch als sein Vater. Der Jüngling, der die
patrizischen Instinkte und Traditionen seines Hauses hoch-
schätzte und es seinem Vater nicht verzieh, daß er von
ihnen abgewichen war, begegnete hier zum erstenmal dem
geistigen, dem erzogenen Adel, jener Macht, welche unter
glücklichen Bedingungen gelegentlich das Wunder wirken
kann, unter Überspringung einer langen Ahnen- und Gene-
rationenfolge innerhalb eines einzigen Menschenlebens aus
einem Plebejerkind einen Hochadligen zu machen. Es regte
sich in dem feurigen und stolzen Jüngling die Ahnung, daß
dieser Art von Adel anzugehören und zu dienen ihm vielleicht zur Pflicht und Ehre werden könnte, daß vielleicht
hier, erschienen und verkörpert in der Gestalt dieses Lehrers, der bei aller Sanftheit und Freundlichkeit doch durch
und durch ein Herr war, sich ihm der Sinn seines Lebens
nähere und ihm Ziele zu setzen bestimmt sei.
Knecht legte sich, nachdem er in sein Zimmer begleitet
worden war, nicht sogleich nieder, obwohl ihn sehr danach
verlangte. Der Abend hatte ihm Mühe gemacht, es war ihm
schwergefallen und lästig gewesen, sich vor dem jungen
Mann, der ihn ohne Zweifel gut beobachtete, in Ausdruck,
Haltung und Stimme so zusammenzunehmen, daß dieser
nichts von seiner eigentümlichen, inzwischen noch gewach-
senen Müdigkeit oder Verstimmung oder Krankheit merke.
Immerhin, es schien geglückt zu sein. Jetzt aber mußte er
dieser Leere, diesem Unwohlsein, diesem bangen Schwin-
delgefühl, dieser Todmüdigkeit, die zugleich auch Unruhe
war, begegnen und Herr werden, zunächst indem er sie er-

kannte und verstehen lernte. Dies nun gelang nicht allzuschwer, wenn auch erst nach einer geraumen Weile. Sein Kranksein hatte, wie er fand, keine andre Ursache als die heutige Reise, die ihn in so kurzer Zeit aus der Ebene in eine Höhe von wohl zweitausend Meter gebracht hatte. Er hatte, des Aufenthaltes in solchen Höhen seit einigen wenigen Ausflügen seiner frühen Jugend ungewohnt, diese rasche Steigung schlecht ertragen. Wahrscheinlich würde er mindestens noch einen Tag oder zwei an diesem Übel zu leiden haben, und sollte es dann wirklich nicht vergangen sein, nun, so mußte er mit Tito und der Haushälterin heimkehren, dann war Plinios Plan mit diesem hübschen Belpunt eben mißlungen. Es wäre schade, aber kein großes Unglück.

Nach diesen Erwägungen legte er sich zu Bett und brachte die Nacht, ohne viel Schlaf zu finden, teils mit einem Überblick über seine Reise seit dem Abschied von Waldzell, teils mit Versuchen zur Beruhigung des Herzschlages und der erregten Nerven hin. Auch an seinen Schüler dachte er viel, mit Wohlgefallen, aber ohne Pläne zu machen; es schien ihm besser, dies edle, aber ungebärdige Füllen lediglich durch Wohlwollen und Gewöhnung zu zähmen, hier durfte nichts übereilt und erzwungen werden. Er dachte den Jungen allmählich zum Bewußtsein seiner Gaben und Kräfte zu bringen und zugleich jene edle Neugierde, jenes adlige Ungenügen in ihm zu nähren, das der Liebe zu den Wissenschaften, zum Geist und zum Schönen die Kraft gibt. Die Aufgabe war schön, und sein Schüler war ja nicht nur ein beliebiges junges Talent, das man wecken und in Form bringen mußte; er war als einziger Sohn eines einflußreichen und begüterten Patriziers auch ein künftiger Herr, einer der gesellschaftlichen und politischen Mitgestalter von Land und Volk, zu Beispiel und Führung bestimmt. Kastalien war dieser alten Familie Designori etwas schuldig geblieben; es hatte den ihm einst anvertrauten Vater dieses Tito nicht gründlich genug erzogen, es hatte ihn für seine schwierige Stellung zwischen Welt und Geist nicht stark genug gemacht, und dadurch war nicht nur der begabte und liebenswerte junge Plinio ein unglücklicher Mensch mit einem unausgeglichenen und schlecht bewältigten Leben, es war auch sein einziger

135

Sohn noch gefährdet und in die väterliche Problematik mit hineingezogen worden. Da war etwas zu heilen und wiedergutzumachen, etwas wie eine Schuld war abzutragen, und ihm machte es Freude und schien es sinnvoll, daß diese Aufgabe gerade ihm zufiel, dem Ungehorsamen und scheinbar Abtrünnigen.

Am Morgen, als er im Hause erwachendes Leben spürte, stand er auf, fand beim Bette einen Bademantel bereitgelegt, den er über seinem leichten Schlafkleide anzog, und trat, wie es ihm Tito am Vorabend gezeigt hatte, durch eine hintere Haustür in den halboffenen Gang, der das Haus mit der Badehütte und dem See verband.

Vor ihm lag der kleine See graugrün und unbewegt, jenseits ein steiler hoher Felsabhang, mit scharfem, schartigem Grat in den dünnen, grünlichen, kühlen Morgenhimmel schneidend, schroff und kalt im Schatten. Doch war hinter diesem Grat spürbar schon die Sonne aufgestiegen, ihr Licht blinkte da und dort in winzigen Splittern an einer scharfen Steinkante, es konnte nur noch Minuten dauern, so würde über den Zacken des Berges die Sonne erscheinen und See und Hochtal mit Licht überfluten. Aufmerksam und ernst gestimmt betrachtete Knecht das Bild, dessen Stille, Ernst und Schönheit er als unvertraut und dennoch ihn angehend und mahnend empfand. Stärker noch als bei der gestrigen Fahrt spürte er die Wucht, die Kühle und würdevolle Fremdheit der Hochgebirgswelt, die dem Menschen nicht entgegenkommt, ihn nicht einlädt, ihn kaum duldet. Und es schien ihm sonderbar und bedeutungsvoll, daß sein erster Schritt in die neue Freiheit des Weltlebens ihn gerade hierher, in diese stille und kalte Größe geführt hatte.

Tito erschien, in der Badehose, er gab dem Magister die Hand und sagte, auf die Felsen gegenüber deutend: „Sie kommen im rechten Augenblick, gleich wird die Sonne aufgehen. Ach, es ist herrlich hier oben." Freundlich nickte Knecht ihm zu. Er wußte längst, daß Tito ein Frühaufsteher, Läufer, Ringer und Wanderer sei, schon aus Protest gegen die läßliche, unsoldatisch bequeme Haltung und Lebensführung seines Vaters, wie er auch aus ebendiesem Grunde den Wein verschmähte. Diese Gewohnheiten und Neigungen führten zwar gelegentlich zur Pose des Naturburschentums und der Geistverachtung – der Hang zum Übertreiben schien allen Designori angeboren –, Knecht aber hieß sie willkommen und war entschlossen, auch die Sportkameradschaft als eines der Mittel zur Gewinnung und Zähmung des feurigen Jünglings zu benützen. Es war ein Mittel unter mehreren, und keines der wichtigsten, die Musik zum Beispiel würde viel weiter führen. Auch dachte er natürlich nicht daran, dem jungen Manne sich in körperlichen Übungen gleichstellen, ihn gar übertreffen zu wollen. Ein harmloses Mittun würde genügen, um dem Jüngling zu zeigen, sein Erzieher sei weder ein Feigling noch ein Stubenhocker.

Tito blickte gespannt nach dem finsteren Felsgrat hinüber, hinter dem der Himmel im Morgenlicht wogte. Jetzt blitzte ein Stückchen des Steinrückens heftig auf wie glühendes und eben im Schmelzen begriffenes Metall, der Grat wurde unscharf und schien plötzlich niedriger geworden, schien schmelzend hinabzusinken, und aus der glühenden Lücke trat blendend das Gestirn des Tages. Zugleich wurden Erdboden, Haus, Badehütte und diesseitiges Seeufer beschienen, und die beiden Gestalten, in der starken Strahlung stehend, empfanden alsbald die wohlige Wärme dieses Lichtes. Der Knabe, erfüllt von der feierlichen Schönheit des Augenblicks und dem beglückenden Gefühl seiner Jugend und Kraft, reckte die Glieder mit rhythmischen Bewegungen der Arme, welchen bald der ganze Körper folgte, um in einem enthusiastischen Tanz den Tagesanbruch zu feiern und sein inniges Einverständnis mit den um ihn wogenden und strahlenden Elementen auszudrücken. Seine Schritte flogen der siegreichen Sonne freudig huldigend entgegen, wichen ehrfürchtig vor ihr zurück, die ausgebreiteten Arme zogen Berg, See und Himmel an sein Herz, niederkniend schien er der Erdmutter, händebreitend den Wassern des Sees zu huldigen und sich, seine Jugend, seine Freiheit, sein innig aufflammendes Lebensgefühl wie eine festliche Opfergabe den Mächten anzubieten. Auf seinen braunen Schultern spiegelte das Sonnenlicht, seine Augen waren gegen die Blendung halb geschlossen, das junge Gesicht starrte maskenhaft in einem Ausdruck von begeistertem, beinahe fanatischem Ernst.

Der Magister war, auch er, vom feierlichen Schauspiel des

anbrechenden Tages in dieser felsig schweigenden Einsamkeit ergriffen und bewegt. Mehr aber als dieser Anblick ergriff und fesselte ihn der menschliche Vorgang vor seinen Augen, der festliche Morgen- und Sonnenbegrüßungstanz seines Schülers, der den halbfertigen, von Launen beherrschten Jüngling in einen wie gottesdienstlichen Ernst hinanhob und ihm, dem Zuschauer, seine tiefsten und edelsten Neigungen, Begabungen und Bestimmungen in einem Augenblick ebenso plötzlich, strahlend und enthüllend eröffnete, wie das Erscheinen der Sonne dies kalte finstere Bergseetal erschlossen und durchleuchtet hatte. Stärker noch und bedeutender erschien ihm der junge Mensch, als er ihn sich bisher gedacht hatte, aber auch härter, unzugänglicher, geistferner, heidnischer. Dieser Fest- und Opfertanz des panisch Begeisterten war mehr, als die Reden und Verse des jungen Plinio einst gewesen waren, er rückte ihn um manche Stufe höher, ließ ihn aber auch fremder, ungreifbarer, dem Anruf unerreichbarer erscheinen.

Der Knabe selbst war von diesem Enthusiasmus ergriffen worden, ohne zu wissen, wie ihm geschah. Es war nicht etwa ein ihm schon bekannter, von ihm schon getanzter oder versuchter Tanz, den er ausführte; es war kein ihm schon geläufiger, von ihm erfundener Ritus der Sonnen- und Morgenfeier, und es hatte, wie er erst etwas später erkennen sollte, an seinem Tanz und seiner magischen Besessenheit nicht nur Gebirgsluft, Sonne, Morgen und Freiheitsgefühl teil, sondern nicht minder die auf ihn wartende Wandlung und Stufe seines jungen Lebens, erschienen in der so freundlichen wie ehrfurchtfordernden Gestalt des Magisters. Vieles traf in dieser Morgenstunde im Schicksal des jungen Tito und in seiner Seele zusammen, um die Stunde vor tausend andern als eine hohe, festliche, geweihte auszuzeichnen. Ohne zu wissen, was er tue, ohne Kritik und ohne Argwohn, tat er, was der selige Augenblick von ihm verlangte, tanzte seine Andacht, betete zur Sonne, bekannte in hingegebenen Bewegungen und Gebärden seine Freude, seinen Lebensglauben, seine Frömmigkeit und Ehrfurcht, brachte stolz zugleich und ergeben der Sonne und den Göttern im Tanz seine fromme Seele zum Opfer dar und nicht minder dem Bewunderten und auch Gefürchteten, dem Weisen und Musiker, dem aus geheimnisvollen Bezirken kommenden Meister des magischen Spieles, seinem künftigen Erzieher und Freunde.

Dies alles, gleich dem Lichtrausch des Sonnenaufgangs, währte nur Minuten. Ergriffen sah Knecht dem wunderbaren Schauspiel zu, in welchem der Schüler vor seinen Augen sich verwandelte und enthüllte, ihm neu und fremd und vollwertig als seinesgleichen entgegentrat. Beide standen sie auf dem Gehsteige zwischen Haus und Hütte, von der Lichtfülle aus Osten gebadet und vom Wirbel des eben Erlebten tief erregt, als Tito, kaum hatte er den letzten Schritt seines Tanzes getan, aus dem Glückstaumel erwachte und wie ein beim einsamen Spielen überraschtes Tier stehenblieb, gewahr werdend, daß er nicht allein sei, daß er nicht nur Ungewöhnliches erlebt und getan, sondern auch einen Zuschauer dabei gehabt habe. Blitzschnell folgte er dem ersten Einfall, der ihm ermöglichte, aus der Lage zu entkommen, die er plötzlich als irgendwie gefährlich und beschämend zu erkennen meinte, und die Zauber dieser wunderlichen Augenblicke, die ihn so völlig eingesponnen und überwältigt hatten, kräftig zu durchbrechen.

Sein eben noch alterslos maskenstrenges Gesicht nahm einen kindlichen und etwas törichten Ausdruck an, wie das eines allzu plötzlich aus tiefem Schlaf Geweckten, er wiegte sich ein wenig in den Knien, blickte dem Lehrer dummerstaunt ins Gesicht und streckte mit plötzlicher Eile, als falle ihm soeben etwas Wichtiges, beinahe schon Versäumtes ein, den rechten Arm mit zeigender Gebärde aus, auf das jenseitige Seeufer weisend, das wie die Hälfte der Seebreite noch in dem großen Schatten lag, den der vom Morgenstrahl bezwungene Felsberg allmählich immer enger um seine Basis zusammenzog.

„Wenn wir sehr schnell schwimmen", rief er hastig und knabeneifrig, „so können wir grade noch vor der Sonne am andern Ufer sein."

Die Worte waren kaum hervorgestoßen, die Parole zum Wettschwimmen mit der Sonne kaum erteilt, so war Tito mit einem gewaltigen Satz, den Kopf voran, im See verschwunden, als könne er, sei es aus Übermut oder aus Verlegenheit, gar nicht rasch genug sich davonmachen und die vorangegangene feierliche Szene in gesteigerter Tätigkeit vergessen machen. Das Wasser spritzte auf und schlug über ihm zusammen, einige Augenblicke später erschienen Kopf, Schultern und Arme wieder und blieben, sich rasch entfernend, auf dem blaugrünen Spiegel sichtbar.

Knecht hatte, als er hier herauskam, keineswegs im Sinne gehabt, zu baden und zu schwimmen, es war ihm viel zu kühl und nach der halbkrank verbrachten Nacht viel zu wenig wohl gewesen. Jetzt, in der schönen Sonne, angeregt durch das soeben Geschaute, kameradschaftlich eingeladen und angerufen von seinem Zögling, fand er das Wagnis weniger abschreckend. Vor allem aber fürchtete er, es möchte das, was diese Morgenstunde angebahnt und versprochen hatte, wieder versinken und verlorengehen, wenn er jetzt den Jungen allein ließe und enttäuschte, indem er in kühler erwachsener Vernünftigkeit die Kraftprobe ablehnte. Wohl warnte ihn das Gefühl von Unsicherheit und Schwäche, das er sich durch die rasche Bergreise zugezogen hatte, aber vielleicht ließ dies Unwohlsein sich grade durch Zwang und rauhes Zugreifen am schnellsten überwinden. Der Anruf war stärker als die Warnung, der Wille stärker als der Instinkt. Eilig zog er den leichten Morgenmantel aus, holte tief Atem und warf sich an derselben Stelle ins Wasser, an der sein Schüler untergetaucht war.

Der See, aus Gletscherwassern gespeist und selbst im wärmsten Sommer nur für sehr Abgehärtete bekömmlich, empfing ihn mit einer Eiseskälte von schneidender Feindseligkeit. Er war auf einen tüchtigen Schauder gefaßt gewesen, nicht aber auf diese grimmige Kälte, die ihn ringsum wie mit lodernden Flammen umfaßte und nach einem Augenblick aufwallenden Brennens rasch in ihn einzudringen begann. Er war nach dem Absprung schnell wieder emporgetaucht, entdeckte mit großem Vorsprung vor sich den Schwimmer Tito wieder, fühlte sich von dem Eisigen, Wilden, Feindseligen bitter bedrängt und glaubte noch um die Verringerung des Abstandes, um das Ziel des Wettschwimmens, um die Achtung und Kameradschaft, um die Seele des Knaben zu kämpfen, als er schon mit dem Tode kämpfte, der ihn gestellt und zum Ringen umarmt hatte. Mit allen Kräften kämpfend, hielt er ihm stand, solange das Herz noch schlug.

Der junge Schwimmer hatte des öftern zurückgeblickt und mit Genugtuung wahrgenommen, daß der Magister ihm ins

140

Wasser gefolgt sei. Nun spähte er wieder, sah den andern nicht mehr, wurde unruhig, spähte und rief, kehrte um und beeilte sich, um ihm beizustehen. Er fand ihn nicht mehr und suchte schwimmend und tauchend so lange nach dem Versunkenen, bis in der bittern Kälte auch ihm die Kräfte schwanden. Taumelnd und atemlos kam er endlich an Land, sah den Bademantel am Ufer liegen, hob ihn auf und begann sich damit mechanisch Leib und Glieder abzureiben, bis die erstarrte Haut sich wieder erwärmte. In der Sonne setzte er sich nieder wie betäubt, starrte ins Wasser, dessen kühles Blaugrün ihn jetzt wunderlich leer, fremd und böse anblickte, und fühlte sich von Ratlosigkeit und tiefer Traurigkeit ergriffen, als mit dem Schwinden der körperlichen Schwäche das Bewußtsein und der Schreck über das Geschehene wiederkehrte.

O weh, dachte er entsetzt, nun bin ich an seinem Tode schuldig! Und erst jetzt, wo kein Stolz zu wahren und kein Widerstand mehr zu leisten war, spürte er im Weh seines erschrockenen Herzens, wie lieb er diesen Mann schon gehabt hatte. Und indem er sich, trotz allen Einwänden, an des Meisters Tode mitschuldig fühlte, überkam ihn mit heiligem Schauer die Ahnung, daß diese Schuld ihn selbst und sein Leben umgestalten und viel Größeres von ihm fordern werde, als er bisher je von sich verlangt hatte.

Josef Knechts
hinterlassene Schriften

Die Gedichte des Schülers und Studenten

Klage

Uns ist kein Sein vergönnt. Wir sind nur Strom,
Wir fließen willig allen Formen ein:
Dem Tag, der Nacht, der Höhle und dem Dom,
Wir gehn hindurch, uns treibt der Durst nach Sein.

So füllen Form um Form wir ohne Rast,
Und keine wird zur Heimat uns, zum Glück, zur
    Not,
Stets sind wir unterwegs, stets sind wir Gast,
Uns ruft nicht Feld noch Pflug, uns wächst kein Brot.

Wir wissen nicht, wie Gott es mit uns meint,
Er spielt mit uns, dem Ton in seiner Hand,
Der stumm und bildsam ist, nicht lacht noch weint,
Der wohl geknetet wird, doch nie gebrannt.

Einmal zu Stein erstarren! Einmal dauern!
Danach ist unsre Sehnsucht ewig rege,
Und bleibt doch ewig nur ein banges Schauern,
Und wird doch nie zur Rast auf unsrem Wege.

Entgegenkommen

Die ewig Unentwegten und Naiven
Ertragen freilich unsre Zweifel nicht.
Flach sei die Welt, erklären sie uns schlicht,
Und Faselei die Sage von den Tiefen.

Denn sollt es wirklich andre Dimensionen
Als die zwei guten, altvertrauten geben,

Wie könnte da ein Mensch noch sicher wohnen,
Wie könnte da ein Mensch noch sorglos leben?

Um also einen Frieden zu erreichen,
So laßt uns eine Dimension denn streichen!

Denn sind die Unentwegten wirklich ehrlich,
Und ist das Tiefensehen so gefährlich,
Dann ist die dritte Dimension entbehrlich.

Doch heimlich dürsten wir ...

Anmutig, geistig, arabeskenzart
Scheint unser Leben sich wie das von Feen
In sanften Tänzen um das Nichts zu drehen,
Dem wir geopfert Sein und Gegenwart.

Schönheit der Träume, holde Spielerei,
So hingehaucht, so reinlich abgestimmt,
Tief unter deiner heitern Fläche glimmt
Sehnsucht nach Nacht, nach Blut, nach Barbarei.

Im Leeren dreht sich, ohne Zwang und Not,
Frei unser Leben, stets zum Spiel bereit,
Doch heimlich dürsten wir nach Wirklichkeit,
Nach Zeugung und Geburt, nach Leid und Tod.

Buchstaben

Gelegentlich ergreifen wir die Feder
Und schreiben Zeichen auf ein weißes Blatt,
Die sagen dies und das, es kennt sie jeder,
Es ist ein Spiel, das seine Regeln hat.

Doch wenn ein Wilder oder Mondmann käme
Und solches Blatt, solch furchig Runenfeld
Neugierig forschend vor die Augen nähme,
Ihm starrte draus ein fremdes Bild der Welt,
Ein fremder Zauberbildersaal entgegen.

Er sähe A und B als Mensch und Tier,
Als Augen, Zungen, Glieder sich bewegen,
Bedächtig dort, gehetzt von Trieben hier,
Er läse wie im Schnee den Krähentritt,
Er liefe, ruhte, litte, flöge mit
Und sähe aller Schöpfung Möglichkeiten
Durch die erstarrten schwarzen Zeichen spuken,
Durch die gestabten Ornamente gleiten,
Säh Liebe glühen, sähe Schmerzen zucken.
Er würde staunen, lachen, weinen, zittern,
Da hinter dieser Schrift gestabten Gittern
Die ganze Welt in ihrem blinden Drang
Verkleinert ihm erschiene, in die Zeichen
Verzwergt, verzaubert, die in steifem Gang
Gefangen gehn und so einander gleichen,
Daß Lebensdrang und Tod, Wollust und Leiden
Zu Brüdern werden, kaum zu unterscheiden ...
Und endlich würde dieser Wilde schreien
Vor unerträglicher Angst, und Feuer schüren
Und unter Stirnaufschlag und Litaneien
Das weiße Runenblatt den Flammen weihen.
Dann würde er vielleicht einschlummernd spüren,
Wie diese Un-Welt, dieser Zaubertand,
Dies Unerträgliche zurück ins Niegewesen
Gesogen würde und ins Nirgendland,
Und würde seufzen, lächeln und genesen.

Beim Lesen in einem alten Philosophen

Was gestern noch voll Reiz und Adel war,
Jahrhundertfrucht erlesener Gedanken,
Plötzlich erblaßt's, wird welk und Sinnes bar,
Wie eine Notenschrift, aus deren Ranken

Man Kreuz und Schlüssel löschte; es entwich
Aus einem Bau der magische Schwerpunkt,
    lallend
Wankt's auseinander und zerludert sich,
Was Harmonie schien, ewig widerhallend.

So kann ein altes weises Angesicht,
Das liebend wir bewundert, sich zerknittern
Und todesreif sein geistig strahlend Licht
In kläglich irrem Fältchenspiel verzittern.

So kann ein Hochgefühl in unsern Sinnen
Sich, kaum gefühlt, verfratzen zu Verdruß,
Als wohne längst schon die Erkenntnis innen,
Daß alles faulen, welken, sterben muß.

Und über diesem eklen Leichentale
Reckt dennoch schmerzvoll, aber unverderblich,
Der Geist voll Sehnsucht glühende Fanale,
Bekriegt den Tod und macht sich selbst
    unsterblich.

Der letzte Glasperlenspieler

Sein Spielzeug, bunte Perlen, in der Hand,
Sitzt er gebückt, es liegt um ihn das Land
Verheert von Krieg und Pest, auf den Ruinen
Wächst Efeu, und im Efeu summen Bienen.
Ein müder Friede mit gedämpftem Psalter
Durchtönt die Welt, ein stilles Greisenalter.
Der Alte seine bunten Perlen zählt,
Hier eine blaue, eine weiße faßt,
Da eine große, eine kleine wählt
Und sie im Ring zum Spiel zusammenpaßt.
Er war einst groß im Spiel mit den Symbolen,
War vieler Künste, vieler Sprachen Meister,
War ein weltkundiger, ein weitgereister,
Berühmter Mann, gekannt bis zu den Polen,
Umgeben stets von Schülern und Kollegen.
Jetzt blieb er übrig, alt, verbraucht, allein,
Es wirbt kein Jünger mehr um seinen Segen,
Es lädt ihn kein Magister zum Disput;
Sie sind dahin, und auch die Tempel, Bücherein,
Schulen Kastaliens sind nicht mehr ... Der Alte ruht
Im Trümmerfeld, die Perlen in der Hand,
Hieroglyphen, die einst viel besagten,

Nun sind sie nur noch bunte gläserne Scherben.
Sie rollen lautlos aus des Hochbetagten
Händen dahin, verlieren sich im Sand . . .

Zu einer Toccata von Bach

Urschweigen starrt . . . Es waltet Finsternis . . .
Da bricht ein Strahl aus zackigem Wolkenriß,
Greift Weltentiefen aus dem blinden Nichtsein,
Baut Räume auf, durchwühlt mit Licht die Nacht,
Läßt Grat und Gipfel ahnen, Hang und Schacht,
Läßt Lüfte locker blau, läßt Erde dicht sein.

Es spaltet schöpferisch zu Tat und Krieg
Der Strahl entzwei das keimend Trächtige:
Aufglänzt entzündet die erschrockne Welt.
Es wandelt sich, wohin die Lichtsaat fällt,
Es ordnet sich und tönt die Prächtige
Dem Leben Lob, dem Schöpfer Lichte Sieg.

Und weiter schwingt sich, gottwärts rückbezogen,
Und drängt durch aller Kreatur Getriebe
Dem Vater Geiste zu der große Drang.
Er wird zu Lust und Not, zu Sprache, Bild,
    Gesang,
Wölbt Welt um Welt zu Domes Siegesbogen,
Ist Trieb, ist Geist, ist Kampf und Glück,
    ist Liebe.

Ein Traum

In einem Kloster im Gebirg zu Gast,
Trat ich, da alle beten gangen waren,
In einen Büchersaal. Im Abendsonnenglast
Still glänzten an der Wand mit wunderbaren
Inschriften tausend pergamentene Rücken.
Voll Wißbegierde griff ich und Entzücken
Ein erstes Buch zur Probe, nahm und las:
„Zur Zirkelquadratur der letzte Schritt."

Dies Buch, so dacht ich rasch, nehm ich mir mit!
Ein andres Buch, goldlederner Quartant,
Auf dessen Rücken klein geschrieben stand:
„Wie Adam auch vom andern Baume aß" . . .
Vom andern Baum? Von welchem: Dem des Lebens!
So ist Adam unsterblich? Nicht vergebens,
So sah ich, war ich hier, und einen Folianten
Erblickt ich, der an Rücken, Schnitt und Kanten
In regenbogenfarbenen Tönen strahlte.
Sein Titel lautete, der handgemalte:
„Der Farben und der Töne Sinn-Entsprechung.
Nachweis, wie jeder Farb und Farbenbrechung
Als Antwort eine Tonart zugehöre."
O wie verheißungsvoll die Farbenchöre
Mir funkelten! Und ich begann zu ahnen,
Und jeder Griff nach einem Buch bewies es:
Dies war die Bücherei des Paradieses;
Auf alle Fragen, die mich je bedrängten,
Alle Erkenntnisdürste, die mich je versengten,
War Antwort hier und jedem Hunger Brot
Des Geistes aufbewahrt. Denn wo ich einen Band
Mit schnellem Blick befragte, jedem stand
Ein Titel angeschrieben voll Versprechen;
Es war hier vorgesorgt für jede Not,
Es waren alle Früchte hier zu brechen,
Nach welchen je ein Schüler ahnend bangte,
Nach welchen je ein Meister wagend langte.
Es war der Sinn, der innerste und reinste,
Jedweder Weisheit, Dichtung, Wissenschaft,
War jeder Fragestellung Zauberkraft
Samt Schlüssel und Vokabular, es war die feinste
Essenz des Geistes hier in unerhörten,
Geheimen Meisterbüchern aufbewahrt.
Die Schlüssel lagen hier zu jeder Art
Von Frage und Geheimnis und gehörten
Dem, dem der Zauberstunde Gunst sie bot.

So legt ich denn, mir zitterten die Hände,
Aufs Lesepult mir einen dieser Bände,
Entzifferte die magische Bilderschrift,
So, wie im Traum man oft das Niegelernte

Halb spielend unternimmt und glücklich trifft.
Und alsbald war beschwingt ich in besternte
Geisträume unterwegs, dem Tierkreis eingebaut,
In welchen alles, was an Offenbarung
Der Völker Ahnung bildlich je erschaut,
Erbe jahrtausendalter Welterfahrung,
Harmonisch sich zu immer neuen Bindungen
Begegnete und eins aufs andre rückbezog,
Alten Erkenntnissen, Sinnbildern, Findungen
Stets neue, höhere Frage jung entflog,
So daß ich lesend, in Minuten oder Stunden,
Der ganzen Menschheit Weg noch einmal ging
Und ihrer ältesten und jüngsten Kunden
Gemeinsam inneren Sinn in mir empfing.
Ich las und sah der Bilderschrift Gestalten
Sich miteinander paaren, rückentfalten,
Zu Reigen ordnen, auseinanderfließen
Und sich in neue Bindungen ergießen,
Kaleidoskop sinnbildlicher Figuren,
Die unerschöpflich neuen Sinn erfuhren.

Und wie ich so, von Schauungen geblendet,
Vom Buch aufsah zu kurzer Augenrast,
Sah ich: ich war hier nicht der einzige Gast.
Es stand im Saal, den Büchern zugewendet,
Ein alter Mann, vielleicht der Archivar,
Den sah ich ernsthaft, seines Amts beflissen,
Beschäftigt bei den Büchern, und es war
Der eifrigen Arbeit Art und Sinn zu wissen
Mir seltsam wichtig. Dieser alte Mann,
So sah ich, nahm mit zarter Greisenhand
Ein Buch heraus, las, was auf Buches Rücken
Geschrieben stand, hauchte aus blassem Munde
Den Titel an – ein Titel zum Entzücken,
Gewähr für manche köstliche Lesestunde! –
Löscht' ihn mit wischendem Finger leise fort,
Schrieb lächelnd einen neuen, einen andern,
Ganz andern Titel drauf, begann zu wandern
Und griff nach einem Buch bald da, bald dort,
Löscht' seinen Titel aus, schrieb einen andern.

Verwirrt sah ich ihm lange zu und kehrte,
Da mein Verstand sich zu begreifen wehrte,
Zurück zum Buch, drin ich erst wenig Zeilen
Gelesen hatte; doch die Bilderfolgen,
Die eben mich beseligt, fand ich nimmer,
Es löste sich und schien mir zu enteilen
Die Zeichenwelt, in der ich kaum gewandelt
Und die so reich vom Sinn der Welt gehandelt;
Sie wankte, kreiste, schien sich zu verwolken,
Und im Zerfließen ließ sie nichts zurück
Als leeren Pergamentes grauen Schimmer.
Auf meiner Schulter spürt ich eine Hand
Und blickte auf, der fleißige Alte stand
Bei mir, und ich erhob mich. Lächelnd nahm
Er nun mein Buch, ein Schauer überkam
Mich wie ein Frieren, und sein Finger glitt
Wie Schwamm darüber; auf das leere Leder
Schrieb neue Titel, Fragen und Versprechungen,
Schrieb ältester Fragen neuste jüngste
      Brechungen
Sorgfältig buchstabierend seine Feder.
Dann nahm er Buch und Feder schweigend mit.

Dienst

Im Anfang herrschten jene frommen Fürsten,
Feld, Korn und Pflug zu weihen und das Recht
Der Opfer und der Maße im Geschlecht
Der Sterblichen zu üben, welche dürsten

Nach der Unsichtbaren gerechtem Walten,
Das Sonn und Mond im Gleichgewichte hält,
Und deren ewig strahlende Gestalten
Des Leids nicht kennen und des Todes Welt.

Längst ist der Göttersöhne heilige Reihe
Erloschen, und die Menschheit blieb allein,
In Lust und Leides Taumel, fern vom Sein,
Ein ewiges Werden ohne Maß und Weihe.

Doch niemals starb des wahren Lebens Ahnung,
Und unser ist das Amt, im Niedergang
Durch Zeichenspiel, durch Gleichnis und Gesang
Fortzubewahren heiliger Ehrfurcht Mahnung.

Vielleicht, daß einst das Dunkel sich verliert,
Vielleicht, daß einmal sich die Zeiten wenden,
Daß Sonne wieder uns als Gott regiert
Und Opfergaben nimmt von unsern Händen.

Seifenblasen

Es destilliert aus Studien und Gedanken
Vielvieler Jahre spät ein alter Mann
Sein Alterswerk, in dessen krause Ranken
Er spielend manche süße Weisheit spann.

Hinstürmt voll Glut ein eifriger Student,
Der sich in Büchereien und Archiven
Viel umgetan und den der Ehrgeiz brennt,
Ein Jugendwerk voll genialischer Tiefen.

Es sitzt und bläst ein Knabe in den Halm,
Er füllt mit Atem farbige Seifenblasen,
Und jede prunkt und lobpreist wie ein Psalm,
All seine Seele gibt er hin im Blasen.

Und alle drei, Greis, Knabe und Student,
Erschaffen aus dem Maya-Schaum der Welten
Zaubrische Träume, die an sich nichts gelten,
In welchen aber lächelnd sich erkennt
Das ewige Licht, und freudiger entbrennt.

Nach dem Lesen in der Summa contra Gentiles

Einst war, so scheint es uns, das Leben wahrer,
Die Welt geordneter, die Geister klarer,
Weisheit und Wissenschaft noch nicht gespalten.

Sie lebten voller, heitrer, jene Alten,
Von denen wir bei Plato, den Chinesen
Und überall so Wunderbares lesen –
Ach, und sooft wir in des Aquinaten
Wohl abgemeßnen Summentempel traten,
So schien uns eine Welt der reifen, süßen,
Der lautern Wahrheit ferneher zu grüßen:
Alles schien dort so licht, Natur von Geist durchwaltet,
Von Gott her zu Gott hin der Mensch gestaltet,
Gesetz und Ordnung formelschön verkündet,
Zum Ganzen alles ohne Bruch geründet.
Statt dessen scheint uns Späteren, wir seien
Zum Kampf verdammt, zum Zug durch Wüsteneien,
Zu Zweifeln nur und bittern Ironien,
Nichts sei als Drang und Sehnsucht uns verliehen.

Doch mag es unsern Enkeln einmal gehen
Wie uns: sie werden uns verklärend sehen,
Als Selige und Weise, denn sie hören
Von unsres Lebens klagend wirren Chören
Nur noch harmonischen Nachklang, der verglühten
Nöte und Kämpfe schön erzählte Mythen.

Und wer von uns am wenigsten sich traut,
Am meisten fragt und zweifelt, wird vielleicht
Es sein, des Wirkung in die Zeiten reicht,
An dessen Vorbild Jugend sich erbaut;
Und der am Zweifel an sich selber leidet,
Wird einst vielleicht als Seliger beneidet,
Dem keine Not und keine Furcht bewußt war,
In dessen Zeit zu leben eine Lust war
Und dessen Glück dem Glück der Kinder glich.

Denn auch in uns lebt Geist vom ewigen Geist,
Der aller Zeiten Geister Brüder heißt:
Er überlebt das Heut, nicht Du und Ich.

Stufen

Wie jede Blüte welkt und jede Jugend
Dem Alter weicht, blüht jede Lebensstufe,
Blüht jede Weisheit auch und jede Tugend
Zu ihrer Zeit und darf nicht ewig dauern.
Es muß das Herz bei jedem Lebensrufe
Bereit zum Abschied sein und Neubeginne,
Um sich in Tapferkeit und ohne Trauern
In neue, andre Bindungen zu geben.
Und jedem Anfang wohnt ein Zauber inne,
Der uns beschützt und der uns hilft, zu leben.

Wir sollen heiter Raum um Raum durchschreiten,
An keinem wie an einer Heimat hängen,
Der Weltgeist will nicht fesseln uns und engen,
Er will uns Stuf um Stufe heben, weiten.
Kaum sind wir heimisch einem Lebenskreise
Und traulich eingewohnt, so droht Erschlaffen,
Nur wer bereit zu Aufbruch ist und Reise,
Mag lähmender Gewöhnung sich entraffen.

Es wird vielleicht auch noch die Todesstunde
Uns neuen Räumen jung entgegensenden,
Des Lebens Ruf an uns wird niemals enden ...
Wohlan denn, Herz, nimm Abschied und
    gesunde!

Das Glasperlenspiel

Musik des Weltalls und Musik der Meister
Sind wir bereit in Ehrfurcht anzuhören,
Zu reiner Feier die verehrten Geister
Begnadeter Zeiten zu beschwören.

Wir lassen vom Geheimnis uns erheben
Der magischen Formelschrift, in deren Bann
Das Uferlose, Sturmende, das Leben,
Zu klaren Gleichnissen gerann.

Sternbildern gleich ertönen sie kristallen,
In ihrem Dienst ward unserm Leben Sinn,
Und keiner kann aus ihren Kreisen fallen,
Als nach der heiligen Mitte hin.

Die drei Lebensläufe

Der Regenmacher

Es war vor manchen tausend Jahren, und die Frauen
waren an der Herrschaft: in Stamm und Familie waren es
die Mutter und Großmutter, welchen Ehrfurcht und Gehorsam erwiesen wurde, bei Geburten galt ein Mädchen sehr
viel mehr als ein Knabe.
Im Dorf war eine Ahnfrau, wohl hundert oder mehr Jahre
alt, von allen wie eine Königin verehrt und gefürchtet, obwohl sie schon seit Menschengedenken nur selten noch
einen Finger rührte oder ein Wort sprach. An vielen Tagen
saß sie vor dem Eingang ihrer Hütte, ein Gefolge von die-
nenden Verwandten um sie, und es kamen die Frauen des
Dorfes, ihr Ehrfurcht zu erweisen, ihr ihre Angelegenheiten zu erzählen, ihre Kinder zu zeigen und zum Segnen zu
bringen; es kamen die Schwangeren und baten, sie möge
ihren Leib berühren und ihnen den Namen für das Erwartete geben. Die Ahnmutter legte manchmal die Hand auf,
manchmal nickte sie nur oder schüttelte den Kopf oder
blieb auch regungslos. Worte sagte sie selten; sie war nur
da; sie war da, saß und regierte, saß und trug das weißgelbe
Haar in dünnen Strähnen um das lederne, weitsichtige Ad-
lergesicht, saß und empfing Verehrung, Geschenke, Bitten,
Nachrichten, Berichte, Anklagen, saß und war allen bekannt
als die Mutter von sieben Töchtern, als die Großmutter und
Urahne von vielen Enkeln und Urenkeln, saß und trug auf
den scharfgefalteten Zügen und hinter der braunen Stirn
die Weisheit, die Überlieferung, das Recht, die Sitte und
Ehre des Dorfes.
Es war ein Abend im Frühling, bewölkt und früh dunkelnd.
Vor der Lehmhütte der Urahne saß nicht sie selbst, aber
ihre Tochter, die war kaum weniger weiß und würdig und
auch nicht sehr viel weniger alt als die Urahne. Sie saß und

ruhte, ihr Sitz war die Türschwelle, ein flacher Feldstein, bei kaltem Wetter mit einem Fell belegt, und weiter außen im Halbkreise hockten am Boden, im Sand oder Gras, ein paar Kinder und ein paar Weiber und Buben; die hockten hier an jedem Abend, an dem es nicht regnete oder fror, denn sie wollten die Tochter der Urahne erzählen hören, Geschichten erzählen oder Sprüche singen. Früher hatte dies die Urahne selbst getan, jetzt war sie allzu alt und nicht mehr mitteilsam, und an ihrer Stelle kauerte und erzählte die Tochter, und wie sie die Geschichten und Sprüche alle von der Urgroßmutter hatte, so hatte sie von ihr auch die Stimme, die Gestalt, die stille Würde der Haltung, der Bewegungen und des Sprechens, und die Jüngeren unter den Zuhörern kannten sie viel besser als ihre Mutter und wußten schon beinahe nichts mehr davon, daß sie an Stelle einer anderen saß und die Geschichten und Weistümer des Stammes mitteilte. Von ihrem Munde floß an den Abenden der Quell des Wissens, sie verwahrte den Schatz des Stammes unter ihrem weißen Haar, hinter ihrer sanft gefurchten alten Stirn wohnte die Erinnerung und der Geist der Siedlung. Wenn einer wissend war und Sprüche oder Geschichten kannte, so hatte er sie von ihr. Außer ihr und der Uralten gab es nur noch einen Wissenden im Stamm, der aber verborgen blieb, einen geheimnisvollen und sehr schweigsamen Mann, den Wetter- oder Regenmacher.

Unter den Zuhörenden kauerte auch der Knabe Knecht und neben ihm ein kleines Mädchen, das hieß Ada. Dieses Mädchen hatte er gern und begleitete und beschützte es oft, nicht aus Liebe eigentlich, davon wußte er noch nichts, er war selber noch ein Kind, sondern weil sie die Tochter des Regenmachers war. Ihn, den Regenmacher, verehrte und bewunderte Knecht sehr, nächst der Urahne und ihrer Tochter niemand so wie ihn. Aber sie waren Frauen. Sie konnte man verehren und fürchten, doch konnte man nicht den Gedanken fassen und den Wunsch in sich hegen, zu werden, was sie waren. Der Wettermacher nun war ein ziemlich unnahbarer Mann, es war für einen Knaben nicht leicht, sich in seiner Nähe zu halten; man mußte Umwege gehen, und einer der Umwege zum Wettermacher war Knechts Sorge um dessen Kind. Er holte es so oft wie möglich in des Wettermachers etwas abgelegener Hütte ab, um am Abend vor der Hütte der Alten zu sitzen und sie erzählen zu hören, und brachte sie dann wieder heim. So hatte er auch heute getan und hockte nun neben ihr in der dunklen Schar und hörte zu.

Die Ahne erzählte heute vom Hexendorf. Sie erzählte:
„Manchmal gibt es in einem Dorf eine Frau, die von böser Art ist und es mit niemandem gut meint. Meistens bekommen diese Frauen keine Kinder. Manchmal ist eins von diesen Weibern so böse, daß das Dorf sie nicht mehr bei sich haben will. Dann holt man das Weib in der Nacht, legt ihren Mann in Fesseln, züchtigt das Weib mit Ruten und treibt es dann weit in die Wälder und Sümpfe hinaus, man verflucht es mit einem Fluch und läßt es dort draußen. Dem Mann nimmt man alsdann die Fesseln wieder ab, und wenn er nicht zu alt ist, kann er sich zu einer andern Frau gesellen. Die Hinausgejagte aber, wenn sie nicht umkommt, streift in den Wäldern und Sümpfen, lernt die Tiersprache, und wenn sie lang gestreift und gewandert ist, findet sie eines Tages ein kleines Dorf, das heißt das Hexendorf. Dort sind alle die bösen Frauen, die man aus ihren Dörfern vertrieben hat, zusammengekommen und haben sich selber ein Dorf gemacht. Dort leben sie, tun Böses und treiben Zauber, und namentlich locken sie, weil sie selber keine Kinder haben, gerne Kinder aus den richtigen Dörfern an sich, und wenn ein Kind sich im Walde verläuft und nie mehr wiederkommt, dann ist es vielleicht nicht im Sumpf ertrunken oder vom Wolf zerrissen, sondern von einer Hexe auf Irrwege gelockt und von ihr mit ins Hexendorf genommen worden. Zur Zeit, als ich noch klein und meine Großmutter die Älteste im Dorf war, ist einmal ein Mädchen mit den andern in die Heidelbeeren gegangen, und beim Beerenpflükken wurde es müd und schlief ein; es war noch klein, die Farnkräuter bedeckten es, und die andern Kinder zogen weiter und merkten nichts, und erst als sie wieder zum Dorf zurückkamen und es schon Abend war, sahen sie, daß das Mädchen nicht mehr bei ihnen war. Man schickte die Jungburschen, die suchten und riefen nach ihr im Wald, bis es Nacht war, dann kamen sie zurück und hatten sie nicht gefunden. Die Kleine aber war, als sie genug geschlafen hatte, im Walde weiter und weiter gegangen. Und je mehr es ihr bang wurde, desto schneller lief sie, aber sie wußte

159

schon lange nicht mehr, wo sie war, und lief bloß immer weiter vom Dorfe weg bis dahin, wo noch niemand gewesen war. Am Halse trug sie an einem Bastfaden einen Eberzahn, ihr Vater hatte ihn ihr geschenkt, er hatte ihn von der Jagd mitgebracht, und durch den Zahn hatte er mit einem Steinsplitter ein Loch gebohrt, durch das man den Bast ziehen konnte, und hatte den Zahn vorher dreimal im Eberblut gekocht und gute Sprüche dazu gesungen, und wer einen solchen Zahn bei sich trug, der war vor manchem Zauber geschützt. Jetzt kam eine Frau zwischen den Bäumen heraus, die war eine Hexe, sie machte ein süßes Gesicht und sagte: ‚Ich grüße dich, du hübsches Kind, hast du dich verlaufen? Komm nur mit mir, ich bringe dich nach Hause.' Das Kind ging mit ihr. Aber es fiel ihm ein, was Mutter und Vater ihm gesagt hatten: daß es niemals einem Fremden den Eberzahn zeigen dürfe, und so machte es im Gehen unbemerkt den Zahn vom Bastfaden los und steckte ihn in den Gürtel. Die fremde Frau lief mit dem Mädchen stundenlang, es war schon Nacht, da kamen sie ins Dorf, es war aber nicht unser Dorf, es war das Hexendorf. Da wurde das Mädchen in einen finsteren Stall gesperrt, die Hexe aber ging in ihre Hütte schlafen. Am Morgen sagte die Hexe: ‚Hast du nicht einen Eberzahn bei dir?' Das Kind sagte: nein, es habe wohl einen gehabt, aber der sei ihm im Walde verlorengegangen, und sie zeigte ihr Halsbändchen aus Bast, an dem kein Zahn mehr hing. Da holte die Hexe einen steinernen Topf, in dem war Erde, und in der Erde wuchsen drei Kräuter. Das Kind schaute die Kräuter an und fragte, was damit sei. Die Hexe deutete auf das erste Kraut und sagte: ‚Das ist das Leben deiner Mutter.' Dann deutete sie auf das zweite und sagte: ‚Das ist das Leben deines Vaters.' Dann deutete sie auf das dritte Kraut. ‚Und das ist dein eigenes Leben. Solang diese Kräuter grün sind und wachsen, seid ihr am Leben und gesund. Wird eines welk, dann wird der krank, dessen Leben es bedeutet. Wird eins ausgerissen, so wie ich jetzt eins ausreißen werde, dann muß der sterben, dessen Leben es bedeutet.' Sie faßte das Kraut, das des Vaters Leben bedeutete, mit den Fingern und fing an, daran zu ziehen, und als sie ein wenig gezogen hatte und ein Stück von der weißen Wurzel zu sehen war, tat das Kraut einen tiefen Seufzer . . .“

160

Bei diesem Wort sprang das kleine Mädchen neben Knecht auf, wie von einer Schlange gebissen, tat einen Schrei und rannte Hals über Kopf davon. Lang hatte sie mit der Angst gekämpft, die ihr die Geschichte machte, jetzt hatte sie es nicht mehr ausgehalten. Eine alte Frau lachte. Andere unter den Zuhörern hatten kaum weniger Angst als die Kleine, aber sie hielten an sich und blieben sitzen. Knecht aber, sobald er recht aus dem Traum des Zuhörens und Angsthabens erwacht war, sprang ebenfalls auf und rannte dem Mädchen nach. Die Ahne erzählte weiter.

Der Regenmacher hatte seine Hütte nahe beim Dorfweiher stehen, in dieser Richtung suchte Knecht die Davongelaufene. Mit lockendem, beruhigendem Brummen, Singen und Sumsen suchte er sie zu ködern, mit einer Stimme, wie sie die Weiber beim Heranlocken der Hühner machen, langgezogen, süß, auf Bezauberung bedacht. „Ada", rief er und sang er, „Ada, Adalein, komm her. Ada, hab keine Angst, ich bin es, ich, Knecht." So sang er wieder und wieder, und noch ehe er etwas von ihr gehört oder gesehen hatte, fühlte er plötzlich ihre kleine weiche Hand sich in die seine drängen. Sie war am Weg gestanden, den Rücken dicht an eine Hüttenwand gelehnt, und hatte ihn erwartet, seit sein Rufen sie erreicht hatte. Aufatmend schloß sie sich ihm an, der ihr groß und stark und schon wie ein Mann vorkam.

„Hast du Angst gehabt, ja?" fragte er. „Ist nicht nötig, niemand tut dir was, alle haben Ada gern. Komm, wir gehen heim." Sie zitterte noch und schluchzte ein wenig, war aber schon ruhiger und kam dankbar und vertrauensvoll mit.

Aus der Hüttentür schimmerte schwaches rotes Licht, innen hockte der Wettermacher am Herd gebückt, durch seine hängenden Haare schimmerte es hell und rot, er hatte Feuer brennen und kochte etwas in zwei kleinen Töpfen. Ehe Knecht mit Ada eintrat, schaute er von draußen neugierig ein paar Augenblicke zu; er sah sogleich, daß es kein Essen sei, was hier gekocht wurde, das tat man in anderen Töpfen, und es war ja auch dazu schon viel zu spät. Aber der Regenmacher hatte ihn schon gehört. „Wer steht da in der Tür?" rief er. „Vorwärts, herein! Bist du es, Ada?" Er deckte Deckel auf seine Töpfchen, umbaute sie mit Glut und Asche und wendete sich um.

Knecht schielte noch immer nach den geheimnisvollen

Töpfchen, es war ihm neugierig, ehrfürchtig und beklommen zumut wie jedesmal, wenn er diese Hütte betrat. Er tat es, sooft er nur konnte, er schuf sich mancherlei Anlässe und Vorwände dazu, aber immer spürte er dabei dies halb kitzelnde, halb warnende Gefühl von leiser Beklemmung, in dem lüsterne Neugierde und Freude mit Furcht im Streite lag. Der Alte mußte es ja doch sehen, daß Knecht ihm seit langem nachfolgte und überall in der Nähe auftauchte, wo er ihn vermuten konnte, daß er ihm wie ein Jäger auf der Spur war und stumm seine Dienste und seine Gesellschaft anbot.

Turu, der Wettermacher, sah ihn mit den hellen Raubvogelaugen an. „Was willst du hier?" fragte er kühl. „Keine Tageszeit für Besuche in fremden Hütten, mein Junge."

„Ich habe Ada heimgebracht, Meister Turu. Sie war bei der Urahne, wir hörten Geschichten erzählen, von den Hexen, und auf einmal ist es ihr angst geworden, und sie hat geschrien, da habe ich sie begleitet."

Der Vater wandte sich an die Kleine: „Ein Angsthase bist du, Ada. Kluge Mädchen brauchen die Hexen nicht zu fürchten. Du bist doch ein kluges Mädchen, nicht?"

„Ja, schon. Aber die Hexen können doch lauter böse Künste, und wenn man keinen Eberzahn hat . . ."

„So, einen Eberzahn möchtest du haben? Wir werden sehen. Aber ich weiß etwas, was noch besser ist. Ich weiß eine Wurzel, die werde ich dir bringen, im Herbst müssen wir sie suchen und ziehen, die schützt kluge Mädchen vor allem Zauber und macht sie sogar noch hübscher."

Ada lächelte und freute sich, sie war schon beruhigt, seit der Geruch der Hütte und das bißchen Feuerschein um sie war. Schüchtern fragte Knecht: „Könnte nicht ich die Wurzel suchen gehen? Du müßtest sie mir beschreiben . . ."

Turu kniff die Augen klein. „Das möchte mancher kleine Junge gern wissen", sagte er, aber seine Stimme klang nicht böse, nur etwas spöttisch. „Es hat noch Zeit damit. Im Herbst vielleicht."

Knecht zog sich zurück und verschwand in der Richtung nach dem Knabenhaus, wo er schlief. Eltern hatte er nicht, er war eine Waise, und auch darum empfand er bei Ada und in ihrer Hütte einen Zauber.

Der Regenmacher Turu liebte die Worte nicht, er hörte we-

der andre noch sich gern reden; viele hielten ihn für wunderlich, manche für mürrisch. Er war es nicht. Er wußte von
dem, was um ihn her vorging, immerhin mehr, als man seiner gelehrten und einsiedlerischen Zerstreutheit zutraute.
Er wußte unter andrem genau darum, daß dieser etwas lästige, aber hübsche und offenbar kluge Knabe ihm nach-
laufe und ihn beobachte, von allem Anfang an hatte er es
bemerkt, es dauerte schon ein Jahr und länger. Er wußte
auch genau, was das bedeute. Es bedeutete viel für den Jungen und bedeutete viel auch für ihn, den Alten. Es bedeutete, daß dieser Bursche in die Wettermacherei verliebt war
und nichts sehnlicher wünschte, als sie zu lernen. Immer
einmal gab es einen solchen Knaben in der Siedlung. Mancher war schon so dahergekommen. Mancher ließ sich
leicht abschrecken und entmutigen, andre nicht, und er
hatte schon zwei von ihnen jahrelang zu Schülern und
Lehrlingen gehabt, die hatten dann weit fort in andre Dörfer geheiratet und waren dort Regenmacher oder Kräuter-
sammler geworden; seither war Turu allein geblieben, und
wenn er je nochmals einen Lehrling annähme, dann würde
er es tun, um einst einen Nachfolger zu haben. So war es
immer gewesen, so war es richtig und konnte nicht anders
sein: immer wieder mußte ein begabter Knabe auftauchen
und mußte dem Manne anhängen und nachlaufen, den er
sein Handwerk als Meister beherrschen sah. Knecht war begabt, er hatte, was man braucht, und hatte auch einige Zeichen, die ihn empfahlen: den forschenden, zugleich scharfen und träumerischen Blick vor allem, das Verhaltene und
Lautlose im Wesen und im Ausdruck des Gesichts und
Kopfes etwas Spürendes, Witterndes, Waches, auf Geräusche und Gerüche Aufmerkendes, etwas Vogelhaftes und
Jägerhaftes. Gewiß, aus diesem Knaben konnte ein Wetter-
kundiger werden, vielleicht auch ein Magier, er war zu
brauchen. Aber es hatte keine Eile damit, er war ja noch zu
jung, und man brauchte ihm keineswegs zu zeigen, daß
man ihn erkannte, man durfte es ihm nicht zu leicht machen, es sollte ihm kein Weg erspart bleiben. Wenn er ein-
zuschüchtern, abzuschrecken, abzuschütteln, zu entmutigen war, dann war es nicht schade um ihn. Mochte er warten und dienen, mochte er herumschleichen und um ihn
werben.

163

Knecht schlenderte durch die einbrechende Nacht unter bewölktem Himmel mit zwei, drei Sternen dorfeinwärts, befriedigt und wohlig erregt. Von den Genüssen, Schönheiten und Verfeinerungen, welche uns Heutigen selbstverständlich und unentbehrlich sind und noch dem Ärmsten gehören, wußte die Siedlung nichts, sie kannte weder Bildung noch Künste, sie kannte weder andre Häuser als schiefe Lehmhütten, noch wußte sie von eisernen und stählernen Werkzeugen, auch Dinge wie Weizen oder Wein waren unbekannt, Erfindungen wie Kerze oder Lampe wären den Menschen strahlende Wunder gewesen. Das Leben Knechts und seine Vorstellungswelt war darum nicht weniger reich, als unendliches Geheimnis und Bilderbuch umgab ihn die Welt, deren er sich mit jedem neuen Tag ein neues kleines Stück eroberte, vom Tierleben und Pflanzenwuchs bis zum Sternenhimmel, und zwischen der stummen, geheimnisvollen Natur und seiner vereinzelten, in banger Knabenbrust atmenden Seele war alle Verwandtschaft und war auch alle Spannung, Angst, Neugierde und Aneignungslust vorhanden, deren die Menschenseele fähig ist. Gab es in seiner Welt kein geschriebenes Wissen, keine Geschichte, kein Buch, kein Alphabet, war ihm alles, was mehr als drei, vier Stunden über sein Dorf hinaus lag, vollkommen unbekannt und unerreichbar, so lebte er dafür in dem seinen, in seinem Dorf, ganz und vollkommen mit. Das Dorf, die Heimat, die Gemeinschaft des Stammes unter der Führung der Mütter gab ihm alles, was Volk und Staat dem Menschen geben können: einen Boden voll tausend Wurzeln, in deren Geflecht er selbst eine Faser war und an allem teilhatte.

Zufrieden schlenderte er dahin, in den Bäumen flüsterte der Nachtwind und knackte leise, es roch nach feuchter Erde, nach Schilf und Schlamm, nach Rauch von halbgrünem Holz, ein fettiger und etwas süßer Geruch, der mehr als jeder andre Heimat bedeutete, und zuletzt, als er sich der Knabenhütte näherte, roch es nach ihr, roch nach Knaben, nach jungen Menschenleibern. Lautlos kroch er unter der Schilfmatte hindurch in die warme, atmende Finsternis, legte sich auf die Streu und dachte an die Hexengeschichte, an den Eberzahn, an Ada, an den Wettermacher und seine Töpfchen am Feuer, bis er einschlief.

Turu kam dem Knaben nur mit sparsamen Schritten entge-

164

gen, er machte es ihm nicht leicht. Der junge Mensch aber
war immer auf seiner Spur, es zog ihn dem Alten nach, er
wußte selbst oft nicht, wie. Manchmal, wenn der Alte
irgendwo an verborgenster Stelle im Wald, Sumpf oder
Heide eine Falle stellte, eine Tierspur beroch, eine Wurzel
grub oder Samen sammelte, konnte er plötzlich den Blick
des Knaben fühlen, der ihm lautlos und unsichtbar seit
Stunden folgte und ihn belauerte. Dann tat er manchmal,
als habe er nichts gemerkt, manchmal knurrte er und wies
den Verfolger ungnädig weg, manchmal auch winkte er ihn
zu sich und behielt ihn für den Tag bei sich, ließ sich Dienste von ihm leisten, zeigte ihm dies und jenes, ließ ihn ra-
ten, stellte ihn auf Proben, nannte ihm Namen von Kräu-
tern, hieß ihn Wasser schöpfen oder Feuer zünden, und bei
jeder Verrichtung wußte er Handgriffe, Vorteile, Geheimnisse, Formeln, deren Geheimhaltung dem Jungen einge-
schärft wurde. Und schließlich, als Knecht etwas größer
war, behielt er ihn ganz bei sich, er anerkannte ihn als seinen Lehrling und holte ihn aus dem Knabenschlafhaus in
seine eigene Hütte. Damit war Knecht vor allem Volk ge-
kennzeichnet: er war kein Knabe mehr, er war Lehrling
beim Wettermacher, und das bedeutete: wenn er durchhielt
und etwas taugte, würde er dessen Nachfolger sein.
Von dieser Stunde an, in der Knecht vom Alten in seine
Hütte aufgenommen wurde, war die Schranke zwischen
ihnen gefallen, nicht die Schranke der Ehrfurcht und des
Gehorsams, aber die des Mißtrauens und der Zurückhaltung. Turu hatte sich ergeben und von Knechts zäher Werbung erobern lassen; nun wollte er nichts andres mehr als
einen guten Wettermacher und Nachfolger aus ihm machen. Es gab für diese Unterweisung keine Begriffe, keine
Lehre, keine Methode, keine Schrift, keine Zahlen und nur
sehr wenig Worte, und es waren Knechts Sinne viel mehr
als sein Verstand, welche von seinem Meister erzogen wurden. Es galt, ein großes Gut an Überlieferung und Erfahrung, das gesamte Wissen des damaligen Menschen um die
Natur, nicht bloß zu verwalten und auszuüben, sondern
weiterzugeben. Ein großes und dichtes System von Erfahrungen, Beobachtungen, Instinkten und Forschergewohn-
heiten tat sich langsam und dämmernd vor dem Jüngling
auf, beinahe nichts davon war auf Begriffe gebracht, bei-

nahe alles mußte mit den Sinnen erspürt, erlernt, nachgeprüft werden. Fundament aber und Mittelpunkt dieser Wissenschaft war die Kunde vom Mond, von seinen Phasen und Wirkungen, wie er immer wieder anschwoll und immer wieder hinschwand, bevölkert von den Seelen der Gestorbenen, sie zu neuer Geburt aussendend, um Raum für neue Tote zu schaffen.

Ähnlich wie jener Abend mit dem Gang von der Märchenerzählerin zu den Töpfen am Herd des Alten hat sich eine andere Stunde in Knechts Gedächtnis geprägt, eine Stunde zwischen Nacht und Morgen, da ihn der Meister zwei Stunden nach Mitternacht geweckt hatte und mit ihm in tiefer Finsternis hinausgegangen war, um ihm den letzten Aufgang einer schwindenden Mondsichel zu zeigen. Da harrten sie, der Meister in schweigsamer Regungslosigkeit, der Junge etwas furchtsam und vor Mangel an Schlaf fröstelnd, inmitten der Waldhügel auf einer frei vorgebauten Felsplatte lange Zeit, bis an der vom Meister vorbezeichneten Stelle und in der von ihm vorausbeschriebenen Gestalt und Neigung der dünne Mond hervorkam, ein zarter gebogener Strich. Bang und bezaubert starrte Knecht auf das langsam steigende Gestirn, zwischen Wolkenfinsternissen schwamm es sanft in einer klaren Himmelsinsel hinan.

„Bald wird er seine Gestalt wechseln und wieder anschwellen, dann kommt die Zeit, um den Buchweizen auszusäen", sagte der Regenmacher, die Tage an seinen Fingern vorzählend. Dann versank er wieder in das vorige Schweigen, wie allein gelassen kauerte Knecht auf dem tauglänzenden Stein und zitterte vor Kühle, aus der Waldtiefe kam ein langgezogener Eulenschrei herauf. Lange sann der Alte, dann erhob er sich, legte die Hand auf Knechts Haar und sagte leise, wie aus einem Traum heraus: „Wenn ich gestorben bin, fliegt mein Geist in den Mond. Du wirst dann ein Mann sein und eine Frau haben, meine Tochter Ada wird deine Frau sein. Wenn sie einen Sohn von dir bekommt, wird mein Geist zurückkehren und in eurem Sohn wohnen, und du wirst ihn Turu nennen, wie ich Turu hieß."

Staunend hörte der Lehrling zu, er wagte kein Wort zu sagen, die dünne Silbersichel stieg und war schon halb von den Wolken verschlungen. Wunderlich berührte den jungen Menschen eine Ahnung von vielen Zusammenhängen

und Verknüpfungen, Wiederholungen und Kreuzungen
zwischen den Dingen und Geschehnissen, wunderlich fand
er sich als Zuschauer und auch als Mitspieler vor diesen
fremden, nächtlichen Himmel gestellt, wo über den unendlichen Wäldern und Hügeln die scharfe dünne Sichel, vom
Meister genau vorverkündet, erschienen war; wunderbar erschien ihm der Meister und in tausend Geheimnisse einge-
hüllt, er, der an seinen eigenen Tod dachte, er, dessen Geist
im Monde weilen und vom Monde zurück in einen Menschen kehren würde, welcher Knechts Sohn sein und des
gewesenen Meisters Namen tragen sollte. Wunderlich auf-
gerissen und stellenweise durchsichtig gleich dem Wolken-
himmel schien die Zukunft, schien das Schicksal vor ihm zu
liegen, und daß man von ihnen wissen, sie nennen und von
ihnen sprechen konnte, schien ihm wie ein Ausblick in un-
absehbare Räume voll von Wundern und doch voll Ordnung. Einen Augenblick schien alles ihm vom Geiste erfaß-
bar, alles wißbar, alles belauschbar, der leise, sichere Gang
der Gestirne oben, das Leben der Menschen und Tiere, ihre
Gemeinschaften und Feindschaften, Begegnungen und
Kämpfe, alles Große und Kleine samt dem in jedem Lebendigen mit eingeschlossenen Tod, das alles sah oder fühlte er
in einem ersten Ahnungsschauer als ein Ganzes und sich
selbst darin eingeordnet und einbezogen als etwas durchaus
Geordnetes, von Gesetzen Beherrschtes, dem Geiste Zu-
gängliches. Es war die erste Ahnung von den großen Geheimnissen, ihrer Würde und Tiefe sowohl wie ihrer Wiß-
barkeit, die den Jüngling in dieser nächtlich-morgendlichen
Waldkühle auf dem Felsen über den tausend flüsternden
Wipfeln wie eine Geisterhand berührte. Er konnte nicht davon sprechen, damals nicht und in seinem ganzen Leben
nicht, aber daran denken mußte er viele Male, ja, es war in
seinem weiteren Lernen und Erfahren immer diese Stunde
und ihr Erlebnis mit gegenwärtig. „Denke daran", mahnte
sie, „denke daran, daß es dies alles gibt, daß zwischen dem
Mond und dir und Turu und Ada Strahlen und Ströme gehen, daß es den Tod gibt und das Seelenland und die Wiederkehr von dort und daß auf alle Bilder und Erscheinungen der Welt es eine Antwort innen in deinem Herzen gibt,
daß alles dich angeht, daß du von allem so viel wissen solltest, als dem Menschen irgend zu wissen möglich ist." So

167

etwa sprach diese Stimme. Für Knecht war es das erstemal, daß er die Stimme des Geistes so vernahm, ihre Verlockung, ihre Forderung, ihr magisches Werben. Schon manchen Mond hatte er am Himmel wandern sehen und manchen nächtlichen Eulenruf gehört, und aus dem Mund des Meisters, sowenig redselig er sein mochte, hatte er schon manches Wort alter Weisheit oder einsamer Betrachtung vernommen – in der heutigen Stunde aber war es neu und anders, es war die Ahnung vom Ganzen, die ihn getroffen hatte, das Gefühl der Zusammenhänge und Beziehungen, der Ordnung, die ihn selbst mit einbezog und mitverantwortlich machte. Wer den Schlüssel dazu hätte, der müßte nicht bloß aus den Fußspuren ein Tier, an den Wurzeln oder Samen eine Pflanze zu erkennen imstande sein, er müßte das Ganze der Welt: die Gestirne, die Geister, die Menschen, die Tiere, die Heilmittel und Gifte, alles müßte er in seiner Ganzheit erfassen und aus jedem Teil und Zeichen jeden andern Teil ablesen können. Es gab gute Jäger, die konnten aus einer Spur, aus einer Losung, aus einem Haar und Überbleibsel mehr erkennen als andre: sie erkannten an ein paar winzigen Haaren nicht nur, von welcher Art Tier sie stammten, sondern auch, ob es alt oder jung, Männchen oder Weibchen sei. Andre erkannten an einer Wolkenform, an einem Geruch in der Luft, an einem besondern Verhalten der Tiere oder Pflanzen das kommende Wetter für Tage voraus; sein Meister war darin unerreicht und nahezu unfehlbar. Andre wieder hatten eine angeborene Geschicklichkeit: es gab Knaben, die vermochten mit den Steinen einen Vogel auf dreißig Schritt zu treffen, sie hatten es nicht gelernt, sie konnten es einfach, es geschah nicht durch Bemühung, sondern durch Zauber oder Gnade, der Stein in ihrer Hand flog von selbst, der Stein wollte treffen, und der Vogel wollte getroffen sein. Andre sollte es geben, welche die Zukunft vorauswußten: ob ein Kranker sterben werde oder nicht, ob eine Schwangere Knaben oder Mädchen gebären werde; die Tochter der Ahnmutter war dafür berühmt, und auch der Wettermacher besaß, sagte man, etwas von solchem Wissen. Es mußte nun, so schien es Knecht in jenem Augenblick, im riesigen Netz der Zusammenhänge einen Mittelpunkt geben, von dem aus alles gewußt, alles Vergangene und alles Kommende gesehen und abgelesen werden konnte. Dem, der an diesem Mittelpunkt stünde, müßte das Wissen zulaufen wie dem Tal das Wasser und dem Kohl der Hase, sein Wort müßte scharf und unfehlbar treffen wie der Stein aus der Hand des Scharfschützen, er müßte kraft des Geistes alle diese einzelnen wunderbaren Gaben und Fähigkeiten in sich vereinen und spielen lassen: dies wäre der vollkommene, weise, unübertreffliche Mensch! So wie er zu werden, sich ihm anzunähern, zu ihm unterwegs zu sein: das war der Weg der Wege, das war das Ziel, das gab einem Leben Weihe und Sinn. So etwa empfand er es, und was wir in unsrer ihm unbekannten, begrifflichen Sprache darüber zu sagen versuchen, kann nichts von deren Schauer und von der Glut seines Erlebnisses mitteilen. Das nächtliche Aufstehen, die Führung durch den finstern, lautlosen Wald voll Gefahr und Geheimnis, das Harren auf der Steinplatte oben in der Morgenkälte, das Erscheinen des dünnen Mondgespenstes, die spärlichen Worte des weisen Mannes, das Alleinsein mit dem Meister zu außerordentlicher Stunde, dies alles wurde von Knecht als eine Feier und ein Mysterium erlebt und aufbewahrt, als Feier der Initiation, als seine Aufnahme in einen Bund und Kult, in ein dienendes, aber ehrenvolles Verhältnis zum Unnennbaren, zum Weltgeheimnis. Zu Gedanken oder gar zu Worten konnte dies Erlebnis und manches ähnliche nicht werden, und ferner und unmöglicher noch als jeder andre Gedanke wäre etwa dieser gewesen: „Bin nur ich allein es, der dies Erlebnis schafft, oder ist es objektive Wirklichkeit? Fühlt der Meister dasselbe wie ich, oder lächelt er über mich? Sind meine Gedanken bei diesem Erlebnis neue, eigene, einmalige, oder hat der Meister und mancher vor ihm einst genau dasselbe erlebt und gedacht?" Nein, es gab diese Brechungen und Differenzierungen nicht, es war alles Wirklichkeit, war getränkt und voll von Wirklichkeit wie ein Brotteig von Hefe. Wolken, Mond und wechselndes Himmelstheater, nasser kalter Kalksteinboden unterm nackten Fuß, feuchte rieselnde Taukälte in der bleichen Nachtluft, tröstlicher Heimatgeruch nach Herdrauch und Laubstreu, aufbewahrt im Fell, das der Meister umgeschlagen trug, Klang von Würde und leiser Anklang von Alter und Todesbereitschaft in seiner rauhen Stimme – alles war überwirklich und drang

169

beinah gewalttätig in die Sinne des Jünglings. Und für Erinnerungen sind Sinneseindrücke ein tieferer Nährboden als die besten Systeme und Denkmethoden.

Der Regenmacher gehörte zwar zu den wenigen, welche einen Beruf ausübten, eine spezielle Kunst und Fähigkeit eigens ausgebildet hatten, doch war sein Alltagsleben von dem aller andern nach außen hin nicht so sehr verschieden. Er war ein hoher Beamter und genoß Ansehen, erhielt auch Abgaben und Lohn vom Stamm, sooft er für die Allgemeinheit zu tun hatte, doch kam dies nur bei besonderen Anlässen vor. Seine weitaus wichtigste und feierlichste, ja heilige Funktion war es, im Frühling für jede Art von Frucht und Kraut den Tag der Aussaat zu bestimmen; dies tat er unter genauer Berücksichtigung des Mondstandes teils nach ererbten Regeln, teils nach der eigenen Erfahrung. Die feierliche Handlung der Saateröffnung selbst, das Ausstreuen der ersten Handvoll Korn und Samen ins Gemeindeland, gehörte aber schon nicht mehr zu seinem Amt, so hoch stand kein Mann im Range; es wurde alljährlich von der Ahnmutter selbst oder deren ältesten Verwandten vollzogen. Zur wichtigsten Person des Dorfes wurde der Meister in jenen Fällen, wo er wirklich als Wettermacher zu amten hatte. Dies geschah, wenn eine lange Trockenheit, Nässe oder Kälte die Felder belagerte und den Stamm mit Hungersnot bedrohte. Dann hatte Turu die Mittel anzuwenden, die man gegen Dürre und Mißwachs kannte: Opfer, Beschwörungen, Bittgänge. Der Sage nach gab es, wenn bei hartnäckiger Trockenheit oder endlosem Regen alle anderen Mittel versagten und die Geister durch kein Zureden, Flehen oder Drohen umzustimmen waren, noch ein letztes unfehlbares Mittel, das zu Zeiten der Mütter und Großmütter des öfteren sollte angewandt worden sein: die Opferung des Wettermachers selbst durch die Gemeinde. Die Ahnmutter, sagte man, habe dies noch erlebt und mit angesehen.

Außer der Sorge um das Wetter hatte der Meister noch eine Art privater Praxis, als Geisterbeschwörer, als Anfertiger von Amuletten und Zaubermitteln und in gewissen Fällen als Arzt, soweit dies nicht der Ahnmutter vorbehalten war. Im übrigen aber lebte Meister Turu das Leben jedes andern. Er half, wenn die Reihe an ihn kam, das Gemeindeland bestellen und hatte bei der Hütte auch seinen eigenen kleinen Pflanzgarten. Er sammelte Früchte, Pilze, Brennholz und bewahrte sie auf. Er fischte und jagte und hielt eine Ziege oder zwei. Als Bauer war er gleich jedem andern, als Jäger, Fischer und Kräutersucher aber war er nicht gleich irgendeinem andern, sondern war ein Einzelgänger und Genie und stand im Ruf, eine Menge von natürlichen und magischen Listen, Griffen, Vorteilen und Hilfsmitteln zu kennen. Einer von ihm geflochtenen Weidenschlinge, hieß es, konnte kein gefangenes Tier wieder entrinnen, die Fischköder wußte er durch besondere Mittel duftend und schmackhaft zu machen, er verstand es, die Krebse an sich zu locken, und es gab Leute, welche glaubten, daß er auch die Sprache mancher Tiere verstehe. Sein eigentlichstes Gebiet aber war doch das seiner magischen Wissenschaft: das Beobachten des Mondes und der Sterne, die Kenntnis der Wetterzeichen, das Vorgefühl für Witterung und Wachstum, die Beschäftigung mit allem, was als Hilfsmittel magischer Wirkungen diente. So war er groß als Kenner und Sammler von jenen Gebilden der Pflanzen- und Tierwelt, welche als Heilmittel und als Gifte, als Träger von Zauber, als Segen und Schutzmittel gegen die Unheimlichen dienen konnten. Er kannte und fand ein jedes Kraut, auch das seltenste, er wußte, wo und wann es blühe und Samen trage, wann es Zeit sei, seine Wurzel zu graben. Er kannte und fand alle Arten von Schlangen und Kröten, wußte mit der Verwendung von Hörnern, Hufen, Klauen, Haaren Bescheid, kannte sich mit den Verwachsungen, Mißbildungen, Spuk- und Schreckformen aus, den Knollen, Kröpfen und Warzen am Holz, am Blatt, am Korn, an der Nuß, am Horn und Huf.

Knecht hatte mehr mit den Sinnen, mehr mit Fuß und Hand, mit Auge, Hautgefühl, Ohr und Geruchssinn zu lernen als mit dem Verstande, und Turu lehrte weit mehr durch Beispiel und Zeigen als durch Worte und Lehren. Es war selten, daß der Meister überhaupt zusammenhängend sprach, und auch dann waren die Worte nur ein Versuch, seine außerordentlich eindrücklichen Gebärden noch zu verdeutlichen. Knechts Lehre war wenig verschieden von der Lehre, welche etwa ein junger Jäger oder Fischer bei einem guten Meister durchmacht, und sie machte ihm große Freude, denn er lernte nur, was schon in ihm lag. Er lernte lauern, lauschen, sich anschleichen, beobachten, auf der Hut sein, wach sein, schnuppern und spüren; aber das Wild, auf das er und sein Meister lauerten, war nicht nur Fuchs und Dachs, Otter und Kröte, Vogel und Fisch, sondern der Geist, das Ganze, der Sinn, der Zusammenhang. Das flüchtige, launische Wetter zu bestimmen, zu erkennen, zu erraten und vorauszuwissen, den in Beere und Schlangenbiß bereitliegenden Tod zu kennen, das Geheimnis zu belauschen, nach welchem die Wolken und die Stürme mit den Zuständen des Mondes zusammenhingen und auf Saat und Wachstum ebenso einwirkten wie auf Gedeihen und Verderb des Lebens in Mensch und Tier, darauf waren sie aus. Sie strebten dabei wohl eigentlich nach demselben Ziel, wie die Wissenschaft und Technik späterer Jahrtausende es tat, nach dem Beherrschen der Natur und dem Spielenkönnen mit ihren Gesetzen, aber sie taten es auf einem vollkommen anderen Wege. Sie trennten sich nicht von der Natur und suchten in ihre Geheimnisse nicht gewaltsam einzudringen, sie waren nie der Natur entgegengesetzt und feindlich, immer ein Teil von ihr und ihr mit Ehrfurcht hingegeben. Es ist wohl möglich, daß sie sie besser kannten und klüger mit ihr umgingen. Eines aber war ihnen ganz und gar unmöglich, nicht einmal in den verwegensten Gedanken: der Natur und der Geisterwelt ohne Angst zugetan und untertan zu sein oder sich gar ihr überlegen zu fühlen. Diese Hybris war ihnen undenkbar, und zu den Mächten der Naturkräfte, zum Tod, zu den Dämonen ein andres Verhältnis als das der Angst zu haben wäre ihnen unmöglich erschienen. Die Angst stand beherrschend über dem Leben der Menschen. Sie zu überwinden schien unmöglich. Aber sie zu sänftigen, sie in Formen zu bannen, zu überlisten und zu maskieren, sie ins Ganze des Lebens einzuordnen, dazu dienten die verschiedenen Systeme der Opfer. Die Angst war der Druck, unter dem das Leben dieser Menschen stand, und ohne diesen hohen Druck hätte ihrem Leben zwar der Schrecken, aber auch die Intensität gefehlt. Wem es gelang, einen Teil der Angst in Ehrfurcht zu veredeln, der hatte viel gewonnen, Menschen dieser Art, Menschen, deren Angst zu Frömmigkeit geworden war, waren die Guten und Vorgeschrittenen jenes Zeitalters. Geop-

fert wurde viel und in vielen Formen, und ein gewisser Teil
dieser Opfer und ihrer Riten gehörte zum Amtsbereich des
Wettermachers.

Neben Knecht wuchs in der Hütte die kleine Ada auf, ein
hübsches Kind, des Alten Liebling, und als diesem die Zeit
gekommen schien, gab er sie seinem Schüler zur Frau.
Knecht galt von jetzt an als des Regenmachers Gehilfe,
Turu stellte ihn der Dorfmutter als seinen Schwiegersohn
und Nachfolger vor und ließ sich von da an in manchen
Verrichtungen und Amtshandlungen von ihm vertreten.
Allmählich, mit den Jahreszeiten und Jahren, versank der
alte Regenmacher ganz in die einsame Beschaulichkeit der
Greise und überließ ihm sein ganzes Amt, und als er starb
– man fand ihn tot am Herdfeuer hocken, über einige Töpf-
chen mit magischem Gebräu gebückt, das weiße Haar vom
Feuer angesengt –, da war schon seit langem der Junge, der
Schüler Knecht, dem Dorfe als Regenmacher bekannt. Er
verlangte vom Dorfrat ein ehrenvolles Begräbnis für seinen
Lehrmeister und verbrannte über seinem Grabe als Opfer
eine ganze Last von edlen und köstlichen Heilkräutern und
Wurzeln. Auch dies war längst vergangen, und unter
Knechts Kindern, deren schon mehrere die Hütte Adas eng
machten, gab es einen Knaben namens Turu: in seiner Gestalt war der Alte von der Todesfahrt zum Monde wiedergekehrt.

Es erging Knecht, wie es vorzeiten seinem Lehrer ergangen
war. Ein Teil seiner Angst ward zu Frömmigkeit und zu
Geist. Ein Teil seines jugendlichen Strebens und seiner tiefen Sehnsucht blieb lebendig, ein Teil starb dahin und verlor sich im Älterwerden in der Arbeit, in der Liebe und
Sorge für Ada und die Kinder. Immer galt seine größte
Liebe und angelegentlichste Forschung dem Monde und
seinem Einfluß auf die Jahreszeiten und Witterungen;
hierin erreichte er seinen Meister Turu und übertraf ihn am
Ende. Und weil das Wachsen des Mondes und sein Schwinden so eng mit dem Sterben und Geborenwerden der Menschen zusammenhing, und weil von allen den Ängsten, in
welchen die Menschen leben, die Angst vor dem Sterben
müssen die tiefste ist, darum gewann der Mondverehrer
und Mondkenner Knecht aus seinem nahen und lebendigen
Verhältnis zum Monde auch ein geweihtes und geläutertes

Verhältnis zum Tode; er war in seinen reiferen Jahren der
Todesfurcht weniger untertan als andere Menschen. Er
konnte ehrerbietig mit dem Monde reden, oder flehend,
oder zärtlich, er wußte sich ihm verbunden in zarten geistigen Beziehungen, er kannte des Mondes Leben sehr genau
und nahm an dessen Vorgängen und Schicksalen innigen
Anteil, er lebte sein Hinschwinden und sein Neuwerden
wie ein Mysterium in sich mit, und er litt mit ihm und erschrak, wenn das Ungeheure eintrat und der Mond Erkran-
kungen und Gefahren, Wandlungen und Schädigungen ausgesetzt schien, wenn er den Glanz verlor, die Farbe änderte, sich bis nahe ans Erlöschen verdunkelte. In solchen
Zeiten freilich nahm jedermann am Monde teil, zitterte um
ihn, erkannte Drohung und Unheilsnähe in seiner Verfin-
sterung und starrte angstvoll in sein altes, krank gewordenes
Gesicht. Aber gerade dann zeigte sich, daß der Regenmacher Knecht dem Monde inniger verbunden war und mehr
von ihm wußte als andre; wohl litt er dessen Schicksal mit,
wohl war ihm eng und bange um das Herz, aber seine Erinnerung an ähnliche Erlebnisse war schärfer und gepflegter,
sein Vertrauen gegründeter, sein Glaube an die Ewigkeit
und Wiederkunft, an die Korrektur und Überwindbarkeit
des Todes war größer; und größer war auch der Grad seiner
Hingabe; er fühlte sich in solchen Stunden bereit, das
Schicksal des Gestirns bis zum Untergang und bis zur Neu-
geburt mitzuerleben, ja, er fühlte dann zuweilen sogar etwas wie Frechheit, etwas wie den verwegenen Mut und
Entschluß, dem Tode durch den Geist zu trotzen, sein Ich
durch die Hingabe an übermenschliche Geschicke zu stärken. Etwas davon ging in sein Wesen über und ward auch
den andern spürbar: er galt für einen Wissenden und Frommen, für einen Mann von großer Ruhe und geringer Todesfurcht, für einen, der mit den Mächten gut stand.
Er hatte diese Gaben und Tugenden in manchen harten
Proben zu bewähren. Einmal hatte er eine Periode von
Mißwachs und feindseliger Witterung zu bestehen, die sich
über zwei Jahre ausdehnte, es war die größte Prüfung seines Lebens. Da hatten die Widrigkeiten und bösen Anzeichen schon bei der wiederholt verschobenen Aussaat begonnen, und dann hatte jeder erdenkliche Unstern und
Schaden die Saaten betroffen und endlich so gut wie ganz

vernichtet; die Gemeinde hatte grausam gehungert und
Knecht mit ihr, und daß er dieses bittre Jahr überstand, daß
er, der Regenmacher, nicht jeglichen Glauben und Einfluß
verlor und dem Stamm helfen konnte, das Unglück mit Demut und einiger Fassung zu ertragen, war schon sehr viel
gewesen. Als nun gar das folgende Jahr, nach einem harten
und an Todesfällen reichen Winter, all das Ungemach und
Elend des vorigen wiederholte, als das Gemeindeland im
Sommer unter einer hartnäckigen Trockenheit verdorrte
und barst, die Mäuse sich grausig vermehrten, als die einsamen Beschwörungen und Opferhandlungen des Regenmachers ebenso unerhört und ergebnislos blieben wie die
öffentlichen Veranstaltungen, die Trommelchöre, die Bittgänge der ganzen Gemeinde, als es sich grausam zeigte, der
Regenmacher könne diesmal keinen Regen machen, da war
es keine kleine Sache und brauchte mehr als einen gewöhnlichen Mann, die Verantwortung zu tragen und sich gegen
das erschreckte und aufgewühlte Volk aufrecht zu halten.
Es gab da zwei oder drei Wochen, in denen Knecht ganz
und gar allein stand, und ihm gegenüber stand die ganze
Gemeinde, stand der Hunger und die Verzweiflung, stand
der alte Volksglaube, nur die Opferung des Wettermachers
könne die Mächte wieder versöhnen. Er hatte durch Nach-
geben gesiegt. Er hatte dem Opfergedanken keinen Widerstand entgegengesetzt, er hatte sich selber als Opfer ange-
boten. Außerdem hatte er mit unerhörter Mühe und Hingabe an der Linderung der Not mitgearbeitet, hatte immer
wieder Wasser entdeckt, eine Quelle, ein Rinnsal erspürt,
hatte verhindert, daß in der höchsten Not der gesamte
Viehstand vernichtet wurde, und namentlich hatte er die
damalige Altmutter des Dorfes, die von einer verhängnis-
vollen Verzweiflung und Seelenschwäche ergriffene Ahnfrau, in dieser drangvollen Zeit durch Beistand, Rat, Drohung, durch Zauber und Gebet, durch Vorbild und durch
Einschüchterung davor bewahrt, zusammenzubrechen und
alles vernunftlos treiben zu lassen. Es hatte sich damals gezeigt, daß in Zeiten der Beunruhigung und der allgemeinen
Sorge ein Mann desto brauchbarer ist, je mehr er sein Leben und Denken auf Geistiges und Überpersönliches gerichtet, je mehr er verehren, beobachten, anbeten, dienen
und opfern gelernt hat. Die beiden furchtbaren Jahre, die

ihn beinahe zum Opfer gemacht und vernichtet hätten, hinterließen ihm schließlich hohes Ansehen und Vertrauen, nicht zwar bei der Menge der Unverantwortlichen, wohl aber bei den wenigen, die Verantwortung trugen und einen Mann von seiner Art zu beurteilen vermochten.

Durch diese und manche andre Prüfungen war sein Leben geführt worden, als er das reife Mannesalter erreichte und auf seiner Lebenshöhe stand. Er hatte zwei Ahnfrauen des Stammes begraben helfen, er hatte ein hübsches sechsjähriges Söhnlein verloren, es war vom Wolf geholt worden, er hatte eine schwere Krankheit ohne fremde Hilfe überstanden, sein eigener Arzt. Er hatte Hunger und Frost gelitten. Dies alles hatte sein Gesicht gezeichnet und nicht minder seine Seele. Er hatte auch die Erfahrung gemacht, daß geistige Menschen bei den andern eine gewisse wunderliche Art von Anstoß und Widerwillen erregen, daß man sie zwar aus der Ferne schätzt und in Notfällen in Anspruch nimmt, sie aber keineswegs liebt und als seinesgleichen empfindet, ihnen vielmehr ausweicht. Auch das hatte er erfahren, daß überkommene oder frei erfundene Zaubersprüche und Bannformeln vom Kranken oder Unglücklichen viel williger angenommen werden als vernünftiger Rat, daß der Mensch lieber Ungemach und äußere Buße auf sich nimmt als sich im Innern ändert oder auch nur prüft, daß er an Zauber leichter glaubt als an Vernunft, an Formeln leichter als an Erfahrung: lauter Dinge, welche sich in den paar tausend Jahren seither vermutlich nicht so sehr geändert haben, als manche Geschichtsbücher behaupten. Er hatte aber auch gelernt, daß ein forschender geistiger Mensch die Liebe nicht verlieren darf, daß er den Wünschen und Torheiten der Menschen ohne Hochmut entgegenkommen, sich aber nicht von ihnen beherrschen lassen dürfe, daß es vom Weisen zum Scharlatan, vom Priester zum Gaukler, vom helfenden Bruder zum schmarotzenden Nutznießer immer nur einen Schritt weit ist und daß die Leute im Grunde weit lieber einen Gauner bezahlen, sich von einem Marktschreier ausnützen lassen, als ohne Entgelt eine selbstlos geleistete Hilfe annehmen. Sie wollten nicht gern mit Vertrauen und Liebe bezahlen, sondern lieber mit Geld und Ware. Sie betrogen einander und erwarteten, selbst betrogen zu werden. Man mußte lernen, den Menschen als ein schwaches, selbst-

süchtiges und feiges Wesen zu sehen, man mußte auch einsehen, wie sehr man selbst an allen diesen üblen Eigenschaften und Trieben teilhabe, und durfte dennoch daran
glauben und seine Seele davon nähren, daß der Mensch
auch Geist und Liebe sei, daß etwas in ihm wohne, das den
Trieben entgegensteht und ihre Veredlung ersehnt. Aber
diese Gedanken sind wohl schon allzu losgelöst und über-
formuliert, als daß Knecht ihrer fähig gewesen wäre. Sagen
wir: er war zu ihnen unterwegs, sein Weg würde einmal zu
ihnen und durch sie hindurchführen.
Indes er diesen Weg ging, sich nach Gedanken sehnend, jedoch weit mehr im Sinnlichen lebend, im Bezaubertsein
durch den Mond, durch den Duft eines Krautes, die Salze
einer Wurzel, den Geschmack einer Rinde, durch das Züchten von Heilpflanzen, das Kochen von Salben, die Hingabe
an Wetter und Atmosphäre, bildete er manche Fähigkeiten
in sich aus, auch solche, welche wir Späteren nicht mehr be-
sitzen und nur noch halb verstehen. Die wichtigste dieser
Fähigkeiten war natürlich das Regenmachen. Wenn auch zu
manchen besonderen Malen der Himmel hart blieb und
seine Bemühungen grausam zu verhöhnen schien, so hat
Knecht doch hundertmal Regen gemacht, und beinahe jedesmal auf eine ein wenig andere Weise. An den Opfern
zwar und am Ritus der Bittgänge, den Beschwörungen, der
Trommelmusiken hätte er nicht das Kleinste zu ändern
oder wegzulassen gewagt. Aber dies war ja nur der offizielle, der öffentliche Teil seiner Tätigkeit, ihre amtliche
und priesterliche Schauseite; und gewiß war es sehr schön
und gab ein herrliches Hochgefühl, wenn am Abend eines
mit Opfer und Prozession begangenen Tages der Himmel
sich ergab, der Horizont sich bewölkte, der Wind feucht zu
riechen begann, die ersten Tropfen herabwehten. Allein
auch da hatte es erst der Kunst des Wettermachers bedurft,
um den Tag gut zu wählen, um nicht blind das Aussichts-
lose anzustreben; man durfte die Mächte wohl anflehen, ja
bestürmen, aber mit Gefühl und Maß, mit Ergebung in
ihren Willen. Und lieber noch als jene schönen triumphalen
Erlebnisse von Erfolg und Erhörung waren ihm gewisse andre, von welchen niemand wußte als er selbst, und auch er
selbst wußte nur mit Scheu und mehr mit den Sinnen als
mit dem Verstande von ihnen. Es gab Lagen des Wetters,

Spannungen der Luft und der Wärme, es gab Bewölkungen und Winde, gab Arten von Wasser- und von Erd- und Staubgeruch, gab Drohungen oder Versprechungen, gab Stimmungen und Launen der Wetterdämonen, welche Knecht in seiner Haut, seinem Haar, seinen sämtlichen Sinnen voraus- und mitempfand, so daß er von nichts überrascht, von nichts enttäuscht werden konnte, daß er mitschwingend das Wasser in sich konzentrierte und es in einer Weise in sich trug, die ihn befähigte, Wolken und Winden zu gebieten: nicht freilich aus einer Willkür und nach freiem Belieben, sondern eben aus dieser Verbundenheit und Gebundenheit heraus, welche den Unterschied zwischen ihm und der Welt, zwischen Innen und Außen vollkommen aufhob. Dann konnte er verzückt stehen und lauschen, verzückt kauern und alle Poren offen haben und das Leben der Lüfte und Wolken in seinem Innern nicht mehr nur mitfühlen, sondern dirigieren und erzeugen, etwa so, wie wir einen Satz Musik, den wir genau kennen, in uns innen wecken und reproduzieren können. Dann brauchte er nur den Atem anzuhalten – und der Wind oder Donner schwieg, brauchte nur mit dem Kopf zu nicken oder zu schütteln – und der Hagel brach los oder blieb aus, brauchte nur dem Ausgleich der kämpfenden Kräfte in sich durch ein Lächeln Ausdruck zu geben – und droben schlugen die Wolkenfalten sich auseinander und entblößten das dünne lichte Blau. In manchen Zeiten von besonders reiner Gestimmtheit und Seelenordnung trug er das Wetter der kommenden Tage genau und untrüglich vorauswissend in sich, als stünde in seinem Blut die ganze Partitur geschrieben, nach welcher draußen gespielt werden mußte. Das waren seine guten und besten Tage, seine Belohnungen, seine Wonnen.

Wenn jedoch diese innige Verbindung mit dem Außen unterbrochen, wenn Wetter und Welt unvertraut, unverständlich und unberechenbar waren, dann waren auch in seinem Innern Ordnungen gestört und Ströme unterbrochen, dann fühlte er, daß er kein rechter Regenmacher sei, und empfand sein Amt und seine Verantwortlichkeit für Wetter und Ernte als lästig und ungerecht. In diesen Zeiten war er häuslich, war Ada gehorsam und behilflich, nahm sich mit ihr des Haushaltes beflissen an, machte den Kindern Spielzeug und Werkzeug, kochte an Arzneien herum, war liebebedürftig und empfand den Drang, sich sowenig als möglich von anderen Männern zu unterscheiden, sich völlig in Brauch und Sitte zu fügen und sogar die ihm sonst eher lästigen Erzählungen seiner Frau und der Nachbarinnen über das Leben, Befinden und Gehaben anderer Leute anzuhören. In den guten Zeiten aber sah man ihn zu Hause wenig, dann schweifte er und war draußen, angelte, jagte, suchte Wurzeln, lag im Grase oder hockte in Bäumen, schnupperte, lauschte, ahmte die Stimme von Tieren nach, hatte Feuerchen brennen und verglich die Formen der Rauchwolken mit denen der Himmelswolken, tränkte Haut und Haar mit Nebel, mit Regen, mit Luft, mit Sonne oder Mondlicht und sammelte nebenbei, wie es sein Meister und Vorgänger Turu zeitlebens getan hatte, solche Gegenstände, in welchen Wesen und Erscheinungsform verschiedenen Bereichen anzugehören schienen, in welchen die Weisheit oder Laune der Natur ein Stückchen ihrer Spielregeln und Schöpfungsgeheimnisse zu verraten schien, Gegenstände, welche weit Getrenntes gleichnishaft in sich vereinigten, zum Beispiel: Astknorren mit Menschen- und Tiergesichtern, wassergeschliffene Kiesel mit einer Maserung, als wären sie Holz, versteinerte Tierformen der Vorwelt, mißgebildete oder zwillingsgestaltete Fruchtkerne, Steine in der Form einer Niere oder eines Herzens. Er las die Zeichnungen auf einem Baumblatt, die netzförmigen Lineamente auf dem Kopf einer Morchel und ahnte dabei Geheimnisvolles, Geistiges, Künftiges, Mögliches: Magie der Zeichen, Vorahnung von Zahl und Schrift, Bannung des Unendlichen und Tausendgestaltigen ins Einfache, ins System, in den Begriff. Denn es lagen doch wohl alle diese Möglichkeiten der Weltergreifung durch den Geist in ihm, namenlos zwar, unbenannt, aber nicht unmöglich, nicht unerahnbar, Keim und Knospe noch, aber ihm wesentlich, ihm eigen und organisch in ihm wachsend. Und wenn wir auch, über diesen Regenmacher und seine uns früh und primitiv anmutende Zeit hinaus, noch um weitere Jahrtausende zurückgehen könnten: wir würden, das ist unser Glaube, mit dem Menschen zugleich überall auch schon den Geist antreffen, den Geist, der ohne Anfang ist und immer schon alles und jedes enthalten hat, was er später je hervorbringt.

Es war dem Wettermacher nicht bestimmt, eine seiner Ah-

nungen zu verewigen und der Beweisbarkeit näher zu führen, deren sie für ihn auch kaum bedurften. Weder wurde
er einer der vielen Erfinder der Schrift noch der Geometrie,
noch der Medizin oder Astronomie. Er blieb ein unbekanntes Glied in der Kette, aber ein Glied so unentbehrlich
wie jedes: er gab weiter, was er empfangen hatte, und er
gab neu Erworbenes und Erkämpftes hinzu. Denn auch er
hatte Schüler. Zwei Lehrlinge bildete er im Lauf der Jahre
zu Regenmachern aus, deren einer später sein Nachfolger
wurde.

Lange Jahre trieb er sein Gewerbe und Wesen unbelauscht
und allein, und als zum erstenmal – es war nicht lange nach
einer großen Mißwachs- und Hungersnot – ein Jüngling
ihn zu besuchen, zu beobachten, zu umlauern, zu verehren
und zu verfolgen begann, einer, den es zur Regenmacherei
und zum Meister trieb, da empfand er mit einer wunderlich
wehmütigen Bewegung des Herzens die Wiederkehr und
Umkehr jenes großen Erlebnisses seiner Jugend und empfand dabei zum erstenmal jenes mittägliche, strenge, zugleich einschnürende und aufweckende Gefühl: daß die Jugend vorüber, daß der Mittag überschritten, die Blüte
Frucht geworden sei. Und was er nie gedacht hätte, er verhielt sich gegen den Knaben ganz gleich, wie einst der alte
Turu sich gegen ihn selbst verhalten hatte, und dies spröde,
abweisende, zuwartende, hinauszögernde Verhalten ergab
sich ganz von selber, ganz instinktiv, es war weder eine
Nachahmung des verstorbenen Meisters, noch kam es aus
Erwägungen moralischer und erzieherischer Art, wie daß
man einen jungen Menschen erst lange prüfen müsse, ob es
ihm ernst genug sei, daß man den Zugang zur Einweihung
in Geheimnisse keinem leicht machen, ihn vielmehr recht
sehr erschweren müsse und dergleichen. Nein, Knecht be-
nahm sich gegen seine Lehrlinge ganz einfach so, wie sich
jeder schon ein wenig alternde Einzelgänger und gelehrte
Sonderling gegen Verehrer und Schüler benimmt: verlegen,
scheu, abweisend, fluchtbereit, voll Bangen um seine
schöne Einsamkeit und Freiheit, um sein Schweifen in der
Wildnis, sein einsames freies Jagen und Sammeln, Träumen
und Lauschen, voll eifersüchtiger Liebe zu allen seinen Gewohnheiten und Liebhabereien, seinen Geheimnissen und
Versunkenheiten. Keineswegs umarmte er den zaghaften

180

jungen Menschen, der sich ihm mit verehrender Neugierde
näherte, keineswegs half er ihm über diese Zaghaftigkeit
hinweg und ermunterte ihn, keineswegs empfand er es als
Freude und Lohn, als Anerkennung und angenehmen Erfolg, daß nun endlich die Welt der anderen ihm einen Sendboten und eine Liebeserklärung zuschickte, daß jemand ihn
umwarb, daß jemand sich ihm zugetan und verwandt und
gleich ihm zum Dienst an den Geheimnissen berufen
fühlte. Nein, er empfand es vorerst nur als lästige Störung,
als einen Griff in seine Rechte und Gewohnheiten, einen
Raub an seiner Unabhängigkeit, von der er jetzt erst sah,
wie sehr er sie liebte; er sträubte sich dagegen und wurde
erfinderisch im Überlisten und Sichverbergen, im Verwi-
schen seiner Fährte, im Ausbiegen und Entkommen. Aber
auch darin ging es ihm, wie es einst Turu gegangen war,
daß das lange, stumme Werben des Jungen ihm langsam das
Herz erweichte, seinen Widerstand langsam, langsam ermüdete und schmolz und daß er, je mehr der Junge an Boden
gewann, in langsamem Fortschritt sich ihm zuwenden und
öffnen, sein Verlangen gutheißen, sein Werben annehmen
und in der neuen, oft so lästigen Pflicht des Anlernens und
Schülerhabens das Unabwendbare, das vom Schicksal Gege-
bene und vom Geist Gewollte sehen lernte. Mehr und mehr
mußte er Abschied nehmen vom Traum, von dem Gefühl
und Genuß der unendlichen Möglichkeiten, der tausend
fältigen Zukunft. Statt des Traumes vom unendlichen
Fortschritt, von der Summe aller Weisheit, stand nun der
Schüler da, eine kleine, nahe, fordernde Wirklichkeit, ein
Eindringling und Störenfried, aber unabweisbar und un-
abwendbar, der einzige Weg in die wirkliche Zukunft, die
einzige, wichtigste Pflicht, der einzige schmale Weg, auf
welchem des Regenmachers Leben und Taten, Gesinnungen, Gedanken und Ahnungen vor dem Tode bewahrt bleiben und in einer kleinen neuen Knospe fortleben konnten.
Seufzend, knirschend und lächelnd nahm er es auf sich.
Und auch in diesem wichtigen, vielleicht verantwortungs-
vollsten Bezirk seines Amtes, dem Weitergeben des Über-
lieferten und Erziehen von Nachfolgern, blieb dem Wettermacher eine sehr schwere und bittre Erfahrung und Enttäuschung nicht erspart. Der erste Lehrling, der sich um seine
Gunst bemühte und ihn nach langem Warten und Abweh-

ren zum Meister bekam, hieß Maro und brachte ihm eine niemals ganz zu verwindende Enttäuschung. Er war unterwürfig und schmeichlerisch und spielte lange Zeit den unbedingt Gehorsamen, es fehlte ihm aber an diesem und jenem, es fehlte ihm an Mut vor allem, er fürchtete namentlich die Nacht und Dunkelheit, was er zu verheimlichen suchte und was Knecht, wenn er es doch bemerkte, noch lange Zeit für einen Rest von Kindheit hielt, der sich verlieren werde. Er verlor sich aber nicht. Es fehlte diesem Schüler auch völlig die Gabe, sich selbstlos und absichtslos an das Beobachten, an die Verrichtungen und Vorgänge des Berufs, an Gedanken und Ahnungen hinzugeben. Er war klug, ein heller, schneller Verstand war ihm eigen, und er lernte das, was ohne Hingabe gelernt werden kann, leicht und sicher. Aber mehr und mehr zeigte sich, daß er selbstsüchtige Absichten und Ziele hatte, derentwegen er die Regenmacherei erlernen wollte. Vor allem wollte er etwas gelten, eine Rolle spielen und Eindruck machen, er hatte die Eitelkeit des Begabten, aber nicht Berufenen. Er strebte nach Beifall, prahlte vor seinen Altersgenossen mit seinen ersten Kenntnissen und Künsten – auch das mochte kindlich sein und konnte sich vielleicht bessern. Aber er suchte nicht nur Beifall, sondern strebte nach Macht über andre und nach Vorteil; als der Meister dies zu merken begann, erschrak er und zog allmählich sein Herz von dem Jüngling ab. Dieser wurde zweimal und dreimal schwerer Verfehlungen überführt, nachdem er schon mehrere Jahre bei Knecht gelernt hatte. Er ließ sich verleiten, eigenmächtig, ohne Wissen und Erlaubnis seines Meisters und gegen Geschenke bald ein erkranktes Kind mit Arznei zu behandeln, bald in einer Hütte Beschwörungen gegen die Rattenplage vorzunehmen, und als er trotz allen Drohungen und Versprechen nochmals bei ähnlichen Praktiken ertappt wurde, entließ ihn der Meister aus seiner Lehre, zeigte die Sache der Ahnmutter an und versuchte, den undankbaren und unbrauchbaren jungen Menschen aus seinem Gedächtnis auszutilgen.

Es entschädigten ihn dann seine beiden späteren Schüler und ganz besonders der zweite von ihnen, der sein eigener Sohn Turu war. Diesen jüngsten und letzten seiner Lehrlinge und Jünglinge liebte er sehr und glaubte, daß mehr aus ihm werden könne, als er selbst sei, sichtlich war seines Großvaters Geist in ihm wiedergekehrt. Knecht erlebte die seelenstärkende Genugtuung, die Summe seines Wissens und Glaubens an die Zukunft weitergegeben zu haben und einen Menschen zu wissen, zwiefach sein Sohn, dem er jeden Tag sein Amt übergeben konnte, wenn es ihm selber zu mühsam würde. Aber jener mißratene erste Schüler ließ sich dennoch aus seinem Leben und seinen Gedanken nicht wieder hinwegbannen, er wurde im Dorfe ein zwar nicht hochgeehrter, aber doch bei vielen höchst beliebter und nicht einflußloser Mann, er hatte geheiratet, war als eine Art Gaukler und Spaßmacher beliebt, war sogar Obertrommler im Trommlerchor und blieb ein heimlicher Feind und Neider des Regenmachers, von welchem dieser manchen kleinen und auch großen Tort erleiden mußte. Knecht war niemals ein Mann der Freundschaften und des Zusammensitzens gewesen, er brauchte Alleinsein und Freiheit, er hatte nie um Achtung oder Liebe geworben, es sei denn einst als Knabe beim Meister Turu. Aber nun bekam er doch zu fühlen, was es ist, einen Feind und Hasser zu haben; es verdarb ihm manchen Tag seines Lebens.

Maro hatte zu jener Art von Schülern gehört, zu jener sehr begabten Art, welche trotz ihrer Begabung zu allen Zeiten den Lehrern unangenehm und lästig ist, weil bei ihnen das Talent nicht eine von unten und innen her gewachsene und begründete organische Stärke ist, das zarte adelnde Stigma einer guten Natur, eines tüchtigen Blutes und eines tüchtigen Charakters, sondern gleichsam etwas Angeflogenes, Zufälliges, ja Usurpiertes oder Gestohlenes. Ein Schüler von geringem Charakter, aber hohem Verstand oder glänzender Phantasie bringt unweigerlich den Lehrer in Verlegenheit: er soll diesem Schüler das Ererbte an Wissen und Methode beibringen und ihn zur Mitarbeit am geistigen Leben fähig machen – und muß doch fühlen, daß seine eigentliche, höhere Pflicht es wäre, die Wissenschaften und Künste gerade vor dem Zudrang der Nurbegabten zu schützen; denn der Lehrer hat ja nicht dem Schüler zu dienen, sondern beide dem Geist. Dies ist der Grund, warum die Lehrer vor gewissen blendenden Talenten eine Scheu und ein Grauen haben; jeder derartige Schüler verfälscht den ganzen Sinn und Dienst der Lehrarbeit. Jede Förderung eines Schülers, der zwar zu glänzen, aber nicht zu dienen fähig ist, bedeutet im Grunde eine Schädigung des Dienstes, eine Art von Verrat am Geist. Wir kennen in der Geschichte mancher Völker Perioden, in welchen, bei tiefgehender Störung der geistigen Ordnungen, geradezu ein Ansturm der Nurbegabten auf die Leitung der Gemeinden, der Schulen und Akademien, der Staaten stattgefunden hat und in allen Ämtern hochtalentierte Leute saßen, welche alle regieren wollten, ohne dienen zu können. Diese Art von Talenten rechtzeitig zu erkennen, noch ehe sie sich der Fundamente eines geistigen Berufes bemächtigt haben, und sie mit der notwendigen Härte auf die Wege zu ungeistigen Berufen zurückzuschicken ist gewiß oft sehr schwer. Auch Knecht hatte Fehler gemacht, er hatte mit dem Lehrling Maro allzu lange Geduld gehabt, er hatte einem Streber und Oberflächlichen manche Adeptenweisheit anvertraut, um die es schade war. Die Folgen waren für ihn selbst schwerere, als er je gedacht hätte.

Es kam ein Jahr – Knechts Bart war schon ziemlich grau geworden –, da schien die Ordnung zwischen Himmel und Erde durch Dämonen von ungewöhnlicher Kraft und Tücke verrückt und gestört worden zu sein. Diese Störungen begannen im Herbste schauerlich und majestätisch, jede Seele bis zum Grunde erschreckend und mit Angst beklemmend, mit einem nie gesehenen Himmelsschauspiel, bald nach der Zeit der Tag- und Nachtgleiche, welche vom Regenmacher immer mit einer gewissen Feierlichkeit und ehrfürchtigen Andacht, mit einer gesteigerten Aufmerksamkeit beobachtet und erlebt wurde. Da kam ein Abend, leicht, windig und etwas kühl, der Himmel glasig klar bis auf wenige unruhige Wölkchen, die in sehr großer Höhe schwebten und das rosige Licht der untergegangenen Sonne ungewöhnlich lange festhielten: treibende, lockere und schaumige Lichtbündel im kalten, bleichen Weltraum. Knecht hatte schon seit einigen Tagen etwas gespürt, das stärker und merkwürdiger war als das, was jedes Jahr um diese Zeit der beginnenden kürzeren Tage zu spüren war, ein Wirken der Mächte im Himmelsraum, eine Bangigkeit der Erde, der Pflanzen und Tiere, eine Unruhe in den Lüften, etwas Unstetes, Wartendes, Banges, Ahnungsvolles in aller Natur, auch die lang und zuckend nachflammenden Wölkchen dieser Abendstunde gehörten dazu mit ihren flatternden Bewegungen, welche nicht dem auf Erden wehenden Winde entsprachen, und ihrem flehenden, sich lang und trauernd gegen das Erlöschen wehrenden roten Licht, nach dessen Erkalten und Schwinden sie plötzlich unsichtbar waren. Im Dorf war es ruhig, vor der Hütte der Altmutter hatten die Besucher und zuhörenden Kinder sich schon lange verloren, ein paar Knaben jagten und rauften sich noch, sonst war alles schon in den Hütten, hatte längst gegessen. Viele schliefen schon, kaum daß jemand, außer dem Regenmacher, die abendroten Wolken beobachtete. Knecht ging in der kleinen Pflanzung hinter seiner Hütte auf und ab, dem Wetter nachgrübelnd, gespannt und ruhelos, zuweilen setzte er sich zu kurzer Rast auf den Baumklotz, der zwischen den Brennesseln stand und zum Holzspalten diente. Mit dem Erlöschen der letzten Wolkenkerze wurden die Sterne in dem noch hell und grünlich nachschimmernden Himmel plötzlich deutlicher sichtbar und nahmen schnell an Zahl und an Leuchtkraft zu; wo eben noch zwei oder drei sichtbar gewesen waren, standen schon zehn, zwanzig. Viele von ihnen und ihren Gruppen und Familien waren dem Regenmacher bekannt, er hatte sie viel hundertmal gesehen; ihre unveränderte Wiederkehr hatte etwas Beruhigendes, Sterne waren tröstlich, fern zwar und kalt standen sie oben, keine Wärme strahlend, aber zuverlässig, fest gereiht, Ordnung verkündend, Dauer versprechend. Dem Leben auf Erden, dem Leben der Menschen anscheinend so fremd und fern und entgegengesetzt, so unrührbar von seiner Wärme, seinen Zuckungen, Leiden und Ekstasen, ihm mit ihrer vornehm kalten Majestät und Ewigkeit so bis zum Spott überlegen, waren die Sterne dennoch in Beziehung zu uns, leiteten und regierten uns vielleicht, und wenn irgendein menschliches Wissen, ein geistiger Besitz, eine Sicherheit und Überlegenheit des Geistes über das Vergängliche erreicht und festgehalten wurde, so glichen sie den Sternen, strahlten wie sie in kühler Ruhe, trösteten mit kühlem Schauer, blickten ewig und etwas spöttisch. So war es dem Regenmacher oft erschienen, und wenn er auch zu den Sternen keineswegs das nahe, erregende, in beständiger Änderung und Wiederkehr sich erprobende Verhältnis hatte wie zum Monde, dem Großen, Nahen, Feuchten, dem fetten Zauber-

fisch im Himmelsmeer, so verehrte er sie doch tief und war
ihnen durch manchen Glauben verbunden. Sie lange anzu-
blicken und auf sich einwirken zu lassen, seine Klugheit,
seine Wärme, seine Bangigkeit ihren kaltstillen Blicken dar-
zubieten war ihm oft wie Bad und Heiltrank gewesen.

Auch heute blickten sie wie immer, nur sehr hell und wie
scharfgeschliffen in der straffen, dünnen Luft, aber er fand
nicht die Ruhe in sich, sich ihnen hinzugeben, es zog aus
unbekannten Räumen her eine Macht an ihm, schmerzte in
den Poren, sog an den Augen, wirkte still und stetig, ein
Strom, eine warnende Bebung. Nebenan in der Hütte
glomm trübrot das warme schwache Licht der Herdglut,
floß das kleine warme Leben, klang ein Zuruf, ein Lachen,
ein Gähnen, atmete Menschengeruch, Hautwärme, Mütter-
lichkeit, Kinderschlaf, und schien durch seine harmlose
Nähe die angebrochene Nacht noch zu vertiefen, die Sterne
noch weiter zurück in die unbegreifliche Ferne und Höhe
zu treiben.

Und jetzt, während Knecht in der Hütte drinnen die
Stimme Adas, ein Kind beruhigend, melodisch tief sumsen
und brummen hörte, begann am Himmel die Katastrophe,
deren das Dorf noch jahrelang gedenken sollte. Es trat in
dem stillen blanken Netz der Sterne da und dort ein Flim-
mern und Flackern ein, als zuckten die sonst unsichtbaren
Fäden dieses Netzes flammend auf, es fielen, wie Steine ge-
worfen, aufglühend und rasch wieder erlöschend, einzelne
Sterne schräg durch den Raum, hier einer, dort zwei, hier
ein paar, und noch hatte das Auge den ersten entschwunde-
nen Fallstern nicht losgelassen, noch hatte das Herz, vom
Anblick versteinert, nicht wieder zu schlagen begonnen,
da jagten sich die schräg und in leicht gekrümmter Linie
durch den Himmel fallenden oder geschleuderten Lichter
schon in Schwärmen von Dutzenden, von Hunderten, in
unzählbaren Scharen trieben sie wie von einem stummen
Riesensturm getragen quer durch die schweigende Nacht,
als habe ein Weltenherbst alle Sterne wie welke Blätter vom
Himmelsbaum gerissen und jage sie lautlos dahin, ins
Nichts. Wie welke Blätter, wie wehende Schneeflocken flo-
hen sie, Tausende und Tausende, in schauerlicher Stille dahin und hinab, hinter den südöstlichen Waldbergen verschwindend, wo noch niemals seit Menschengedenken ein

Stern untergegangen war, irgendwohin ins Bodenlose hinab.

Erstarrten Herzens, mit flimmernden Augen stand Knecht, den Kopf in den Nacken gedrückt, entsetzten und doch un- ersättlichen Blicks in den verwandelten und verwunsche- nen Himmel schauend, seinen Augen mißtrauend und doch des Schrecklichen nur allzu gewiß. Wie alle, denen dieser nächtliche Anblick geworden war, glaubte er die wohlbe- kannten Sterne selbst wanken, dahinstieben und hinabstür- zen zu sehen und erwartete das Gewölbe, falls nicht vorher die Erde ihn verschlänge, in Bälde schwarz und ausgeleert zu sehen. Nach einer Weile freilich erkannte er, was andere zu erkennen nicht fähig waren, daß die wohlbekannten Sterne hier und dort und überall noch vorhanden waren, daß das Sterngestiebe nicht unter den alten, vertrauten Ster- nen ein schreckliches Wesen trieb, sondern im Zwischen- raum zwischen Erdboden und Himmel, und daß diese fal- lenden oder geworfenen, neuen, so schnell erscheinenden und so schnell schwindenden Lichter in einem etwas anders gefärbten Feuer glühten als die alten, die richtigen Sterne. Dies war ihm tröstlich und half ihm sich wiederfinden, aber mochten das nun auch neue, vergängliche, andre Sterne sein, deren Gestöber die Luft erfüllte grausig und böse, Un- heil und Unordnung war es doch, tiefe Seufzer kamen aus Knechts vertrockneter Kehle. Er blickte erdwärts, er horchte umher, um zu erfahren, ob ihm allein dies geister- hafte Schauspiel erscheine oder ob auch andre es sähen. Bald hörte er von anderen Hütten her Stöhnen, Kreischen und Ausrufe des Schreckens; auch andre hatten es gesehen, hatten es weitergeschrien, hatten die Ahnungslosen und die Schläfer alarmiert, im Nu würde Angst und Panik das ganze Dorf ergriffen haben. Tief aufseufzend nahm es Knecht auf sich. Ihn vor allen andern traf es, dies Unglück, ihn, den Re- genmacher; ihn, der gewissermaßen verantwortlich war für die Ordnung am Himmel und in den Lüften. Noch immer hatte er große Katastrophen vorauserkannt oder gespürt: Überschwemmung, Hagel, große Stürme, hatte jedesmal die Mütter und Ältesten vorbereitet und gewarnt, hatte das Argste verhütet, hatte sich, sein Wissen und seinen Mut und sein Vertrauen zu den oberen Mächten zwischen das Dorf und die Verzweiflung gestellt. Warum hatte er diesmal nichts vorausgewußt und angeordnet? Warum hatte er von dem dunkeln, warnenden Vorgefühl, das er allerdings gehabt, keinem Menschen ein Wort gesagt?

Er lüpfte die Matte des Hütteneingangs und rief leise den Namen seiner Frau. Sie kam, ihr Jüngstes an der Brust, er nahm ihr das Kleine ab und legte es auf die Streu, er nahm Adas Hand, legte einen Finger auf die Lippen, Schweigen fordernd, führte sie aus der Hütte und sah, wie alsbald ihr geduldig stilles Gesicht von Angst und Schrecken entstellt wurde.

„Die Kinder sollen schlafen, sie sollen das nicht sehen, hörst du?" flüsterte er heftig. „Du darfst keines herauslassen, auch Turu nicht. Und auch du selber bleibst drinnen."

Er zögerte, ungewiß, wieviel er sagen, wieviel von seinen Gedanken er verraten solle, und fügte dann mit Festigkeit hinzu: „Es wird dir und den Kindern nichts geschehen."

Sie glaubte es ihm alsbald, obwohl damit ihr Gesicht und Gemüt noch nicht wieder vom erlittenen Schrecken genesen war.

„Was ist es denn?" fragte sie, wieder an ihm vorbei in den Himmel starrend. „Ist es sehr schlimm?"

„Es ist schlimm", sagte er sanft, „ich glaube wohl, daß es sehr schlimm ist. Aber es gilt nicht dir und den Kleinen. Bleibet in der Hütte, halte die Matte gut geschlossen. Ich muß zu den Leuten, mit ihnen reden. Geh hinein, Ada."

Er drängte sie durch das Hüttenloch, zog die Matte sorgfältig zu, stand noch einige Atemzüge lang, das Gesicht dem fortdauernden Sternregen zugewandt, dann senkte er den Kopf, seufzte nochmals aus schwerem Herzen und ging nun schnell dorfeinwärts durch die Nacht, zur Hütte der Ahnmutter.

Hier war das halbe Dorf schon versammelt, in einem gedämpften Getöse, einem durch die Angst gelähmten und halb unterdrückten Taumel von Schrecken und Verzweiflung. Es gab Weiber und Männer, welche sich dem Gefühl von Entsetzen und Untergangsnähe mit einer Art von Wut und Wollust hingaben, die wie Verzückte steif standen oder mit unbeherrschten Gliedern um sich fuchtelten, eine hatte Schaum vor dem Munde, tanzte für sich allein einen verzweifelten und zugleich obszönen Tanz und riß sich dabei die langen Haare in ganzen Büscheln aus. Knecht sah:

es war alles schon im Gange, sie waren schon beinahe alle
an den Rausch verloren, von den fallenden Sternen behext
und verrückt gemacht, es würde vielleicht eine Orgie von
Irrsinn, Wut und Selbstvernichtungslust geben, es war
höchste Zeit, die paar Mutigen und Besonnenen zu sammeln und zu stärken. Die uralte Ahnmutter war ruhig; sie
glaubte das Ende aller Dinge gekommen, wehrte sich aber
nicht dagegen und zeigte dem Schicksal ein festes, hartes,
in seiner herben Gekniffenheit beinah spöttisch aussehen-
des Gesicht. Er brachte sie dazu, ihn anzuhören. Er versuchte ihr zu demonstrieren, daß die alten, die immer dage-
wesenen Sterne noch vorhanden seien, doch vermochte sie
das nicht aufzunehmen, sei es, daß ihre Augen die Kraft
nicht mehr hatten, es zu erkennen, sei es, daß ihre Vorstellung von den Sternen und ihr Verhältnis zu ihnen von denen des Regenmachers allzu verschieden waren, als daß
man einander hätte verstehen können. Sie schüttelte den
Kopf und behielt ihr tapferes Grinsen bei, und als Knecht
sie nun beschwor, die Leute in ihrem Angstrausch nicht
sich selber und den Dämonen zu überlassen, war sie sogleich einverstanden. Es bildete sich um sie und den Wettermacher eine kleine Gruppe von geängstigten, aber nicht
verrückt gewordenen Menschen, die bereit waren, sich führen zu lassen.

Noch im Augenblick vor seinem Eintreffen hatte Knecht
gehofft, der Panik durch Vorbild, Vernunft, Rede, Erklä-
rung und Zuspruch steuern zu können. Schon das kurze
Gespräch mit der Ahnfrau belehrte ihn, daß es dafür zu
spät sei. Er hatte gehofft, die andern an seinem eignen Erlebnis teilhaben lassen, es ihnen zum Geschenk machen
und auf sie übertragen zu können, er hatte gehofft, unter
seinem Zuspruch würden sie vor allem einsehen, daß nicht
die Sterne selber, oder doch nicht alle, herunterfielen und
vom Weltsturm davongetragen würden, und damit, daß sie
vom hilflosen Schrecken und Staunen zum tätigen Beobachten fortschritten, würden sie der Erschütterung standhalten
können. Aber es wären, das sah er schnell, im ganzen Dorf
nur sehr wenige dieser Beeinflussung zugänglich gewesen,
und bis man auch nur sie gewonnen hätte, wären die andern vollends ganz dem Irrsinn verfallen. Nein, es war hier,
wie so oft, mit der Vernunft und den klugen Worten gar

189

nichts zu erreichen. Zum Glück gab es andre Mittel. Wenn
es unmöglich war, die Todesangst aufzulösen, indem man
sie mit Vernunft durchsetzte, so war es doch möglich, die
Todesangst zu leiten, zu organisieren, ihr Form und Gesicht zu geben und aus dem hoffnungslosen Durcheinander
von Tollgewordenen eine feste Einheit, aus den unbeherrschten wilden Einzelstimmen einen Chor zu machen.
Alsbald setzte es Knecht ins Werk, alsbald schlug das Mittel
an. Er trat vor die Leute, schrie die wohlbekannten Gebets-
worte, mit welchen sonst die öffentlichen Trauer- und Bußübungen eröffnet wurden, die Totenklage um eine Ahnfrau
oder das Opfer- und Bußfest bei öffentlichen Gefahren wie
Seuchen und Überschwemmung. Er schrie die Worte im
Takt und unterstützte den Takt durch Händeklatschen, und
im selben Takt, schreiend und händeklatschend, bückte er
sich bis fast zum Erdboden, erhob sich wieder, bückte sich
wieder, erhob sich, und schon machten zehn und zwanzig
andere die Bewegungen mit, die greise Dorfmutter stand,
murmelte rhythmisch und deutete mit kleinen Verneigun-
gen die rituellen Bewegungen an. Wer noch von den anderen Hütten her sich einfand, ordnete sich ohne weiteres in
den Takt und Geist der Zeremonie ein, die paar ganz Beses-
senen brachen entweder bald mit erschöpften Kräften zusammen und lagen regungslos, oder sie wurden vom Chor-
gemurmel und Verneigungsrhythmus der gottesdienstlichen Handlung bezwungen und mitgerissen. Es war
gelungen. Statt einer verzweifelten Horde von Verrückten
stand da ein Volk von opfer- und bußgewillten Andächti-
gen, deren jedem es wohltat und das Herz stärkte, seine Todesfurcht und sein Entsetzen nicht in sich zu verschließen
oder für sich allein hinauszubrüllen, sondern im geordne-
ten Chor der vielen, taktmäßig, sich einer beschwörenden
Zeremonie einzuordnen. Viele geheime Mächte sind in
einer solchen Übung wirksam, ihr stärkster Trost ist die
Gleichförmigkeit, das Gemeinschaftsgefühl verdoppelnd,
und ihre unfehlbarste Arznei ist Maß und Ordnung, ist
Rhythmus und Musik.
Während noch immer der ganze Nachthimmel vom Heer
der fallenden Sternschnuppen wie von einer lautlos stür-
zenden Kaskade aus Lichttropfen bedeckt war, welche wohl
zwei Stunden lang weiter ihre großen rötlichen Feuertrop-

fen verschwendete, verwandelte das Grauen des Dorfes
sich in Ergebung und Devotion, in Anrufung und Bußge-
fühl, und den aus ihrer Ordnung geratenen Himmeln trat
die Angst und Schwäche der Menschen als Ordnung und
kultische Harmonie entgegen. Noch ehe der Sternenregen
anfing zu ermüden und dünner zu strömen, war das Wunder vollzogen und strahlte Heilkraft aus, und als der Himmel langsam sich zu beruhigen und zu genesen schien, hatten die todmüden Büßer alle das erlösende Gefühl, mit
ihrer Übung die Mächte besänftigt und den Himmel wieder
in Ordnung gebracht zu haben.
Die Schreckensnacht wurde nicht vergessen, man sprach
noch den ganzen Herbst und Winter hindurch von ihr, aber
bald tat man es schon nicht mehr flüsternd und beschwörend, sondern im alltäglichen Ton und mit der Genugtuung, welche auf ein brav bestandenes Unheil, eine mit Erfolg bekämpfte Gefahr zurückblickt. Man erlabte sich an
den Einzelheiten, jeder war auf seine Weise von dem Unerhörten überrascht worden, jeder wollte es als erster entdeckt haben, über einige besonders Furchtsame und Über-
wältigte wagte man sich lustig zu machen, und noch lange
hielt eine gewisse Angeregtheit im Dorfe vor: Man hatte etwas erlebt, Großes war geschehen, es war etwas los gewesen!
An dieser Stimmung und am allmählichen Abflauen und
Vergessen des großen Ereignisses hatte Knecht keinen Teil.
Für ihn blieb das unheimliche Erlebnis eine unvergeßliche
Mahnung, ein nicht mehr zur Ruhe kommender Stachel,
und für ihn war es dadurch, daß es vorübergegangen und
durch Prozession, Gebet und Bußübung besänftigt worden
war, keineswegs abgetan und abgewendet. Es gewann sogar,
je länger es vergangen war, für ihn desto größere Bedeutung, denn er erfüllte es mit Sinn, er wurde an ihm vollends
zum Grübler und Deuter. Für ihn war schon das Ereignis
an sich, das wunderhafte Naturschauspiel, ein unendlich
großes und schwieriges Problem mit vielen Perspektiven:
einer, der dies gesehen hatte, konnte wohl ein Leben lang
darüber nachsinnen. Nur ein einziger im Dorf hätte den
Sternenregen mit ähnlichen Voraussetzungen und ähnlichen Augen wie er selbst betrachtet, sein eigener Sohn und
Schüler Turu, nur dieses einen Zeugen Bestätigungen oder

Korrekturen hätten Wert für Knecht gehabt. Aber diesen Sohn hatte er schlafen lassen, und je länger er darüber nachgrübelte, warum er das eigentlich getan, warum er bei dem unerhörten Geschehnis auf den einzigen ernst zu nehmenden Zeugen und Mitbeobachter verzichtet hatte, desto mehr verstärkte sich in ihm der Glaube, daß er da gut und richtig gehandelt und einer weisen Ahnung gehorcht habe. Er hatte die Seinen vor dem Anblick behüten wollen, auch seinen Lehrling und Kollegen, und sogar ihn ganz besonders, denn niemandem war er so zugetan wie ihm. Darum hatte er ihm den Sternenfall verheimlicht und unterschlagen, denn einmal glaubte er an die guten Geister des Schlafes, zumal des jugendlichen, und ferner hatte er, wenn die Erinnerung ihn nicht täuschte, eigentlich schon in jenem Augenblick, gleich nach dem Beginn der Himmelszeichen, weniger an eine augenblickliche Lebensgefahr für alle gedacht als an ein Vorzeichen und sich meldendes Unheil in der Zukunft, und zwar an eines, das keinen so nahe anging und betreffen würde wie ihn allein, den Wettermacher. Es war da etwas im Anzug, eine Gefahr und Bedrohung aus jener Sphäre her, mit welcher sein Amt ihn verband, und sie würde, in welcher Gestalt immer, vor allem und ausdrücklich ihm selber gelten. Sich dieser Gefahr wach und entschlossen entgegenzustellen, sich in der Seele auf sie vorzubereiten, sie hinzunehmen, aber sich nicht von ihr kleinmachen und entwürdigen zu lassen, das war die Mahnung und der Entschluß, welche er aus dem großen Vorzeichen zog. Es würde dies kommende Schicksal einen reifen und mutigen Mann erfordern, darum wäre es nicht gut gewesen, den Sohn mit hineinzuziehen, ihn als Mitleidenden oder nur als Mitwisser zu haben, denn so gut er von ihm dachte, war es doch ungewiß, ob ein junger und unerprobter Mensch ihm würde gewachsen sein.

Der Sohn Turu freilich war sehr unzufrieden damit, daß er das große Schauspiel versäumt und verschlafen hatte. Mochte es nun so oder so gedeutet werden, eine große Sache war es in jedem Fall, und vielleicht würde in seinem ganzen Leben sich Ähnliches nicht mehr zeigen, es war ihm ein Erlebnis und Weltwunder entgangen, eine ganze Weile schmollte er deswegen mit dem Vater. Nun, dies Schmollen wurde überwunden, denn der Alte entschädigte ihn durch

vermehrte zärtliche Aufmerksamkeit und zog ihn mehr als
je zu allen Verrichtungen seines Amtes heran, sichtlich gab
er im Vorgefühl kommender Dinge sich gesteigerte Mühe,
in Turu vollends einen möglichst vollkommenen und einge-
weihten Nachfolger zu erziehen. Sprach er auch nur selten
mit ihm über jenen Sternregen, so nahm er ihn doch immer
rückhaltloser in seine Geheimnisse, seine Praktiken, sein
Wissen und Forschen mit auf, ließ sich von ihm auch bei
Gängen, Versuchen, Naturbelauschungen begleiten, die er
bisher mit niemand geteilt hatte.

Der Winter kam und verging, ein feuchter und eher milder
Winter. Keine Sterne stürzten mehr, keine großen und un-
gewöhnlichen Dinge geschahen, das Dorf war beruhigt, fleißig gingen die Jäger auf Beute aus, am Gestänge über den
Hütten klapperten überall bei windigem Frostwetter die
Bündel von aufgehängten, steifgefrorenen Tierfellen, auf
geglätteten langen Scheiten zog man über den Schnee die
Holzlasten vom Walde her. Gerade während der kurzen
Frostperiode starb eine alte Frau im Dorf, man konnte sie
nicht gleich begraben; eine Reihe von Tagen, bis der Boden
wieder etwas auftaute, hockte der gefrorene Leichnam neben der Hüttentür.

Der Frühling erst bestätigte zum Teil die üblen Vorahnun-
gen des Wettermachers. Es wurde ein ausgesprochen
schlechter, vom Monde verratener, lustloser Frühling ohne
Trieb und Saft, immer war der Mond im Rückstande, niemals trafen die verschiedenen Zeichen zusammen, deren es
bedurfte, um den Tag der Aussaat zu bestimmen, dürftig
blühten die Blumen der Wildnis, tot hingen die geschlosse-
nen Knospen an den Zweigen. Knecht war sehr bekümmert, ohne es sich anmerken zu lassen, nur Ada und namentlich Turu sahen, wie es an ihm zehrte. Er nahm nicht
nur die üblichen Beschwörungen vor, sondern brachte auch
private, persönliche Opfer dar, kochte für die Dämonen
wohlriechende, wollüstig machende Breie und Aufgüsse,
schnitt sich den Bart kurz und verbrannte die Haare in der
Neumondnacht, vermengt mit Harz und feuchter Rinde,
einen dicken Rauch erzeugend. Solange als möglich vermied er die öffentlichen Veranstaltungen, das Gemeinde-
opfer, die Bittgänge, die Trommlerchöre, solange als irgend
möglich ließ er das verwünschte Wetter dieses bösen Früh-

193

lings seine Privatsorge sein. Immerhin mußte er, als der übliche Termin der Aussaat schon erheblich überschritten war, der Ahnmutter Bericht erstatten; und siehe, auch hier stieß er auf Unglück und Widerwärtigkeit. Die alte Ahnfrau, ihm gut Freund und beinah mütterlich wohlgesinnt, empfing ihn nicht, sie fühlte sich schlecht, lag im Bett, alle Pflichten und Besorgnisse hatte sie ihrer Schwester übergeben, und diese Schwester war gegen den Regenmacher recht kühl gesinnt, sie hatte nicht das strenge, gerade Wesen der Älteren, neigte etwas zu Zerstreuungen und Spielereien, und dieser Hang hatte ihr den Trommler und Gaukler Maro zugeführt, der verstand, ihr angenehme Stunden zu bereiten und ihr zu schmeicheln, und Maro war Knechts Feind. Gleich bei der ersten Unterredung witterte Knecht die Kühle und Abneigung, obwohl ihm mit keinem Wort widersprochen wurde. Seine Darlegungen und Vorschläge, nämlich mit der Aussaat und auch mit etwaigen Opfern und Umgängen noch zu warten, wurden gutgeheißen und angenommen, aber die Alte hatte ihn doch kalt und wie einen Untergebenen empfangen und behandelt, und sein Wunsch, die kranke Ahnmutter sehen oder ihr doch Arznei bereiten zu dürfen, wurde abschlägig beschieden. Betrübt und wie ärmer geworden, mit einem schlechten Geschmack im Gaumen, kam er von dieser Unterredung zurück, und einen halben Mond lang bemühte er sich auf seine Weise, eine Witterung zu schaffen, welche die Aussaat erlaubt hätte. Aber das Wetter, oft so gleichgerichtet mit den Strömungen seines Innern, verhielt sich hartnäckig höhnisch und feindselig, nicht Zauber noch Opfer schlug an. Es blieb dem Regenmacher nicht erspart, er mußte nochmals zur Schwester der Ahnmutter, diesmal war es schon wie ein Bitten um Geduld, um Aufschub; und er merkte sogleich, daß sie mit Maro, dem Hanswurst, über ihn und seine Sache müsse gesprochen haben, denn beim Gespräch über die Notwendigkeit, den Säetag zu bestimmen oder aber öffentliche Bittzeremonien anzuordnen, spielte das alte Weib allzusehr die Allwissende und brauchte einige Ausdrücke, die sie nur von Maro haben konnte, dem einstigen Regenmacherlehrling. Knecht bat sich noch drei Tage aus, stellte alsdann die gesamte Konstellation neu und günstiger dar und legte die Aussaat auf den ersten Tag des dritten Mondvier-

tels. Die Alte fügte sich und sprach den rituellen Spruch
dazu; der Beschluß wurde dem Dorf verkündigt, alles rüstete sich zur Saatfeier. Und nun, wo für eine Weile alles
wieder geordnet schien, zeigten die Dämonen von neuem
ihre Mißgunst. Ausgerechnet einen Tag vor der ersehnten
und vorbereiteten Aussaatfeier starb die alte Ahnmutter,
die Feier mußte verschoben und statt ihrer die Bestattung
angesagt und vorbereitet werden. Es war eine Feier ersten
Ranges; hinter der neuen Dorfmutter, ihren Schwestern
und Töchtern hatte der Regenmacher seinen Platz, im Ornat der großen Bittgänge, unter der hohen spitzen Fuchsfellmütze, von seinem Sohn Turu assistiert, der die zweitö-
nige Hartholzklapper schlug. Der Verstorbenen sowohl wie
ihrer Schwester, der neuen Ältesten, wurde viel Ehre erwiesen. Maro mit den von ihm angeführten Trommlern drängte
sich stark vor und fand Beachtung und Beifall. Das Dorf
weinte und feierte, es genoß Wehklage und Festtag, Trom-
melmusik und Opfer, es war ein schöner Tag für alle, aber
die Aussaat war wieder verschoben. Knecht stand würdig
und gefaßt, war aber tief bekümmert; es schien ihm, als be-
grabe er mit der Ahnmutter alle guten Zeiten seines Lebens.
Bald darauf fand, auf Wunsch der neuen Ahnmutter ebenfalls mit besonderer Großartigkeit, die Aussaat statt. Feierlich umschritt die Prozession die Felder, feierlich streute
die Alte die ersten Händevoll Samen ins Gemeindeland, zu
beiden Seiten gingen ihre Schwestern, jede einen Beutel
mit Körnern tragend, aus dem die Älteste schöpfte. Knecht
atmete ein wenig auf, als diese Begehung endlich vollzogen
war.
Aber die so festlich ausgesäte Frucht sollte keine Freude
und keine Ernte bringen, es war ein gnadenloses Jahr. Mit
einem Rückfall in Winter und Frost beginnend, übte das
Wetter in diesem Frühling und Sommer alle nur ersinnli-
chen Tücken und Feindseligkeiten, und im Sommer, als
endlich ein dünnstehendes, halbhohes, mageres Wachstum
die Felder bedeckte, kam das Letzte und Schlimmste, eine
ganz unerhörte Trockenheit, wie seit Menschengedenken
keine gewesen war. Woche um Woche kochte die Sonne im
weißlichen Hitzedunst, die kleineren Bäche versiegten,
vom Dorfweiher blieb nur ein schmutziger Sumpf übrig,

Paradies der Libellen und einer ungeheuerlichen Brut von Stechmücken, in der dürren Erde klafften die Spalten tief, man konnte zusehen, wie die Ernte erkrankte und abdorrte. Je und je zog sich Gewölk zusammen, aber die Gewitter blieben trocken, und fiel einmal ein Spritzer Regen, so folgte ihm tagelang ein dörrender Ostwind, oft schlug der Blitz in hohe Bäume, deren halbverdorrte Wipfel in schnell verloderten Feuern verbrannten.

„Turu", sagte Knecht eines Tages zu seinem Sohn, „diese Sache wird nicht gut ausgehen, wir haben alle Dämonen gegen uns. Mit dem Sternenfall hat es angefangen. Es wird mir, so denke ich, das Leben kosten. Merke dir: Wenn ich geopfert werden muß, dann trittst du in der gleichen Stunde mein Amt an, und als erstes verlangst du, daß mein Leib verbrannt und die Asche auf die Felder gestreut wird. Ihr werdet einen Winter mit großem Hunger haben. Aber das Unheil wird dann gebrochen sein. Du mußt sorgen, daß niemand das Saatgut der Gemeinde angreift, es muß Todesstrafe darauf stehen. Das kommende Jahr wird besser werden, und man wird sagen: Gut, daß wir den neuen, jungen Wettermacher haben."

Im Dorf herrschte Verzweiflung, Maro hetzte, nicht selten wurden dem Regenmacher Drohungen und Verwünschungen zugerufen. Ada wurde krank und lag von Erbrechen und Fiebern geschüttelt. Die Umgänge, die Opfer, die langen, herzerschütternden Trommelchöre konnten nichts mehr gutmachen. Knecht leitete sie, es war sein Amt, aber wenn die Leute wieder auseinanderliefen, stand er allein, ein gemiedener Mann. Er wußte, was notwendig war, und wußte auch, daß Maro schon von der Ahnmutter seine Opferung verlangt hatte. Seiner Ehre und seinem Sohn zuliebe tat er den letzten Schritt: er bekleidete Turu mit dem großen Ornat, nahm ihn mit zur Ahnmutter, empfahl ihn als seinen Nachfolger und legte selber sein Amt nieder, indem er sich zum Opfer anbot. Sie sah ihn eine kleine Weile neugierig prüfend an, dann nickte sie und sagte ja.

Die Opferung wurde noch am selben Tage vollzogen. Das ganze Dorf wäre mitgegangen, aber es lagen viele an der Ruhr krank, auch Ada lag schwer krank. Turu in seinem Ornat mit der hohen Fuchsfellmütze wäre beinah einem Hitzschlag erlegen. Alle Angesehenen und Würdenträger, so-

weit sie nicht krank lagen, kamen mit, die Ahnmutter mit
zwei Schwestern, die Ältesten, der Vorstand des Trommler-
chors, Maro. Hinterher folgte ungeordnet der Volkshaufe.
Beschimpft wurde der alte Regenmacher von keinem, es
ging recht schweigsam und beklommen zu. Man zog in den
Wald und suchte dort eine große rundliche Lichtung auf,
sie hatte Knecht selbst zum Ort der Handlung bestimmt.
Die meisten Männer hatten ihre Steinäxte mit, um an dem
Holzstoß für die Verbrennung mitzuarbeiten. In der Lichtung angekommen, ließ man den Regenmacher in der Mitte
stehen und bildete einen kleinen Kreis um ihn, weiter
außen im größeren Kreis stand die Menge. Da alle ein un-
entschlossenes und verlegenes Schweigen bewährten, ergriff der Regenmacher selbst das Wort. „Ich bin euer Regenmacher gewesen“, sagte er, „ich habe meine Sache viele
Jahre lang so gut gemacht, als ich konnte. Jetzt sind die Dämonen gegen mich, es will mir nichts mehr glücken. Darum
habe ich mich zum Opfer gestellt. Das versöhnt die Dämonen. Mein Sohn Turu wird euer neuer Regenmacher sein.
Nun tötet mich, und wenn ich tot bin, dann folget genau
den Vorschriften meines Sohnes. Lebet wohl! Und wer wird
mich töten? Ich empfehle den Trommler Maro, er wird der
geeignete Mann dafür sein.“
Er schwieg, und niemand rührte sich. Turu, dunkelrot unter
der schweren Fellmütze, blickte gequält im Kreise herum,
spöttisch verzog sich seines Vaters Mund. Endlich stampfte
die Ahnmutter wütend mit dem Fuße auf, winkte Maro her
und schrie ihn an: „Vorwärts doch! Nimm die Axt und tu
es!“ Maro, die Axt in Händen, stellte sich vor seinem einstigen Lehrmeister auf, er haßte ihn noch mehr als sonst, der
Zug von Spott auf diesem schweigsamen alten Mund tat
ihm bitter weh. Er hob die Axt und schwang sie über sich,
zielend hielt er sie oben schwebend, starrte dem Opfer ins
Gesicht und wartete, daß es die Augen schlösse. Allein, dies
tat Knecht nicht, er hielt die Augen unentwegt offen und
blickte den Mann mit der Axt an, beinah ohne Ausdruck,
aber was an Ausdruck zu sehen war, schwebte zwischen
Mitleid und Spott.
Wütend warf Maro die Axt weg. „Ich tue es nicht“, murmelte er, drang durch den Kreis der Ehrwürdigen und verlor sich in der Menge. Einige lachten leise. Die Ahnmutter

war bleich vor Zorn geworden, über den feigen, unbrauchbaren Maro nicht weniger als über diesen hochmütigen Regenmacher. Sie winkte einem der Ältesten, einem ehrwürdigen, stillen Mann, der auf seine Axt gestützt stand und sich dieser ganzen unbehaglichen Szene zu schämen schien. Er trat vor, er nickte dem Opfer kurz und freundlich zu, sie kannten sich seit Knabenzeiten, und jetzt schloß das Opfer willig seine Augen, fest tat Knecht sie zu und senkte den Kopf ein wenig. Der Alte schlug ihn mit der Axt, er sank zusammen. Turu, der neue Regenmacher, konnte kein Wort sprechen, nur mit Gebärden ordnete er das Notwendige an, und bald war ein Holzstoß geschichtet und der Tote darauf niedergelegt. Das feierliche Ritual des Feuerbohrens mit den beiden geweihten Hölzern war Turus erste Amtshandlung.

Der Beichtvater

Es war um die Zeit, da der heilige Hilarion noch am Leben, wenn auch schon hoch in den Jahren war, da lebte in der Stadt Gaza einer namens Josephus Famulus, der hatte bis zu seinem dreißigsten Jahr oder länger ein Weltleben geführt und die heidnischen Bücher studiert, war alsdann durch eine Frau, welcher er nachstellte, mit der göttlichen Lehre und der Süßigkeit der christlichen Tugenden bekannt geworden, hatte sich der heiligen Taufe unterzogen, seine Sünden abgeschworen und mehrere Jahre zu den Füßen der Presbyter seiner Stadt gesessen und namentlich den so sehr beliebten Erzählungen vom Leben der frommen Einsiedler in der Wüste mit brennender Neugier gelauscht, bis er eines Tages, etwa sechsunddreißig Jahre alt, jenen Weg einschlug, den die Heiligen Paulus und Antonius vorangegangen und den seither so manche Fromme eingeschlagen hatten. Er übergab den Rest seiner Habe den Ältesten, um ihn an die Armen der Gemeinde zu verteilen, nahm beim Tore von seinen Freunden Abschied und wanderte aus der Stadt in die Wüste, aus der schnöden Welt in das arme Leben der Büßer hinüber.
Viele Jahre sengte und dörrte ihn die Sonne, rieb er betend die Knie auf Fels und Sand, wartete er fastend den Unter-

gang der Sonne ab, um seine paar Datteln zu kauen; quälten ihn die Teufel mit Anfechtung, Hohn und Versuchung, schlug er sie nieder mit Gebet, mit Buße, mit Preisgabe seiner selbst, wie wir das alles in den Lebensbeschreibungen der seligen Väter geschildert finden. Viele Nächte auch blickte er schlummerlos zu den Sternen empor, und auch die Sterne schufen ihm Anfechtung und Verwirrung, er las die Sternbilder ab, in welchen er einst gelernt hatte, die Geschichten der Götter und die Sinnbilder der Menschennatur mit zu lesen, eine Wissenschaft, welche von den Presbytern durchaus verabscheut wurde und welche noch lang ihn mit Phantasien und Gedanken aus seiner heidnischen Zeit verfolgte.

Überall, wo in jenen Bezirken die nackte unfruchtbare Wildnis von einem Quell, einer Handvoll Grün, einer kleinen oder großen Oase sich unterbrochen zeigte, lebten damals die Eremiten, manche ganz allein, manche in kleinen Brüderschaften, wie sie auf einem Bild im Camposanto von Pisa dargestellt sind, Armut und Nächstenliebe übend, Adepten einer sehnsüchtigen Ars moriendi, einer Kunst des Sterbens, des Absterbens von der Welt und vom eigenen Ich und des Hinübersterbens zu ihm, dem Erlöser, ins Lichte und Unverwelkliche. Sie wurden von Engeln und von Teufeln besucht, sie dichteten Hymnen, trieben Dämonen aus, heilten und segneten und schienen es auf sich genommen zu haben, die Weltlust, Roheit und Sinnengier vieler dahingegangener und vieler noch kommender Zeitalter durch eine gewaltige Woge des Enthusiasmus und der Hingabe, durch ein ekstatisches Plus an Weltentsagung wiedergutzumachen. Manche von ihnen waren wohl im Besitz von alten heidnischen Praktiken der Läuterung, von Methoden und Übungen eines seit Jahrhunderten in Asien hochgezüchteten Verfahrens der Vergeistigung, doch wurde davon nicht gesprochen, und es wurden diese Methoden und Yoga-Übungen nicht eigentlich mehr gelehrt, sondern unterlagen dem Verbot, mit welchem das Christentum alles Heidnische mehr und mehr belegte.

In manchen dieser Büßer bildete die Glut dieses Lebens besondere Gaben aus, Gaben des Gebets, des Heilens durch Handauflegung, der Prophetie, des Teufelbannens, Gaben des Richtens und Strafens, des Tröstens und Segnens. Auch in Josephus schlummerte eine Gabe, und mit den Jahren, als sein Haar fahl zu werden begann, kam sie langsam zu ihrer Blüte. Es war die Gabe des Zuhörens. Wenn ein Bruder aus einer der Siedlungen oder ein vom Gewissen beunruhigtes und getriebenes Weltkind sich bei Josef einfand und ihm von seinen Taten, Leiden, Anfechtungen und Verfehlungen berichtete, sein Leben erzählte, seinen Kampf um das Gute und sein Erliegen im Kampf, oder einen Verlust und Schmerz, eine Trauer, so verstand Josef ihn anzuhören, ihm sein Ohr und Herz zu öffnen und hinzugeben, sein Leid und seine Sorge in sich aufzunehmen und zu bergen und ihn entleert und beruhigt zu entlassen. Langsam, in langen Jahren, hatte dieses Amt sich seiner bemächtigt und ihn zum Werkzeug gemacht, zu einem Ohr, dem man Vertrauen schenkte. Eine gewisse Geduld, eine gewisse einsaugende Passivität und eine große Verschwiegenheit waren seine Tugenden. Immer häufiger kamen Leute zu ihm, um sich auszusprechen, um sich angestauter Bedrängnisse zu entledigen, und manche von ihnen brachten, auch wenn sie einen weiten Weg bis zu seiner Rohrhütte hatten zurücklegen müssen, nach der Ankunft und Begrüßung doch nicht die Freiheit und Tapferkeit zum Bekennen auf, sondern wanden und schämten sich, taten mit ihren Sünden kostbar, seufzten und schwiegen lang, stundenlang, und er verhielt sich gegen einen jeden gleich, ob er nun gern oder widerwillig, ob er geläufig oder stockend redete, ob er seine Geheimnisse wütend von sich warf oder sich mit ihnen wichtig machte. Es war ihm einer wie der andere, er mochte Gott anklagen oder sich selbst, er mochte seine Sünden und Leiden vergrößern oder verkleinern, er mochte einen Totschlag oder nur eine Unkeuschheit beichten, eine untreue Geliebte oder ein verspieltes Seelenheil beklagen. Es erschreckte ihn nicht, wenn einer von vertrautem Umgang mit Dämonen erzählte und mit dem Teufel auf du zu stehen schien, noch verdroß es ihn, wenn einer lang und vielerlei erzählte und dabei sichtlich die Hauptsache verschwieg, noch machte es ihn ungeduldig, wenn einer sich wahnhafter und erdichteter Sünden bezichtigte. Es schien alles, was ihm an Klagen, Geständnissen, Anklagen und Gewissensängsten zugetragen wurde, in sein Gehör einzugehen wie Wasser in Wüstensand, er schien kein Urteil darüber zu haben und weder Mitleid noch Verachtung für den Beichtenden zu fühlen, und dennoch, oder vielleicht ebendarum, schien das, was ihm gebeichtet wurde, nicht ins Leere gesagt, sondern im Sagen und Gehörtwerden verwandelt, erleichtert und gelöst zu werden. Selten nur sprach er eine Mahnung oder Warnung aus, noch seltener gab er einen Rat oder gar Befehl; es schien dies nicht seines Amtes zu sein, und die Sprechenden schienen es auch zu fühlen, daß dies nicht seines Amtes sei. Sein Amt war, Vertrauen zu erwecken und zu empfangen, geduldig und liebevoll zuzuhören, dadurch der noch nicht fertig gestalteten Beichte vollends zur Gestalt zu verhelfen, das in den Seelen Gestaute oder Verkrustete zum Fluß und Abströmen einzuladen, es aufzunehmen und in Schweigen einzuhüllen. Nur daß er am Ende einer jeden Beichte, der schrecklichen wie der harmlosen, der zerknirschten wie der eitlen, den Beichtenden neben sich knien ließ und das Vaterunser betete und ihn, ehe er ihn entließ, auf die Stirn küßte. Bußen und Strafen zu verhängen, war nicht seines Amtes, auch zum Aussprechen einer eigentlichen priesterlichen Absolution fühlte er sich nicht ermächtigt, es war weder das Richten noch das Vergeben der Schuld seine Sache. Indem er zuhörte und verstand, schien er Mitschuld auf sich zu nehmen, schien tragen zu helfen. Indem er schwieg, schien er das Gehörte versenkt und der Vergangenheit übergeben zu haben. Indem er mit dem Beichtkind nach seiner Beichte betete, schien er es als Bruder und seinesgleichen aufzunehmen und anzuerkennen. Indem er ihn küßte, schien er ihn auf eine mehr brüderliche als priesterliche, auf eine mehr zärtliche als feierliche Art zu segnen.

Sein Ruf verbreitete sich in der ganzen Umgebung von Gaza, man kannte ihn weitum und nannte ihn gelegentlich sogar mit dem verehrten, großen Beichtvater und Eremiten Dion Pugil zusammen, dessen Ruf allerdings schon um zehn Jahre älter war und auf ganz anderen Fähigkeiten beruhte, denn Vater Dion war gerade dadurch berühmt, daß er in den Seelen, die sich ihm anvertrauten, noch schärfer und rascher zu lesen verstand als in den ausgesprochenen Worten, so daß er einen zögernd Beichtenden nicht selten dadurch überraschte, daß er ihm seine noch nicht gebeichteten Sünden auf den Kopf zu sagte. Dieser Seelenkenner,

von welchem Josef hundert erstaunliche Geschichten hatte
erzählen hören und mit welchem er sich selbst niemals zu
vergleichen gewagt hätte, war auch ein begnadeter Berater
irrender Seelen, war ein großer Richter, Bestrafer und Ord-
ner: er auferlegte Bußen, Kasteiungen und Wallfahrten, stif-
tete Ehen, zwang Verfeindete zur Aussöhnung, und seine
Autorität war gleich der eines Bischofs. Er lebte in der
Nähe von Askalon, wurde aber von Bittstellern sogar aus Je-
rusalem, ja aus noch ferner gelegenen Orten aufgesucht.
Josephus Famulus hatte gleich den meisten Eremiten und
Büßern lange Jahre eines leidenschaftlichen und aufreibenden Kampfes durchgemacht. Hatte er auch sein Weltleben
verlassen, hatte er seine Habe und sein Haus weggegeben
und die Stadt mit ihren vielfältigen Einladungen zur Welt-
und Sinnenlust verlassen, so hatte er doch sich selbst mitnehmen müssen, und es waren in ihm alle Triebe des Lei-
bes und der Seele vorhanden, welche einen Menschen in
Not und Versuchung führen können. Er hatte zunächst vor
allem den Leib bekämpft, er war streng und hart mit ihm
gewesen, hatte ihn an Hitze und Kälte, an Hunger und
Durst, an Narben und Schwielen gewöhnt, bis er langsam
abgewelkt und abgedorrt war, aber auch noch in der hage-
ren Asketenhülle konnte ihn der alte Adam durch die un-
sinnigsten Begierden und Gelüste, Träume und Vorgauke-
lungen schmählich überraschen und ärgern; wir wissen ja,
daß den Weltflüchtigen und Büßern der Teufel eine ganz
besondere Sorgfalt widmet. Als sodann gelegentlich Trost-
suchende und Beichtbedürftige ihn aufgesucht hatten, erkannte er darin dankbar einen Ruf der Gnade und empfand
zugleich darin eine Erleichterung seines Büßerlebens: er
hatte einen über ihn selbst hinausweisenden Sinn und Inhalt bekommen, ein Amt war ihm erteilt worden, er konnte
anderen dienen oder konnte Gott als Werkzeug dienen, um
Seelen zu sich zu ziehen. Dies war ein wunderbares und
wahrhaft erhebendes Gefühl gewesen. Aber im Fortgang
hatte es sich gezeigt, daß auch die Güter der Seele noch
dem Irdischen angehören und zu Versuchungen und Fall-
stricken werden können. Oft nämlich, wenn solch ein Wanderer gegangen oder geritten kam, vor seiner Felsengrotte
haltmachte, um einen Schluck Wasser und hernach um das
Anhören seiner Beichte bat, dann beschlich unsern Josef

202

ein Gefühl von Befriedigung und Wohlgefallen, einem
Wohlgefallen an sich selbst, einer Eitelkeit und Selbstliebe,
über welche er, sobald er sie erkannte, tief erschrak. Nicht
selten bat er Gott auf den Knien um Vergebung und bat ihn
darum, daß kein Beichtkind mehr zu ihm, dem Unwürdigen, kommen möge, nicht aus den Hütten der büßenden
Brüder in der Nachbarschaft und nicht aus den Dörfern
und Städten der Welt. Indessen befand er sich auch dann,
wenn wirklich die Beichter zuzeiten ausblieben, nicht viel
besser, und wenn daraufhin dann wieder viele kamen, dann
ertappte er sich bei einer neuen Versündigung: es begegnete ihm nun, daß er beim Anhören dieser oder jener Geständnisse Regungen der Kälte und Lieblosigkeit, ja der
Verachtung gegen den Beichtenden empfand. Seufzend
nahm er auch diese Kämpfe auf sich, und es gab Zeiten, wo
er nach jeder angehörten Beichte sich einsamen Demüti-
gungs- und Bußübungen unterzog. Außerdem machte er es
sich zum Gesetz, alle Beichtenden nicht nur wie Brüder,
sondern mit einer gewissen besonderen Ehrerbietung zu
behandeln, und desto mehr, je weniger die Person eines solchen ihm gefallen wollte: er empfing sie als Boten Gottes,
ausgesandt, um ihn zu prüfen. So fand er mit den Jahren,
spät genug, als ein schon alternder Mann, eine gewisse
Gleichmäßigkeit der Lebensführung, und jenen, welche in
seiner Nähe lebten, schien er ein tadelfreier Mann zu sein,
der den Frieden in Gott gefunden hat.
Indessen ist auch der Friede etwas Lebendiges, auch er wie
alles Lebende muß wachsen und abnehmen, muß sich an-
passen, muß Proben bestehen und Wandlungen durch-
machen; so stand es auch um den Frieden des Josephus Famulus, er war labil, er war bald sichtbar, bald nicht, er war bald
nah wie eine Kerze, die man in der Hand trägt, bald fern
wie ein Stern am Winterhimmel. Und mit der Zeit war es
eine besondere, neue Art von Sünde und Versuchung, welche ihm immer häufiger das Leben schwer machte. Es war
nicht eine starke, leidenschaftliche Bewegung, Empörung
oder Erhebung der Triebe, es schien eher das Gegenteil zu
sein. Es war ein Gefühl, das in seinen ersten Stadien ganz
leicht zu ertragen, ja kaum wahrzunehmen war, ein Zustand
ohne eigentliche Schmerzen und Entbehrungen, ein flauer,
lauer, langweiliger Seelenzustand, der sich eigentlich nur

negativ bezeichnen ließ, als ein Hinwegschwinden, Abnehmen und schließliches Fehlen der Freude. So wie es Tage
gibt, an welchen weder die Sonne strahlt noch der Regen
strömt, sondern der Himmel still in sich selber versinkt und
sich einspinnt, grau, doch nicht schwarz, schwül, doch nicht
bis zur Gewitterspannung, so wurden allmählich die Tage
des alternden Josef; es waren die Morgen von den Abenden, die Festtage von den gewöhnlichen, die Stunden des
Aufschwungs von denen des Darniederliegens immer weniger zu unterscheiden, es lief alles träg in einer lahmen Müdigkeit und Unlust dahin. Es sei das Alter, dachte er traurig.
Traurig war er, weil er vom Altwerden und vom allmählichen Erlöschen der Triebe und Leidenschaften sich eine
Aufhellung und Erleichterung seines Lebens, einen Schritt
weiter zur ersehnten Harmonie und reifen Seelenruhe versprochen hatte, und weil nun das Alter ihn zu enttäuschen
und betrügen schien, indem es nichts brachte als diese
müde, graue, freudlose Öde, dies Gefühl unheilbarer Über-
sättigung. Übersättigt fühlte er sich von allem: vom bloßen
Dasein, vom Atmen, vom Schlaf der Nacht, vom Leben in
seiner Grotte am Rande der kleinen Oase, vom ewigen
Abendwerden und Morgenwerden, vom Vorbeiziehen der
Reisenden und Pilger, der Kamelreiter und Eselreiter und
am meisten von jenen Leuten, deren Kommen und Besuch
ihm selber galt, von jenen törichten, angstvollen und zugleich so kindisch gläubigen Menschen, deren Bedürfnis es
war, ihm ihr Leben, ihre Sünden und Ängste, ihre Anfechtungen und Selbstanklagen zu erzählen. Es schien ihm zuweilen: wie in der Oase die kleine Wasserquelle sich im
Steinbecken sammelte, durch Gras floß und einen kleinen
Bach bildete, dann in die Öde des Sandes hinausfloß und
dort nach kurzem Lauf versiegte und erstarb, ebenso kämen
alle diese Beichten, diese Sündenregister, diese Lebens-
läufe, diese Gewissensplagen, große wie kleine, ernste wie
eitle, ebenso kämen sie in sein Ohr geflossen, Dutzende,
Hunderte, immerdar neue. Aber das Ohr war nicht tot wie
der Wüstensand, das Ohr war lebendig und vermochte
nicht ewig zu trinken und zu schlucken und einzusaugen,
es fühlte sich ermüdet, mißbraucht, überfüllt, es sehnte sich
danach, daß das Fließen und Geplätscher der Worte, der
Geständnisse, der Sorgen, der Anklagen, der Selbstbezichti-

gungen einmal aufhöre, daß einmal Ruhe, Tod und Stille an die Stelle dieses endlosen Fließens trete. Ja, er wünschte ein Ende, er war müde, er hatte genug und übergenug, schal und wertlos war sein Leben geworden, und es kam so weit mit ihm, daß er zuweilen sich versucht fühlte, seinem Dasein ein Ende zu machen, sich zu bestrafen und auszulöschen, so wie es Judas der Verräter getan hatte, als er sich erhängte. Wie ihm in früheren Stadien seines Büßerlebens der Teufel die Wünsche, Vorstellungen und Träume der Sinnen- und Weltlust in die Seele geschmuggelt hatte, so suchte er ihn jetzt heim mit Vorstellungen der Selbstvernichtung, so daß er jeden Ast eines Baumes daraufhin prüfen mußte, ob er geeignet sei, sich an ihm aufzuhängen, jeden steilen Felsen der Gegend, ob er steil und hoch genug sei, um sich von ihm zu Tode zu stürzen. Er widerstand der Versuchung, er kämpfte, er gab nicht nach, aber er lebte Tag und Nacht in einem Brand von Selbsthaß und Todesgier, das Leben war unerträglich und hassenswert geworden.

Dahin also war es mit Josef gekommen. Als er eines Tages wieder auf einer jener Felshöhen stand, sah er in der Ferne zwischen Erde und Himmel zwei, drei winzige Gestalten erscheinen, Reisende offenbar, Pilger vielleicht, vielleicht Leute, welche ihn aufsuchen wollten, um bei ihm zu beichten – und plötzlich ergriff ihn ein unwiderstehliches Verlangen, alsbald und schleunigst davonzugehen, fort von diesem Ort, weg von diesem Leben. Das Verlangen packte ihn so übermächtig und triebhaft, daß es alle Gedanken, Einwände und Bedenken überrannte und hinwegfegte, denn natürlich fehlte es an solchen nicht; wie hätte ein frommer Büßer ohne Zuckungen des Gewissens einem Triebe zu folgen vermocht? Schon lief er, schon war er zu seiner Grotte zurückgekehrt, zur Wohnstätte so vieler durchkämpfter Jahre, zum Gefäß so vieler Erhebungen und Niederlagen. In besinnungsloser Eile rüstete er ein paar Hände voll Datteln und eine Kürbisflasche mit Wasser, verstaute sie in seinem alten Reisebeutel, hängte ihn über die Schulter, griff zum Stab und verließ den grünen Frieden seiner kleinen Heimat, ein Flüchtling und Ruheloser, flüchtig vor Gott und den Menschen, und flüchtig am meisten vor dem, was er einst für sein Bestes, für sein Amt und seine Mission ge-

205

halten hatte. Er ging anfangs wie gehetzt, so, als wären wirklich jene fern aufgetauchten Figuren, die er vom Felsen aus gesichtet hatte, Verfolger und Feinde. Aber im Lauf der ersten Wanderstunde verließ ihn die ängstliche Eile, die Bewegung ermüdete ihn wohltätig, und während der ersten Rast, zu welcher er sich jedoch keinen Imbiß gönnte – es war ihm heilige Gewohnheit geworden, vor Sonnenuntergang keine Speise zu sich zu nehmen –, begann schon seine Vernunft, im einsamen Denken geübt, sich wieder zu ermuntern und sein triebmäßiges Handeln begutachtend abzutasten. Und sie mißbilligte dies Handeln, sowenig vernünftig es scheinen mochte, nicht, sondern sah ihm eher mit Wohlwollen zu, denn zum erstenmal seit geraumer Zeit fand sie sein Tun harmlos und unschuldig. Es war eine Flucht, die er angetreten hatte, eine plötzliche und unüberlegte Flucht zwar, aber keine schmähliche. Er hatte einen Posten verlassen, dem er nicht mehr gewachsen war, er hatte durch sein Weglaufen sich selber und dem, der ihm zusehen mochte, sein Versagen eingestanden, er hatte einen täglich wiederholten, nutzlosen Kampf aufgegeben und sich als den Geschlagenen und Unterlegenen bekannt. Dies war, so fand seine Vernunft, nicht großartig, nicht heroisch und heiligmäßig, aber es war aufrichtig und schien unumgänglich gewesen zu sein; er wunderte sich jetzt darüber, daß er diese Flucht erst so spät angetreten, daß er es so lange, so sehr lange ausgehalten hatte. Den Kampf und Trotz, in dem er sich so lange auf dem verlorenen Posten gehalten hatte, empfand er jetzt als einen Irrtum, vielmehr als einen Kampf und Krampf seiner Selbstsucht, seines alten Adam, und meinte jetzt zu verstehen, warum dieser Trotz zu so üblen, ja teuflischen Folgen geführt hatte, zu solcher Zerrissenheit und Gemütserschlaffung, ja zu dämonischem Besessensein vom Wunsche nach Tod und Selbstvernichtung. Wohl sollte ein Christ dem Tode nicht feind sein, wohl sollte ein Büßer und Heiliger sein Leben durchaus als ein Opfer betrachten; aber der Gedanke an freiwillige Tötung war ganz und gar ein teuflischer und konnte nur in einer Seele entstehen, deren Meister und Hüter nicht mehr Gottes Engel, sondern die bösen Dämonen waren. Eine Weile saß er ganz verloren und betreten und endlich tief zerknirscht und erschüttert, indem ihm aus dem

Abstand, den ihm die wenigen Meilen der Wanderung gaben, sein jüngst vergangenes Leben sichtbar wurde und ins
Bewußtsein trat, das verzweifelte und gehetzte Leben eines
alternden Mannes, der sein Ziel verfehlt hat und beständig
von der gräßlichen Versuchung gepeinigt war, sich am Ast
eines Baumes zu erhängen wie der Verräter des Heilands.
Wenn es ihm vor dem freiwilligen Tode so sehr graute, so
spukte in diesem Grauen freilich auch noch ein Rest von
vorzeitlichem, vorchristlichem, altheidnischem Wissen,
Wissen um den uralten Brauch des Menschenopfers, zu
dem der König, der Heilige, der Auserwählte des Stammes
ausersehen war und das er nicht selten mit eigener Hand zu
vollziehen gehalten war. Nicht nur daß dieser verpönte
Brauch aus heidnischen Vorzeiten herüberklang, machte
ihn so grauenerregend, sondern noch mehr der Gedanke,
daß am Ende der vom Erlöser am Kreuz erlittene Tod auch
nichts anderes war als ein freiwillig vollzogenes Menschen-
opfer. Und in der Tat: wenn er sich recht besann, so war
eine Ahnung dieses Bewußtseins schon in jenen Regungen
der Begierde nach Selbstmord vorhanden gewesen, ein trot-
zig-böser, wilder Drang, sich selber zu opfern und damit
eigentlich auf unerlaubte Weise den Erlöser nachzuahmen
– oder auf unerlaubte Weise anzudeuten, daß jenem sein
Erlösungswerk nicht so ganz gelungen sei. Er erschrak tief
bei diesem Gedanken, fühlte aber auch, daß er jener Gefahr
nun entronnen sei.
Lange betrachtete er diesen Büßer Josef, zu dem er geworden war und welcher jetzt, statt dem Judas oder auch dem
Gekreuzigten nachzufolgen, die Flucht ergriffen und sich
damit von neuem in Gottes Hand gegeben hatte. Scham
und Bekümmerung wuchsen in ihm an, je deutlicher er die
Hölle erkannte, der er entlaufen war, und am Ende drängte
das Elend sich wie ein würgender Bissen in seiner Kehle,
wuchs zu unerträglichem Drang und fand plötzlich Abschluß und Erlösung in einem Ausbruch von Tränen, der
ihm wunderbar wohltat. O wie lange hatte er nicht mehr
weinen können! Die Tränen flossen, die Augen vermochten
nichts mehr zu sehen, aber das tödliche Würgen war gelöst,
und als er zu sich kam und den Salzgeschmack auf seinen
Lippen fühlte und wahrnahm, daß er weine, war ihm einen
Augenblick, als sei er wieder ein Kind geworden und wisse

207

nichts von Argem. Er lächelte, er schämte sich ein wenig seines Weinens, stand endlich auf und setzte seine Wanderung fort. Er fühlte sich unsicher, wußte nicht, wohin seine Flucht führen und was mit ihm werden solle, wie ein Kind kam er sich vor, aber es war kein Kampf und Wollen mehr in ihm, er fühlte sich leichter und wie geführt, wie von einer fernen guten Stimme gerufen und gelockt, als wäre seine Reise nicht eine Flucht, sondern eine Heimkehr. Er wurde müde, und die Vernunft auch, sie schwieg oder ruhte sich aus oder kam sich entbehrlich vor.

An der Tränkestelle, wo Josef übernachtete, rasteten einige Kamele; da der kleinen Reisegesellschaft auch zwei Frauen angehörten, begnügte er sich mit einer Grußgebärde und vermied ein Gespräch. Dafür konnte er, nachdem er beim Dunkelwerden einige Datteln verzehrt, gebetet und sich niedergelegt hatte, die leise Unterhaltung zwischen zwei Männern, einem alten und einem jüngeren, mit anhören, denn sie lagen in seiner nächsten Nähe. Es war nur ein Stückchen ihres Zwiegesprächs, das er hören konnte, der Rest wurde nur noch geflüstert. Aber auch dies kleine Bruchstück nahm seine Aufmerksamkeit und Teilnahme in Anspruch und gab ihm für die halbe Nacht zu denken.

„Schon gut", hörte er die Stimme des Alten sagen, „schon gut, daß du zu einem frommen Mann gehen und beichten willst. Diese Leute verstehen allerhand, sage ich dir, sie können mehr als bloß Brot essen, und mancher von ihnen ist zauberkundig. Wenn er einem anspringenden Löwen nur ein Wörtchen zuruft, so duckt er sich, der Räuber, zieht den Schwanz ein und schleicht sich davon. Sie können Löwen zahm machen, sage ich dir; einem von ihnen, der ein besonders heiliger Mann war, haben sogar seine zahmen Löwen das Grab gegraben, als er gestorben war, haben die Erde wieder hübsch über ihm zusammengescharrt, und lange Zeit haben immer zwei von ihnen Tag und Nacht an seinem Grab die Wacht gehalten. Und nicht bloß Löwen verstehen sie zahm zu kriegen, diese Leute. Einer von ihnen hat einmal einen römischen Zenturionen, ein grausames Biest von einem Soldaten und den größten Hurenbruder von ganz Askalon, ins Gebet genommen und ihm das böse Herz geknetet, so daß der Kerl klein und ängstlich davonging wie eine Maus und ein Loch suchte, um sich zu verstecken. Man hat den Burschen nachher kaum wiedererkannt, so still und klein war er geworden. Allerdings, und das gibt zu denken, ist der Mann bald darauf gestorben."

„Der heilige Mann?"

„O nein, der Zenturio. Varro hieß er. Seit der Büßer ihn zusammengestaucht und ihm das Gewissen geweckt hatte, ist er ziemlich schnell zusammengefallen, bekam zweimal das Fieber und ist nach einem Vierteljahr ein toter Mann gewesen. Na, nicht schade um ihn. Aber immerhin, ich habe mir oft gedacht: der Büßer hat ihm nicht bloß den Teufel ausgetrieben, er wird wohl auch ein Sprüchlein über ihn gesprochen haben, das ihn unter die Erde gebracht hat."

„Ein so frommer Mann? Das kann ich nicht glauben."

„Glaube es oder glaube es nicht, mein Lieber. Aber von dem Tag an war der Mensch wie verwandelt, um nicht zu sagen verhext, und ein Vierteljahr nachher . . ."

Es war eine kleine Weile still, dann fing der Jüngere wieder an: „Es gibt da einen Büßer, er muß hier irgendwo in der Nähe leben, er soll ganz allein an einer kleinen Quelle wohnen, am Weg nach Gaza, Josephus heißt er, Josephus Famulus. Von dem habe ich viel gehört."

„So, und was denn?"

„Er soll schauderhaft fromm sein und namentlich niemals eine Frau ansehen. Wenn je einmal an seinem abgelegenen Ort ein paar Kamele durchkommen, und auf einem hockt ein Weib, so mag es noch so dick verschleiert sein, er wendet den Rücken und verschwindet alsbald ins Geklüft. Es sind viele zu ihm beichten gegangen, sehr viele."

„Wird nicht so schlimm sein, sonst hätte ich wohl auch schon von ihm gehört. Und was kann er denn, dein Famulus?"

„Oh, man geht eben zu ihm beichten, und wenn er nicht gut wäre und nichts verstünde, so würden die Leute ja nicht zu ihm laufen. Übrigens heißt es von ihm, er sage kaum ein Wort, es gebe bei ihm kein Schelten und Andonnern, keine Strafen und nichts dergleichen, er soll ein sanfter und sogar schüchterner Mann sein."

„Ja, was tut er denn dann, wenn er nicht schilt und nicht straft und das Maul nicht auftut?"

„Er soll bloß zuhören und wunderbar seufzen und das Kreuz schlagen."

209

„Ach was, einen schönen Winkelheiligen habet ihr da! Du
wirst doch nicht so töricht sein und diesem schweigsamen
Onkel nachlaufen."

„Doch, das will ich. Finden werde ich ihn schon, es kann
nicht weit mehr von hier sein. Es stand ja heut abend so ein
armer Bruder hier bei der Tränke herum, den frage ich morgen früh, er sieht selber wie ein Büßer aus."

Der Alte erhitzte sich. „Laß du deinen Quellenbüßer nur in
seiner Grotte hocken! Ein Mann, der bloß zuhört und
seufzt und vor den Weibern Angst hat und nichts kann und
versteht! Nein, ich werde dir sagen, zu wem du gehen
mußt. Es ist zwar weit von hier, noch über Askalon hinaus,
aber dafür ist es auch der beste Büßer und Beichtvater, den
es überhaupt gibt. Dion heißt er, und man nennt ihn Dion
Pugil, das heißt den Faustkämpfer, weil er sich mit allen
Teufeln rauft, und wenn einer ihm seine Schandtaten beichtet, dann, mein Guter, seufzt der Pugil nicht und behält das
Maul zu, sondern legt los und tut dem Mann den Rost her-
unter, daß es eine Art hat. Manche soll er verprügelt haben,
einen hat er eine ganze Nacht auf nackten Knien in den
Steinen knien lassen und ihm dann erst noch auferlegt, vierzig Groschen den Armen zu geben. Das ist ein Mann, Brü-
derchen, du wirst sehen und staunen; wenn er dich so richtig anschaut, dann schlottert dir schon das Gebein, durch
und durch blickt dich der. Da wird nichts geseufzt, der
Mann hat es in sich, und wenn einer nicht mehr recht schlafen kann oder schlechte Träume und Gesichte hat und dergleichen, den stellt dir der Pugil wieder in den Senkel, sage
ich dir. Ich sage es dir nicht, weil ich Weiber habe von ihm
schwatzen hören. Ich sage es dir, weil ich selber bei ihm gewesen bin. Jawohl, ich selber, so ein armer Tropf ich sein
mag, ich habe einst den Büßer Dion aufgesucht, den Faustkämpfer, den Gottesmann. Hingegangen bin ich elend und
mit lauter Schande und Unrat im Gewissen, und fortgegan-
gen bin ich hell und sauber wie der Morgenstern, so wahr
ich David heiße. Merke dir: Dion heißt er, mit Zunamen
Pugil. Den suchst du auf, sobald du kannst, du wirst dein
Wunder erleben. Präfekten, Älteste und Bischöfe haben
sich bei ihm Rat geholt."

„Ja", meinte der andere, „wenn ich wieder einmal in jene
Gegend komme, will ich mir's überlegen. Aber heut ist

heut, und hier ist hier, und da ich heut hier bin und da in
der Nähe jener Josephus sein muß, von dem ich soviel Gutes gehört habe . . ."

„Gutes gehört! Was hast du denn an diesem Famulus für
einen Narren gefressen?"

„Es hat mir gefallen, daß er nicht schimpft und wüst tut.
Mir gefällt das, muß ich sagen. Ich bin ja kein Zenturio und
auch kein Bischof; ich bin ein kleiner Mann und bin eher
schüchtern, ich könnte nicht viel Feuer und Schwefel ver-
tragen; ich habe weiß Gott nichts dagegen, wenn man mich
eher sanft anfaßt, so ist das nun einmal mit mir."

„Das hätte manch einer gern. Sanft anfassen! Wenn du gebeichtet und gebüßt und Strafe auf dich genommen und
dich gesäubert hast, dann meinetwegen, dann ist es vielleicht am Platz, dich sanft anzufassen, aber nicht, wenn du
unrein und stinkend wie ein Schakal vor deinem Beichtvater und Richter stehst!"

„Nun ja, nun ja. Wir sollten nicht so laut sein, die Leute
wollen doch schlafen."

Plötzlich kicherte er vergnügt vor sich hin. „Übrigens, etwas
Drolliges hat man mir von ihm auch erzählt."

„Von wem?"

„Von ihm, vom Büßer Josephus. Also der hat es so im
Brauch, wenn einer ihm seine Sachen erzählt und gebeichtet hat, dann grüßt und segnet er ihn zum Abschied und
gibt ihm einen Kuß auf die Wange oder auf die Stirn."

„So, tut er? Komische Gewohnheiten hat er schon."

„Und nun ist er ja so sehr scheu vor den Frauen, weißt du.
Da soll einmal eine Hure aus der Gegend in Mannskleidern
zu ihm gegangen sein, und er merkt nichts und hört sich
ihre Lügengeschichten an, und wie sie mit Beichten fertig
ist, verneigt er sich vor ihr und gibt ihr feierlich einen
Kuß."

Der Alte setzte zu einem heftigen Gelächter an, der andere
machte schnell „Bst, bst!", und nun bekam Josef nichts mehr
zu hören als eine Weile noch dies halb erstickte Lachen.

Er blickte zum Himmel, scharf und dünn stand die Mondsichel hinter den Kronen der Palmen, er schauerte von der
Nachtkälte. Wunderlich wie in einem Zerrspiegel, und
doch aufschlußreich, hatte ihm das Abendgespräch der Ka-
melführer seine eigene Person und die Rolle vor Augen ge-

führt, der er untreu geworden war. Und eine Hure also hatte sich diesen Spaß mit ihm gemacht. Nun, dies war nicht das Schlimmste, wenn auch schlimm genug. Er hatte lange nachzudenken über die Unterhaltung der beiden fremden Männer. Und als er sehr spät endlich einschlafen konnte, konnte er es nur, weil sein Nachdenken nicht vergeblich gewesen war. Es hatte zu einem Ergebnis, zu einem Entschluß geführt, und mit diesem jungen Entschluß im Herzen schlief er tief und ungestört bis zum Tagesanbruch.

Sein Entschluß aber war ebenjener, welchen der jüngere von den beiden Kameltreibern nicht hatte fassen können. Sein Entschluß war, dem Rat des älteren zu folgen und den Dion, genannt Pugil, aufzusuchen, von dem er ja längst schon wußte und dessen Lob ihm heut so eindringlich war gesungen worden. Dieser berühmte Beichtvater, Seelenrichter und Ratgeber würde auch für ihn einen Rat, ein Urteil, eine Strafe, einen Weg wissen; ihm wollte er sich stellen wie einem Vertreter Gottes und willig annehmen, was er ihm verordnen würde.

Anderntags verließ er schon den Rastplatz, als die beiden Männer noch schliefen, und erreichte an diesem Tag in mühevoller Wanderung einen Ort, den er von frommen Brüdern bewohnt wußte und von dem aus er auf den üblichen Reiseweg gegen Askalon zu gelangen hoffte.

Bei der Ankunft gegen Abend blickte eine kleine grüne Oasenlandschaft ihn freundlich an, er sah Bäume ragen und hörte eine Ziege meckern, glaubte im grünen Schatten die Umrisse von Hüttendächern zu entdecken und Menschennähe zu wittern, und als er zögernd näher trat, meinte er einen Blick auf sich gerichtet zu spüren. Er blieb stehen und spähte umher, da sah er unter den ersten Bäumen, an einen Stamm gelehnt, eine Gestalt sitzen, einen aufrecht sitzenden alten Mann mit einem eisgrauen Bart und einem würdigen, aber strengen und starren Gesicht, der blickte ihn an und mochte ihn schon eine Weile angeblickt haben. Der Blick des alten Mannes war fest und scharf, aber ohne Ausdruck, wie der Blick eines Mannes, der zu beobachten gewohnt, aber nicht neugierig und beteiligt ist, der die Menschen und Dinge an sich herankommen läßt und sie zu erkennen sucht, sie aber nicht herbeizieht und einlädt.

„Gelobt sei Jesus Christus", sagte Josef. Mit einem Murmeln gab der Greis Antwort.

„Mit Verlaub", sagte Josef, „seid Ihr ein Fremdling wie ich, oder seid Ihr ein Bewohner dieser schönen Siedlung?"

„Ein Fremder", sagte der Weißbärtige.

„Ehrwürdiger, so könnet Ihr mir vielleicht sagen, ob es möglich ist, von hier aus auf den Weg nach Askalon zu kommen?"

„Es ist möglich", sagte der Alte. Und nun richtete er sich langsam, mit etwas steifen Gliedern, auf, ein hagerer Riese. Er stand und blickte in die leere Weite hinaus. Josef fühlte, daß dieser greise Riese wenig Lust zu einem Redewechsel habe, aber eine Frage wollte er doch noch wagen.

„Erlaubet mir noch eine einzige Frage, Ehrwürdiger", sagte er höflich und sah die Augen des Mannes wieder aus der Ferne zurückkehren. Kühl und aufmerksam blickten sie ihn an.

„Kennet Ihr vielleicht den Ort, wo Vater Dion zu finden ist, genannt Dion Pugil?"

Der Fremde zog die Brauen ein wenig zusammen, und sein Blick wurde noch kühler.

„Ich kenne ihn", sagte er knapp.

„Ihr kennet ihn?" rief Josef. „Oh, dann saget ihn mir, denn dorthin, zu Vater Dion, geht meine Reise."

Der große alte Mann schaute prüfend zu ihm hernieder. Er ließ ihn lange auf Antwort warten. Dann trat er zu seinem Baumstamm zurück, ließ sich langsam wieder zu Boden nieder und setzte sich, an den Stamm gelehnt, wie er vorher gesessen war. Mit einer kleinen Handbewegung forderte er Josef auf, sich ebenfalls niederzulassen. Gehorsam leistete dieser der Gebärde Folge, spürte im Niedersitzen einen Augenblick die große Müdigkeit in seinen Gliedern, vergaß sie aber alsbald wieder, um seine ganze Aufmerksamkeit dem Greise zuzuwenden. Dieser schien in Nachsinnen versunken, ein Zug von abweisender Strenge erschien auf seinem würdevollen Antlitz, über welchen jedoch noch ein anderer Ausdruck, ja ein anderes Gesicht, wie eine durchsichtige Maske gelegt schien, ein Ausdruck alten und einsamen Leides, dem der Stolz und die Würde keine Äußerung erlauben.

Es dauerte lange, bis der Blick des Ehrwürdigen sich ihm

wieder zuwandte. Mit großer Schärfe prüfte ihn auch jetzt
wieder dieser Blick, und plötzlich stellte der Alte in befehlendem Ton die Frage: „Wer seid Ihr denn, Mann?"
„Ich bin ein Büßer", sagte Josef, „ich habe seit langen Jahren
das Leben der Zurückgezogenen geführt."
„Das sieht man. Ich frage, wer Ihr seid."
„Ich heiße Josef, mit dem Zunamen Famulus."
Als Josef seinen Namen sagte, zog der Alte, der im übrigen
regungslos blieb, die Brauen so stark zusammen, daß seine
Augen für eine Weile beinah unsichtbar wurden, er schien
betroffen, erschreckt oder enttäuscht zu sein über Josefs
Mitteilung; oder vielleicht war es auch nur eine Ermüdung
der Augen, ein Nachlassen der Aufmerksamkeit, irgendeine
kleine Anwandlung von Schwäche, wie so alte Leute sie haben. Jedenfalls verharrte er in vollkommener Regungslosigkeit, hielt die Augen eine Weile eingekniffen, und als er sie
wieder öffnete, schien sein Blick verändert oder schien,
wenn es möglich war, noch älter, noch einsamer, versteinerter und abwartender geworden zu sein. Langsam tat er die
Lippen voneinander, um zu fragen: „Ich habe von Euch gehört. Seid Ihr der, zu dem die Leute beichten gehen?"
Josef bejahte verlegen, das Erkanntwerden wie eine unliebsame Entblößung empfindend und von der Begegnung mit
seinem Ruf nun schon zum zweitenmal beschämt.
Wieder fragte der Alte in seiner bündigen Weise: „Und
jetzt wollet Ihr also den Dion Pugil aufsuchen? Was wollt
Ihr von dem?"
„Ich möchte ihm beichten."
„Was versprechet Ihr Euch davon?"
„Ich weiß nicht. Ich habe Vertrauen zu ihm, und es scheint
mir sogar, als wäre es eine Stimme von oben, eine Führung,
die mich zu ihm sendet."
„Und wenn Ihr ihm gebeichtet haben werdet, was dann?"
„Dann werde ich das tun, was er mir befiehlt."
„Und wenn er Euch etwas Falsches rät oder befiehlt?"
„Ich werde nicht untersuchen, ob es falsch sei oder nicht,
sondern ich werde gehorchen."
Der Greis ließ kein Wort mehr hören. Die Sonne war tief
gerückt, ein Vogel schrie im Laub des Baumes. Da der Alte
schweigsam blieb, erhob sich Josef. Schüchtern kam er
nochmals auf sein Anliegen zurück.

214

„Ihr habet gesagt, daß Euch der Ort bekannt sei, an dem
man den Vater Dion finden kann. Darf ich bitten, daß Ihr
mir den Ort nennet und den Weg dorthin beschreibet?"
Der Alte zog seine Lippen zu einer Art von schwachem Lächeln zusammen. „Glaubet Ihr", fragte er sanft, „daß Ihr
ihm willkommen sein werdet?"
Wunderlich erschreckt durch die Frage, gab Josef keine
Antwort. Er stand verlegen.
Dann sagte er: „Darf ich wenigstens hoffen, Euch wiederzusehen?"
Der alte Mann machte eine grüßende Gebärde und antwortete: „Ich werde hier schlafen und mich hier bis kurz nach
Sonnenaufgang aufhalten. Gehet jetzt, Ihr seid müde und
hungrig."
Mit ehrerbietigem Gruß ging Josef weiter und kam mit Einbruch der Dämmerung in die kleine Siedlung. Es wohnten
hier, ähnlich wie in einem Kloster, sogenannte Zurückgezo-
gene, Christen aus verschiedenen Städten und Ortschaften,
die sich hier in der Abgeschiedenheit eine Unterkunft geschaffen hatten, um ungestört sich einem einfachen, reinen
Leben der Stille und Kontemplation zu ergeben. Man gab
ihm Wasser, Speise und Nachtlager und verschonte ihn, da
man sah, wie müde er war, mit Fragen und Unterhaltungen.
Einer sprach ein Nachtgebet, an dem die anderen kniend
teilnahmen, das Amen sprachen alle gemeinsam. Die Gemeinschaft dieser Frommen wäre zu einer anderen Zeit ein
Erlebnis und eine Freude für ihn gewesen, aber jetzt hatte
er nur eines im Sinn, und am frühesten Morgen eilte er
dorthin zurück, wo er den alten Mann gestern verlassen
hatte. Er fand ihn am Boden liegen und schlafen, in eine
dünne Matte gerollt, und setzte sich abseits unter den Bäumen, um sein Erwachen zu erwarten. Schon bald wurde der
Schläfer unruhig, erwachte, wickelte sich aus der Matte,
stand schwerfällig auf und streckte die steifgewordenen
Glieder, dann kniete er zu Boden und verrichtete sein Gebet. Als er sich wieder erhob, näherte sich Josef und verneigte sich stumm.
„Hast du schon gegessen?" fragte der Fremde.
„Nein. Ich habe die Gewohnheit, nur einmal am Tage und
erst nach Untergang der Sonne zu essen. Seid Ihr hungrig,
Ehrwürdiger?"

„Wir sind auf Wanderung", sagte jener, „und wir sind beide keine jungen Leute mehr. Es ist besser, wir essen einen Bissen, ehe wir weiterziehen."

Josef öffnete seinen Beutel und bot ihm von seinen Datteln an, auch hatte er von den freundlichen Leuten, bei denen er genächtigt, ein Hirsebrot mitbekommen, das er mit dem Alten teilte.

„Wir können gehen", sagte der Alte, als sie gegessen hatten.

„Oh, wir werden zusammen gehen?" rief Josef erfreut.

„Gewiß. Du hast mich ja gebeten, dich zu Dion zu führen. Komm nur."

Erstaunt und glücklich blickte ihn Josef an. „Wie gütig Ihr seid", rief er und wollte in Danksagungen ausbrechen. Aber der Fremde machte ihn mit einer schroffen Handbewegung verstummen.

„Gütig ist Gott allein", sagte er. „Wir gehen jetzt. Und sage du zu mir, wie ich es zu dir sage. Was sollen die Formen und Höflichkeiten zwischen zwei alten Büßern?"

Der große Mann schritt aus, und Josef schloß sich an, der Tag war angebrochen. Der Führer schien der Richtung und des Weges sicher zu sein und verhieß, sie würden gegen Mittag an einen schattigen Ort gelangen, wo sie für die Stunden der größten Sonnenglut Rast halten könnten. Weiter wurde auf dem Wege nicht gesprochen.

Erst als nach heißen Stunden der Rastort erreicht war und sie im Schatten zerklüfteter Felsen ausruhten, richtete Josef wieder das Wort an seinen Führer. Er fragte, wie viele Tagesmärsche sie wohl brauchen würden, um zu Dion Pugil zu kommen.

„Es kommt nur auf dich an", sagte der Alte.

„Auf mich?" rief Josef. „Ach, wenn es nur auf mich ankäme, so stünde ich noch heute vor ihm."

Der alte Mann schien auch jetzt nicht zu Gesprächen gelaunt.

„Wir werden sehen", sagte er kurz, legte sich auf die Seite und schloß die Augen. Es war Josef unangenehm, ihn beim Schlummer beobachten zu können, er zog sich leise etwas abseits und legte sich, und unversehens entschlief auch er, der in der Nacht lange wach gelegen war. Sein Führer weckte ihn, als ihm die Zeit zum Abmarsch gekommen schien.

Am Spätnachmittag kamen sie zu einem Lagerplatz mit Wasser, Bäumen und Graswuchs, hier tranken sie, wuschen sich, und der Alte beschloß, hier zu bleiben. Josef war nicht einverstanden und erhob schüchtern Einspruch.

„Du sagtest heute", meinte er, „es liege nur an mir, wie früh oder spät ich zu Vater Dion kommen werde. Ich bin bereit, noch viele Stunden zu gehen, wenn ich ihn wirklich schon heute oder morgen erreichen kann."

„Ach nein", sagte der andre, „für heute sind wir weit genug gekommen."

„Verzeih", sagte Josef, „aber kannst du meine Ungeduld nicht verstehen?"

„Ich verstehe sie. Doch wird sie dir nichts nützen."

„Warum sagtest du dann, es liege an mir?"

„Es ist so, wie ich sagte. Sobald du deines Willens zum Beichten sicher bist und dich bereit und reif weißt, die Beichte abzulegen, wirst du sie ablegen können."

„Auch heute noch?"

„Auch heute noch."

Staunend blickte Josef in das stille alte Gesicht.

„Ist es möglich?" rief er überwältigt. „Bist du selbst Vater Dion?"

Der Alte nickte.

„Ruhe dich hier unter den Bäumen aus", sagte er freundlich, „aber schlafe nicht, sondern sammle dich, und auch ich will mich ausruhen und sammeln. Dann magst du mir sagen, was du zu sagen begehrst."

So sah sich Josef plötzlich am Ziel und begriff jetzt kaum mehr, daß er den ehrwürdigen Mann nicht früher erkannt und verstanden habe, neben dem er einen ganzen Tag einhergegangen war. Er zog sich zurück, kniete und betete und richtete dann alle seine Gedanken auf das, was er dem Beichtvater zu sagen habe. Nach einer Stunde kehrte er zurück und fragte, ob Dion bereit sei.

Und nun durfte er beichten. Nun floß all das, was er seit Jahren gelebt und was seit langer Zeit mehr und mehr seinen Wert und Sinn verloren zu haben schien, von seinen Lippen als Erzählung, Klage, Frage, Selbstanklage, die ganze Geschichte seines Christen- und Büßerlebens, das als eine Läuterung und Heiligung gemeint und unternommen und das am Ende so sehr zu Verwirrung, Verdunklung und

217

Verzweiflung geworden war. Auch das jüngst Erlebte verschwieg er nicht, seine Flucht und das Gefühl von Lösung und Hoffnung, das diese Flucht ihm gebracht hatte, die Entstehung seines Entschlusses, zu Dion zu reisen, seine Begegnung mit ihm und wie er zu ihm, dem Älteren, zwar alsbald ein Vertrauen und eine Liebe gefaßt, ihn aber im Verlauf dieses Tages auch mehrmals als kalt und wunderlich, ja launisch beurteilt habe.

Die Sonne stand schon tief, als er zu Ende gesprochen hatte. Der alte Dion hatte mit unermüdlicher Aufmerksamkeit zugehört und sich jeder Unterbrechung und Frage enthalten. Und auch jetzt, wo die Beichte zu Ende war, kam kein Wort von seinen Lippen. Er erhob sich schwerfällig, blickte Josef mit großer Freundlichkeit an, neigte sich zu ihm, küßte ihn auf die Stirn und machte das Kreuz über ihm. Erst später fiel es Josef ein, daß dies ja dieselbe stumme, brüderliche und auf Urteilsspruch verzichtende Gebärde war, mit welcher er selbst so viele Beichtende entlassen hatte.

Bald darauf aßen sie, sprachen das Nachtgebet und legten sich nieder. Josef sann noch eine Weile und grübelte, er hatte eigentlich eine Verdammung und Strafpredigt erwartet und war dennoch nicht enttäuscht oder unruhig, der Blick und Bruderkuß Dions hatte ihm genügt, es war still in ihm, und bald sank er in wohltätigen Schlaf.

Ohne Worte zu verschwenden, nahm ihn am Morgen der Alte mit, sie machten eine ziemlich große Tagesreise und noch vier oder fünf, dann waren sie bei Dions Klause angelangt. Da wohnten sie nun, Josef war Dion bei den kleinen Tagesarbeiten behilflich, lernte dessen tägliches Leben kennen und teilen, es war nicht so sehr verschieden von dem, das er selbst viele Jahre geführt hatte. Nur war er jetzt nicht mehr allein, er lebte im Schatten und Schutz eines andern, und so war es denn doch ein vollkommen anderes Leben. Und es kamen aus den umliegenden Siedlungen, aus Askalon und von noch weiter her immer wieder Ratsuchende und Beichtbedürftige. Anfangs zog Josef sich jedesmal, wenn solche Besucher kamen, eilig zurück und ließ sich erst wieder sehen, wenn sie gegangen waren. Aber immer häufiger rief Dion ihn zurück, so wie man einen Diener ruft, hieß ihn Wasser bringen oder sonst eine Handreichung tun, und nachdem er es einige Zeit so gehalten, gewöhnte er Josef daran, je und je einer Beichte als Mithörer beizuwohnen, wenn nicht der Beichtende sich dagegen sträubte. Vielen aber, ja den meisten war es nicht unlieb, dem gefürchteten Pugil nicht allein gegenüber zu stehen oder zu sitzen oder zu knien, sondern diesen stillen, freundlich blickenden und dienstwilligen Gehilfen mit dabei zu haben. So lernte er allmählich die Weise kennen, auf welche Dion Beichte hörte, die Art seines tröstlichen Zuspruchs, die Art seines Zugreifens und Schaltens, die Art seines Strafens und Ratgebens. Selten erlaubte er sich eine Frage, wie etwa damals, als ein Gelehrter oder Schöngeist auf der Durchreise vorsprach.

Dieser hatte, wie aus seinen Erzählungen hervorging, Freunde unter den Magiern und Sternkundigen; Rast haltend, saß er eine Stunde oder zwei bei den beiden alten Büßern, ein höflicher und gesprächiger Gast, sprach lang, gelehrt und schön über die Gestirne und über die Wanderung, welche der Mensch samt seinen Göttern vom Beginn bis zum Ende eines Weltalters durch alle die Häuser des Tierkreises zurückzulegen habe. Er sprach von Adam, dem ersten Menschen, und wie er einer und derselbe sei mit Jesus, dem Gekreuzigten, und nannte die Erlösung durch ihn die Wanderung Adams vom Baume der Erkenntnis zum Baume des Lebens, die Schlange des Paradieses aber nannte er die Hüterin des heiligen Urquells, der finsteren Tiefe, aus deren nächtigen Wassern alle Gestaltungen, alle Menschen und Götter stammen. Dion hörte diesem Manne, dessen Syrisch stark mit Griechisch durchsetzt war, aufmerksam zu, und Josef wunderte sich darüber, ja, er nahm Anstoß daran, daß er diese heidnischen Irrtümer nicht mit Eifer und Zorn zurückweise, widerlege und banne, sondern daß die klugen Monologe des vielwissenden Pilgers ihn zu unterhalten und seine Teilnahme zu erregen schienen, denn er hörte nicht nur mit Hingabe zu, sondern lächelte und nickte auch des öfteren zu einem Wort des Redenden, als gefalle es ihm.

Als dieser Mensch wieder gegangen war, fragte Josef mit einem Ton von Eifer und beinahe Vorwurf: „Wie kommt es, daß du die Irrlehren dieses ungläubigen Heiden so geduldig angehört hast? Ja, du hast sie, so schien mir, nicht

219

nur mit Geduld, sondern geradezu mit Teilnahme und mit einem gewissen Vergnügen angehört. Warum bist du ihnen nicht entgegengetreten? Warum hast du nicht versucht, diesen Menschen zu widerlegen, zu strafen und zum Glauben an unsern Herrn zu bekehren?"

Dion wiegte das Haupt auf dem dünnen faltigen Halse und gab Antwort: „Ich habe ihn nicht widerlegt, weil es nichts genützt hätte, vielmehr, weil ich dazu gar nicht imstande gewesen wäre. Im Reden und Kombinieren und in der Kenntnis der Mythologie und der Sterne ist dieser Mann mir ohne Zweifel weit überlegen, ich hätte nichts gegen ihn ausgerichtet. Und ferner, mein Sohn, ist es weder meine noch deine Sache, dem Glauben eines Menschen entgegenzutreten mit der Behauptung, es sei Lug und Irrtum, woran er glaube. Ich habe, gestehe ich, diesem klugen Mann mit einem gewissen Vergnügen zugehört, das ist dir nicht entgangen. Es machte mir Vergnügen, weil er vorzüglich sprach und viel wußte, vor allem aber, weil er mich an meine Jugendzeit erinnerte, denn in der Jugend habe ich mich viel mit ebensolchen Studien und Kenntnissen beschäftigt. Die Dinge aus der Mythologie, über die der Fremde so hübsch geplaudert hat, sind keineswegs Irrtümer. Sie sind Vorstellungen und Gleichnisse eines Glaubens, den wir nicht mehr brauchen, weil wir den Glauben an Jesum, den einzigen Erlöser, gewonnen haben. Für jene aber, die unsern Glauben noch nicht gefunden haben, ihn vielleicht überhaupt nicht finden können, ist ihr Glaube, aus alter Väterweisheit stammend, mit Recht ehrwürdig. Gewiß, Lieber, ist unser Glaube ein anderer, ein durchaus anderer. Aber weil unser Glaube der Lehre von den Gestirnen und Äonen, von den Urwassern und Weltmüttern und all dieser Gleichnisse nicht bedarf, darum sind jene Lehren an sich keineswegs Irrtum, Lug und Trug."

„Aber unser Glaube", rief Josef, „ist doch der bessere, und Jesus ist für alle Menschen gestorben; also müssen die, die ihn kennen, doch jene veralteten Lehren bekämpfen und die neue, richtige an ihre Stelle setzen!"

„Dies haben wir ja längst getan, du und ich und so viele andere", sagte Dion gelassen. „Wir sind Gläubige, weil wir vom Glauben, von der Macht nämlich des Erlösers und seines Erlösertodes, ergriffen worden sind. Jene anderen aber, jene Mythologen und Theologen des Tierkreises und der alten Lehren, sind von dieser Macht nicht ergriffen worden, noch nicht, und uns ist es nicht gegeben, sie zu zwingen, daß sie Ergriffene werden. Hast du nicht bemerkt, Josef, wie hübsch und höchst geschickt dieser Mythologe zu plaudern und sein Bilderspiel zusammenzusetzen wußte und wie wohl es ihm dabei war, wie friedlich und harmonisch er in seiner Weisheit der Bilder und Gleichnisse lebt? Nun, dies ist ein Zeichen dafür, daß diesen Mann kein schweres Leiden drückt, daß er zufrieden ist, daß es ihm gut geht. Menschen, welchen es gut geht, hat unsereiner aber nichts zu sagen. Damit ein Mensch der Erlösung und des erlösenden Glaubens bedürftig werde, damit er die Freude an der Weisheit und Harmonie seiner Gedanken verliere und das große Wagnis des Glaubens an das Wunder der Erlösung auf sich nehme, muß es ihm erst schlecht gehen, sehr schlecht, er muß Leid und Enttäuschung, er muß Bitternis und Verzweiflung erlebt haben, die Wasser müssen ihm bis an den Hals gegangen sein. Nein, Josef, lassen wir diesen gelehrten Heiden in seinem Wohlergehen, lassen wir ihn im Glück seiner Weisheit, seines Denkens und seiner Redekunst! Vielleicht wird er morgen, wird er in einem Jahr, in zehn Jahren das Leid erfahren, das ihm seine Kunst und Weisheit zertrümmert, vielleicht wird man ihm die Frau, die er liebt, oder den einzigen Sohn totschlagen, oder er fällt in Krankheit und Armut; wenn wir ihm alsdann wieder begegnen, wollen wir uns seiner annehmen und ihm erzählen, auf welche Weise wir es versucht haben, des Leides Herr zu werden. Und sollte er uns dann fragen: ‚Warum habet Ihr mir das nicht gestern, nicht vor zehn Jahren schon gesagt?' – dann wollen wir antworten: ‚Es ist dir damals noch nicht schlecht genug gegangen.'"

Er war ernst geworden und schwieg eine Weile. Dann, wie aus Erinnerungsträumen heraus, fügte er hinzu: „Ich habe selbst einst viel mit den Weisheiten der Väter gespielt und mich vergnügt, und auch als ich schon auf dem Weg des Kreuzes war, hat das Theologisieren mir noch oft Freude gemacht, und freilich auch Kummer genug. Ich hatte es in meinen Gedanken am meisten mit der Schöpfung der Welt zu tun und damit, daß am Ende des Schöpfungswerkes doch eigentlich alles hätte gut sein sollen, denn es heißt ja:

‚Gott sah an alles, was er gemacht hatte, und siehe da, es war alles sehr gut.' In Wirklichkeit aber war es nur einen Augenblick gut und vollkommen, den Augenblick des Paradieses, und schon im nächsten Augenblick war Schuld und Fluch in die Vollkommenheit geraten, denn Adam hatte von jenem Baume gegessen, von dem zu essen ihm verboten war. Es gab nun Lehrer, welche sagten, der Gott, der die Schöpfung und mit ihr den Adam und den Baum der Erkenntnis gemacht hat, sei nicht der einige und höchste Gott, sondern nur sein Teil oder ein Untergott von ihm, der Demiurg, und die Schöpfung sei nicht gut, sondern sie sei ihm mißglückt, und es sei nun für eine Weltenzeit das Geschaffene verflucht und dem Bösen anheimgegeben, bis Er selbst, der eine Geist Gott, durch seinen Sohn der verfluchten Weltzeit ein Ende zu bereiten beschloß. Von nun an, so lehrten sie, und so dachte auch ich, habe das Absterben des Demiurgen und seiner Schöpfung begonnen, und die Welt sterbe allmählich dahin und welke ab, bis in einem neuen Weltalter keine Schöpfung, keine Welt, kein Fleisch, keine Gier und Sünde, kein fleischliches Zeugen, Gebären und Sterben mehr sein, sondern eine vollkommene, geistige und erlöste Welt erstehen werde, frei vom Fluche Adams, frei vom ewigen Fluch und Drang des Begehrens, Zeugens, Gebärens, Sterbens. Wir gaben mehr dem Demiurgen als dem ersten Menschen die Schuld an den derzeitigen Übeln der Welt, wir waren der Meinung, es hätte dem Demiurgen, wenn er wirklich Gott selber war, ein leichtes sein müssen, den Adam anders zu schaffen oder ihm die Versuchung zu ersparen. Und so hatten wir denn am Schluß unserer Folgerungen zwei Götter, den Schöpfergott und den Vatergott, und scheuten uns nicht, über den ersteren richtend abzuurteilen. Es gab sogar solche, welche noch einen Schritt weitergingen und behaupteten, die Schöpfung sei überhaupt nicht Gottes, sondern des Teufels Werk gewesen. Wir glaubten mit unseren Klugheiten dem Erlöser und dem kommenden Zeitalter des Geistes behilflich zu sein, und so machten wir uns denn Götter und Welten und Weltpläne zurecht und disputierten und trieben Theologie, bis ich eines Tages in ein Fieber verfiel und auf den Tod krank wurde, und in den Träumen des Fiebers hatte ich es beständig mit dem Demiurgen zu tun, mußte Krieg führen und

Blut vergießen, und die Gesichte und Beängstigungen wurden immer schrecklicher, bis ich in der Nacht des höchsten Fiebers meine eigene Mutter glaubte töten zu müssen, um meine fleischliche Geburt wieder auszulöschen. Der Teufel hat mich in jenen Fieberträumen mit allen seinen Hunden gehetzt. Aber ich genas, und zur Enttäuschung meiner früheren Freunde kehrte ich als ein dummer, schweigsamer und geistloser Mensch ins Leben zurück, der zwar die Kräfte seines Körpers bald wiedergewann, nicht aber die Freude am Philosophieren. Denn in den Tagen und Nächten der Genesung, als jene scheußlichen Fieberträume gewichen waren und ich beinahe immer schlief, fühlte ich in jedem wachen Augenblick den Erlöser bei mir und fühlte Kraft von ihm aus- und in mich eingehen, und als ich wieder gesund geworden war, empfand ich eine Traurigkeit darüber, daß ich diese seine Nähe nicht mehr zu empfinden vermochte. Statt ihrer aber empfand ich eine große Sehnsucht nach jener Nähe, und nun zeigte es sich: sobald ich wieder dem Disputieren zuhörte, fühlte ich, wie diese Sehnsucht – sie war damals mein bestes Gut – in Gefahr geriet, dahinzuschwinden und sich in die Gedanken und Worte hineinzuverlaufen, wie Wasser in Sand zerrinnt. Genug, mein Lieber, es war zu Ende mit meiner Klugheit und Theologie. Ich gehöre seither zu den Einfältigen. Aber wer zu philosophieren und zu mythologisieren weiß, wer jene Spiele zu spielen versteht, in denen auch ich mich einst versucht habe, den möchte ich nicht hindern und nicht gering achten. Wenn ich mich einst damit bescheiden mußte, daß Demiurg und Geistgott, daß Schöpfung und Erlösung in ihrem unbegreiflichen Ineinander- und Zugleichsein mir ungelöste Rätsel blieben, so muß ich mich auch damit bescheiden, daß ich Philosophen nicht zu Gläubigen machen kann. Es ist nicht meines Amtes."

Einmal, nachdem einer einen Totschlag und Ehebruch gebeichtet hatte, sagte Dion zu seinem Gehilfen: „Totschlag und Ehebruch, das klingt recht verrucht und großartig, und es ist ja auch schlimm genug, nun ja. Aber ich sage dir, Josef, in Wirklichkeit sind diese Weltleute überhaupt keine richtigen Sünder. Sooft ich es versuche, mich ganz in einen von ihnen hineinzudenken, kommen sie mir durchaus wie Kinder vor. Sie sind nicht brav, nicht gut, nicht edel, sie sind eigennützig, lüstern, hochmütig, zornig, gewiß, aber eigentlich und im Grunde sind sie unschuldig, unschuldig in der Weise, wie eben Kinder unschuldig sind."

„Aber doch", sagte Josef, „stellst du sie oft gewaltig zur Rede und malst ihnen die Hölle vor Augen."

„Ebendarum. Sie sind Kinder, und wenn sie Gewissensbeschwerden haben und beichten kommen, dann wollen sie ernst genommen und wollen auch ernsthaft abgekanzelt werden. Wenigstens ist dies meine Meinung. Du hast es ja anders gemacht, seinerzeit, du hast nicht gescholten und gestraft und Bußen auferlegt, sondern warst freundlich und hast die Leute einfach mit dem Bruderkuß entlassen. Ich will das nicht tadeln, nein, aber ich könnte das nicht."

„Wohl", sagte Josef zögernd. „Aber sage, warum hast du dann mich, als ich dir damals meine Beichte abgelegt hatte, nicht ebenso behandelt wie deine anderen Beichtkinder, sondern hast mich schweigend geküßt und kein Wort der Strafe gesagt?"

Dion Pugil richtete seinen durchdringenden Blick auf ihn. „War es nicht richtig, was ich getan habe?" fragte er.

„Ich sage nicht, es sei nicht richtig gewesen. Es war gewiß richtig, sonst hätte jene Beichte mir nicht so wohlgetan."

„Nun, so laß es gut sein. Auch habe ich dir ja damals eine strenge und lange Buße auferlegt, wennschon ohne Worte. Ich habe dich mitgenommen und als meinen Diener behandelt und dich zu dem Amt zurückgeführt und gezwungen, dem du dich hattest entziehen wollen."

Er wandte sich ab, er war ein Feind langer Gespräche. Aber Josef blieb diesmal hartnäckig.

„Du wußtest damals im voraus, daß ich dir gehorsam sein würde, ich hatte es schon vor der Beichte, und noch eh ich dich kannte, versprochen. Nein, sage mir: war es wirklich nur aus diesem Grunde, daß du es so mit mir gehalten hast?"

Der andere tat ein paar Schritte auf und nieder, blieb vor ihm stehen, legte ihm die Hand auf die Schulter und sagte: „Die Weltleute sind Kinder, mein Sohn. Und die Heiligen – nun, die kommen nicht zu uns beichten. Wir aber, du und ich und unseresgleichen, wir Büßer und Sucher und Weltflüchtige, wir sind keine Kinder und sind nicht unschuldig und sind nicht durch Strafpredigten in Ordnung zu bringen. Wir, wir sind die eigentlichen Sünder, wir Wissenden und Denkenden, die wir vom Baum der Erkenntnis gegessen haben, und wir sollten einander also nicht wie Kinder behandeln, die man mit der Rute streicht und wieder laufen läßt. Wir entlaufen ja nach einer Beichte und Buße nicht wieder in die Kinderwelt, wo man Feste feiert und Geschäfte macht und gelegentlich einander totschlägt, wir erleben die Sünde nicht wie einen kurzen, bösen Traum, den man durch Beichte und Opfer wieder von sich abtut: wir weilen in ihr, wir sind niemals unschuldig, wir sind immerzu Sünder, wir weilen in der Sünde und im Brand unseres Gewissens, und wir wissen, daß wir unsere große Schuld niemals werden bezahlen können, es sei denn, daß Gott uns nach unserem Hinscheiden gnädig ansieht und in seine Gnade aufnimmt. Dies, Josef, ist der Grund, warum ich dir und mir nicht Predigten halten und Bußen diktieren kann. Wir haben es nicht mit dieser oder jener Entgleisung oder Übeltat zu tun, sondern immerdar mit der Urschuld selbst; darum kann einer von uns den andern nur des Mitwissens und der Bruderliebe versichern, nicht aber ihn durch eine Strafe heilen. Hast du dies denn nicht gewußt?"

Leise gab Josef zur Antwort: „Es ist so. Ich habe es gewußt."

„Also laß uns nicht unnütze Reden führen", sagte der Alte kurz und wandte sich dem Stein vor seiner Hütte zu, auf dem er zu beten gewohnt war.

Einige Jahre vergingen, und Vater Dion wurde je und je von einer Schwäche heimgesucht, so daß Josef ihm am Morgen behilflich sein mußte, da er sich nicht allein aufzurichten vermochte. Dann ging er beten, und auch nach dem Gebet vermochte er sich nicht allein aufzurichten. Josef mußte ihm helfen, und dann saß er den ganzen Tag und sah in die Weite hinaus. Dies geschah an manchen Tagen, an anderen wurde der alte Mann allein mit dem Aufstehen fertig. Auch Beichten hören konnte er nicht an jedem Tag, und wenn einer bei Josef gebeichtet hatte, rief ihn Dion nachher zu sich und sagte ihm: „Es geht zu Ende mit mir, mein Kind, es geht zu Ende. Sage es den Leuten: dieser Josef hier ist mein Nachfolger." Und wenn Josef abwehren und ein Wort dazwischenwerfen wollte, blickte der Greis ihn mit jenem

225

schrecklichen Blick an, der einen wie ein eisiger Strahl durchdrang.

Eines Tages, an dem er ohne Hilfe aufgestanden war und kräftiger schien, rief er Josef zu sich und führte ihn an eine Stelle am Rand ihres kleinen Gartens.

„Hier", sagte er, „ist der Ort, an dem du mich begraben wirst. Das Grab werden wir gemeinsam graben, wir haben wohl noch etwas Zeit. Hole mir den Spaten."

Nun gruben sie an jedem Tag in der Morgenfrühe ein kleines Stück. War Dion bei Kräften, so hob er selber einige Spaten voll Erde aus, mit großer Beschwerde, aber mit einer gewissen Munterkeit, als bereite die Arbeit ihm Vergnügen. Auch den Tag über verließ diese gewisse Munterkeit ihn nicht mehr; seit an dem Grabe geschaufelt wurde, war er stets guter Dinge.

„Du wirst eine Palme auf mein Grab pflanzen", sagte er einmal bei dieser Arbeit. „Vielleicht wirst du noch von ihren Früchten essen. Wenn nicht, so wird ein anderer es tun. Ich habe je und je einen Baum gepflanzt, aber doch zu wenige, allzu wenige. Manche sagen, ein Mann sollte nicht sterben, ohne einen Baum gepflanzt zu haben und einen Sohn zu hinterlassen. Nun, ich hinterlasse einen Baum und hinterlasse dich, du bist mein Sohn."

Er war gelassen und heiterer, als Josef ihn gekannt hatte, und wurde es mehr und mehr. Eines Abends, es wurde dunkel, und sie hatten schon gespeist und gebetet, rief er von seinem Lager aus nach Josef und bat ihn, noch eine kleine Weile bei ihm zu sitzen.

„Ich will dir etwas erzählen", sagte er freundlich, er schien noch nicht müde und schläfrig zu sein. „Denkt es dir noch, Josef, wie du einst in deiner Klause drüben bei Gaza so schlechte Zeiten hattest und deines Lebens überdrüssig warst? Und wie du dann die Flucht ergriffen und beschlossen hast, den alten Dion aufzusuchen und ihm deine Geschichte zu erzählen? Und wie du dann in der Brüdersiedlung den alten Mann getroffen hast, den du nach dem Wohnort des Dion Pugil fragtest? Nun ja. Und war es nicht wie ein Wunder, daß jener alte Mann Dion selber war? Ich will dir nun erzählen, wie das gekommen ist; es war nämlich auch für mich merkwürdig und wie ein Wunder.

Du weißt, wie das ist, wenn ein Büßer und Beichtvater alt wird und die vielen Beichten der Sünder angehört hat, die ihn für einen Sündelosen und Heiligen halten und nicht wissen, daß er ein größerer Sünder ist als sie. Da kommt ihm sein ganzes Tun unnütz und eitel vor, und was ihm einst heilig und wichtig schien, daß ihn nämlich Gott an diese Stelle gesetzt und gewürdigt hat, den Schmutz und Unrat der Menschenseelen anzuhören und sie zu erleichtern, das erscheint ihm jetzt als eine große, eine allzu große Last, ja als ein Fluch, und am Ende graut ihm vor jedem Armen, der mit seinen Kindersünden zu ihm kommt, er wünscht ihn fort und wünscht sich selber fort, und sei es an einen Strick am Ast eines Baumes. So ist es dir gegangen. Und jetzt ist auch für mich die Stunde des Beichtens gekommen, und ich beichte: Auch mir ist es so gegangen wie dir, auch ich glaubte unnütz und geistig erloschen zu sein und es nicht mehr ertragen zu können, daß immer wieder vertrauensvoll die Leute zu mir kamen und all den Unrat und Gestank des Menschenlebens zu mir trugen, mit dem sie nicht fertig wurden und mit dem auch ich nicht mehr fertig wurde.

Nun hatte ich des öfteren von einem Büßer namens Josephus Famulus sprechen hören. Auch zu ihm, so vernahm ich, kamen die Menschen gern zur Beichte, und viele gingen zu ihm lieber als zu mir, denn er sollte ein sanfter, freundlicher Mann sein, und es hieß, er verlange nichts von den Leuten und schelte sie nicht aus, er behandle sie als Brüder, höre sie nur an und entlasse sie mit einem Kuß. Das war nicht meine Art, du weißt es, und als ich die ersten Male von diesem Josephus erzählen hörte, war mir seine Weise eher töricht und allzu kindlich erschienen; aber jetzt, da es mir so sehr fraglich geworden war, ob denn meine eigene Art etwas tauge, hatte ich allen Grund, über die Art dieses Josef mich eines Urteils und Besserwissens zu enthalten. Was für Kräfte mochte dieser Mann haben? Ich wußte, er sei jünger als ich, aber doch auch schon dem Greisenalter nahe, das gefiel mir, zu einem Jungen hätte ich nicht so leicht Vertrauen gefaßt. Zu diesem aber fühlte ich mich hingezogen. Und so entschloß ich mich, zu Josephus Famulus zu pilgern, ihm meine Not zu bekennen und ihn um Rat zu bitten, oder wenn er keinen Rat gab, vielleicht Trost und

Stärkung von ihm mitzubekommen. Schon der Entschluß tat mir wohl und erleichterte mich.

Ich trat denn die Reise an und pilgerte dem Ort entgegen, wo es hieß, daß er seine Klause habe. Unterdessen aber hatte Bruder Josef ebendasselbe erlebt wie ich und hatte dasselbe getan wie ich, jeder hatte sich auf die Flucht begeben, um beim andern Rat zu finden. Als ich ihn dann, noch ehe ich seine Hütte gefunden hatte, zu Gesicht bekam, erkannte ich ihn schon beim ersten Gespräch, er sah aus wie der Mann, den ich erwartet hatte. Aber er war auf der Flucht, es war ihm schlecht ergangen, so schlecht wie mir oder noch schlechter, und er war keineswegs gesonnen, Beichten anzuhören, sondern begehrte selber zu beichten und seine Not in eine fremde Hand zu legen. Dies war mir zu jener Stunde eine wunderliche Enttäuschung, ich war sehr traurig. Denn wenn auch dieser Josef, der mich nicht kannte, seines Dienstes müde geworden und am Sinn seines Lebens verzweifelt war – schien das nicht zu bedeuten, daß es mit uns allen beiden nichts war, daß wir beide unnütz gelebt hatten und gescheitert waren?

Ich erzähle dir, was du schon weißt, laß es mich kurz machen. Ich blieb jene Nacht bei der Siedlung allein, während du bei den Brüdern Herberge fandest, ich übte Versenkung und dachte mich in diesen Josef hinein und dachte mir: was wird er tun, wenn er morgen erfährt, daß er vergebens geflohen ist und vergebens sein Vertrauen auf den Pugil gesetzt hat, wenn er erfährt, daß auch der Pugil ein Flüchtling und Angefochtener ist? Je mehr ich mich in ihn hineindachte, desto mehr tat Josef mir leid, und desto mehr wollte es mir scheinen, er sei mir von Gott zugesandt, um ihn und mit ihm mich selbst zu erkennen und zu heilen. Nun konnte ich schlafen, die halbe Nacht war schon um. Am nächsten Tage pilgertest du mit mir und bist mein Sohn geworden.

Diese Geschichte habe ich dir erzählen wollen. Ich höre, daß du weinst. Weine nur, es tut dir wohl. Und da ich schon so ungebührlich gesprächig geworden bin, so tu mir die Liebe und höre auch dieses noch an und nimm es in dein Herz auf: Der Mensch ist wunderlich, es ist wenig Verlaß auf ihn, und so ist es nicht unmöglich, daß zu einer Zeit jene Leiden und Anfechtungen dich von neuem überkommen und dich zu besiegen versuchen werden. Möge dir dann unser Herr einen ebenso freundlichen, geduldigen und tröstlichen Sohn und Pflegling zusenden, wie er ihn mir in dir gegeben hat! Was aber den Ast am Baum anbelangt, von dem der Versucher dich damals träumen ließ, und den Tod des armen Judas Ischariot, so kann ich dir eines sagen: es ist nicht bloß eine Sünde und Torheit, sich einen solchen Tod zu bereiten, obwohl es unserm Erlöser ein kleines ist, auch diese Sünde zu vergeben. Aber es ist auch überdies jammerschade, wenn ein Mensch in Verzweiflung stirbt. Die Verzweiflung schickt uns Gott nicht, um uns zu töten, er schickt sie uns, um neues Leben in uns zu erwecken. Wenn er uns aber den Tod schickt, Josef, wenn er uns von der Erde und vom Leibe losmacht und uns hinüberruft, so ist das eine große Freude. Einschlafen dürfen, wenn man müde ist, und eine Last fallen lassen dürfen, die man sehr lang getragen hat, das ist eine köstliche, eine wunderbare Sache. Seit wir das Grab gegraben haben – vergiß den Palmbaum nicht, den du darauf pflanzen sollst –, seit wir angefangen haben, das Grab zu graben, bin ich vergnügter und zufriedener gewesen, als ich es in vielen Jahren war.

Ich habe lange geschwatzt, mein Sohn, du wirst müde sein. Geh schlafen, geh in deine Hütte. Gott mit dir!"

Am folgenden Tage kam Dion nicht zum Morgengebet und rief auch nicht nach Josef. Als dieser bange wurde und leise in Dions Hütte und an sein Lager trat, fand er den Alten entschlafen und sein Gesicht von einem kindlichen, leise strahlenden Lächeln erhellt.

Er begrub ihn, er pflanzte den Baum auf das Grab und erlebte noch das Jahr, in welchem der Baum die ersten Früchte trug.

Indischer Lebenslauf

Einer der von Vishnu, vielmehr dem als Rama menschgewordenen Teile von Vishnu, in einer seiner wilden Dämonenschlachten mit dem Sichelmondpfeil getöteten Dämonenfürsten war in Menschengestalt wieder in den Kreislauf der Gestaltungen eingetreten, hieß Ravana und lebte als kriegerischer Fürst an der großen Ganga. Dieser war Dasas Vater. Dasas Mutter starb frühe, und kaum hatte deren Nachfolgerin, ein schönes und ehrgeiziges Weib, dem Fürsten einen Sohn geboren, so war ihr der kleine Dasa im Wege; statt seiner, des Erstgeborenen, dachte sie ihren eigenen Sohn Nala einst zum Herrscher weihen zu sehen, und so wußte sie Dasa seinem Vater zu entfremden und war gesonnen, ihn bei der ersten guten Gelegenheit aus dem Wege zu räumen. Einem von Ravanas Hofbrahmanen jedoch, Vasudeva dem Opferkundigen, blieb ihre Absicht nicht verborgen, und der Kluge verstand sie zu vereiteln. Ihm tat der Knabe leid, auch schien ihm der kleine Prinz von seiner Mutter eine Anlage zur Frömmigkeit und ein Gefühl für das Recht geerbt zu haben. Er hatte ein Auge auf Dasa, daß ihm nichts geschähe, und wartete nur auf eine Gelegenheit, ihn der Stiefmutter zu entziehen.

Es besaß nun der Rajah Ravana eine Herde dem Brahma geweihter Kühe, welche heilig gehalten und von deren Milch und Butter dem Gott häufige Opfer gebracht wurden. Ihnen waren im Lande die besten Weiden vorbehalten. Es kam eines Tages einer der Hirten dieser dem Brahma geweihten Kühe, um eine Fracht Butter abzuliefern und zu melden, daß in der Gegend, wo bisher die Herde geweidet, eine kommende Dürre sich anzeige, so daß sie, die Hirten, einig geworden seien, sie weiter fort gegen das Gebirge hin zu führen, wo es auch in der trockensten Zeit an Quellen und frischem Futter nicht mangeln werde. Diesen Hirten, den er seit langem kannte, zog der Brahmane ins Vertrauen, es war ein freundlicher und treuer Mensch, und als am nächsten Tage der kleine Dasa, Ravanas Sohn, verschwunden war und nicht mehr gefunden werden konnte, waren Vasudeva und der Hirte die einzigen, welche um das Geheimnis seines Verschwindens wußten. Der Knabe Dasa aber war von dem Hirten mit in die Hügel genommen worden, dort trafen sie auf die langsam wandernde Herde, und Dasa schloß sich ihr und den Hirten gerne und freundlich an, wuchs als ein Hirtenknabe auf, half hüten und treiben, lernte melken, spielte mit den Kälbern und lag unter den Bäumen, trank süße Milch und hatte Kuhmist an den nackten Füßen. Ihm gefiel das wohl, er lernte die Hirten und Kühe und ihr Leben kennen, lernte den Wald kennen und

230

seine Bäume und Früchte, liebte den Mango, die Waldfeige und den Varingabaum, fischte die süße Lotoswurzel aus grünen Waldteichen, trug an Festtagen einen Kranz aus den roten Blüten der Waldflamme, lernte vor den Tieren der Wildnis auf der Hut zu sein, den Tiger zu meiden, sich mit dem klugen Mungo und dem heiteren Igel zu befreunden, in dämmriger Schutzhütte die Regenzeiten zu überdauern; da spielten die Knaben Kinderspiele, sangen Verse oder flochten Körbe und Schilfmatten. Dasa vergaß seine vorige Heimat und sein voriges Leben nicht ganz, doch war es ihm bald ein Traum geworden.

Und eines Tages, die Herde hatte eine andere Gegend bezogen, ging Dasa in den Wald, denn er war willens, Honig zu suchen. Wunderbar lieb war ihm der Wald, seit er ihn kannte, und dieser hier schien überdies ein besonders schöner Wald zu sein, durch Laub und Geäst wie goldne Schlangen wand sich das Tageslicht, und wie die Laute sich, die Vogelrufe, das Wipfelgeflüster, die Stimmen der Affen, zu einem holden, sanft leuchtenden Geflecht verschlangen und kreuzten, dem des Lichtes im Gehölze ähnlich, so kamen, verbanden und trennten sich wieder die Gerüche, die Düfte von Blüten, Hölzern, Blättern, Wassern, Moosen, Tieren, Früchten, Erde und Moder, herbe und süße, wilde und innige, weckende und schläfernde, muntre und beklommene. Zuzeiten rauschte in unsichtbarer Waldschlucht ein Gewässer auf, zuzeiten tanzte über weißen Dolden ein grünsamtener Falter mit schwarzen und gelben Flecken, zuzeiten krachte ein Ast tief im blauschattigen Gehölz, und schwer sank Laub in Laub, oder es röhrte ein Wild im Finstern oder schalt eine zänkische Äffin mit den Ihren. Dasa vergaß die Honigsuche, und indem er einige bunt blitzende Zwergvögel belauschte, sah er zwischen hohen Farnen, welche wie ein dichter kleiner Wald im großen Walde standen, eine Spur sich verlieren, etwas wie einen Weg, einen dünnen, winzigen Fußsteig, und indem er lautlos und vorsichtig eindrang und den Pfad verfolgte, entdeckte er unter einem vielstämmigen Baume eine kleine Hütte, eine Art von spitzem Zelt, aus Farnen gebaut und geflochten, und neben der Hütte an der Erde sitzend in aufrechter Haltung einen regungslosen Mann, der hatte die Hände zwischen den gekreuzten Füßen ruhen, und unter dem weißen Haare

231

und der breiten Stirn schauten stille, blicklose Augen zur Erde gesenkt, offen, doch nach innen sehend. Dasa begriff, daß dies ein heiliger Mann und Yogin sei, es war nicht der erste, den er sah, sie waren ehrwürdige und von den Göttern bevorzugte Männer, es war gut, ihnen Gaben zu spenden und Ehrfurcht zu erweisen. Aber dieser hier, der vor seiner so schön und wohl verborgenen Farnhütte in aufrechter Haltung mit still hängenden Armen saß und der Versenkung pflegte, gefiel dem Knaben mehr und schien ihm seltsamer und ehrwürdiger als die, die er sonst gesehen hatte. Es umgab diesen Mann, der wie schwebend saß und entrückten Blickes doch alles zu sehen und zu wissen schien, eine Aura von Heiligkeit, ein Bannkreis der Würde, eine Woge und Flamme gesammelter Glut und Yoga-Kraft, welche der Knabe nicht zu durchschreiten oder mit einem Gruß oder Ruf zu durchbrechen gewagt hätte. Die Würde und Größe seiner Gestalt, das Licht von innen her, in welchem sein Antlitz strahlte, die Sammlung und eherne Unanfechtbarkeit in seinen Zügen sandten Wellen und Strahlen aus, in deren Mitte er thronte wie ein Mond, und die angehäufte Geisteskraft, der still gesammelte Wille in seiner Erscheinung spann einen solchen Zauberkreis um ihn, daß man wohl spürte: dieser Mann vermöchte mit einem bloßen Wunsch und Gedanken, ohne auch nur den Blick zu erheben, einen zu töten und wieder ins Leben zurückzurufen.

Regungsloser als ein Baum, der doch mit Laub und Zweigen atmend sich bewegt, regungslos wie ein steinernes Götterbild saß der Yogin an seinem Orte, und ebenso regungslos verharrte vom Augenblick an, in dem er ihn wahrgenommen, der Knabe, am Boden festgebannt, in Fesseln geschlagen und zauberisch angezogen von dem Bilde. Er stand und starrte den Meister an, sah einen Fleck Sonnenlicht auf seiner Schulter, einen Fleck Sonnenlicht auf einer seiner ruhenden Hände liegen, sah die Lichtflecken langsam wandern und neue entstehen und begann im Stehen und Staunen zu begreifen, daß die Sonnenlichter nichts mit diesem Mann zu tun hätten noch die Vogelgesänge und Affenstimmen aus dem Walde ringsum, noch die braune Waldbiene, die sich ins Gesicht des Versunkenen setzte, an seiner Haut roch, eine Strecke weit über die Wange kroch und sich wieder erhob und von dannen flog, noch das ganze vielfältige Leben des Waldes. Dies alles, spürte Dasa, alles, was die Augen sehen, die Ohren hören, was schön oder häßlich, was lieblich oder furchterregend ist, dies alles stand in keiner Beziehung zu dem heiligen Mann, Regen würde ihn nicht kälten noch verdrießen, Feuer ihn nicht brennen können, die ganze Welt um ihn her war ihm Oberfläche und bedeutungslos geworden. Es lief die Ahnung davon, daß in der Tat vielleicht die ganze Welt nur Spiel und Oberfläche, nur Windhauch und Wellengekräusel über unbekannten Tiefen sein könnte, nicht als Gedanke, sondern als körperlicher Schauer und leichter Schwindel über den zuschauenden Hirtenprinzen hin, als eine Empfindung von Grauen und Gefahr und zugleich von Angezogenwerden in sehnlicher Begierde. Denn, so fühlte er, der Yogin war durch die Oberfläche der Welt, durch die Oberflächenwelt hinabgesunken in den Grund des Seienden, ins Geheimnis aller Dinge, er hatte das Zaubernetz der Sinne, die Spiele des Lichtes, der Geräusche, der Farben, der Empfindungen durchbrochen und von sich gestreift und weilte festgewurzelt im Wesentlichen und Wandellosen. Der Knabe, obwohl einst von Brahmanen erzogen und mit manchem Strahl geistigen Lichtes beschenkt, verstand diese nicht mit dem Verstande und hätte mit Worten nichts darüber zu sagen gewußt, aber er spürte es, wie man zur gesegneten Stunde die Nähe des Göttlichen spürt, er spürte es als Schauer der Ehrfurcht und der Bewunderung für diesen Mann, spürte es als Liebe zu ihm und als Sehnsucht nach einem Leben, wie dieser in der Versenkung Sitzende es zu leben schien. Und so stand Dasa, auf wunderliche Weise durch den Alten an seine Herkunft, an Fürsten- und Königtum erinnert und im Herzen berührt, am Rande der Farnwildnis, ließ die Vögel fliegen und die Bäume ihre sanftrauschenden Gespräche führen, ließ den Wald Wald und die ferne Herde Herde sein, ergab sich dem Zauber und blickte auf den meditierenden Einsiedler, eingefangen von der unbegreiflichen Stille und Unberührbarkeit seiner Gestalt, von der lichten Ruhe seines Antlitzes, von der Kraft und Sammlung seiner Haltung, der vollkommenen Hingabe seines Dienstes.

Nachher hätte er nicht sagen können, ob es zwei oder drei

Stunden oder ob es Tage waren, die er bei jener Hütte ver-
bracht hatte. Als der Zauber ihn wieder entließ, als er sich
lautlos den Pfad zwischen den Farnkräutern zurückschlich,
den Weg aus dem Walde suchte und schließlich wieder bei
den offenen Weidegründen und der Herde anlangte, tat er
es, ohne zu wissen, was er tue, noch war seine Seele bezaubert, und er erwachte erst, als einer der Hirten ihn anrief.
Dieser empfing ihn mit lauten Scheltworten wegen seines
langen Fortbleibens, aber als Dasa ihn groß und verwundert
anschaute, als verstehe er die Worte nicht, schwieg der Hirt
alsbald, über den so ungewohnten, fremden Blick des Knaben und seine feierliche Haltung erstaunt. Nach einer
Weile aber fragte er: „Wo bist du denn gewesen, Lieber?
Hast du etwa einen Gott gesehen, oder bist einem Dämon
begegnet?"

„Ich war im Walde", sagte Dasa, „es zog mich dorthin, ich
wollte nach Honig suchen. Aber dann vergaß ich es, denn
ich sah dort einen Mann, einen Einsiedler, der saß da und
war in Nachdenken versunken oder in Gebet, und als ich
ihn sah und wie sein Gesicht leuchtete, mußte ich stehen-
bleiben und ihn ansehen, eine lange Zeit. Ich möchte am
Abend hingehen und ihm Gaben bringen, er ist ein heiliger
Mann."

„Tu es", sagte der Hirt, „bring ihm Milch und süße Butter;
man soll sie ehren und soll ihnen geben, den Heiligen."

„Aber wie soll ich ihn anreden?"

„Du brauchst ihn nicht anzureden, Dasa, bücke dich nur
vor ihm und stelle die Gaben vor ihm nieder, mehr ist nicht
vonnöten."

So tat er denn. Er brauchte eine Weile, bis er den Ort wie-
derfand. Der Platz vor der Hütte war leer, und in die Hütte
selbst einzutreten wagte er nicht, so stellte er seine Gaben
vor dem Eingang der Hütte auf den Boden und entfernte
sich.

Solange nun die Hirten mit den Kühen in der Nähe des
Ortes blieben, brachte er jeden Abend Spenden dorthin,
und auch am Tage ging er einmal wieder hin, fand den
Ehrwürdigen der Versenkung pflegen und widerstand
auch dieses Mal der Verlockung nicht, als beseligter Zuschauer einen Strahl von der Kraft und der Glückseligkeit
des Heiligen zu empfangen. Und auch nachdem man die

234

Gegend verlassen und Dasa die Herde auf neue Weide-
gründe zu treiben geholfen hatte, konnte er das Erlebnis
im Walde noch lange Zeit nicht vergessen, und wie es die
Art von Knaben ist, gab er zuweilen, wenn er allein war,
sich dem Traume hin, sich selbst als einen Einsiedler und
Yogakundigen zu sehen. Indessen begann mit der Zeit die
Erinnerung und das Traumbild blasser zu werden, um so
mehr, da Dasa nun rasch zu einem kräftigen Jüngling her-
anwuchs und sich den Spielen und Kämpfen mit seinesgleichen mit freudigem Eifer hingab. Doch blieb ein
Schimmer und eine leise Ahnung in seiner Seele zurück,
als könnte das Prinzentum und Fürstentum, das ihm verlorengegangen war, ihm einst ersetzt werden durch die
Würde und Macht des Yogitums.
Eines Tages, da sie sich in der Nähe der Stadt befanden,
brachte einer der Hirten von dort die Nachricht, daß da-
selbst ein gewaltiges Fest bevorstehe: der alte Fürst Ravana,
von seiner einstigen Kraft verlassen und hinfällig geworden, hatte einen Tag festgesetzt, an welchem sein Sohn
Nala seine Nachfolge antreten und zum Fürsten ausgerufen
werden sollte. Dieses Fest wünschte Dasa zu besuchen, um
die Stadt einmal zu sehen, an welche aus der Kindheit her
kaum noch eine leise Spur von Erinnerung in seiner Seele
lebte, um die Musik zu hören, den Festzug und die Wett-
kämpfe der Adligen anzuschauen und auch einmal jener
unbekannten Welt der Stadtmenschen und der Großen an-
sichtig zu werden, die in den Sagen und Märchen so oft geschildert wurde und von der er, auch dies war nur eine Sage
oder ein Märchen oder noch weniger, wußte, daß sie einst,
in einer Vorzeit, auch seine eigene Welt gewesen sei. Es
war den Hirten Befehl zugegangen, für die Opfer des Fest-
tages eine Last Butter an den Hof zu liefern, und Dasa gehörte zu seiner Freude zu den dreien, welche der Oberhirt
für diesen Auftrag bestimmte.
Um die Butter abzuliefern, trafen sie am Vorabend bei Hofe
ein, und der Brahmane Vasudeva nahm sie ihnen ab, denn
er war es, der dem Opferdienste vorstand, doch erkannte er
den Jüngling nicht. Mit großer Begierde nahmen alsdann
die drei Hirten an dem Feste teil, sahen schon früh am Morgen unter des Brahmanen Leitung die Opfer beginnen und
die goldglänzende Butter in Mengen von den Flammen ge-

235

packt und in himmelauflodernde Flammen verwandelt werden, hochauf ins Unendliche schlug das Geflacker und der fettgetränkte Rauch, den dreimal zehn Göttern angenehm. Sie sahen im Festzuge die Elefanten mit vergoldeten Dächern über den Plattformen, auf welchen die Reiter saßen, sahen den blumengeschmückten Königswagen und den jungen Rajah Nala und hörten die gewaltig schallende Paukenmusik. Es war alles sehr großartig und prangend und auch ein wenig lächerlich, wenigstens erschien es dem jungen Dasa so; er war betäubt und entzückt, ja berauscht von dem Lärm, von den Wagen und geschmückten Pferden, von all der Pracht und prahlerischen Verschwendung, war sehr entzückt von den Tänzerinnen, die dem Fürstenwagen voraustanzten, mit Gliedern schlank und zäh wie Lotosstengel, war erstaunt über die Größe und Schönheit der Stadt und betrachtete dennoch und trotz alledem, mitten in der Berauschung und Freude, alles ein wenig mit dem nüchternen Sinn des Hirten, der den Städter im Grunde verachtet. Daran, daß eigentlich er selbst der Erstgeborene war, daß hier vor seinen Augen sein Stiefbruder Nala, an welchen ihm keine Erinnerung geblieben war, gesalbt, geweiht und gefeiert werde, daß eigentlich er selbst, Dasa, an dessen Stelle im blumengeschmückten Wagen hätte fahren sollen, dachte er nicht. Dagegen mißfiel ihm allerdings dieser junge Nala durchaus, er schien ihm dumm und böse zu sein in seiner Verwöhntheit und unerträglich eitel in seiner geschwollenen Selbstanbetung, gern hätte er diesem den Fürsten spielenden Jüngling einen Streich gespielt und eine Lehre erteilt, doch war dazu keine Gelegenheit, und rasch vergaß er es wieder über dem vielen, was zu sehen, zu hören, zu lachen, zu genießen war. Die Stadtfrauen waren hübsch und hatten kecke, aufregende Blicke, Bewegungen und Redensarten, die drei Hirten bekamen manches Wort zu hören, das ihnen noch lang in den Ohren klang. Die Worte wurden zwar mit einem Beiklang von Spott gerufen, denn es geht dem Städter mit dem Hirten ebenso wie dem Hirten mit dem Städter: einer verachtet den andern; aber trotzdem gefielen die schönen, starken, mit Milch und Käse genährten, das ganze Jahr fast immer unter freiem Himmel lebenden Jünglinge den Stadtfrauen sehr.

Als Dasa von diesem Fest zurückkehrte, war er ein Mann

geworden, stellte den Mädchen nach und mußte manchen schweren Faust- und Ringkampf mit anderen Jünglingen bestehen. Da kamen sie wieder einmal in eine andere Gegend, eine Gegend mit flachen Weiden und manchen stehenden Wassern, die in Binsen und Bambus standen. Hier sah er ein Mädchen, Pravati mit Namen, und wurde von einer unsinnigen Liebe zu diesem schönen Weibe ergriffen. Sie war die Tochter eines Pächters, und Dasas Verliebtheit war so groß, daß er alles andere vergaß und hinwarf, um sie zu erlangen. Als die Hirten nach einiger Zeit die Gegend wieder verließen, hörte er nicht auf ihre Mahnungen und Ratschläge, sondern nahm Abschied von ihnen und vom Hirtenleben, das er so sehr geliebt hatte, wurde seßhaft und brachte es dazu, daß er Pravati zur Frau bekam. Er bestellte des Schwiegervaters Hirsefelder und Reisfelder, half in der Mühle und im Holz, baute seinem Weib eine Hütte aus Bambus und Lehm und hielt es darin verschlossen. Es muß eine gewaltige Macht sein, welche einen jungen Mann dazu bewegen kann, auf seine bisherigen Freuden und Kameraden und Gewohnheiten zu verzichten, sein Leben zu ändern und unter Fremden die nicht beneidenswerte Rolle des Schwiegersohnes zu übernehmen. So groß war die Schönheit Pravatis, so groß und verlockend war die Verheißung inniger Liebeslust, die von ihrem Gesicht und ihrer Gestalt ausstrahlte, daß Dasa für alles andre erblindete und sich diesem Weibe völlig hingab, und in der Tat empfand er in ihren Armen ein großes Glück. Von manchen Göttern und Heiligen erzählt man Geschichten, daß sie, von einer entzückenden Frau bezaubert, dieselbe tage-, monde- und jahrelang umarmt hielten und mit ihr verschmolzen blieben, ganz in Lust versunken, jeder anderen Verrichtung vergessend. So hätte auch Dasa sich sein Los und seine Liebe gewünscht. Indessen war ihm anderes beschieden, und sein Glück währte nicht lange. Es währte etwa ein Jahr, und auch diese Zeit war nicht von lauter Glück ausgefüllt, es blieb noch Raum für mancherlei, für lästige Ansprüche des Schwiegervaters, für Sticheleien von seiten der Schwäger, für Launen der jungen Frau. Sooft er aber zu ihr sich aufs Lager begab, war dies alles vergessen und zu nichts geworden, so zauberhaft zog ihr Lächeln ihn an, so süß war es ihm, ihre schlanken Glieder zu streicheln, so mit tausend

Blüten, Düften und Schatten blühte der Garten der Wollust
an ihrem jungen Leibe.

Noch war das Glück kein ganzes Jahr alt geworden, da kam
eines Tages Unruhe und Lärm in die Gegend. Es erschienen berittene Boten und meldeten den jungen Rajah an, es
erschien mit Mannen, Pferden und Troß der junge Rajah
selbst, Nala, um in der Gegend der Jagd obzuliegen, es wurden da und dort Zelte aufgeschlagen, man hörte Rosse
schnauben und Hörner blasen. Dasa kümmerte sich nicht
darum, er arbeitete im Felde, besorgte die Mühle und wich
den Jägern und Hofleuten aus. Als er aber an einem dieser
Tage in seine Hütte heimkehrte und sein Weib nicht darin
fand, dem er jeden Ausgang in dieser Zeit aufs strengste
verboten hatte, da spürte er einen Stich im Herzen und
ahnte, daß sich Unglück über seinem Haupt ansammle. Er
eilte zum Schwiegervater, auch da war Pravati nicht, und
niemand wollte sie gesehen haben. Der bange Druck auf
seinem Herzen wuchs. Er suchte den Kohlgarten, die Felder ab, er war einen Tag und zwei Tage zwischen seiner
Hütte und der des Schwiegervaters unterwegs, lauerte im
Acker, stieg in den Brunnen hinab, betete, rief ihren Namen, lockte, fluchte, suchte Fußspuren. Der jüngste seiner
Schwäger, ein Knabe noch, verriet ihm endlich, Pravati sei
beim Rajah, sie wohne in seinem Zelt, man habe sie auf seinem Pferd reiten sehen. Dasa umlauerte das Zeltlager Nalas, unsichtbar, er hatte die Schleuder bei sich, die er einst
als Hirt gebraucht hatte. Sooft das Fürstenzelt, bei Tag oder
Nacht, einen Augenblick unbewacht schien, pirschte er sich
heran, aber jedesmal tauchten alsbald Wachen auf, und er
mußte fliehen. Von einem Baume, in dessen Gezweig verborgen er auf das Lager niederblickte, sah er den Rajah, dessen Gesicht ihm schon von jenem Fest in der Stadt her bekannt und widerwärtig war, sah ihn zu Pferd steigen und
ausreiten, und als er nach Stunden wiederkam, vom Pferd
stieg und das Zelttuch zurückschlug, war es ein junges
Weib, das Dasa im Zeltschatten sich bewegen und den
Heimkehrenden begrüßen sah, und es fehlte wenig, so wäre
er vom Baum gefallen, als er in diesem jungen Weibe Pravati, seine Frau, erkannte. Er hatte jetzt Gewißheit, und der
Druck um sein Herz wurde stärker. War das Glück seiner
Liebe mit Pravati groß gewesen, nicht minder groß, ja grö-

238

ßer war nun das Leid, die Wut, das Gefühl von Verlust und Beleidigung. So ist es, wenn ein Mensch sein Liebesvermögen auf einen einzigen Gegenstand gesammelt hat; mit dessen Verlust stürzt ihm alles zusammen, und er steht arm zwischen Trümmern.

Einen Tag und eine Nacht irrte Dasa in den Gehölzen der Gegend umher, aus jeder kurzen Rast trieb den Ermüdeten das Elend seines Herzens wieder empor, er mußte laufen und sich rühren, es war ihm, als müsse er laufen und wandern bis an der Welt Ende und bis ans Ende seines Lebens, das seinen Wert und Glanz verloren hatte. Dennoch lief er nicht ins Weite und Unbekannte, sondern hielt sich immerzu in der Nähe seines Unglücks, umkreiste seine Hütte, die Mühle, die Äcker, das fürstliche Jagdzelt. Am Ende barg er sich wieder in den Bäumen überm Zelte, hockte und lauerte bitter und glühend wie ein hungerndes Raubtier im laubigen Versteck, bis der Augenblick kam, auf den er seine letzten Kräfte gespannt hielt, bis der Rajah vors Zelt trat. Da ließ er sich leise vom Ast gleiten, holte aus, schwang die Schleuder und traf mit dem Feldstein den Verhaßten in die Stirn, daß er hinstürzte und regungslos auf dem Rücken lag. Niemand schien zugegen; durch den Sturm von Wollust und Rachegenuß, der Dasas Sinne durchbrauste, drang einen Augenblick erschreckend und wunderlich eine tiefe Stille. Und noch ehe es um den Erschlagenen laut wurde und von Dienern zu wimmeln begann, war er im Gehölz und in der talwärts anschließenden Bambuswildnis verschwunden.

Während er vom Baum gesprungen war, während er im Rausch der Tat seine Schleuder gewirbelt und den Tod entsendet hatte, war ihm so gewesen, als lösche er auch sein eigenes Leben damit aus, als entließe er die letzte Kraft und werfe sich, mit dem tötenden Steine fliegend, selber in den Abgrund der Vernichtung, einverstanden mit dem Untergang, wenn nur der gehaßte Feind einen Augenblick vor ihm fiele. Nun aber, da der Tat jener unerwartete Augenblick der Stille antwortete, zog Lebensgier, von der er noch eben nichts gewußt, ihn vom offenen Abgrund zurück, nahm Urtrieb sich seiner Sinne und Glieder an, hieß ihn Wald und Bambusdickicht aufsuchen, befal ihm zu fliehen und unsichtbar zu werden. Erst als er eine Zuflucht erreicht

239

und der ersten Gefahr sich entzogen hatte, kam er zum Bewußtsein dessen, was mit ihm geschah. Indem er tief erschöpft zusammensank und um Atem rang, und indem in der Entkräftung der Tatrausch sich verlor und der Ernüchterung Raum gab, empfand er zuerst eine Enttäuschung und einen Widerwillen darüber, sich am Leben und entkommen zu sehen. Aber kaum hatte sein Atem sich beruhigt und der Schwindel der Erschöpfung sich gelegt, so wich dieses flaue und widrige Gefühl einem Trotz und Lebenswillen, und es kehrte nochmals die wilde Freude über seine Tat in sein Herz zurück.

Es wurde in Bälde lebendig in seiner Nähe, die Suche und Jagd nach dem Totschläger hatte begonnen, sie dauerte den ganzen Tag, und er entging ihr nur dadurch, daß er lautlos im Versteck verharrte, das der Tiger wegen niemand allzu tief durchwaten mochte. Er schlief ein wenig, lag wieder lauernd, kroch weiter, rastete aufs neue, war am dritten Tag nach der Tat schon jenseits der Hügelkette und wanderte unaufhaltsam weiter ins höhere Gebirg hinein.

Das heimatlose Leben führte ihn da- und dorthin, es machte ihn härter und gleichgültiger, auch klüger und resignierter, doch träumte er nachts immer wieder von Pravati und seinem einstmaligen Glück, oder was er nun so nannte, träumte viele Male auch von seiner Verfolgung und Flucht, schreckliche und herzbeklemmende Träume wie etwa diesen: daß er durch die Wälder fliehe, hinter sich mit Trommeln und Jagdhörnern die Verfolger, und daß er durch Wald und Sumpf, durch Dörnicht und über brechende morsche Brücken hinweg etwas trage, eine Last, einen Packen, etwas Eingewickeltes, Verhülltes, Unbekanntes, wovon er nur wußte, es sei kostbar und dürfe unter keinen Umständen aus den Händen gegeben werden, etwas Wertvolles und Gefährdetes, einen Schatz, etwas Gestohlenes vielleicht, gewickelt in ein Tuch, einen farbigen Stoff mit einem braunrot und blauen Muster, wie es das Festkleid Pravatis gehabt hatte – daß er also, mit diesem Packen, Raub oder Schatz beladen, unter Gefahren und Mühsalen fliehe und schleiche, unter tiefhängenden Ästen und überhängenden Felsen gebückt hindurch, an Schlangen vorbei und über schwindelnd schmale Stege über Flüssen voll von Krokodilen, daß er schließlich gehetzt und erschöpft stehenbleibe, daß er an den Knoten nestle, mit denen sein Pakken verschnürt war, daß er sie einen um den andern löse und das Tuch entbreite und daß der Schatz, den er nun herausnahm und in schaudernden Händen hielt, sein eigener Kopf sei.

Er lebte verborgen und auf Wanderung, die Menschen nicht eigentlich mehr fliehend, doch eher meidend. Und eines Tages führte die Wanderung ihn durch eine grasreiche Hügelgegend, die mutete ihn schön und heiter an und schien ihn zu begrüßen, als müsse er sie kennen: bald war es ein Wiesengrund, mit sanftwehender Grasblüte, bald war es ein Gruppe von Salweiden, die er erkannte und die ihn an die heitere und unschuldige Zeit gemahnte, da er von Liebe und Eifersucht, von Haß und Rache noch nichts gewußt hatte. Es war das Weideland, in dem er einst mit seinen Kameraden die Herde gehütet hatte, es war die heiterste Zeit seiner Jugend gewesen, aus fernen Tiefen der Unwiederbringlichkeit blickte sie zu ihm herüber. Eine süße Traurigkeit in seinem Herzen gab den Stimmen Antwort, die ihn hier begrüßten, dem fächelnden Wind im silbern wehenden Weidenbaume, dem frohen raschen Marschlied der kleinen Bäche, dem Gesang der Vögel und dem tiefen goldnen Brausen der Hummeln. Wie Zuflucht und Heimat klang und duftete es hier, noch nie hatte er, des schweifenden Hirtenlebens gewohnt, eine Gegend so als ihm zugehörig und heimatlich empfunden.

Von diesen Stimmen in seiner Seele begleitet und geführt, mit Gefühlen ähnlich denen eines Heimgekehrten, wandelte er durch das freundliche Land, seit schrecklichen Monaten zum erstenmal nicht als ein Fremdling, als ein Verfolgter, Flüchtiger und dem Tod Verschriebener, sondern bereiten Herzens, an nichts denkend, nichts begehrend, ganz der stillheitern Gegenwart und Nähe ergeben, empfangend, dankbar und ein wenig über sich selbst und über diesen neuen, ungewohnten, zum erstenmal und mit Entzücken erlebten Seelenzustand verwundert, über diese wunschlose Aufgeschlossenheit, diese Heiterkeit ohne Spannung, diese aufmerksame und dankbare Art betrachtenden Genießens. Es zog ihn über die grünen Weiden hin zum Walde, unter die Bäume, in die mit kleinen Sonnenflecken bestreute Dämmerung, und hier verstärkte sich je-

nes Gefühl von Wiederkehr und Heimat und führte ihn
Wege, die seine Füße von selbst zu finden schienen, bis er
durch eine Farnwildnis, einen dichten Kleinwald inmitten
des großen Waldes, zu einer winzigen Hütte gelangte, und
vor der Hütte an der Erde saß der regungslose Yogin, den
er einst belauscht und dem er Milch gebracht hatte.
Wie erwachend blieb Dasa stehen. Hier war alles, wie es
einst gewesen war, hier war keine Zeit vergangen, war nicht
gemordet und gelitten worden; hier stand, so schien es, die
Zeit und das Leben fest wie Kristall, gestillt und verewigt.
Er betrachtete den Alten, und es kehrte in sein Herz jene
Bewunderung, Liebe und Sehnsucht zurück, die er einst bei
seinem ersten Anblick empfunden hatte. Er betrachtete die
Hütte und dachte bei sich, daß es wohl nötig wäre, sie vor
dem Anbruch der nächsten Regenzeit etwas auszubessern.
Dann wagte er ein paar vorsichtige Schritte, trat ins Innere
der Hütte und spähte, was sie enthalte; es war nicht viel, es
war beinahe nichts: ein Lager aus Laub, eine Kürbisschale
mit etwas Wasser darin und ein leerer Bastbeutel. Den Beutel nahm er und ging mit ihm davon, suchte im Walde nach
Speise, brachte Früchte und süßes Baummark mit, dann
ging er mit der Schale und füllte sie mit frischem Wasser.
Nun war getan, was hier getan werden konnte. So wenig
brauchte einer, um zu leben. Dasa kauerte sich auf die Erde
und versank in Träumerei. Er war zufrieden mit diesem
schweigenden Ruhen und Träumen im Walde, er war zufrieden mit sich selbst, mit der Stimme in seinem Innern,
die ihn hierher geführt hatte, wo er schon als Jüngling einst
etwas wie Friede, Glück und Heimat gespürt hatte.
So blieb er denn bei dem Schweigsamen. Er erneuerte dessen Laubstreu, suchte Speise für sie beide, besserte dann
die alte Hütte aus und begann mit dem Bau einer zweiten,
die er in geringer Entfernung für sich selber errichtete. Der
Alte schien ihn zu dulden, doch war nicht eigentlich zu erkennen, ob er ihn überhaupt wahrgenommen habe. Wenn
er aus seiner Versenkung aufstand, war es nur, um in die
Hütte schlafen zu gehen, um einen Bissen zu essen oder
einen kurzen Gang in den Wald zu tun. Dasa lebte neben
dem Ehrwürdigen wie ein Diener in der Nähe eines Großen, oder eher noch wie ein kleines Haustier, ein zahmer
Vogel oder etwa ein Mungo, neben Menschen hinlebt,

dienstbar und kaum bemerkt. Da er eine lange Zeit flüchtig und verborgen gelebt hatte, unsicher, schlechten Gewissens und stets auf Verfolgung gefaßt, tat das ruhige Leben, die mühelose Arbeit und die Nachbarschaft eines Menschen, der seiner gar nicht zu achten schien, für eine Weile sehr wohl, er schlief ohne Angstträume und vergaß für halbe und ganze Tage das, was geschehen war. An die Zukunft dachte er nicht, und wenn eine Sehnsucht oder ein Wunsch ihn erfüllte, so war es der, hier zu bleiben und von dem Yogin in das Geheimnis eines einsiedlerischen Lebens aufgenommen und eingeweiht, selber ein Yogin und des Yogitums in seiner stolzen Unbekümmertheit teilhaftig zu werden. Er hatte begonnen, des öfteren die Haltung des Ehrwürdigen nachzuahmen, gleich ihm mit gekreuzten Beinen regungslos zu sitzen, gleich ihm in eine unbekannte und überwirkliche Welt zu blicken und für das, was ihn umgab, unempfindlich zu werden. Dabei war er meistens recht bald ermüdet, hatte steife Glieder und Schmerzen im Rükken bekommen, war von Mücken belästigt oder von wunderlichen Empfindungen auf der Haut, von Jucken und Reizungen überfallen worden, welche ihn zwangen, sich wieder zu rühren, sich zu kratzen und am Ende wieder aufzustehen. Einige Male aber hatte er auch anderes empfunden, nämlich ein Leerwerden, Leichtwerden und Schweben, wie es einem etwa in manchen Träumen gelingt, wo man die Erde nur je und je ganz leicht berührt und sich sanft von ihr abstößt, um wieder gleich einer Wollflocke zu schweben. In diesen Augenblicken war ihm eine Ahnung davon aufgegangen, wie es sein müßte, dauernd so zu schweben, wie da der eigene Leib und die eigene Seele ihre Schwere ablegen und im Atem eines größeren, reineren, sonnenhaften Lebens mitschwingen müßten, erhoben und aufgesogen von einem Jenseits, einem Zeitlosen und Unwandelbaren. Doch waren es Augenblicke und Ahnungen geblieben. Und er dachte, wenn er enttäuscht aus solchen Augenblicken ins Altgewohnte zurückfiel, er müßte es dahin bringen, daß der Meister sein Lehrer würde, daß er ihn in seine Übungen und geheimen Künste einführte und auch ihn zu einem Yogin machte. Doch wie sollte das geschehen? Es schien nicht so, als werde der Alte ihn jemals mit seinen Augen wahrnehmen, als könnten jemals zwi-

243

schen ihnen Worte gewechselt werden. Der Alte schien,
wie er jenseits von Tag und Stunde, von Wald und Hütte
war, auch jenseits der Worte zu sein.

Und doch sprach er eines Tages ein Wort. Es kam jetzt eine
Zeit, in welcher Dasa Nacht für Nacht wieder träumte, verwirrend süß oft und oft verwirrend gräßlich, entweder von
seinem Weibe Pravati oder von den Schrecken des Flücht-
lingslebens. Und bei Tage machte er keine Fortschritte,
hielt das Sitzen und Sichüben nicht lange aus, mußte an
Weiber und Liebe denken, trieb sich viel im Walde herum.
Es mochte die Witterung daran schuld sein, es waren
schwüle Tage mit heißen Windstößen. Und nun war wieder
solch ein schlechter Tag, die Mücken schwirrten, Dasa hatte
in der Nacht wieder einen schweren, Angst und Druck hin-
terlassenden Traum gehabt, dessen Inhalt er zwar nicht
mehr wußte, der ihm nun im Wachen aber wie ein klägli-
cher und eigentlich unerlaubter und tief beschämender
Rückfall in frühere Zustände und Lebensstufen erschien.
Den ganzen Tag schlich und hockte er finster und unruhig
um die Hütte herum, spielte mit dieser und jener Arbeit,
setzte sich auch mehrmals zur Versenkungsübung nieder,
aber dann überfiel ihn jedesmal sofort eine fiebrige Unrast,
es zuckte ihm in den Gliedern, krabbelte ihm wie Ameisen
in den Füßen, brannte ihn im Nacken, er hielt es kaum für
Augenblicke aus und blickte scheu und beschämt zum Alten hinüber, der in vollkommener Stellung hockte und dessen Gesicht mit nach innen gewendeten Augen in unantastbar stiller Heiterkeit schwebte wie ein Blumenhaupt.

Als nun an diesem Tage der Yogin sich erhob und zu seiner
Hütte wendete, trat ihm Dasa, der lange auf den Augenblick gelauert hatte, in den Weg, und mit dem Mut des Geängstigten sprach er ihn an: „Ehrwürdiger", sprach er, „verzeih, daß ich in deine Ruhe eingedrungen bin. Ich suche
Frieden, ich suche Ruhe, ich möchte leben wie du und werden wie du. Sieh, ich bin noch jung, aber ich habe schon
viel Leid kosten müssen, grausam hat das Schicksal mit mir
gespielt. Ich war zum Fürsten geboren und wurde zu den
Hirten verstoßen, ich wurde ein Hirt, wuchs heran, froh
und kräftig wie ein junges Rind, unschuldig im Herzen.
Dann gingen mir die Augen für die Frauen auf, und als ich
die Schönste zu Gesicht bekam, habe ich mein Leben in

244

ihren Dienst gestellt, ich wäre gestorben, wenn ich sie nicht bekommen hätte. Ich verließ meine Gefährten, die Hirten, ich warb um Pravati, ich bekam sie, ich wurde Schwiegersohn und diente, hart mußte ich arbeiten, aber Pravati war mein und liebte mich, oder ich glaubte doch, sie liebe mich, jeden Abend kehrte ich in ihre Arme zurück, lag an ihrem Herzen. Sieh, da kommt der Rajah in die Gegend, derselbe, dessentwegen ich einst als Kind vertrieben worden war, der kam und hat mir Pravati weggenommen, ich mußte sie in seinen Armen sehen. Es war der größte Schmerz, den ich erfahren habe, er hat mich und mein Leben ganz verwandelt. Ich habe den Rajah erschlagen, ich habe getötet und habe das Leben des Verbrechers und Verfolgten geführt, alles war hinter mir her, keine Stunde war ich meines Lebens sicher, bis ich hierher geriet. Ich bin ein törichter Mensch, Ehrwürdiger, ich bin ein Totschläger, vielleicht wird man mich noch fangen und vierteilen. Ich mag dieses schreckliche Leben nicht mehr ertragen, ich möchte seiner ledig werden."

Der Yogin hatte dem Ausbruch ruhig mit niedergeschlagenen Augen zugehört. Jetzt schlug er sie auf und richtete seinen Blick auf Dasas Gesicht, einen hellen, durchdringenden, beinah unerträglich festen, gesammelten und lichten Blick, und während er Dasas Gesicht betrachtete und seiner hastigen Erzählung nachdachte, verzog sein Mund sich langsam zu einem Lächeln und zu einem Lachen, mit lautlosem Lachen schüttelte er den Kopf und sagte lachend: „Maya! Maya!"

Ganz verwirrt und beschämt blieb Dasa stehen, der andere erging sich vor dem Imbiß ein wenig auf dem schmalen Pfad in den Farnen, gemessen und taktfest wandelte er auf und nieder, nach einigen hundert Schritten kam er zurück und ging in seine Hütte, und sein Gesicht war wieder wie immer, anderswohin gekehrt als zur Welt der Erscheinungen. Was war doch dies für ein Lachen gewesen, das dem armen Dasa aus diesem allezeit gleich unbewegten Antlitz geantwortet hatte! Lange hatte er daran zu sinnen. War es wohlwollend oder höhnend gewesen, dieses schreckliche Lachen im Augenblick von Dasas verzweifeltem Geständnis und Flehen, tröstlich oder verurteilend, göttlich oder dämonisch? War es nur das zynische Meckern des Alters gewesen, das nichts mehr ernst zu nehmen vermag, oder die Belustigung des Weisen über fremde Torheit? War es eine Ablehnung, ein Abschied, ein Fortschicken? Oder wollte es ein Rat sein, eine Aufforderung an Dasa, es ihm nachzutun und selber mitzulachen? Er konnte es nicht enträtseln. Noch spät in die Nacht hinein sann er diesem Gelächter nach, zu welchem sein Leben, sein Glück und Elend für diesen Alten geworden zu sein schien, seine Gedanken kauten an diesem Gelächter herum wie an einer harten Wurzel, die aber doch nach irgend etwas schmeckt und duftet. Und ebenso kaute und sann und mühte er sich an diesem Wort, das der Alte so hell ausgerufen hatte, so heiter und unbegreiflich vergnügt hatte er es hervorgelacht: „Maya, Maya!" Was das Wort ungefähr meine, wußte er halb, halb ahnte er es, und auch die Art, wie der Lachende es ausgerufen hatte, schien einen Sinn erraten zu lassen. Maya, das war Dasas Leben, Dasas Jugend, Dasas süßes Glück und bitteres Elend, Maya war die schöne Pravati, Maya war die Liebe und ihre Lust, Maya das ganze Leben. Dasas Leben und aller Menschen Leben, alles war in dieses alten Yogin Augen Maya, war etwas wie eine Kinderei, ein Schauspiel, ein Theater, eine Einbildung, ein Nichts in bunter Haut, eine Seifenblase, war etwas, worüber man mit einem gewissen Entzücken lachen und was man zugleich verachten, keinesfalls aber ernst nehmen konnte.

War nun aber für den alten Yogin Dasas Leben mit jenem Gelächter und dem Worte Maya erledigt und abgetan, für Dasa selbst war es nicht so, und sosehr er wünschen mochte, selber ein lachender Yogin zu sein und in seinem eigenen Leben nichts als Maya zu erkennen, es war doch seit diesen unruhigen Tagen und Nächten alles wieder in ihm wach und lebendig, was er nach der Erschöpfung der Flüchtlingszeit eine Weile hier in seiner Zuflucht beinah vergessen zu haben schien. Äußerst gering erschien ihm die Hoffnung, daß er je die Yogakunst wirklich erlernen oder gar es dem Alten würde gleichtun können. Dann aber – was hatte dann sein Verweilen in diesem Wald noch für einen Sinn? Es war eine Zuflucht gewesen, er hatte hier ein wenig aufgeatmet und Kräfte gesammelt, war ein wenig zur Besinnung gekommen, auch dies war von Wert, es war schon viel. Und vielleicht war inzwischen draußen im Lande die

Jagd nach dem Fürstenmörder aufgegeben worden, und er konnte ohne große Gefahr weiterwandern. Dies beschloß er zu tun, andern Tages wollte er aufbrechen, die Welt war groß, er konnte nicht immer hier im Schlupfwinkel bleiben. Der Entschluß gab ihm eine gewisse Ruhe.

Er hatte in der ersten Morgenfrühe aufbrechen wollen, aber als er nach einem langen Schlafe erwachte, war die Sonne schon am Himmel und hatte der Yogin schon seine Versenkung begonnen, und ohne Abschied mochte Dasa nicht gehen, auch hatte er noch ein Anliegen an ihn. So wartete er Stunde um Stunde, bis der Mann sich erhob, die Glieder reckte und auf und ab zu gehen begann. Da stellte er sich ihm in den Weg, machte Verbeugungen und ließ nicht nach, bis der Yogameister seinen Blick fragend auf ihn richtete. „Meister", sprach er demütig, „ich ziehe meines Weges weiter, ich werde deine Ruhe nicht mehr stören. Aber noch dies eine Mal erlaube mir, Hochehrwürdiger, eine Bitte. Als ich dir mein Leben erzählte, hast du gelacht und hast ‚Maya' gerufen. Ich flehe dich an, laß mich etwas mehr über Maya wissen."

Der Yogin wandte sich der Hütte zu, sein Blick befahl Dasa, ihm zu folgen. Der Alte griff nach der Wasserschale, reichte sie Dasa hin und hieß ihn seine Hände waschen. Gehorsam tat es Dasa. Dann goß der Meister den Wasserrest aus der Kürbisschale ins Farnkraut, hielt dem Jungen die leere Schüssel hin und befahl ihm, frisches Wasser zu holen. Dasa gehorchte und lief, und Abschiedsgefühle zuckten ihm im Herzen, da er zum letztenmal diesen kleinen Fußpfad zur Quelle ging, zum letztenmal die leichte Schale mit dem glatten, abgegriffenen Rande hinübertrug zu dem kleinen Wasserspiegel, in dem die Hirschzungen, die Wölbungen der Baumkronen und in versprengten lichten Punkten das süße Himmelsblau abgebildet standen, der nun beim Darüberbeugen zum letztenmal auch sein eigenes Gesicht in bräunlichem Dämmer abbildete. Er tauchte die Schale ins Wasser, gedankenvoll und langsam, er fühlte Unsicherheit und konnte nicht ins klare darüber kommen, warum er so Wunderliches empfinde und warum es ihm, da er doch zu wandern entschlossen war, weh getan habe, daß der Alte ihn nicht eingeladen hatte, noch zu bleiben, vielleicht für immer zu bleiben.

Er kauerte am Rand der Quelle, nahm einen Schluck Wasser, erhob sich vorsichtig mit der Schale, um nichts zu verschütten, und wollte den kurzen Rückweg antreten, da wurde sein Ohr von einem Ton erreicht, der ihn entzückte und entsetzte, von einer Stimme, die er in manchen seiner Träume gehört und an die er manche wache Stunde in bitterster Sehnsucht gedacht hatte. Süß klang sie, süß, kindlich und verliebt lockte sie durch die Dämmerung des Waldes, daß ihm vor Schreck und Lust das Herz schauerte. Es war Pravatis, seiner Frau Stimme. „Dasa", lockte sie. Ungläubig blickte er um sich, die Wasserschale noch in Händen, und siehe, zwischen den Stämmen tauchte sie auf, schlank und elastisch auf hohen Beinen, Pravati, die Geliebte, Unvergeßliche, Treulose. Er ließ die Schale fallen und lief ihr entgegen. Lächelnd und etwas verschämt stand sie vor ihm, aus den großen Rehaugen aufblickend, und nun aus der Nähe sah er auch, daß sie auf rotledernen Sandalen stand und sehr schöne und reiche Kleider am Leibe trug, einen Goldreifen am Arm und blitzende, farbige, kostbare Steine im schwarzen Haar. Er zuckte zurück. War sie denn noch immer eine Fürstendirne? Hatte er diesen Nala denn nicht erschlagen? Lief sie noch mit seinen Geschenken herum? Wie konnte sie, mit diesen Spangen und Steinen geschmückt, vor ihn treten und seinen Namen rufen?

Sie war aber schöner als je, und ehe er sie zur Rede stellen konnte, mußte er sie doch in die Arme nehmen, die Stirn in ihr Haar senken, ihr Gesicht zu sich emporbiegen und ihren Mund küssen, und während er es tat, spürte er, daß alles zu ihm zurückgekehrt und wieder sein war, was er je besessen, das Glück, die Liebe, die Wollust, die Lebenslust, die Leidenschaft. Schon war er in all seinen Gedanken weit ab von diesem Walde und dem alten Einsiedler entfernt, schon war Wald, Einsiedelei, Meditation und Yoga zu nichts geworden und vergessen; auch an des Alten Wasserschale, die er ihm hätte bringen sollen, dachte er nicht mehr. Sie blieb bei der Quelle liegen, als er mit Pravati dem Rande des Waldes zustrebte. Und in aller Eile begann sie ihm zu erzählen, wie sie hierhergekommen und wie alles gegangen sei.

Erstaunlich war, was sie erzählte, erstaunlich, entzückend und märchenhaft, wie in ein Märchen lief Dasa in sein

248

neues Leben hinein. Es war nicht nur Pravati wieder sein,
es war nicht nur jener verhaßte Nala tot und die Verfolgung
des Mörders längst eingestellt, es war außerdem Dasa, der
zum Hirten gewordene einstige Fürstensohn, in der Stadt
zum rechtmäßigen Erben und Fürsten erklärt worden, ein
alter Hirt und ein alter Brahmane hatten die fast vergessene
Geschichte von seiner Aussetzung wieder in Erinnerung
und in aller Mund gebracht, und derselbe Mann, den man
als den Mörder Nalas eine Weile überall gesucht hatte, um
ihn zu foltern und umzubringen, wurde jetzt im ganzen
Land noch viel eifriger gesucht, um zum Rajah eingesetzt
zu werden und feierlich in die Stadt und den Palast seines
Vaters einzuziehen. Es war wie ein Traum, und was dem
Überraschten am besten gefiel, war der schöne Glücksfall,
daß von allen den umherziehenden Sendboten gerade Pravati es gewesen war, die ihn gefunden und zuerst begrüßt
hatte. Am Waldrande fand er Zelte stehen, es roch nach
Rauch und Wildbret. Pravati wurde von ihrer Gefolgschaft
laut begrüßt, und eine große Festlichkeit nahm alsbald
ihren Anfang, als sie Dasa, ihren Gatten, zu erkennen gab.
Ein Mann war da, der war Dasas Kamerad bei den Hirten
gewesen, und er war es, der Pravati und das Gefolge hierher
geführt hatte, an einen der Orte seines früheren Lebens.
Der Mann lachte vor Vergnügen, als er Dasa erkannte, er
lief auf ihn zu und hätte ihm wohl einen freundschaftlichen
Schlag auf die Schulter gegeben oder ihn umarmt, aber jetzt
war ja sein Kamerad ein Rajah geworden, mitten im Lauf
hielt er wie gelähmt inne, schritt dann langsamer und ehrerbietig weiter und grüßte mit tiefer Verbeugung. Dasa hob
ihn auf, umarmte ihn, nannte ihn zärtlich mit Namen und
fragte, wie er ihn beschenken könne. Der Hirt wünschte
sich ein Kuhkalb, und es wurden ihm deren drei zugesandt
aus des Rajahs bester Zucht. Und es wurden dem neuen
Fürsten immer neue Leute vorgeführt, Beamte, Oberjäger,
Hofbrahmanen, er nahm ihre Begrüßungen entgegen, ein
Mahl wurde aufgetragen, Musik von Trommeln, Zupfgei-
gen und Nasenflöten erscholl, und all diese Festlichkeit
und Pracht erschien Dasa wie ein Traum; er konnte nicht
richtig daran glauben, wirklich war für ihn vorerst nur Pravati, sein junges Weib, das er in seinen Armen hielt.
In kleinen Tagereisen näherte sich der Zug der Stadt, Läu-

249

fer waren vorausgeschickt und verbreiteten die frohe Botschaft, daß der junge Rajah aufgefunden und im Anzuge begriffen sei, und als die Stadt sichtbar wurde, war sie schon voll vom Schall der Gongs und Trommeln, und es kam feierlich und weißgekleidet der Zug der Brahmanen ihm entgegen, an seiner Spitze der Nachfolger jenes Vasudeva, welcher einst, vor wohl zwanzig Jahren, Dasa zu den Hirten gesandt hatte und erst vor kurzem gestorben war. Sie begrüßten ihn, sangen Hymnen und hatten vor dem Palast, zu dem sie ihn führten, einige große Opferfeuer entzündet. Dasa wurde in sein Haus gebracht, neue Begrüßungen und Huldigungen, Segens- und Willkommenssprüche empfingen ihn auch hier. Draußen feierte die Stadt bis in die Nacht ein Freudenfest.

Von zwei Brahmanen jeden Tag unterrichtet, lernte er in kurzer Zeit, was an Wissenschaften unentbehrlich schien, wohnte den Opfern bei, sprach Recht und übte sich in den ritterlichen und kriegerischen Künsten. Der Brahmane Gopala führte ihn in die Politik ein; er erzählte ihm, wie es um ihn, um sein Haus und dessen Rechte, um die Ansprüche seiner künftigen Söhne stehe und was für Feinde er habe. Da war nun vor allem die Mutter Nalas zu nennen, sie, welche einstmals den Prinzen Dasa seiner Rechte beraubt und ihm nach dem Leben getrachtet hatte und welche jetzt in Dasa auch noch den Mörder ihres Sohnes hassen mußte. Sie war geflohen, hatte sich in den Schutz des Nachbarfürsten Govinda begeben und lebte in dessen Palast, und dieser Govinda und sein Haus waren von jeher Feinde und gefährlich, sie waren schon mit Dasas Voreltern im Krieg gelegen und erhoben Anspruch auf gewisse Teile seines Gebietes. Dagegen war der Nachbar im Süden, der Fürst von Gaipali, mit Dasas Vater befreundet gewesen und hatte den umgekommenen Nala nie leiden mögen; ihn zu besuchen, zu beschenken und zur nächsten Jagd einzuladen war eine wichtige Pflicht.

Frau Pravati war in ihren adligen Stand schon völlig hineingewachsen, sie verstand es, als Fürstin aufzutreten, und sah in ihren schönen Gewändern und mit ihrem Schmuck ganz wunderbar aus, als wäre sie von nicht minder hoher Geburt als ihr Herr und Gatte. In glücklicher Liebe lebten sie Jahr um Jahr, und ihr Glück gab ihnen einen gewissen Glanz und Schimmer wie solchen, welche von den Göttern bevorzugt werden, daß das Volk sie verehrte und liebte. Und als ihm, nachdem er sehr lange vergeblich darauf gewartet hatte, nun Pravati einen schönen Sohn gebar, den er nach seinem eigenen Vater Ravana nannte, war sein Glück vollkommen, und was er besaß an Land und Macht, an Häusern und Ställen, Milchkammern, Rindvieh und Pferden, dem wurde in seinen Augen jetzt eine verdoppelte Bedeutung und Wichtigkeit, ein erhöhter Glanz und Wert zuteil: all dies Besitztum war schön und erfreulich gewesen, um Pravati zu umgeben, zu kleiden, zu schmücken und ihr zu huldigen, und war jetzt noch weit schöner, erfreulicher und wichtiger als Erbe und Zukunftsglück des Sohnes Ravana.

Hatte Pravati ihr Vergnügen hauptsächlich an Festen, Aufzügen, an Pracht und Üppigkeit in Kleidung, Schmuck und großer Dienerschaft, so waren Dasas bevorzugte Freuden die an seinem Garten, wo er seltene und kostbare Bäume und Blumen hatte pflanzen lassen, auch Papageien und andres buntes Gevögel angesiedelt hielt, das zu füttern und mit welchem sich zu unterhalten zu seinen täglichen Gewohnheiten gehörte. Daneben zog die Gelehrsamkeit ihn an, als dankbarer Schüler der Brahmanen lernte er viele Verse und Sprüche, Lese- und Schreibkunst und hielt einen eigenen Schreiber, der die Zubereitung des Palmblattes zur Schreibrolle verstand und unter dessen zarten Händen eine kleine Bibliothek zu entstehen begann. Hier bei den Büchern, in einem kleinen kostbaren Raume mit Wänden aus edlem Holz, das ganz zu figurenreichen und zum Teil vergoldeten Bildwerken vom Leben der Götter ausgeschnitzt war, ließ er zuweilen eingeladene Bahmanen, die Auslese der Gelehrten und Denker unter den Priestern, miteinander über heilige Gegenstände disputieren, über die Weltschöpfung und die Maya des großen Vishnu, über die heiligen Veden, über die Kraft der Opfer und die noch größere Gewalt der Buße, durch welche ein sterblicher Mensch es dahin bringen konnte, daß die Götter aus Furcht vor ihm erzitterten. Jene Brahmanen, welche am besten geredet, disputiert und argumentiert hatten, erhielten stattliche Geschenke, mancher führte als Preis für eine siegreiche Disputation eine schöne Kuh hinweg, und es hatte zuweilen etwas zugleich Lächerliches und Rührendes, wenn die großen Gelehrten, welche noch eben die Sprüche der Veden aufgesagt und erläutert und sich in allen Himmeln und Weltmeeren ausgekannt hatten, stolz und gebläht mit ihren Ehrengaben abzogen oder ihretwegen etwa auch in eifersüchtigen Zank gerieten.

Überhaupt wollte dem Fürsten Dasa inmitten seiner Reichtümer, seines Glückes, seines Gartens, seiner Bücher zu manchen Zeiten alles und jedes, was zum Leben und Menschenwesen gehört, wunderlich und zweifelhaft erscheinen, rührend zugleich und lächerlich wie jene eitelweisen Brahmanen, hell zugleich und finster, begehrenswert zugleich und verachtenswert. Weidete er seinen Blick an den Lotosblumen auf den Teichen seines Gartens, an den glänzenden Farbenspielen im Gefieder seiner Pfauen, Fasane und Nashornvögel, an den vergoldeten Schnitzereien des Palastes, so konnten diese Dinge ihm manchmal wie göttlich erscheinen, wie durchglüht von ewigem Leben, und andere Male, ja gleichzeitig empfand er in ihnen etwas Unwirkliches, Unzuverlässiges, Fragwürdiges, eine Neigung zu Vergänglichkeit und Auflösung, eine Bereitschaft zum Zurücksinken ins Ungestaltete, ins Chaos. So wie er selbst, der Fürst Dasa, ein Prinz gewesen, ein Hirte geworden, zum Mörder und Vogelfreien hinabgesunken und endlich wieder zum Fürsten emporgestiegen war, unbekannt, durch welche Mächte geleitet und veranlaßt, ungewiß des Morgen und Übermorgen, so enthielt das Mayaspiel des Lebens überall zugleich das Hohe und das Gemeine, die Ewigkeit und den Tod, die Größe und das Lächerliche. Sogar sie, die Geliebte, sogar die schöne Pravati war ihm einige Male für Augenblicke entzaubert und lächerlich erschienen, hatte allzu viele Ringe um die Arme, allzuviel Stolz und Triumph in den Augen, allzuviel Bemühen um Würde in ihrem Gang gehabt.

Lieber noch als sein Garten und seine Bücher war ihm Ravana, sein Söhnchen, die Erfüllung seiner Liebe und seines Daseins, Ziel seiner Zärtlichkeit und Sorge, ein zartes schönes Kind, ein echter Prinz, rehäugig wie die Mutter und zur Nachdenklichkeit und Träumerei neigend wie der Vater. Manches Mal, wenn dieser den Kleinen im Garten lang vor einem der Zierbäume stehen oder ihn auf einem Teppich kauern sah, in die Betrachtung eines Steines, eines geschnitzten Spielzeuges oder einer Vogelfeder vertieft, mit etwas emporgezogenen Brauen und stillen, etwas abwesend starrenden Augen, dann schien ihm, daß dieser Sohn ihm sehr ähnlich sei. Wie sehr er ihn liebte, das erkannte Dasa einst, als er ihn zum erstenmal für ungewisse Zeit verlassen mußte.

Es war eines Tages nämlich ein Eilbote aus jenen Gegenden eingetroffen, wo sein Land an das Land Govindas, des Nachbarn, stieß, und hatte gemeldet, daß Leute des Govinda dort eingebrochen seien, Vieh geraubt und auch eine Anzahl Menschen gefangen und mit hinweggeführt hätten. Unverzüglich hatte Dasa sich bereitgemacht, hatte den Obersten der Leibwache, einige Dutzend Pferde und Leute mitgenommen und sich an die Verfolgung der Räuber gemacht; und damals, als er im Augenblick vor dem Davonreiten sein Söhnchen auf die Arme genommen und geküßt hatte, war die Liebe in seinem Herzen wie ein feuriger Schmerz emporgelodert. Und aus diesem feurigen Schmerz, dessen Gewalt ihn überraschte und wie eine Mahnung aus dem Unbekannten her berührte, war auch während des langen Rittes eine Erkenntnis, ein Verständnis geworden. Im Reiten nämlich beschäftigte ihn das Nachsinnen darüber, aus welcher Ursache er denn zu Rosse sitze und so streng und eilig ins Land hineinsprenge; welche Macht es denn eigentlich sei, die ihn zu solcher Tat und Bemühung zwinge. Er hatte nachgedacht und hatte erkannt, daß es ihm im Grunde seines Herzens nicht wichtig sei und nicht eben weh tue, wenn irgendwo an der Grenze ihm Vieh und Menschen geraubt wurden, daß der Diebstahl und die Beleidigung seiner Fürstenrechte nicht hinreichen würden, ihn zu Zorn und Tat zu entflammen, und daß es ihm gemäßer gewesen wäre, die Nachricht vom Viehraub mit einem mitleidigen Lächeln abzutun. Damit jedoch, das wußte er, hätte er dem Boten, der mit seiner Botschaft bis zur Erschöpfung gerannt war, bitter unrecht getan, und nicht weniger den Menschen, welche beraubt worden, und jenen, welche gefangen, weggeführt und aus ihrer Heimat und ihrem friedlichen Leben in Fremde und Sklaverei verschleppt worden waren. Ja, auch allen seinen anderen Untertanen, welchen kein Haar gekrümmt worden war, hätte er mit einem Verzicht auf kriegerische Rache unrecht getan, sie hätten es schwer ertragen und nicht begriffen, daß ihr Fürst sein Land nicht besser beschütze, so daß keiner von ihnen, sollte einmal auch ihm Gewalttat geschehen, auf Rache und Hilfe hätte zählen dürfen. Er sah ein, es sei seine Pflicht, diesen Racheritt zu tun. Aber was ist Pflicht? Wie viele Pflichten gibt es, die wir oft und ohne jede Herzensregung verabsäumen! Woran lag es nun, daß diese Rachepflicht keine von den gleichgültigen war, daß er sie nicht verabsäumen konnte, daß er sie nicht nur lässig und mit halbem Herzen vollzog, sondern eifrig und mit Leidenschaft? Kaum war die Frage in ihm aufgestiegen, so hatte sein Herz schon Antwort gegeben, indem es nochmals von jenem Schmerz durchzuckt wurde wie beim Abschied von Ravana, dem Prinzen. Würde der Fürst, so erkannte er jetzt, sich Vieh und Leute rauben lassen, ohne Widerstand zu leisten, so würde Raub und Gewalttat von den Grenzen seines Landes her immer näherrücken, und zuletzt würde der Feind dicht vor ihm selbst stehen und würde ihn dort treffen, wo er des größten und bittersten Schmerzes fähig war: in seinem Sohne! Sie würden ihm den Sohn rauben, den Nachfolger, würden ihn rauben und töten, vielleicht unter Qualen, und dies wäre das Äußerste an Leid, was er je erfahren könnte, noch schlimmer, weit schlimmer als selbst Pravatis Tod. Und darum also ritt er so eifrig dahin und war ein so pflichttreuer Fürst. Er war es nicht aus Empfindlichkeit gegen Verlust an Vieh und Land, nicht aus Güte für seine Untertanen, nicht aus Ehrgeiz für seines Vaters Fürstennamen, er war es aus heftiger, schmerzlicher, unsinniger Liebe zu diesem Kinde und aus heftiger, unsinniger Furcht vor dem Schmerz, den der Verlust dieses Kindes ihm bereiten würde.

So weit war er auf jenem Ritt mit seinen Einsichten gekommen. Übrigens war es ihm nicht gelungen, die Leute Govindas einzuholen und zu bestrafen, sie waren samt ihrem Raube entkommen, und um seinen festen Willen zu zeigen und seinen Mut zu beweisen, mußte er nun selbst über die Grenze brechen und dem Nachbarn ein Dorf beschädigen, einiges Vieh und einige Sklaven hinwegführen. Manche Tage war er ausgeblieben, auf dem siegreichen Heimritt aber hatte er sich wieder einem tiefen Nachdenken hinge-

254

geben und war sehr still und wie traurig nach Hause zurückgekehrt, denn im Nachdenken hatte er erkannt, wie
fest und völlig ohne Hoffnung auf Entrinnen er mit seinem
ganzen Wesen und Tun in einem tückischen Netz gefangen
und eingeschnürt sei. Während seine Neigung zum Denken, sein Bedürfnis nach stiller Betrachtung und nach
einem tatlosen und unschuldigen Leben beständig wuchs
und wuchs, wuchs von der andern Seite her, aus der Liebe
zu Ravana und aus der Angst und Sorge um ihn, um sein
Leben und seine Zukunft, ganz ebenso der Zwang zu Tat
und Verstrickung, aus der Zärtlichkeit wuchs Streit, aus der
Liebe Krieg; schon hatte er, wenn auch nur um gerecht zu
sein und zu strafen, eine Herde geraubt, ein Dorf in Todesangst gejagt und arme, unschuldige Menschen gewaltsam
fortgeschleppt, und daraus würde natürlich wieder neue
Rache und Gewalttat wachsen, und so immer weiter, bis
sein ganzes Leben und sein ganzes Land nur noch Krieg
und Gewalttat und Waffenlärm sein würde. Diese Einsicht
oder Vision war es, die ihn bei jener Heimkehr so still gemacht und traurig hatte erscheinen lassen.

Und in der Tat gab der feindselige Nachbar keine Ruhe. Er
wiederholte seine Einfälle und Raubzüge. Dasa mußte zu
Strafe und Gegenwehr ausziehen und mußte, wenn der
Feind sich ihm entzog, es dulden, daß seine Soldaten und
Jäger dem Nachbarn neue Schäden zufügten. In der Hauptstadt sah man mehr und mehr Berittene und Bewaffnete,
in manchen Grenzdörfern lagen jetzt ständig Soldaten zur
Bewachung, kriegerische Beratungen und Vorbereitungen
machten die Tage unruhig. Dasa vermochte nicht einzusehen, welchen Sinn und Nutzen der ewige Kleinkrieg haben
möge, es tat ihm leid um die Leiden der Betroffenen, um
das Leben der Getöteten, es tat ihm leid um seinen Garten
und seine Bücher, die er mehr und mehr versäumen mußte,
um den Frieden seiner Tage und seines Herzens. Er sprach
mit Gopala, dem Brahmanen, häufig darüber und einige
Male auch mit seiner Gattin Pravati. Man müßte, so sagte
er, dahin streben, daß einer der angesehenen Nachbarfürsten als Schiedsrichter angerufen werde und Frieden stifte,
und er für sein Teil werde gern darein willigen, etwa durch
Nachgiebigkeit und Abtrennung einiger Weiden und Dörfer den Frieden herbeiführen zu helfen. Er war enttäuscht

und etwas unwillig, als er sah, daß weder der Brahmane noch Pravati davon etwas wissen wollte.

Mit Pravati führte der Meinungsstreit hierüber zu einer sehr heftigen Auseinandersetzung, ja zu einer Entzweiung. Eindringlich und beschwörend tat er ihr seine Gründe und Gedanken kund, sie aber empfand jedes Wort, als sei es nicht gegen den Krieg und das unnütze Morden, sondern einzig gegen ihre Person gerichtet. Es sei, so belehrte sie ihn in einer glühenden und wortreichen Rede, es sei ja gerade des Feindes Absicht, Dasas Gutmütigkeit und Friedensliebe (um nicht zu sagen, seine Angst vor dem Krieg) zu seinem Vorteil auszunutzen, er werde ihn dazu bringen, Frieden um Frieden zu schließen und jeden mit kleinen Abtretungen an Gebiet und Volk zu bezahlen, und am Ende werde er keineswegs etwa zufrieden sein, sondern werde, sobald Dasa genügend geschwächt sei, zum offenen Krieg übergehen und ihm auch das Letzte noch rauben. Es gehe hier nicht um Herden und Dörfer, um Vorteile und Nachteile, sondern ums Ganze, es gehe um Bestand oder Vernichtung. Und wenn Dasa nicht wisse, was er seiner Würde, seinem Sohn und seinem Weibe schuldig sei, so müsse eben sie es ihn lehren. Ihre Augen flammten, ihre Stimme bebte, er hatte sie seit langem nie mehr so schön und leidenschaftlich gesehen, aber er empfand nur Trauer.

Inzwischen gingen die Grenzüberfälle und Friedensbrüche weiter, erst die große Regenzeit setzte ihnen vorläufig ein Ende. An Dasas Hofe aber gab es jetzt zwei Parteien. Die eine, die Friedenspartei, war ganz klein, außer Dasa selbst gehörten ihr nur wenige von den älteren Brahmanen an, gelehrte und in ihre Meditationen versponnene Männer. Die Kriegspartei aber, Pravatis und Gopalas Partei, hatte die Mehrzahl der Priester und alle Offiziere auf ihrer Seite. Man rüstete eifrig und wußte, daß drüben der feindliche Nachbar dasselbe tat. Der Knabe Ravana wurde vom Oberjäger im Bogenschießen unterrichtet, und seine Mutter nahm ihn zu jeder Truppenschau mit.

Manchmal gedachte zu jener Zeit Dasa des Waldes, in dem er einst als armer Flüchtling eine Weile gelebt hatte, und des weißhaarigen Alten, der dort als Einsiedler der Versenkung lebte. Manchmal gedachte er seiner und fühlte das Verlangen, ihn aufzusuchen, ihn wiederzusehen und sei-

nen Rat zu hören. Doch wußte er nicht, ob der Alte noch
lebe, noch ob er ihn anhören und ihm Rat geben würde,
und lebte er auch noch wirklich und gäbe ihm Rat, so
würde doch alles seinen Gang gehen und nichts daran zu
ändern sein. Versenkung und Weisheit waren gute, waren
edle Dinge, aber es schien, sie gediehen nur abseits, am
Rande des Lebens, und wer im Strom des Lebens schwamm
und mit seinen Wellen kämpfte, dessen Taten und Leiden
hatten nichts mit der Weisheit zu tun, sie ergaben sich, waren Verhängnis, mußten getan und erlitten sein. Auch die
Götter lebten nicht in ewigem Frieden und ewiger Weisheit, auch sie kannten Gefahr und Furcht, Kampf und
Schlacht, er wußte es aus vielen Erzählungen. So ergab sich
Dasa, stritt nicht mehr mit Pravati, ritt zur Truppenschau,
sah den Krieg kommen, spürte ihn in aufreibenden nächtlichen Träumen voraus, und indem seine Gestalt magerer
und sein Gesicht dunkler wurde, sah er das Glück und die
Lust seines Lebens hinabwelken und erblassen. Es blieb nur
die Liebe zu seinem Knaben, sie wuchs mit der Sorge,
wuchs mit den Rüstungen und Truppenübungen, sie war
die rote brennende Blume in seinem verödenden Garten.
Er wunderte sich darüber, wieviel an Leere und Freudlosig-
keit man ertragen, wie sehr man sich an Sorge und Unlust
gewöhnen könne, und wunderte sich auch darüber, wie
brennend und beherrschend in einem scheinbar leiden-
schaftslos gewordenen Herzen solch eine ängstliche und
sorgenvolle Liebe blühen könne. War sein Leben vielleicht
sinnlos, so war es doch nicht ohne Kern und Mitte, es
drehte sich um die Liebe zum Sohn. Seinetwegen erhob er
sich des Morgens vom Lager und brachte seinen Tag mit
Beschäftigungen und Mühewaltungen hin, deren Ziel der
Krieg und deren jede ihm zuwider war. Seinetwegen leitete
er die Beratungen der Führer mit Geduld und stemmte sich
den Beschlüssen der Mehrheit nur so weit entgegen, daß
man wenigstens abwartete und sich nicht völlig unbeson-
nen ins Abenteuer stürzte.
Wie seine Lebensfreude, sein Garten, seine Bücher ihm allmählich fremd und untreu geworden waren, oder er ihnen,
so ward ihm fremd und untreu auch die, die so manche
Jahre das Glück und die Lust seines Lebens gewesen war.
Mit der Politik hatte es begonnen, und damals, als sie ihm

257

jene leidenschaftliche Rede hielt, in der Pravati seine Scheu
vor Versündigung und seine Liebe zum Frieden beinah offen als Feigheit verhöhnte und mit geröteten Wangen in
glühenden Worten von Fürstenehre, Heldentum und erlit-
tener Schmach redete, damals hatte er betroffen und mit
einem Gefühl von Schwindel plötzlich gefühlt und gesehen, wie weit seine Frau sich von ihm entfernt habe oder er
von ihr. Und seitdem war die Kluft zwischen ihnen größer
geworden und wuchs noch immer, ohne daß eines von
ihnen etwas tat, um es zu hindern. Vielmehr: es war Dasa,
dem es zugestanden hätte, etwas dergleichen zu tun, denn
die Kluft war eigentlich nur ihm sichtbar, und sie wurde in
seiner Vorstellung immer mehr zur Kluft aller Klüfte, zum
Weltabgrund zwischen Mann und Weib, zwischen Ja und
Nein, zwischen Seele und Leib. Wenn er zurücksann, so
glaubte er alles völlig klar zu sehen: wie Pravati einst, die
zauberisch Schöne, ihn verliebt gemacht und mit ihm gespielt hatte, bis er sich von seinen Kameraden und Freunden, den Hirten, und von seinem bisher so heiteren Hirtenleben schied und ihretwegen in der Fremde und Dienstbar-
keit lebte, Schwiegersohn im Hause unguter Leute, die
seine Verliebtheit ausnutzten, um ihn für sie arbeiten zu
lassen. Dann war jener Nala erschienen, und sein Unglück
hatte begonnen. Nala hatte sich seines Weibes bemächtigt,
der reiche schmucke Rajah mit seinen schönen Kleidern
und Zelten, seinen Pferden und Dienern hatte die arme,
keines Prunkes gewohnte Frau verführt, das konnte ihm ja
wenig Mühe gekostet haben. Aber – hätte er sie wohl wirklich so rasch und leicht verführen können, wenn sie im Innersten treu und züchtig gewesen wäre? Nun, der Rajah
hatte sie also verführt, oder eben genommen, und hatte ihm
den häßlichsten Schmerz angetan, den er bis dahin erlebt
hatte. Er aber, Dasa, hatte Rache genommen, erschlagen
hatte er den Dieb seines Glücks, das war ein Augenblick
hohen Triumphes gewesen. Doch hatte er, kaum war die
Tat geschehen, die Flucht antreten müssen; Tage, Wochen
und Monate hatte er im Busch und den Binsen gelebt, vogelfrei, keinem Menschen trauend. Und was hatte Pravati in
jener Zeit getan? Es war zwischen ihnen niemals viel die
Rede davon gewesen. Jedenfalls: ihm nachgeflohen war sie
nicht, ihn gesucht und gefunden hatte sie erst dann, als er

258

seiner Geburt wegen zum Fürsten ausgerufen worden war
und sie seiner bedurfte, um den Thron zu besteigen und
den Palast zu beziehen. Da war sie erschienen, aus dem
Walde und der Nachbarschaft des ehrwürdigen Einsiedlers
hatte sie ihn hinweggeholt, man hatte ihn mit schönen Kleidern geschmückt und zum Rajah gemacht, und es war alles
eitel Glanz und Glück gewesen – aber in Wirklichkeit: was
hatte er damals verlassen und was dafür eingetauscht? Eingetauscht hatte er den Glanz und die Pflichten des Fürsten,
Pflichten, die anfangs leicht gewesen und seither immer
schwerer und schwerer geworden waren, eingetauscht hatte
er den Wiedergewinn der schönen Gattin, die süßen Lie-
besstunden mit ihr, und dann den Sohn, die Liebe zu ihm
und die zunehmende Sorge um sein bedrohtes Leben und
Glück, so daß jetzt der Krieg vor den Toren stand. Dies war
es, was Pravati ihm zugebracht hatte, als sie ihn damals im
Wald bei der Quelle entdeckte. Was aber hatte er dafür verlassen und hingegeben? Verlassen hatte er den Frieden des
Waldes, einer frommen Einsamkeit, hingegeben hatte er
die Nachbarschaft und das Vorbild eines heiligen Yogin,
hingegeben die Hoffnung auf seine Schülerschaft und
Nachfolge, auf die tiefe, strahlende, unerschütterliche Seelenruhe des Weisen, die Befreiung aus den Kämpfen und
Leidenschaften des Lebens. Verführt von Pravatis Schönheit, bestrickt vom Weib und angesteckt von ihrem Ehrgeiz, hatte er den Weg verlassen, auf welchem allein die
Freiheit und der Friede gewonnen wird. So wollte seine Le-
bensgeschichte ihm heute erscheinen, und in der Tat ließ
sie sich ganz leicht so deuten, es bedurfte nur weniger Ver-
tuschungen und Weglassungen, um es so zu sehen. Wegge-
lassen hatte er unter anderen den Umstand, daß er noch
keineswegs jenes Einsiedlers Schüler, ja schon im Begriff gewesen war, ihn freiwillig wieder zu verlassen. So verschie-
ben sich die Dinge leicht beim Blick nach rückwärts.
Ganz anders sah Pravati diese Dinge, obwohl sie weit weniger als ihr Gatte sich solchen Gedanken hingab. Über jenen
Nala machte sie sich keine Gedanken. Dagegen war, wenn
ihre Erinnerung sie nicht trog, sie allein es gewesen, welche
Dasas Glück begründet und herbeigeführt, ihn wieder zum
Rajah gemacht, ihn mit dem Sohn beschenkt, ihn mit Liebe
und Glück überschüttet hatte, um ihn am Ende ihrer Größe

259

nicht gewachsen, ihrer stolzen Pläne unwürdig zu finden. Denn ihr war es klar, daß der kommende Krieg zu nichts anderem führen konnte als zu Govindas Vernichtung und zur Verdoppelung ihrer Macht und ihres Besitzes. Statt sich dessen zu freuen und eifrigst daran mitzuarbeiten, sträubte sich aber Dasa, unfürstlich genug, wie ihr schien, gegen Krieg und Eroberung und wäre am liebsten tatenlos bei seinen Blumen, Bäumen, Papageien und Büchern alt geworden. Da war Vishwamitra ein anderer Mann, der Oberbefehlshaber der Reiterei und nächst ihr selbst der glühendste Parteigänger und Werber für den baldigen Krieg und Sieg. Jeder Vergleich zwischen den beiden mußte zu seinen Gunsten ausfallen.

Dasa sah es wohl, wie sehr sein Weib sich mit diesem Vishwamitra befreundet hatte, wie sehr sie ihn bewunderte und sich von ihm bewundern ließ, diesem heiteren und tapferen, vielleicht etwas oberflächlichen, vielleicht auch nicht allzu klugen Offizier mit dem kräftigen Lachen, den schönen starken Zähnen und dem gepflegten Barte. Er sah es mit Bitterkeit und zugleich mit Verachtung, mit einer höhnischen Gleichgültigkeit, die er sich selber vortäuschte. Er spionierte nicht und begehrte nicht zu wissen, ob die Freundschaft dieser beiden die Grenzen des Erlaubten und Anständigen innehalte oder nicht. Er sah dieser Verliebtheit Pravatis in den hübschen Reiter, dieser ihrer Gebärde, mit der sie ihm vor dem allzu wenig heldischen Gatten den Vorzug gab, mit derselben äußerlich gleichgültigen, innen aber bitteren Gelassenheit zu, mit welcher er sich gewöhnt hatte, alle Geschehnisse anzusehen. Ob dies nun eine Untreue und ein Verrat war, den die Gattin an ihm zu begehen entschlossen schien, oder nur ein Ausdruck ihrer Geringschätzung für Dasas Gesinnungen, es war einerlei, es war da und entwickelte sich und wuchs heran, wuchs ihm entgegen wie der Krieg und wie das Verhängnis, es gab dagegen kein Mittel und gab davor keine andere Haltung als die des Hinnehmens, des gelassenen Ertragens, das war nun einmal, statt des Angreifens und Eroberns, Dasas Art von Mannes- und von Heldentum.

Mochte nun Pravatis Bewunderung für den Reiterhauptmann, oder die seine für sie, sich innerhalb des Gesitteten und Erlaubten halten oder nicht, in jedem Falle war Pravati,

das verstand er, weniger schuldig als er selbst. Er, Dasa, der
Denker und Zweifler, neigte zwar sehr dazu, die Schuld am
Dahinschwinden seines Glückes bei ihr zu suchen oder sie
doch mitverantwortlich dafür zu machen, daß er in all das
hineingeraten und verstrickt worden war, in die Liebe, in
den Ehrgeiz, in die Racheakte und Räubereien, ja, er
machte das Weib, die Liebe und die Wollust in seinen Gedanken verantwortlich für alles auf Erden, für den ganzen
Tanz, die ganze Jagd der Leidenschaften und Begehrungen,
des Ehebruchs, des Todes, des Mordes, des Krieges. Aber
dabei wußte er sehr wohl, daß Pravati nicht schuldig und
Ursache, sondern selbst Opfer sei, daß sie weder ihre
Schönheit noch seine Liebe zu ihr selbst gemacht und zu
verantworten habe, daß sie nur ein Stäubchen im Sonnen-
strahl, eine Welle im Strome war und daß es allein seine
Sache gewesen wäre, dem Weib und der Liebe, dem Glücks-
hunger und Ehrgeiz sich zu entziehen und entweder ein
zufriedener Hirt unter Hirten zu bleiben oder auf dem geheimen Wege des Yoga das Unzulängliche in sich zu überwinden. Er hatte es versäumt, er hatte versagt, er war zum Großen nicht berufen oder hatte seiner Berufung nicht Treue
gehalten, und sein Weib war am Ende im Recht, wenn sie
einen Feigling in ihm sah. Dafür hatte er von ihr diesen
Sohn bekommen, diesen schönen, zarten Knaben, um den
ihm so bange war und dessen Dasein doch immer noch seinem Leben Sinn und Wert verlieh, ja ein großes Glück war,
ein schmerzendes und banges Glück zwar, aber doch eben
ein Glück, sein Glück. Dies Glück nun bezahlte er mit dem
Weh und der Bitterkeit in seinem Herzen, mit der Bereitschaft zu Krieg und Tod, mit dem Bewußtsein, einem Verhängnis entgegenzugehen. Drüben in seinem Lande saß der
Rajah Govinda, beraten und angefacht von der Mutter jenes
erschlagenen Nala, jenes Verführers unguten Angeden-
kens, immer häufiger und frecher wurden Govindas Einbrüche und Herausforderungen; einzig ein Bündnis mit
dem mächtigen Rajah von Gaipali hätte Dasa stark genug
machen können, um Frieden und nachbarliche Verträge zu
erzwingen. Aber dieser Rajah, obschon Dasa wohlgesinnt,
war doch mit Govinda verwandt und hatte sich aufs höflich-
ste jedem Versuche, ihn für ein solches Bündnis zu gewinnen, entzogen. Es gab kein Entweichen, keine Hoffnung

auf Vernunft oder Menschlichkeit, das Verhängte kam näher und mußte erlitten werden. Beinahe sehnte nun Dasa selbst sich nach dem Kriege, nach dem Ausbruch der gesammelten Blitze und einer Beschleunigung der Geschehnisse, welchen ja doch nicht mehr vorzubeugen war. Er suchte nochmals den Fürsten von Gaipali auf, tauschte ergebnislose Artigkeiten mit ihm, drang im Rat auf Mäßigung und Geduld, aber er tat es längst ohne Hoffnung; im übrigen rüstete er. Der Meinungskampf im Rat ging jetzt einzig noch darum, ob man einen nächsten Einbruch des Feindes mit dem Einmarsch in dessen Land und mit dem Krieg beantworten oder den feindlichen Hauptangriff erwarten solle, damit immerhin jener vor dem Volk und aller Welt der Schuldige und Friedensbrecher bleibe.

Der Feind, um solche Fragen nicht bekümmert, machte dem Erwägen, Beraten und Zögern ein Ende und schlug eines Tages zu. Er inszenierte einen größeren Raubüberfall, welcher Dasa samt dem Reiterhauptmann und seinen besten Leuten schleunigst an die Grenze lockte, und während sie unterwegs waren, fiel er mit seiner Hauptmacht ins Land und unmittelbar in Dasas Stadt, nahm die Tore und belagerte den Palast. Als Dasa es erfuhr und alsbald umkehrte, wußte er seine Frau und seinen Sohn im bedrohten Palast eingeschlossen, in den Gassen aber blutige Kämpfe im Gang, und das Herz zog sich ihm in grimmigem Weh zusammen, wenn er der Seinen dachte und der Gefahren, in denen sie schwebten. Nun war er kein widerwilliger und vorsichtiger Kriegsherr mehr, er flammte auf in Schmerz und Wut, jagte mit seinen Leuten in wilder Eile heimwärts, fand die Schlacht durch alle Straßen wogen, hieb sich zum Palast durch, stellte den Feind und kämpfte wie ein Rasender, bis er mit der Dämmerung des blutigen Tages erschöpft und mit mehreren Wunden zusammenbrach.

Als er wieder zum Bewußtsein erwachte, fand er sich als Gefangenen, die Schlacht war verloren, Stadt und Palast waren in den Händen der Feinde. Gebunden wurde er vor Govinda gebracht, der begrüßte ihn spöttisch und führte ihn in ein Gemach; es war jenes Gemach mit den geschnitzten und vergoldeten Wänden und den Schriftrollen. Hier saß auf einem der Teppiche aufrecht und mit versteinertem Gesicht sein Weib Pravati, bewaffnete Wachen hinter ihr, und im Schoße hatte sie den Knaben liegen; wie eine gebrochene Blume lag die zarte Gestalt, tot, das Gesicht grau, das Gewand von Blut durchtränkt. Die Frau wandte sich nicht, als ihr Gatte hereingeführt wurde, sie sah ihn nicht an, sie starrte ohne Ausdruck auf den kleinen Toten; sie erschien Dasa sonderbar verändert, erst nach einer Weile merkte er, daß ihr Haar, das er vor Tagen noch tiefschwarz gekannt hatte, überall grau schimmerte. Schon lange Zeit mochte sie so sitzen, den Knaben auf dem Schoß, erstarrt, das Gesicht eine Maske.

„Ravana!" rief Dasa, „Ravana, mein Kind, meine Blume!" Er kniete nieder, sein Gesicht sank auf das Haupt des Toten; wie ein Betender kniete er vor der stummen Frau und dem Kinde, beide beklagend, beiden huldigend. Er roch den Blut- und Todesgeruch, vermischt mit dem Duft des Blumenöles, mit dem das Haar des Kindes gesalbt war. Mit erfrorenem Blick starrte Pravati auf sie beide hinab.

Es berührte ihn jemand an der Schulter, es war einer von Govindas Hauptleuten, der hieß ihn aufstehen und führte ihn hinweg. Er hatte kein Wort an Pravati gerichtet, sie keines an ihn.

Gebunden legte man ihn auf einen Wagen und brachte ihn nach der Stadt Govindas in einen Kerker, seine Fesseln wurden zum Teil gelöst, ein Soldat brachte einen Wasserkrug und stellte ihn auf den Steinboden, man ließ ihn allein, schloß und verriegelte die Tür. Eine Wunde an seiner Schulter brannte wie Feuer. Er tastete nach dem Wasserkrug und benetzte sich Hände und Gesicht. Auch trinken hätte er mögen, doch unterließ er es; er würde dann, so dachte er, rascher sterben. Wie lange würde das noch dauern, wie lange! Er sehnte sich nach dem Tode, wie seine trockene Kehle sich nach Wasser sehnte. Erst mit dem Tode würde die Folter in seinem Herzen ein Ende nehmen, erst dann würde das Bild der Mutter mit dem toten Sohn in ihm erlöschen. Aber mitten in aller Qual erbarmte sich seiner die Müdigkeit und Schwäche, er sank hin und schlummerte ein.

Indem er aus diesem kurzen Schlummer wieder empordämmerte, wollte er betäubt sich die Augen reiben, konnte es aber nicht; seine Hände waren beide schon beschäftigt, sie hielten etwas fest, und da er sich ermunterte und die Augen aufriß, waren keine Kerkermauern um ihn her, sondern grünes Licht floß hell und kräftig über Blattwerk und Moos, er blinzelte lange, das Licht traf ihn wie ein lautloser, aber heftiger Schlag, ein Gruseln und zuckender Schrecken ging ihm durch Nacken und Rücken, nochmals blinzelte er, verzog wie greinend das Gesicht und riß die Augen weit auf. Er stand in einem Walde und hielt in beiden Händen eine mit Wasser gefüllte Schale, zu seinen Füßen spiegelte braun und grün das Becken einer Quelle, drüben wußte er hinter dem Farndickicht die Hütte stehen und den Yogin warten, der ihn nach Wasser geschickt hatte, jenen, der so wunderlich gelacht und den er gebeten hatte, ihn etwas über Maya wissen zu lassen. Er hatte weder eine Schlacht noch einen Sohn verloren, er war weder Fürst noch Vater gewesen; wohl aber hatte der Yogin seinen Wunsch erfüllt und ihn über Maya belehrt: Palast und Gärten, Bücherei und Vogelzucht, Fürstensorgen und Vaterliebe, Krieg und Eifersucht, Liebe zu Pravati und heftiges Mißtrauen gegen sie, alles war Nichts – nein, nicht Nichts, es war Maya gewesen! Dasa stand erschüttert, es liefen ihm Tränen über die Wangen, in seinen Händen zitterte und schwankte die Schale, die er soeben für den Einsiedler gefüllt hatte, es floß Wasser über den Rand und über seine Füße. Ihm war, als habe man ihm ein Glied abgeschnitten, etwas aus seinem Kopfe entfernt, es war Leere in ihm, plötzlich waren ihm gelebte lange Jahre, gehütete Schätze, genossene Freuden, erlittene Schmerzen, erduldete Angst, bis zur Todesnähe gekostete Verzweiflung wieder weggenommen, ausgelöscht und zu nichts geworden – und dennoch nicht zu nichts! Denn die Erinnerung war da, die Bilder waren in ihm geblieben, noch sah er Pravati sitzen, groß und starr, mit dem plötzlich ergrauten Haar, im Schoß lag ihr der Sohn, als habe sie selbst ihn erdrückt, wie eine Beute lag er, und seine Glieder hingen welk über ihre Knie hinab. O wie rasch, wie rasch und schauerlich, wie grausam, wie gründlich war er über Maya belehrt worden! Alles war ihm verschoben worden, viele Jahre voll von Erlebnissen schrumpften in Augenblicke zusammen, geträumt war alles, was eben noch drangvolle Wirklichkeit schien, geträumt war vielleicht alles jenes andre, was früher geschehen war, die Geschichten vom Fürstensohn Dasa, seinem Hirtenleben, seiner Heirat, seiner

Rache an Nala, seiner Zuflucht beim Einsiedler; Bilder waren sie, wie man sie an einer geschnitzten Palastwand bewundern mag, wo Blumen, Sterne, Vögel, Affen und Götter zwischen Laubwerk zu sehen waren. Und war das, was er gerade jetzt erlebte und vor Augen hatte, dies Erwachen aus dem Fürsten- und Kriegs- und Kerkertum, dies Stehen bei der Quelle, diese Wasserschüssel, aus der er eben ein wenig verschüttet hatte, samt den Gedanken, die er sich da machte – war alles dies denn nicht am Ende aus demselben Stoff, war es nicht Traum, Blendwerk, Maya? Und was er künftig je noch erleben und mit Augen sehen und mit Händen tasten würde, bis zu seinem einstigen Tode – war es aus anderem Stoff, von anderer Art? Spiel und Schein war es, Schaum und Traum, Maya war es, das ganze schöne und grausige, entzückende und verzweifelte Bilderspiel des Lebens, mit seinen brennenden Wonnen, seinen brennenden Schmerzen.

Dasa stand noch immer wie betäubt und gelähmt. Wieder schwankte in seinen Händen die Schale, und Wasser floß nieder, klatschte kühl auf seine Zehen und verrann. Was sollte er tun? Die Schale wieder füllen, sie zum Yogin zurücktragen, sich von ihm auslachen lassen für alles, was er im Traum erlitten hatte? Es war nicht verlockend. Er ließ die Schale sinken, goß sie aus und warf sie ins Moos. Er setzte sich ins Grüne und begann ernstlich nachzudenken. Er hatte genug und übergenug von dieser Träumerei, von diesem dämonischen Flechtwerk von Erlebnissen, Freuden und Leiden, die einem das Herz erdrückten und das Blut stocken machten und dann plötzlich Maya waren und einen als Narren zurückließen, er hatte genug von allem, er begehrte nicht Frau noch Kind mehr, noch Thron noch Sieg noch Rache, nicht Glück und nicht Klugheit, nicht Macht und nicht Tugend. Er begehrte nichts als Ruhe, nichts als ein Ende, er wünschte nichts anderes, als dieses ewig sich drehende Rad, diese endlose Bilderschau zum Stehen zu bringen und auszulöschen. Er wünschte sich selbst zur Ruhe zu bringen und auszulöschen, so wie er es damals gewünscht hatte, als er in jener letzten Schlacht sich in die Feinde stürzte, um sich schlug und wieder geschlagen ward, Wunden austeilte und empfing, bis er zusammenbrach. Aber was dann? Dann gab es die Pause einer Ohnmacht, oder eines Schlummers, oder eines Todes. Und gleich darauf war man wieder wach, mußte die Ströme des Lebens in sein Herz und die furchtbare, schöne, schauerliche Bilderflut von neuem in seine Augen einlassen, endlos, unentrinnbar, bis zur nächsten Ohnmacht, bis zum nächsten Tode. Der war, vielleicht, eine Pause, eine kurze, winzige Rast, ein Aufatmen, aber dann ging es weiter, und man war wieder eine der tausend Figuren im wilden, berauschten, verzweifelten Tanz des Lebens. Ach, es gab kein Auslöschen, es nahm kein Ende.

Unrast trieb ihn wieder auf die Füße. Wenn es schon in diesem verfluchten Ringeltanz kein Ausruhen gab, wennschon sein einziger, sehnlicher Wunsch unerfüllbar war, nun, so konnte er ebensogut seine Wasserschale wieder füllen und sie diesem alten Manne bringen, der es ihm befohlen hatte, obwohl er ihm ja eigentlich nichts zu befehlen hatte. Es war ein Dienst, den man von ihm verlangt hatte, es war ein Auftrag, man konnte ihm gehorchen und ihn ausführen, es war besser als zu sitzen und sich Methoden der Selbsttötung auszudenken, es war ja überhaupt Gehorchen und Dienen weit leichter und besser, weit unschuldiger und bekömmlicher als Herrschen und Verantworten, soviel wußte er. Gut, Dasa, nimm also die Schale, fülle sie hübsch mit Wasser und trage sie zu deinem Herrn hinüber!

Als er zur Hütte kam, empfing ihn der Meister mit einem sonderbaren Blick, einem leicht fragenden, halb mitleidigen, halb belustigten Blick des Einverständnisses, einem Blick, wie ihn etwa ein älterer Knabe für einen jüngeren hat, den er aus einem anstrengenden und etwas beschämenden Abenteuer, einer ihm auferlegten Mutprobe, kommen sieht. Dieser Hirtenprinz, dieser ihm zugelaufene arme Kerl, kam zwar bloß von der Quelle, hatte Wasser geholt und war keine Viertelstunde fort gewesen; aber er kam immerhin auch aus einem Kerker, hatte ein Weib, einen Sohn und ein Fürstentum verloren, hatte ein Menschenleben absolviert und einen Blick auf das rollende Rad getan. Vermutlich war ja dieser junge Mensch schon früher einmal oder einige Male geweckt worden und hatte einen Mundvoll Wirklichkeit geatmet, sonst wäre er nicht hierher gekommen und so lange geblieben; jetzt aber schien er richtig geweckt worden zu sein und reif für den Antritt des langen

Weges. Es würde manches Jahr brauchen, um diesem jungen Menschen auch nur Haltung und Atmen richtig beizubringen.

Nur mit diesem Blick, der eine Spur von wohlwollender Teilnahme und die Andeutung einer zwischen ihnen entstandenen Beziehung enthielt, der Beziehung zwischen Meister und Schüler – nur mit diesem Blick vollzog der Yogin die Aufnahme des Schülers. Dieser Blick vertrieb die nutzlosen Gedanken aus des Schülers Kopf und nahm ihn in Zucht und Dienst. Mehr ist von Dasas Leben nicht zu erzählen, das übrige vollzog sich jenseits der Bilder und Geschichten. Er hat den Wald nicht mehr verlassen.

Inhalt

[Band 1]

7 Das Glasperlenspiel. Versuch einer allgemeinverständlichen Einführung in seine Geschichte

41 Lebensbeschreibung des Magister Ludi Josef Knecht
43   Die Berufung
79   Waldzell
102   Studienjahre
135   Zwei Orden
164   Die Mission
191   Magister Ludi
218   Im Amte
247   Die beiden Pole

[Band 2]

5   Ein Gespräch
37   Vorbereitungen
60   Das Rundschreiben
86   Die Legende

143 Josef Knechts hinterlassene Schriften
145   Die Gedichte des Schülers und Studenten
145   Klage
145   Entgegenkommen
146   Doch heimlich dürsten wir . . .
146   Buchstaben
147   Beim Lesen in einem alten Philosophen
148   Der letzte Glasperlenspieler
149   Zu einer Toccata von Bach
149   Ein Traum

152	Dienst
153	Seifenblasen
153	Nach dem Lesen in der Summa contra Gentiles
155	Stufen
155	Das Glasperlenspiel
157	Die drei Lebensläufe
157	Der Regenmacher
198	Der Beichtvater
229	Indischer Lebenslauf

Taschenbibliothek der Weltliteratur

Eine Taschenbuchreihe mit eigenem Profil

Veröffentlichung von Werken deutscher und internationaler Schriftsteller aus Vergangenheit und Gegenwart

Preiswerte Ausgaben in moderner Paperbackausstattung

1987 erscheinen

Heinrich Heine · Buch der Lieder

Hermann Hesse · Das Glasperlenspiel

Ludwig Renn · Adel im Untergang

Franz Werfel · Die vierzig Tage des Musa Dagh (Nachauflage)

Stefan Zweig · Sternstunden der Menschheit (Nachauflage)

Alexander Puschkin · Pique Dame (Nachauflage)

Ilja Ehrenburg · Der Fall von Paris

Virginia Woolf · Die Fahrt zum Leuchtturm

Upton Sinclair · Jimmie Higgins

André Gide · Die Falschmünzer

Georges Simenon · Bellas Tod · Sonntag

Giovanni Boccaccio · Das Dekameron (Nachauflage)

Aufbau-Verlag Berlin und Weimar